10
18

12, AVENUE D'ITALIE. PARIS XIIIe

Sur l'auteur

Né à Valparaíso au Chili en 1953, Roberto Ampuero a commencé des études de lettres avant de s'exiler à Cuba lorsque Pinochet prend le pouvoir. Il y réside jusqu'en 1979, période « révolutionnaire » pendant laquelle il finit ses études et qu'il relate dans *Nuestros años verde olivo* (Nos années vert olive), paru en Espagne en 1999. Après avoir vécu en Allemagne et en Suisse, il s'installe en 2000 aux États-Unis où il enseigne la littérature à l'université de l'Iowa. Chroniqueur pour le journal *La Tercera*, il est le scénariste de *Brigada Escorpión*, première série policière de la télévision chilienne. La première enquête de Cayetano Brulé, *L'Affaire Kustermann*, lui a valu le prix El Mercurio. Avec *Halcones de la Noche*, publié au Chili en 2005, cette série compte aujourd'hui cinq volumes.

ROBERTO AMPUERO

LE CAFÉ AZUL PROFUNDO

Traduit de l'espagnol
par Bernard Cucchi

INÉDIT

10
18

« Grands Détectives »

dirigé par Jean-Claude Zylberstein

Du même auteur
aux Éditions 10/18

L'affaire Kustermann, n° 3551
Boléros à La Havane, n° 3552
Le rêveur de l'Atacama, n° 3621
▶ Le café Azul profundo, n° 3799

Titre original :
Cita en el Azul Profundo

Édition publiée en accord avec l'auteur
par l'intermédiaire de Piergiorgio Nicolazzini
Literary Agency.

ISBN 2-264-03881-0

Pour Mark Falcoff et Francisco Lobos,
deux inconditionnels de Cayetano Brulé

POÉTIQUE

Dis la vérité.
Dis, au moins, ta vérité.
Et peu importe ce qui arrivera :
qu'on déchire ta page préférée,
qu'on défonce ta porte à coups de pierres,
que les gens
viennent s'agglutiner devant ton corps
comme si tu étais
un prodige ou un cadavre.

Heberto Padilla (1932-2000)

Toute ressemblance entre les personnages ou les événements de ce roman et des personnes ou des événements réels serait fortuite. Néanmoins, si la fiction faisait parfois songer à la réalité, la faute en incomberait à cette dernière.

I

BLEU PACIFIQUE

1

Par une chaude nuit de janvier, Cayetano Brulé prit place sur le dernier tabouret du comptoir de l'*Azul profundo* et commanda un *mojito.* La salle du restaurant était occupée par une clientèle d'âge mûr, habillée avec soin : intellectuels sûrs de leur fait, politiciens réformateurs ou nouveaux riches qui conversaient avec animation devant des plateaux de fruits de mer ou de poissons, bercés par la musique de l'inégalable Coleman Hawkins.

Le barman, un jeune aux yeux pénétrants, portant une queue de cheval d'un noir de jais, examina d'un air amusé la cravate lilas décorée de guanacos et la veste au tissu luisant, à larges revers, de ce moustachu affublé d'énormes lunettes, dont le crâne commençait à se déplumer. Pas vraiment le genre de personnage qu'on s'attendait à rencontrer dans ce haut lieu de la capitale chilienne, songea-t-il tout en mélangeant le Havana Club avec du jus de citron, du sucre et quelques feuilles de menthe.

— Et pas d'entourloupes, mon ami, lui lança Cayetano au-dessus du brouhaha qui montait du restaurant, je suis cubain, et on ne me la fait pas.

Cela dit, il alluma une Lucky Strike et tira voluptueusement dessus.

— Ne vous inquiétez pas, señor, ici, on fait les choses dans les règles, répondit le barman, vexé, et, sans rien perdre du déhanchement d'une serveuse noire, il vérifia que sa queue de cheval était impeccablement nouée sur sa nuque.

Avant qu'on ne vous ouvre la lourde porte de ce restaurant de la rue Constitución, il faut montrer patte blanche à un type jovial, bien peigné et qui n'a pas lésiné sur le parfum – en réalité, c'est un discret expert en généalogie – et Cayetano se trouvait là parce qu'un inconnu au fort accent des Caraïbes lui avait donné rendez-vous.

— C'est terriblement urgent, avait affirmé la voix.

Ce matin-là, Cayetano, désœuvré, faisait la sieste dans sa maison du Cerro[1] Concepción, à Valparaíso.

— J'ai besoin de vous voir. Attendez-moi ce soir, à dix heures pile, au bar de l'*Azul profundo*, à Santiago.

— Mais donnez-moi au moins votre nom, avait bredouillé Cayetano en essayant d'émerger de sa somnolence.

Dehors, le ciel continuait à se montrer menaçant.

— Et pourquoi m'appelez-vous, moi ?

— J'ai des informations sur le contenu d'un document, le *Delenda est Australopithecus*. Mais n'essayez pas de m'approcher, je dois d'abord m'assurer que je ne suis pas filé. Je porterai un attaché-case. Laissez-moi faire.

— De quoi s'agit-il ?

— Il m'est impossible de vous en dire plus. On me suit, comprenez-vous ? Ce soir, dix heures, vous saurez tout. Soyez là.

Et il avait raccroché.

Dès que le barman eut posé le *mojito* devant lui, le détective le porta à ses lèvres en se demandant ce que pouvait bien signifier *Delenda est Australopithecus*.

1. La ville et la baie de Valparaíso sont entourées de collines (*cerros*) qui forment autant de quartiers. *(N.d.T.)*

Le cocktail était de première : fort, doux et aromatique, peut-être le meilleur *mojito* qu'il avait bu au Chili.

— Beau boulot, mon garçon, admit Cayetano, tu ne serais pas cubain, toi aussi ?

— J'habite la porte à côté, répondit l'autre, sourire aux lèvres. Tout le secret consiste à utiliser un rhum de qualité, de la menthe fraîche, des citrons de Pica et deux gouttes d'Angostura, mon ami.

— Sans oublier le tour de main, c'est à ça qu'on reconnaît l'expert.

La remarque eut pour effet d'arracher un nouveau sourire au barman de l'*Azul profundo*, un restaurant qui avait la particularité d'être décoré d'éléments, d'instruments et d'appareils ayant appartenu au *Santa Fe*, un voilier naufragé en 1918, au cap Horn, alors qu'il transportait vers leur nouvelle patrie des nobles russes fuyant la révolution bolchevique.

Tout en savourant son breuvage, le détective admira le grand mât du navire, dressé en diagonale au-dessus des tables, jusqu'aux boxes de la galerie du premier, construits à partir de la coque du bâtiment. Là-haut, des tonneaux récupérés dans les cales servent de tables et les lanternes rouillées du pont font office de lampes. Le gouvernail, la boussole fabriquée à Saint-Pétersbourg et les guindeaux de la proue, légèrement rongés par les vers, sont également authentiques.

Dans la pièce du fond, Cayetano remarqua une blonde aux hautes pommettes et à la poitrine volumineuse. Elle rappelait un peu Jeanne d'Arc et avait l'air soucieux. C'était la figure de proue du *Santa Fe* qui se tenait en état de lévitation au-dessus des convives.

— Il y a toujours autant de monde ? demanda-t-il au barman.

— Toujours, quand c'est moi qui prépare les verres, répondit l'homme en s'assurant une fois de plus que sa queue de cheval restait bien en place.

Cayetano pivota sur son tabouret et fixa son attention sur un mur jaune couvert de portraits d'écrivains : sous les visages de Whitman, Hemingway et Coloane, un couple, sans doute des diplomates, dînait tranquillement. Plus loin, quelques femmes savouraient un *curanto*[1], accompagné de vin blanc, et, dans un coin, quatre hommes aux airs de cadres supérieurs riaient de bon cœur devant des coupes de champagne et des assiettes de bernacles. Coleman Hawkins commençait à interpréter *La Rosita* lorsque le détective repéra la seule table inoccupée, près de la fenêtre ouverte donnant sur la rue.

Il se convainquit aussitôt qu'elle était réservée pour l'homme qu'il attendait. Il quitta son tabouret et, *mojito* à la main, s'approcha. Posée contre un verre, une petite carte indiquait : « Sr. Sami, 22 h. » À travers les barreaux de la fenêtre, il regarda les voitures stationnées dans la rue, puis consulta sa Poljot achetée à La Havane, une relique dont il pourrait tirer un bon prix au marché aux puces, s'il avait des ennuis d'argent. Il était dix heures moins deux. Il retourna au comptoir, persuadé que le mystère allait bientôt être dévoilé.

À l'heure dite, un homme apparut sur le seuil : distingué, l'œil vif, veste noire en lin, chemise sans cravate, pantalon de couleur claire, il tenait un attaché-case à la main – apparition singulière en ce lieu, qui ne manqua pas d'attirer quelques secondes l'attention des femmes.

La serveuse noire lui sourit et le guida vers la table près de la fenêtre. L'homme déposa son attaché-case sur une chaise, s'installa sur celle qui lui faisait face et commanda à boire. La rue était à sa gauche et il considéra la salle d'un œil méfiant, croisant le regard de Cayetano qui l'observait, accoudé au comptoir. Le détective lui donna trente-cinq ans. Il nota la finesse de ses traits, ainsi que son allure sportive, mais demeura immobile,

1. Poissons, algues et crustacés cuits sur une pierre brûlante disposée dans un trou. Spécialité de l'île de Chiloé. *(N.d.T.)*

attendant qu'il fît le premier pas, comme la voix le lui avait demandé au téléphone.

Le barman était en train d'agiter son shaker quand les événements se précipitèrent d'une façon aussi soudaine qu'indescriptible : une moto occupée par deux individus aux visages dissimulés par des casques à visière s'arrêta près de la fenêtre, l'un d'eux sortit un pistolet muni d'un silencieux et tira à plusieurs reprises sur Sami. Puis, avant même que la victime ne s'affaisse sur la table dans un grand bruit d'assiettes et de verres brisés, il glissa la main entre les barreaux et s'empara de la mallette. La moto disparut aussitôt. Hormis Cayetano et le barman, personne ne s'était rendu compte de rien.

Du sang apparut soudain sur les lames du parquet, déclenchant des hurlements et provoquant un mouvement de panique générale vers la sortie, ce dont profita Cayetano Brulé pour s'éclipser discrètement.

2

Comme on pouvait s'y attendre, les journaux du lendemain ne soufflèrent mot du crime et c'est en vain que Cayetano feuilleta la presse, installé à son bureau sous le toit de l'immeuble Turrí, dans le Plan[1] de Valparaíso. Cependant, une brève matinale de Radio Cooperativa y fit allusion.

— Règlement de comptes entre narcos, conclut Bernardo Suzuki, le secrétaire d'origine japonaise du détective, quand vint le moment des pubs.

Chaque matin, ce petit homme débrouillard aux yeux bridés et à la peau jaune découpait les faits divers policiers et les archivait, mais, la nuit, il s'occupait de

1. C'est la partie plate de la ville et le centre des affaires. *(N.d.T.)*

son kiosque à friture, dans le quartier du port, où il n'était pas rare que sa clientèle de marins et de prostituées en reparte victime d'intoxication alimentaire.

— Si ça continue, les narcos vont finir par contrôler le pays, comme tout le reste du continent.

— Les journalistes en rajoutent toujours des tonnes, Suzukito, répondit Cayetano Brulé, occupé avec la cafetière posée sur le réchaud, près d'une fenêtre qui donnait sur la baie. Pour ma part, je dois savoir pourquoi cet homme cherchait à me rencontrer.

Au cours de la matinée, fraîche et couverte, la radio annonça que la victime, Agustín Lecuona, était de nationalité américaine, d'origine cubaine. On ignorait sa profession. Depuis plusieurs jours, l'homme habitait à l'hôtel *Carrera*, dans le centre-ville de Santiago.

Quand le café fut prêt, Cayetano le sucra abondamment et en remplit deux tasses. Il sera vite oublié, ce Cubain, songea-t-il en tendant la sienne à Suzuki. D'autres sujets plus brûlants faisaient les gros titres : chômage, villas cambriolées, rébellion mapuche dans le Sud, grèves dans les secteurs de l'économie qui exportaient. Ce pays file un mauvais coton, se dit-il en se tassant dans le fauteuil du bureau qu'il partageait avec son adjoint, un meuble en proie à un désordre chronique. Il ne lui restait plus qu'à attendre le coup de fil du Scorpion, un inspecteur qui avait l'habitude de l'informer de certains faits sortant de l'ordinaire.

Tôt ce matin-là, Cayetano l'avait appelé au QG de la police judiciaire, à Santiago, pour s'entendre répondre qu'il était occupé. C'était une façon de lui signifier qu'il le contacterait d'une cabine publique, afin d'échapper à la vigilance du Département numéro cinq, très redouté, car chargé de surveiller les fonctionnaires de l'administration policière. Cayetano décrocha dès que la sonnerie retentit.

— Qu'est-ce que tu veux ? demanda la voix du Scorpion.

Ce surnom, Arsenio Marín en avait été gratifié de longues années auparavant, quand la mafia, qui voulait l'enlever, lui avait tendu un guet-apens dans le quartier du port. Il avait repoussé leurs assauts, debout sur un conteneur, se réservant une dernière balle pour ne pas tomber entre les pattes de ses ennemis. Il fut sauvé par le hurlement des sirènes de police, car Marín, comme les scorpions blessés, n'aurait pas hésité à abréger son existence.

— C'est à propos de l'affaire Lecuona, expliqua Cayetano. J'ai quelque chose à t'avouer.

— Je peux donc m'attendre à tout.

— J'étais présent, hier, quand c'est arrivé, dans ce café, l'*Azul profundo*. Je buvais un verre.

— Et depuis quand as-tu les moyens de jeter l'argent par les fenêtres ?

Il ne releva pas. Le Scorpion était un homme paisible, courtois, toujours vêtu d'un costume-cravate qui lui donnait plus l'air d'un professeur du privé que d'un flic de la judiciaire. Il ne se départait jamais de ses bonnes manières, y compris avec les délinquants dangereux – on pouvait supposer que cela lui venait de ses études à l'Instituto Nacional[1].

— C'était donc toi le moustachu dont a parlé le barman, dit-il, faisant le lien. Mais pourquoi as-tu décampé comme la majorité des clients ?

— Ceux qui ont liquidé Lecuona auraient pu me supprimer.

— Arrête un peu tes bêtises, répliqua-t-il, sérieux. Les deux motards se sont évanouis dans la nature, et moi, je me retrouve avec cette affaire sur les bras. Une de plus, comme si je n'avais pas assez de boulot avec l'enlèvement du fils du président de la Cour suprême.

Cayetano en resta coi. Il n'était pas au courant et la presse n'en avait soufflé mot. Quoi qu'il en soit, l'affaire était délicate, car le tribunal suprême devait rendre son

1. On le considère comme le meilleur lycée du Chili. *(N.d.T.)*

verdict sur les Mapuches, qui occupaient les terres qu'ils revendiquaient. Les indigènes affirmaient en être les propriétaires ancestraux alors même qu'une société prétendait lancer le plus grand projet d'exploitation forestière de l'hémisphère Sud.

— Quand est-ce arrivé ? demanda-t-il.

— Laisse tomber, ça vaudra mieux.

— Non, raconte-moi ça en détail. J'ai d'ailleurs des informations intéressantes sur ton Cubain.

— Vendredi dernier, dit le policier après avoir soupiré. Le gouvernement a décidé de se taire afin de faciliter les négociations et d'éviter toute pression sur les juges. Ils doivent décider si ces terres appartiennent effectivement aux Mapuches ou à l'entreprise qui veut y investir. Bon, et le Cubain ?

Il lui rapporta son bref contact téléphonique et sa rencontre avortée avec celui qui l'avait appelé. Peut-être le Scorpion serait-il intéressé d'apprendre que la victime avait parlé d'un certain document, *Delenda est Australopithecus*.

— Tu as l'intention de m'aider, cette fois ? demanda le Scorpion. Je trouverai peut-être le moyen de te payer le voyage à Santiago et le restaurant. Tu dormiras chez moi. Tu sais comme ma femme réussit les *empanaditas* de *piure* [1]...

Certes, Yolanda avait des doigts de fée, mais, à vrai dire, il refusait de se placer sous la tutelle de quiconque. Si son métier de détective ne lui rapportait guère, il était fier de son indépendance. Il pouvait s'offrir le luxe de n'accepter que les affaires intéressantes et de disposer de son temps librement. Quand il désirait boire un café au *Bosanka*, il y allait, et personne n'irait lui interdire de s'asseoir devant la jetée pour contempler les navires en rêvant d'autres horizons. Sa liberté n'avait pas de prix.

1. *Empanadita* : chausson à la viande, au fromage, etc. ; *piure* : mollusque très apprécié. *(N.d.T.)*

— Merci de la proposition, Scorpion, mais rappelle-toi que je ne suis qu'un artisan. Je verrai bien si je lève un autre lièvre, et j'ai l'intention de me mettre en chasse, parce que cette affaire m'intrigue. Il avait l'air sympa, ce type.

— Ça lui fait une belle jambe, maintenant, dans son costume en sapin, fanfaronna le Scorpion. *Delenda est Australopithecus*, disais-tu ?

3

— Je vais voir Margarita, annonça Cayetano à Suzuki alors qu'il attendait l'ascenseur rouillé devant la cage de l'immeuble Turrí. Si quelqu'un m'appelle, n'oublie pas de lui dire que je suis sur des affaires délicates et prends ses coordonnées pour qu'on le contacte plus tard.

Cela ne ratait jamais : chaque fois qu'il partait rejoindre sa maîtresse, il rappelait à Suzuki de ne pas commettre de gaffe avec les clients. Il craignait que le Japonais, qui avait encore la gueule de bois après les *pisco sour*[1] en bouteille et sa nuit au *Kamikaze*, n'avouât que, vu la crise économique, ils n'avaient pas grand-chose à se mettre sous la dent et que son chef en profitait pour aller conter fleurette à sa maîtresse.

Le détective retrouva le vacarme de la rue Prat, ruminant le sens de *Delenda est Australopithecus,* et pénétra dans *La cueva del pirata*, une minuscule cafétéria tenue par des jeunes filles tout en courbes et court vêtues. Après avoir commandé un espresso, il admira les cuisses magnifiques de sa serveuse préférée, une Cubaine exilée qui, après sa journée à préparer des cafés, travaillait le

1. Cocktail d'origine péruvienne à base d'eau-de-vie de muscat, jus de citron, blanc d'œuf, bitter, sucré avec du sirop de canne et saupoudré de cannelle. *(N.d.T.)*

soir dans un local du syndicat des dockers, où elle donnait des cours de salsa, entre autres.

— Valentina, tu as déjà entendu ce mot, *australopithecus* ? demanda-t-il, accoudé au zinc.

Les bus défilaient à faible allure devant la salle, crachant des gaz noirs et acides qui ne tarderaient pas à avoir raison des poumons déjà bien abîmés de la fille. Le vent éparpillait des papiers et les passants se hâtaient.

— Australo quoi ? Méfie-toi, mon vieux, ça m'a l'air d'une secte satanique, protesta Valentina, scandalisée, tout en maintenant d'une main la tasse sous le verseur de la machine tandis qu'avec le petit doigt de l'autre elle corrigeait le rimmel de ses faux cils. Pourquoi cette question, mon chou ? Tu t'es embarqué là-dedans ?

— Parce que je crois que je suis poursuivi par un australopithecus, déclara-t-il, amusé, non sans se demander quel pouvait être le rapport entre l'homme singe et l'assassinat de Lecuona.

Il devina qu'il lui serait plus difficile qu'il ne le pensait de se désintéresser d'une telle affaire et il vida d'un trait sa tasse devant le visage maquillé et finaud de Valentina. Elle avait croisé les bras sur le comptoir et, à quelques centimètres de sa moustache, offrait au détective une vue plongeante sur le sillon sexy de deux seins juvéniles moulés dans un décolleté. Il détourna à regret les yeux pour consulter sa Paljot. Il était midi.

Il monta dans un trolley, descendit au marché du port et acheta quatre reinettes de bonne taille pour Margarita de las Flores. À cette heure, il la trouverait dans son agence d'employés de maison. Il imagina la suite des événements : dès qu'elle aurait fermé, ils se rendraient dans son appartement, sous les rails de l'ascenseur[1] Artillería. Elle préparerait un poisson qu'elle envelop-

1. Un des nombreux funiculaires (appelés *ascensores* par les autochtones) qui permettent d'atteindre les hauteurs de la ville. *(N.d.T.)*

perait dans du papier alu avant de le glisser au four, en un geste quasi religieux, pendant que le riz cuirait à feu doux. Quelques mélodies de Beny Moré et une bonne bouteille de blanc feraient le reste.

Après des agapes bien arrosées, ils pénétreraient dans sa chambre, d'où, comme dans toute maison de Valparaíso qui se respecte, on pouvait admirer les collines et la baie. Alors, Cayetano commencerait à dénuder, posément et avec un art consommé, le corps massif de sa maîtresse tandis que le tourne-disques ferait entendre la voix du Bárbaro del Ritmo qui, chaque fois, le poussait à adopter les positions sexuelles les plus extravagantes. Après quelques variations classiques, ils se lanceraient dans des figures plus risquées, inspirées par celles du *Kama-sutra* ou par les représentations du vieux théâtre chinois de La Havane. Il s'y voyait déjà : l'enfourchant sur le tabouret à haut dossier, ou sur la balançoire intérieure, à moins qu'il ne sacrifiât à celle, si fameuse, dite de « l'appui de fenêtre ». Margarita, penchée en avant, ferait mine de contempler l'arc de cercle de la baie alors que Cayetano, à moitié dissimulé par les plis des rideaux, s'activerait derrière son fastueux postérieur, de sorte que les passants, ou les passagers du funiculaire, seraient bien en peine d'imaginer que le ravissement qui se lisait sur le visage aux lèvres et aux yeux peints de cette femme mûre n'était pas tant dû au plaisir que lui donnait la vision des *cerros* et de la baie qu'aux manœuvres raffinées de son invisible amant.

Pas de chance ! Margarita lui annonça qu'elle n'avait pas le temps de déjeuner, façon de lui signifier sans ambages qu'il ne fallait pas compter sur elle pour des galipettes. Confus, le détective alluma une cigarette et s'assit sur le bureau.

— Bon, tu as décidé de laisser tomber, finalement ? demanda-t-elle d'un ton glacial.

Elle s'était maquillée, trop peut-être, les sourcils aussi bien que le grain de beauté qu'elle avait près de la bouche, et ses lèvres rouges et charnues ressemblaient à une fraise fendue.

Ce « finalement » était une allusion à son travail. Elle voulait savoir s'il avait décidé d'arrêter de jouer au détective privé. Depuis un moment déjà, elle désirait le voir prendre un travail pépère, sans risque, au revenu stable, liftier ou concierge dans une administration, idée qui ne séduisait pas du tout Cayetano car il sentait qu'il ne tarderait pas à dépérir de tristesse.

— Non, *finalement*, non, répondit-il, sur le qui-vive, et il remarqua que la poitrine de Margarita enflait sous son chemisier.

— C'est ton dernier mot ?

— Je ne peux pas abandonner, Margarita, c'est toute ma vie, tu le sais.

Elle soupira, réprimant sa colère.

— Si tu continues, tu me perdras, tu m'as comprise, n'est-ce pas ? affirma-t-elle, acerbe, fermant les yeux.

— S'il doit en être ainsi, ce ne sera pas si terrible, répondit-il du ton tragi-comique qu'utilisaient les acteurs des *telenovelas* qui passaient en début d'après-midi, mais si j'arrête, je n'y survivrai pas et je n'aurai plus aucun espoir de te reconquérir.

— Je t'aime, Cayetano, et tu le sais, lâcha-t-elle soudain, brisée. Je ne peux pas dormir en sachant que tu risques ta vie. La pègre est en train de s'emparer de cette ville et, un de ces jours, tu vas croiser un type qui te collera une balle dans la peau.

— Je ne peux pas me résoudre à accepter ce que tu me proposes, fit-il, laconique.

— Très bien, dans ce cas, tout est dit, conclut-elle, les yeux rougis, et elle sortit un mouchoir chiffonné de la manche de son cardigan et essuya quelques larmes invisibles.

Un peu plus tard, Cayetano se retrouva dans la rue avec une seule idée en tête : sauver ce qui était sa raison de vivre. Que Margarita ne soit plus d'accord avec lui, grand bien lui fasse, et qu'elle en supporte les conséquences. Elle devrait se passer de lui et se résigner à la visite occasionnelle d'un amant de rencontre, orpheline du privilège d'être la compagne d'un homme modeste mais intègre, espèce qui ne courait pas les rues, d'un homme qui occupait l'essentiel de son temps à empêcher que la vie, déjà passablement tortueuse, ne sombre définitivement dans le sordide.

Il avait un goût amer à la bouche quand il retrouva l'immeuble Turrí. Il pénétra dans l'ascenseur et gagna son bureau.

— Super que vous soyez là, chef ! lança Suzuki qui versait le contenu d'un sachet de soupe Maggi dans l'eau bouillante d'une casserole. Ça vous tente ? Je vous dis pas les bons morceaux de poulet qu'il y a là-dedans, on est en avance sur le Père Noël !

— Je ne prendrai que de la soupe, je suis au régime. Le poulet, je te le laisse. On a appelé ?

— Non, chef, mais on a reçu une lettre qui va vous laisser sur le cul.

— De qui ?

— Agustín Lecuona, affirma son adjoint après avoir versé un nouveau sachet dans le récipient.

Cayetano, incrédule, remonta ses lunettes sur son nez.

— Le mort ?

— Possible qu'il soit mort, mais il vous a expédié un courrier par la TNT, confirma son secrétaire en désignant avec sa louche le capharnaüm du bureau.

Brulé saisit le petit envoi plastifié et l'examina : c'était bel et bien expédié par Lecuona. Il l'ouvrit à la hâte et en sortit une enveloppe dans laquelle il trouva une feuille manuscrite avec un chèque agrafé au verso. Il lut le message sans reprendre son souffle : « Je suis extrêmement soulagé de savoir le *Delenda est Australopithecus* en votre possession. Veuillez trouver ci-joint un acompte pour les désagréments occasionnés et les risques encourus. Transmettez le document à qui de droit. Vous comprendrez bien qu'il est d'une importance capitale et que beaucoup de vies en dépendent. Restez sur vos gardes. Je reprendrai bientôt contact avec vous. Agustín. »

4

Le lendemain, il encaissa le chèque dans les bureaux de Cambios Prat. Ermenegildo Vega, le propriétaire de l'agence, déposa devant lui quatre mille sept cents dollars en coupures de vingt au lieu des cinq mille indiqués sur le document, sous prétexte qu'il avait été émis par « une autre place » et qu'il n'était pas certain de disposer de suffisamment de fonds. L'argent en poche, le détective alla prendre son café au *Bosanka*, la plus petite cafétéria de la ville, juste en face du *Bar Inglés*.

— Prête-moi le journal, Califa, dit-il à Mustafá, le tenancier des lieux, un vieux Palestinien qui, bien qu'installé au Chili depuis des lustres, avait conservé son fort accent arabe et ne s'était pas enrichi.

Les yeux noirs de Mustafá le dévisagèrent, aussi amusés que mal à l'aise, mais il finit par sortir *La Tercera*, qu'il dissimulait sous le comptoir.

— Tu sais bien que je n'aime pas le prêter, parce que les gens s'incrustent, protesta-t-il d'une voix éraillée en lui donnant le journal à contrecœur. Ils commandent un lait et une banane, ou une eau minérale, ils passent la matinée à lire et à glander, et ils occupent une table sans rien consommer d'autre.

— Faut vivre avec ton temps, Califa, dit Cayetano en ouvrant le quotidien et en souriant de toutes ses dents. L'expansion, c'est le mot à la mode. Qui refuse de s'agrandir et de se moderniser est voué à disparaître, comme l'affirment les économistes et même les types de la nouvelle gauche.

Mustafá préféra ne pas répondre au credo néolibéral de son client et se remit à astiquer sa machine à café italienne. Le détective était un des rares à qui il acceptait de prêter *La Tercera*, car, outre qu'on le voyait souvent chez lui, c'était un expert en café doté d'un odorat qui lui permettait de flairer de loin le jus de chaussette qu'il avait l'habitude de proposer à la majorité de ses habitués. En outre, le Cubain fumait parfois d'excellents cigares qui, dans une certaine mesure, permettaient d'oublier l'odeur détestable des gaz d'échappement.

— Café au lait ou espresso ? demanda-t-il.

— Café au lait, avec un *Barros Jarpa*[1], précisa Cayetano sans lever les yeux du journal.

Après le petit déjeuner, il comptait prendre sa Lada pour se rendre à Santiago et discuter avec le Scorpion. Maintenant que l'affaire Lecuona le concernait personnellement, il avait besoin de se faire préciser certains détails par le policier, car tel était le paradoxe : il travaillait désormais pour un homme qui l'avait payé depuis l'au-delà en utilisant les voies mystérieuses de la poste.

L'article concernant son client se trouvait dans les pages intérieures, rien qu'un entrefilet sous un grand reportage sur la rébellion mapuche et ses répercussions en Europe. Plusieurs gouvernements – plus particulièrement en France et en Allemagne, où les sociaux-démocrates étaient au pouvoir – demandaient au président chilien de faire preuve de modération et de tolérance face aux indigènes, rappelant que les terres qu'ils revendiquaient leur appartenaient depuis des temps immémoriaux.

Cependant, on ne trouvait rien sur l'enlèvement du fils du président de la Cour suprême. Comment le gou-

1. Sandwich au jambon et au fromage chaud. Son nom rend hommage à un ministre du début du siècle dernier qui en était très friand. *(N.d.T.)*

vernement avait-il réussi à cacher la nouvelle à la presse ? En revanche, il en apprit un peu plus sur Lecuona : la victime était le fils d'exilés cubains richissimes et, dans les années 1970, elle avait appartenu à une organisation très controversée, la brigade Antonio Maceo.

— Merde alors ! s'exclama-t-il au moment où Mustafá lui apportait sa tasse.

— Un problème ? demanda le patron en posant ses grosses mains sur le comptoir et considérant Cayetano de la tête aux pieds, l'air peu amène. Il n'est pas assez fort, peut-être ?

— Il y a parfois des nouvelles qui vous laissent pantois, expliqua Cayetano.

Mustafá se retira dans un coin, près du micro-ondes dans lequel chauffait un plat.

Que Lecuona eût été membre de la brigade n'était certes pas à négliger, estima Cayetano. Dans les années 1970, celle-ci avait accueilli en son sein de jeunes Cubains vivant aux États-Unis mais sympathisants de Fidel Castro. Ils venaient passer quelques semaines dans l'île et participaient à la récolte de la canne à sucre, découvrant le visage aimable du régime. Il était de notoriété publique que la Dirección General de Inteligencia, la DGI, un service d'espionnage de premier ordre, en profitait pour recruter. L'enrôlement de Lecuona permettait de supposer que ce fils de contre-révolutionnaires avait fini par retourner aux États-Unis comme agent castriste, raison suffisante pour expliquer son assassinat.

Cela signifiait-il que Lecuano était grillé ? Mais pourquoi dans ce cas venir chercher de l'aide dans une ville aussi lointaine que Valparaíso ? Et pourquoi s'adresser à lui ? Il remua son café après y avoir versé trois cuillerées de sucre – rien à redire, Califa proposait toujours le meilleur café du port – et estima que la thèse impliquant les narcos dans la mort de son client n'était plus de mise.

Il mordit dans son sandwich. Jamais auparavant un client ne l'avait chargé d'enquêter sur sa propre mort, et il dut admettre qu'avec quelques concombres marinés et un peu plus de jambon son *Barros Jarpa* aurait beaucoup ressemblé au *medianoche* cubain de jadis. Il consulta sa montre. Il était temps de filer retrouver le Scorpion au bar de *Chez Henry*.

Le téléphone sonna. Mustafá lui annonça que c'était pour lui et il le pria de faire court, car il pouvait s'agir d'un de ces appels provenant d'un portable, à la charge du destinataire.

— C'est moi, chef, je suis au bureau, dit son adjoint.

— Qu'est-ce qui se passe, Chinois de mon cœur ?

— Je viens de recevoir un coup de fil urgent.

— Un créancier ou un huissier ?

— Pas du tout, chef. Une dame. Une *lady* avec une voix enchanteresse.

— Son nom ?

— Vous n'allez pas le croire, chef.

— Bon sang, Suzukito, ça suffit ! Qui a appelé ?

— Je vous jure que vous n'allez pas le croire, chef.

— Ça va maintenant, Suzukito, tu veux me faire avoir un infarctus ? s'écria-t-il en repliant le journal.

— D'accord, chef, comme vous voudrez. Lourdes.

Cayetano passa le revers de sa main sur sa moustache.

— Lourdes, quelle Lourdes ?

— Lourdes, chef, Lourdes Cisneros, cousine d'Agustín Lecuona. Elle arrive bientôt au Chili et elle veut vous parler.

5

— Comment ça, on t'a retiré l'affaire ? Ce matin encore c'est toi qui t'en occupais.

— C'est comme ça, répondit le Scorpion, résigné, adossé au comptoir de *Chez Henry*.

Il considéra d'un air navré la pointe de ses souliers bien cirés, puis, non sans curiosité, les hommes en costume-cravate qui venaient déjeuner et qui ressemblaient furieusement à des courtiers en Bourse venant d'apprendre qu'elle était à la baisse.

— Le pire, c'est qu'ils l'ont refilée à « Pipa » Núñez.

Cayetano caressa le verre glacé de *pisco sour*, avala quelques noix de macadamia et s'attarda sur les cheveux lisses et grisonnants du policier. L'amour-propre du Scorpion venait d'être mis à rude épreuve, mais cette décision n'allait pas non plus lui faciliter la tâche.

Fils d'un vieux cacique de la gauche, Núñez pouvait maintenant compter sur des soutiens au gouvernement et dans la police, ce qui expliquait son ascension fulgurante. Quant au Scorpion, s'il avait fait preuve de convictions démocrates, y compris sous la junte, il lui manquait le piston nécessaire pour avancer dans sa carrière. Certains hommes au pouvoir non seulement cherchaient par tous les moyens à obtenir de meilleurs postes dans la fonction publique mais voulaient s'enrichir au plus vite. Dans de telles conditions, ceux qui n'avaient pas les bons contacts, comme le Scorpion, devaient prendre leur mal en patience et s'en remettre au destin, car, on le sait, le pouvoir se perd aussi facilement qu'il se gagne.

— Il ne te reste donc que l'affaire de l'otage, résuma Cayetano.

— Sauf que celle-là est gérée au plus haut niveau, précisa le Scorpion après avoir goûté à son *pisco sour*. On m'a déjà prévenu de rendre compte à La Maison chaque fois que je lève le petit doigt, et là-bas tout est question de flair politique.

La Maison était un euphémisme commode pour désigner un organe gouvernemental qui travaillait dans l'ombre à recueillir et analyser tout ce qui pouvait permettre de contrôler les groupuscules censés menacer la sécurité nationale. On se posait nombre de questions à son propos : qui l'avait créé, quels étaient ses membres, où se trouvaient ses locaux ? On savait toutefois que ses principaux agents avaient été formés à Cuba et dans l'ex-RDA.

— Et toi, tu continues avec Lecuona ? demanda le Scorpion en avalant une noix de macadamia.

— Oui.

— Te voilà converti en Don Quichotte, lâcha-t-il, moqueur, accoudé au comptoir. Mais avec ta bedaine tu auras du mal à ressembler au chevalier à la Triste Figure. Oui, c'est peut-être de gens comme toi que nous avons besoin.

Cayetano leva son verre pour l'observer à contre-jour, comme s'il était gêné par l'aspect trouble du liquide, et de l'affaire.

— Il se trouve que Lecuona m'a payé d'avance, l'informa-t-il, et le moins que je puisse faire est de respecter sa dernière volonté. Tu n'as rien trouvé sur *Delenda est Australopithecus* ?

— Impossible. Mais écoute-moi bien : tu ne vas pas tarder à te retrouver avec un vrai casse-tête. Cette histoire de chèque envoyé par la poste, ça ne sent pas bon si jamais les narcos sont impliqués, ajouta-t-il, préoccupé.

— À ton avis, le fait que Lecuona ait appartenu à la brigade Antonio Maceo ne nous ramènerait pas plutôt à une affaire d'espionnage ? demanda Cayetano. Suppose qu'il travaillait pour La Havane et qu'ils l'aient découvert ?

— Qui donc ?

— Les Cubains exilés.

— Tout est possible, et le policier baissa la tête, hésitant. S'il bossait pour Cuba ou pour la CIA, La Maison sera d'autant moins disposée à accepter qu'un type de l'extérieur vienne fourrer son nez là-dedans.

Le Scorpion porta son verre à ses lèvres, but calmement, paupières closes, et fit claquer sa langue. Il se sentait lésé à deux titres : avoir perdu l'affaire du Cubain au profit de Núñez et devoir s'occuper du fils d'une personnalité. Il pressentait que cela ne servirait pas sa carrière car le gouvernement cherchait à négocier avec les ravisseurs par l'intermédiaire de La Maison.

— Tiens, je vais me montrer très indiscret, déclara-t-il tout en jouant avec son verre à moitié vide.

Ils étaient seuls dans le bar, enveloppés par le silence et la lumière ambrée des lampes à abat-jour.

— Peut-être que ça te permettra d'impressionner la cousine de Lecuona.

— Je brûle de savoir…

— On dit que Lecuona a essayé de parler au chef de La Maison.

Cette information changeait tout, les choses prenaient une autre dimension. Cayetano se tourna vers le policier.

— Comment le sais-tu ?

— De sa chambre, il a appelé deux fois le bureau du Comte Rouge. Mes hommes l'ont enregistré.

— Lecuona s'est donc permis de téléphoner au boss de La Maison ?

— Comme je te le dis.

Le Comte Rouge était le nom de guerre d'Ignacio Alcántara, un descendant d'une vieille famille déchue. Il avait fondé l'organisation en 1990, après le rétablissement de la démocratie, afin de permettre au gouvernement de disposer d'un service de renseignements qui puisse court-circuiter les militaires. Quinquagénaire amateur de bonne chère, de havanes et de grands crus, il aimait, assis à son bureau, dans un bâtiment du quartier administratif, entouré de hautes grilles et aux fenêtres obturées, se rappeler son passage dans les Forces armées révolutionnaires cubaines, les FAR – épisode de sa vie dont il était fier. Vétéran des guerres en Angola et au Nicaragua, il était rentré au Chili avec le grade de capitaine et, soutenu par certains membres du Parti socialiste, avait fondé son service de renseignements.

— Et qu'est-ce qu'on en dit, à La Maison ? demanda Cayetano.

— Que Lecuona n'a jamais parlé avec le Comte Rouge, vu que sa secrétaire a cru qu'il s'agissait d'un cinglé et qu'elle ne le lui a pas passé.

— On peut le prouver ? Parce que si Lecuona avait des contacts avec le boss, c'est une tout autre histoire.

— Je te l'ai déjà dit. C'est « Pipa » Núñez qui est sur le coup, maintenant, et si tu veux connaître la vérité, c'est ton boulot, répondit le Scorpion en posant son verre. Au fait, il ne serait pas l'heure de déjeuner ?

6

— Je voulais juste savoir si tu avais réfléchi...

Émergeant des profondeurs du sommeil, il crut reconnaître la voix aux accents dramatiques de Margarita de las Flores. Il alluma à tâtons la lampe de la table de chevet et, privé de ses lunettes, déchiffra difficilement les chiffres du réveil le matin. Six heures, merde ! Le chant des oiseaux et la rumeur de la ville annonçaient une nouvelle journée.

— De quoi parles-tu ? demanda-t-il d'une voix empâtée.

— Est-ce que tu as changé d'avis ? répéta-t-elle d'un ton énigmatique, un peu trop aigu, comme lorsqu'elle devait régler un conflit dans son agence. Oui ou non, as-tu décidé d'abandonner ce boulot dangereux, ce boulot de rien du tout, en fait ?

Il n'appréciait pas d'être victime des insomnies de Margarita. Elle n'avait pas le droit de le réveiller ! Il avait passé la journée de la veille à Santiago, et, avant de rentrer, il avait avalé un double rhum au zinc de *La Piedra Feliz*, essayant d'organiser son emploi du temps pour les jours prochains. Bref, il manquait de sommeil.

— Je ne me sens coupable de rien et je n'ai pas l'impression d'agir comme un imbécile, répondit-il d'un ton égal, car il savait qu'il ne se rendormirait pas.

Il se souvint du message et du chèque que Lecuona lui avait envoyés de l'au-delà, des révélations du Scorpion au bar *Chez Henry*, de la rumeur qui laissait entendre qu'Agustín avait contacté le Comte Rouge et n'était qu'un espion cubain liquidé par les exilés.

— J'aimerais que tu me dises pourquoi tu m'appelles à une heure pareille.

— Pour te sauver la vie, répondit-elle, au bord des larmes, empruntant le ton messianique de certaines émissions religieuses de la radio. Moi, je crois que nous pouvons encore être heureux ensemble. Laisse tomber ce boulot, Cayetano. Qu'est-ce qu'il t'a rapporté ? Des soucis, des dettes, des coups et un tas d'ennemis.

— Plus tous les gens que j'ai rencontrés, Margarita. Tous ces gens qui m'ont aidé à supporter l'existence si loin de mon île.

— Tu es un ingrat ! hurla-t-elle en éclatant en sanglots. Tu n'étais qu'un paria quand le Chili t'a accueilli et c'est ainsi que tu nous remercies !

Manquait plus que ça ! Elle recommençait son numéro ! Des reproches, encore des reproches. Est-ce qu'elle pigerait un jour ce qu'était le mal du pays, la nostalgie qui ne le quittait pas quand il pensait à son île, à cette terre verdoyante, au climat tropical, où les hivers n'existent pas, où une nature luxuriante profite de pluies tièdes et abondantes ? Pour elle, se languir de la mère patrie n'était qu'une façon de trahir sa terre d'accueil. Comment lui faire comprendre que sa nostalgie était proportionnelle à l'amour qu'il portait à Valparaíso et au pays où il avait refait sa vie depuis si longtemps ?

Non, elle était incapable d'imaginer le déchirement quotidien de son âme entre ces deux terres si différentes et si complémentaires.

— Maintenant qu'ils ont tué le Cubain, bien sûr, tu vas t'en mêler, poursuivit-elle pendant que Cayetano gigotait sous les draps. Suzukito m'a dit que tu étais allé à Santiago. Tu n'as donc rien compris ? Tout le monde sait que ce type a été abattu sur l'ordre des narcos. Continue à fourrer ton nez là-dedans et je ne m'étonnerai pas si on te retrouve en petits morceaux au fond d'une bouche d'égout !

Elle raccrocha.

Cayetano reposa l'écouteur. Il était six heures et quart et il n'était plus question de dormir. Leur relation ne pouvait continuer car Margarita voulait l'obliger à renoncer à une des rares choses qui l'intéressaient dans la vie, les enquêtes privées. Enveloppé dans un drap, il descendit à la cuisine en jurant puis se brûla un doigt alors qu'il tenait la moitié d'un toast piqué sur une fourchette au-dessus de la flamme du réchaud. Après avoir fait du café, il cassa deux œufs dans une poêle.

De sa conversation avec le Scorpion, il retenait essentiellement le fait que Lecuona avait pu rencontrer le Comte Rouge. Mais ce n'était qu'une rumeur et, pour en avoir confirmation, il n'y avait qu'un moyen, rencontrer le chef de La Maison. L'homme, cependant, était inapprochable. On ignorait tout de son emploi du temps et de sa vie privée, et son adresse était inconnue. On savait seulement qu'il portait des costumes Hugo Boss, se déplaçait en véhicule blindé et s'entourait de gardes du corps, les « Africains », recrutés parmi les hommes avec lesquels il avait porté l'uniforme de l'armée cubaine lors de la guerre en Angola. Formé par les services secrets des anciens pays communistes, le Comte Rouge n'avait pas tardé à s'entourer des mêmes mesures de sécurité que leurs chefs, acquérant une autonomie réelle par rapport au pouvoir.

Durant les premières années de la démocratie, La Maison avait joué un rôle majeur dans le démantèlement des groupes révolutionnaires armés qui opéraient depuis l'époque de Pinochet. La mission du Comte Rouge consistait à mettre fin aux activités de ses anciens compagnons d'armes. Certains acceptèrent de se démobiliser en échange de prébendes ou de garanties, d'autres refusèrent et continuèrent la lutte dans la clandestinité. Cependant, avec la disparition du bloc communiste et la volonté manifeste de La Havane de commercer avec le Chili, les groupes jusqu'au-boutistes se retrouvèrent rapidement orphelins et livrés à eux-mêmes. Ils perdirent peu à peu leurs planques, puis leurs partisans, et enfin leurs chefs.

Il frottait énergiquement la poêle dans l'évier quand il se souvint qu'il connaissait un homme qui pourrait peut-être le mettre en contact avec le Comte Rouge. Peter Blumen était un militant de gauche entré en politique grâce à une retraite généreuse que lui versait l'Allemagne, où il avait vécu en exil durant la dictature. Son nom véritable était Pedro Flores, mais, à Hambourg, ses camarades du Comité de la résistance chilienne l'avaient germanisé. Oui, se dit Cayetano en fermant le robinet, Peter Blumen lui permettrait sans doute d'approcher le Comte.

7

Toussant et éternuant, la Lada suivit les méandres de l'avenue d'Allemagne qui resserrent la ceinture de boulevards autour de Valparaíso, et descendit en première San Juan de Dios, une rue escarpée. Elle s'arrêta devant une maisonnette blanche au toit de zinc qui se tenait en équilibre précaire d'un côté du *cerro*. Dès que le détective commença à gravir les marches en terre, un bâtard se mit à aboyer au loin. Il l'ignora et toqua à la porte sur laquelle était accrochée une affiche de Santa Teresita de Los Andes.

Quelques secondes s'écoulèrent, un loquet grinça et le visage épais de Peter Blumen apparut.

— Je t'ai reconnu par le judas, dit-il d'un ton grave mais affectueux. Nous vivons une époque où les précautions ne sont pas superflues. Qu'est-ce qui t'amène, Cayetano ?

— Laisse-moi entrer et tu sauras tout.

— Bien sûr, je t'en prie, répondit Blumen en caressant d'un air endormi une barbe de plusieurs jours.

Il portait une tunique indienne couleur bordeaux et sa chevelure crépue était en désordre.

— Tu as de la veine, j'ai passé la nuit chez moi à étudier un texte de Gramsci sur les intellectuels organiques. Assieds-toi.

C'était une habitation minuscule qui avait résisté par miracle au vent de Valparaíso. Elle comprenait un salon-salle à manger d'où on apercevait la cuisine, et deux pièces, l'une servant de chambre, l'autre de bibliothèque. Dans celle-ci, Peter Blumen ne se contentait pas d'entreposer des livres qui avaient échappé aux bûchers de la dictature. Il rédigeait des analyses fouillées sur les perspectives révolutionnaires dans le tiers-monde à notre époque de mondialisation et de néolibéralisme.

— Tu sais ce qu'est un intellectuel organique ? demanda-t-il en refermant la porte dans son dos.

— Aucune idée, répondit Cayetano, guère intimidé.

— Et Antonio Gramsci, tu n'en as jamais entendu parler ? Un type qui a écrit des textes fulgurants dans sa prison fasciste !

— Excuse-moi, je ne suis pas expert en intellectuels organiques, terme qui me rappelle plutôt les produits écologiques, non plus que spécialiste de Gramsci, même si je n'ignore pas que c'était un marxiste italien. En revanche, après avoir vu ta porte, je m'étonne de ta vénération actuelle pour Santa Teresita de Los Andes.

Peter Blumen porta les mains à ses joues et, comme pris en faute, s'expliqua :

— Déconne pas, Cayetano. Tu sais que nous traversons une période de reflux révolutionnaire et il faut garder un pied dans la clandestinité. Ce n'est pas parce que nous avons un président socialiste que les militaires ont quitté le pouvoir. Cette affiche me sert de couverture, en quelque sorte. En outre, impossible de la rater, avec ce ciel bleu à l'arrière-plan.

— Et, dans le coin, on te prend pour un mystique, maintenant ?

— Crois-le ou non, j'étudie le *Livre de Mormon* avec quelques *gringos* très sympathiques qui passent me voir chaque semaine.

— Merde, si c'est pas de l'œcuménisme, ça ! Tu vas vite t'apercevoir que tes petits Ricains aux cheveux courts, en chemise blanche, cravate et sac à dos ne sont que des agents de la CIA et qu'ils te tiennent à l'œil, mon ami.

Il crut remarquer une inquiétude sincère dans les yeux du dirigeant du Mouvement révolutionnaire authentique, le MRA, émanation groupusculaire d'un parti atomisé après le rétablissement de la démocratie au Chili.

Cayetano n'avait jamais pu savoir sur combien de militants pouvait compter le MRA, dont le but était de se dissoudre dès que la dictature du prolétariat aurait été instaurée au Chili. Il ignorait également la nature des soutiens politiques dont il disposait depuis que Cuba et la Chine encourageaient les investissements étrangers, mais il était sûr d'une chose : Peter Blumen était honnête et intègre. Ne vendait-il pas de la poterie en terre cuite et des cerfs-volants à la foire de l'artisanat de la ville tout en continuant à s'interroger sur les chances du matérialisme dialectique et historique ? Cet homme demeurait fidèle à la seule cause de sa vie et il se montrait plus cohérent que nombre de gens de gauche installés au pouvoir. Bien qu'ils eussent été ses compagnons de route sous la junte, leur objectif principal aujourd'hui était de défendre leur siège au Parlement, dans les cabinets ministériels, les gouvernements régionaux ou les ambassades.

— Un petit café au lait, ça te dirait ? demanda Blumen pour évacuer l'incertitude dans laquelle l'avaient plongé les réflexions de Cayetano.

Il se rendit dans la cuisine et mit de l'eau à bouillir. Il y avait à peine la place pour deux et la fenêtre donnait sur la ravine. La modestie de son logement prouvait à l'évidence que Blumen n'avait pas trouvé une planque dans les allées du pouvoir. Beaucoup d'anciens caciques de la gauche vivaient désormais à La Reina, Providencia ou Vitacura, et même dans les quartiers plus huppés d'El Arrayán ou de Las Condes. Pas un seul n'habitait sur les collines de Valparaíso, chaque jour plus pauvres et abandonnées.

— Rien à voir avec le café de chez toi, mais ça pourrait être pire, fit remarquer Blumen après avoir sorti deux tasses ébréchées du buffet. Bon, dis-moi, quel est ton problème ?

Pendant que son hôte, un œil sur le lait, ouvrait un pot de café instantané, Cayetano lui expliqua brièvement qu'il cherchait à se renseigner sur le chef de La Maison.

— Le Comte Rouge est un traître de la pire espèce, déclara Blumen en versant quelques cuillerées de poudre dans les tasses. Au cours des années 1970, nous avons milité ensemble, dans le mouvement mère, ici, et, à Cuba, il s'est engagé dans les FAR avant d'aller se battre en Angola et au Nicaragua.

— Toi aussi tu as appartenu aux FAR.

— Mais je n'aurais jamais accepté de dénoncer mes compagnons.

— D'accord, mais tu as fait quelque chose qui s'en rapproche. Tu as quitté Cuba pour l'Allemagne de l'Ouest.

— Ne réinterprète pas l'histoire. Je me suis rendu dans le monde capitaliste avec l'intention de rejoindre le Portugal et de soutenir la révolution des Œillets, mon ami. Sans doute ignores-tu aussi qui était Otelo Saraiva de Carvalho ?

— Un pote de Gramsci, je suppose.

— D'une certaine manière, oui. Je vois qu'en bon Cubain la théorie et toi, ça fait deux.

— Tu voulais participer à la révolution des Œillets et tu t'es retrouvé à Hambourg…

— Uniquement parce que nous avons raté le contact qui devait nous permettre de passer clandestinement à Lisbonne, c'est tout à fait différent.

— Et, à Hambourg, tu as si bien réussi que tu touches une pension, payée en marks. Étant donné que tu n'as pas encore soixante ans, ça me semble louche.

— Ce n'est pas une pension, corrigea-t-il en rougissant, mais une indemnisation versée aux victimes du fascisme.

Un sourire effleura le visage de Cayetano.

— D'ailleurs, ajouta Peter Blumen, pas mal d'hommes politiques chiliens qui ont les relations nécessaires reçoivent plus que moi, d'autres pays…

— Contentons-nous de parler du Comte Rouge, chaque fois que tu ouvres la bouche ta situation paraît plus compliquée.

Au moment où le lait allait bouillir, Blumen saisit la casserole et remplit les tasses. Une bonne odeur de café envahit l'atmosphère, réconfortant Cayetano.

— Après avoir été nommé capitaine des FAR, poursuivit Blumen, vexé, Alcántara s'est allié aux mencheviks qui, des années plus tard, ont porté Aylwin au pouvoir. Il les a alors convaincus de créer un service de renseignements.

— Cela n'a rien d'illégitime, mon ami.

— Je te l'accorde, mais l'idée du Comte était de neutraliser ses anciens compagnons de lutte, ceux qui s'étaient préparés, comme lui, à instaurer le socialisme au Chili. Il n'y a pire ennemi qu'un ancien ami et, dans le genre, le Comte a décroché le pompon.

Tout le temps qu'ils restèrent au salon à boire leur café, Blumen ne cessa de dénigrer son ancien camarade, le qualifiant de tous les noms, traître, lâche, opportuniste. Cayetano sortit un paquet de Lucky Strike et en offrit à l'ex-artilleur des FAR. Puis il demanda :

— Tu crois Alcántara capable de supprimer quelqu'un avec qui il aurait eu un différend ?

— Il n'hésiterait pas, affirma Blumen en grimaçant de dégoût.

Ils allumèrent leurs cigarettes et fumèrent sans plus parler. Le chien se remit à aboyer et le maître de maison se dressa pour inspecter les environs à travers les rideaux de la fenêtre.

— C'est à cause de cette saloperie de chat de la voisine, une qui s'est fourrée dans l'Église des saints des derniers jours, expliqua-t-il en revenant vers la table. Je crois toujours que ça pourrait être les flics ou les types de La Maison.

— Tu es filé ?

— Qui pourrait se sentir tranquille avec mon passé et le gouvernement que nous avons ?

Cayetano tira sur sa cigarette et souffla la fumée par le nez.

— Est-ce que le Comte serait impliqué dans une affaire au point de vouloir se débarrasser d'un témoin ?

Blumen se dirigea vers la hi-fi et y glissa un compact de Silvio Rodríguez. Il se rassit, la cigarette au bout des lèvres. Ils burent, attentifs aux paroles de *Mi unicornio azul*, laissant filer le temps en silence pour donner à leurs âmes l'occasion de se rapprocher.

— Alcántara ne saurait pardonner qu'on menace sa position.

— Plus concrètement ?

Peter Blumen fronça les sourcils, observant la table comme s'il y découvrait les fragments d'une fresque antique.

— Ces types de la gauche rénovée défendent en premier lieu leur situation. Ils savent qu'ils ont effectué leur ultime pirouette.

— Toi aussi, tu as une âme de trapéziste, le provoqua Cayetano. Aujourd'hui tu vis de l'argent que te verse la deuxième puissance capitaliste du monde. Encore heureux que tu ne te sois pas exilé en Allemagne de l'Est, ils t'enverraient des billets pour jouer au Monopoly.

— M'emmerde pas, tu veux ? Malgré mon parcours en zigzag, dû aux circonstances, je suis resté fidèle à mes choix. Il ne me viendrait pas à l'idée de trahir ou de balancer, comme le Comte Rouge. Ce genre de mec n'a pas d'autre choix que de se maintenir au pouvoir jusqu'à la mort. Privé de sa fonction et de son escorte, il est fini.

— Et tu connaîtrais un moyen de l'approcher ?

Un sourire moqueur traversa le visage de Peter Blumen.

— Ne plaisante pas, Cayetano. Si je le connaissais, ça te ferait un problème en moins…

8

Il fut immédiatement subjugué par sa pâleur, ses longs cheveux noirs, son regard vif. Elle l'attendait au *Bristol*, le restaurant de l'hôtel *Plaza San Francisco*, accompagnée d'un homme plus âgé, en costume bleu et cravate de soie. Ils prenaient le thé, avec des petits gâteaux. Face à leur table, au-delà de la baie vitrée, ils apercevaient l'église franciscaine dressée sous le ciel ambré de Santiago.

— Je suis ravie que votre secrétaire ait pu vous joindre si rapidement, señor Brulé, dit Lourdes en guise de salut.

Elle essaya de lui sourire, mais en fut incapable, trop affectée encore par le malheur qui venait de la toucher. Le détective lui donna une trentaine d'années.

— Je vous présente mon mari, Ramón Cisneros. Il est ingénieur.

Il aurait préféré lui parler en tête à tête, mais bon, il était là. C'était un homme de grande taille, qui en imposait – chevelure blanche soignée, épaules de joueur de water-polo, dents immaculées, regard traversé d'une lueur dédaigneuse. La Patek Philippe à son poignet et la grosse épingle en or de sa cravate laissaient clairement entendre qu'il avait les moyens.

— Asseyez-vous, je vous prie, nous devons parler, dit Cisneros d'une voix grave, tournant son regard vers l'un des serveurs tandis que chacun s'installait. Vous prendrez quelque chose ?

— Un café, merci, répondit Cayetano, scrutant le visage de Lourdes derrière ses verres épais.

Il était toujours mal à l'aise face à des gens qui venaient de perdre un être cher.

— Bien, vous m'avez demandé de vous rencontrer, je vous écoute.

Un simple coup d'œil lui avait suffi pour comprendre que, sous ce tailleur clair, qui rehaussait la finesse de ses traits, se cachait un physique d'amphore, un corps de Cubaine comme il les aimait. Il était cinq heures de l'après-midi, l'heure du thé, et les tables du *Bristol*, établissement situé en plein centre de la capitale, étaient surtout occupées par des femmes d'âge mûr, vêtues et maquillées avec soin, qui tuaient le temps en bavardant autour d'une tasse et de quelques friandises.

— Nous sommes au Chili pour régler les démarches que vous imaginez et savoir comment se présente l'enquête sur cet assassinat, commença Cisneros.

Son visage, à cause, peut-être, de ses yeux légèrement injectés de sang, donnait l'impression que l'homme était d'un caractère emporté.

— Nous désirions vous voir parce que nous considérons que vous pouvez nous fournir certains éclaircissements sur ce qui est arrivé.

Cayetano fronça les sourcils, dubitatif. Il était gêné d'avouer au couple que sa rencontre avec Agustín avait été aussi brève qu'énigmatique. Quelque part, on entendait les notes cristallines d'un pianiste épigone de Keith Jarrett. Le détective commanda un espresso mais dédaigna les petits gâteaux, et le serveur, un homme circonspect et gominé qui se comportait comme s'il était le principal actionnaire de l'hôtel, en parut contrarié.

— Je ne comprends pas pourquoi je tiens un rôle si important dans cette affaire, commenta Cayetano.

— Peu avant de mourir, Agustín m'a appelée à Miami pour me dire qu'il se sentait menacé, expliqua Lourdes, et son regard se voila. Le plan qui justifiait sa venue au Chili avait échoué et il voulait entrer en contact avec un détective cubain du nom de Brulé. Vous êtes bien le seul détective dans ce pays qui s'appelle Cayetano Brulé ?

En parlant, elle effleurait sa gorge, digne de porter les plus beaux colliers.

— Nous sommes à une époque de contrefaçon généralisée et je redoute parfois de ne pas être le seul privé de ce nom, lança-t-il en souriant. Toujours imité, jamais égalé. Je plaisante, je dois être le Cayetano Brulé auquel pensait Agustín.

— Il ne vous a pas confié la raison de sa présence au Chili ?

— Non.

— Personne ne la connaît, affirma Cisneros. Pour le señor Núñez, qui est officiellement chargé de l'enquête, l'explication de ce drame se trouve ici. Nous espérions que vous en sauriez plus.

— J'ai seulement eu l'occasion d'échanger quelques mots au téléphone avec Agustín, je l'ai dit dans ma déposition. À propos, Agustín vous avait-il jamais parlé de quelque chose comme *Delenda est Australopithecus*, ou d'un homme du nom de Sami ?

Cisneros se croisa les bras et soupira.

— Núñez nous a posé la même question, fit-il, découragé. La police n'est pas plus avancée que vous.

— Mais elle ignore un détail, déclara Cayetano en lissant les pointes de sa moustache entre le pouce et l'index. Agustín m'a remis un chèque pour que je commence à enquêter. L'ennui, c'est que je n'ai jamais pu savoir sur quoi.

Quand il eut raconté dans quelles circonstances il avait reçu le chèque, le couple sembla s'en effrayer. Tous ces mystères autour d'un « señor Sami », de *Delenda est Australopithecus* et du document bancaire envoyé à l'avance, ainsi que ses incessants déplacements dans le monde, qu'Agustín finançait, affirma Cisneros, avec l'argent hérité de son père, un exilé cubain mort après avoir amassé une fortune grâce à une chaîne de supermarchés populaires, révélaient la personnalité contradictoire de son fils unique.

— Il n'a jamais voulu se ranger, se marier et mener une existence normale, expliqua Cisneros en lissant les pans de sa veste, comme s'il voulait indiquer la route qu'Agustín aurait dû suivre. Il a passé son temps à voyager et à écrire pour des revues confidentielles. C'est difficile de l'avouer, surtout devant sa cousine, mais c'est la vérité. Il ne nous a apporté que des soucis...

— Ne sois pas injuste, Ramón, protesta-t-elle, les yeux fixés sur la nappe blanche. Agustín avait simplement choisi de vivre d'une manière différente.

— Et tu vois comment il a fini.

— Quoi qu'il en soit, je tiens à vous avertir que je poursuivrai l'enquête, dit Cayetano au moment précis où le disciple de Keith Jarrett cessait de jouer. J'ai une dette envers Agustín et je pense que chercher ses assassins est la seule façon de la payer.

— J'espère que vous ne comptez pas être également engagé par nous, le prévint Ramón. Comprenez bien que nous vous avons consulté parce que nous savions qu'Agustín vous avait demandé de l'aide. C'est notre seule raison.

— Écoutez, señor Cisneros, répliqua Cayetano, piqué au vif, car l'individu semblait être radin et avoir l'esprit mal tourné. J'ai décidé d'enquêter parce que Lecuona m'a payé d'avance. Si j'ai des frais supplémentaires, je me débrouillerai et soyez assuré que je ne vous importunerai pas.

— Ce n'est pas que nous n'ayons pas confiance, intervint la jeune femme pour détendre l'atmosphère, devenue pesante depuis que le Jarrett créole avait recommencé à faire des siennes derrière le piano caché dans un coin du *Bristol*. La police chilienne a toute notre estime et nous ne désirons pas que différentes enquêtes se déroulent inutilement en parallèle. Mais continuez à chercher si votre conscience l'exige.

— Est-ce que je ne risque pas de compromettre certains intérêts financiers ? lâcha Cayetano, conscient de poser une question explosive, et il prit le temps de savourer son café.

— Nom de Dieu, mais pour qui se prend-il, ce nullard ? s'écria Cisneros, et il tendit le bras si malencontreusement qu'il renversa un quart Perrier, attirant vers eux l'attention de plusieurs femmes indiscrètes. Savez-vous à qui vous parlez ? J'ai autant de relations que de revenus et nul besoin de me lancer dans le crime pour accroître ma fortune !

Cayetano alluma sans s'énerver une cigarette et observa la flamme de l'allumette, comme si l'agressivité de Cisneros, qui ne passait pas inaperçue, ne le concernait pas. Mais le visage de Lourdes trahissait sa gêne devant l'éclat de son mari.

— Je vous suggère de vous calmer, mon ami, articula le détective, glacial. Je poursuis cette enquête parce qu'elle m'intéresse pour les raisons que je viens de vous énumérer. Je veux aussi aider Lourdes, qui est réellement affectée par la mort de son cousin, un homme pour lequel vous paraissez n'avoir que du mépris.

— Comment osez-vous ? hurla Cisneros, et la clientèle distinguée du *Bristol* commença à s'intéresser ouvertement à l'altercation. Comment osez-vous vous mêler d'affaires familiales ? Vous n'êtes qu'un fouteur de merde, un pauvre type, un être vil ! bafouilla-t-il, hors de lui, avant de s'adresser à sa femme : Ne t'avais-je pas dit que cela ne valait pas la peine de rencontrer ce genre d'individu ?

— Calme-toi, Ramón, et ne te fâche pas comme un gosse, répondit-elle, déterminée. Est-ce trop demander ? Ne comprends-tu pas que j'ai déjà assez souffert de toute cette histoire et des questions de la police ?

Elle était au bord des larmes.

— D'accord, et ce monsieur nous a dit tout ce qu'il savait sur ton Agustín.

— Oui, mais j'ai confiance en lui et je crois qu'il peut encore nous aider.

— Ce sera pour une autre fois, répliqua Cisneros, le visage en feu et le menton tremblant de colère. Nous partons ! décida-t-il en se levant. Nous n'avons plus rien à faire ici et je n'accepterai pas de lui reparler avant qu'il ne se soit excusé pour son insolence.

9

Il découvrit le Mexicain à l'ombre des arbres qui s'égouttaient encore à la suite d'une averse estivale inattendue. Au moins, la pluie fera étinceler la nuit de Santiago, songea-t-il.

— Je vous la lave et je vous la bichonne, qu'elle soit comme neuve, chef ? demanda l'homme dès que le détective eut arrêté son épave dans la rue Pío Nono.

— Si vous y parvenez, ce sera pure magie, mon ami, répondit-il en descendant du véhicule, faisant grincer la portière comme le panneau d'écoutille d'un sous-marin rouillé. Cette Lada, c'est un taxi dans la dèche qui me l'a refilée, mais elle roule et personne ne s'aviserait de me la piquer. Elle consomme autant qu'un char d'assaut.

Le Mexicain était un poivrot sans âge, aux petits yeux et à la chevelure raide. Il se tenait près d'un arbre avec un seau d'eau et un chiffon, instruments indispensables à son office : laveur d'automobiles à la sauvette.

— Tu sais ce que j'aimerais, Mexicain ? dit soudain le détective, et il constata que l'homme semblait flatté qu'un inconnu en costume-cravate, portant de grosses lunettes, connût son surnom. Que tu me la nettoies et me parles d'un crime qui a eu lieu récemment…

— Dites-moi, chef, vous ne voudriez pas aussi que je la repasse, votre Mercedes ?

Cayetano sourit, plein d'entrain. Il avait eu la bonne idée de traîner dans les rues de Bellavista, ce qui lui avait permis de rencontrer quelques types qui surveillaient les voitures dans les parages de l'*Azul profundo*. Deux ou trois billets avaient délié la langue du plus suspicieux d'entre eux, un clandestin qui l'avait orienté vers le Mexicain.

— Oui, ça s'est passé à l'*Azul profundo*, cette histoire… précisa celui-ci.

— À l'*Azul profundo* ?

— Comme je vous le dis.

Le Mexicain mit les mains dans les poches de son tablier et jeta au détective un regard en coin.

— Ne me racontez pas que vous êtes flic, lâcha-t-il, déçu.

— Absolument pas.

— Je m'en réjouis, parce que vous m'avez l'air d'un toubib. Je me trompe ?

— Oui, je suis médecin, mon ami, et, si vous voulez, ensuite, nous parlerons de vos petits problèmes de santé.

— Merci, docteur, je le savais, fit-il, ému. Si on oublie votre bagnole, vous avez tout à fait la cravate et les lunettes d'un docteur, remarqua-t-il en souriant. Ça m'intéresse de vous parler, parce que j'ai comme l'impression que je suis foutu, expliqua-t-il en portant la main à son foie. Vous savez qu'à l'hosto ils ne vous racontent que des salades, et il faut poireauter des mois avant qu'on s'occupe de vous.

— C'est la vie, mon ami, mais si on parlait d'abord de mon affaire ?

— Je vous écoute, docteur.

— Le jour de l'assassinat personne n'a rien vu, mais la moto sur laquelle sont arrivés les meurtriers a bien dû aller quelque part. Tu me suis ?

Le Mexicain se mit à fouiller dans les poches de son tablier, affichant une mine de circonstance. Il avait les yeux vitreux et le nez rouge. Cayetano comprit qu'il avait devant lui un de ces hommes qui préfèrent éviter tout contact avec la police, parce qu'ils finissent tôt ou tard par être accusés de quelque chose.

— Et pourquoi elle vous intéresse tellement, cette affaire, docteur ?

— C'était un ami. Il laisse une veuve et deux enfants.

— À ce que je vois, vous êtes un genre de Cavalier solitaire, remarqua le Mexicain.

La visière de sa casquette portait le logo de McDonald's.

— Le Cavalier solitaire ?

— Mais oui, patron, et c'est pour ça que vous me bottez. Sauf qu'à la place d'un masque vous avez des culs de bouteille devant les yeux !

Il éclata de rire, le visage plissé, révélant des gencives plantées de quelques chicots.

— Écoute, Toro, j'ai besoin de savoir si quelqu'un aurait remarqué un détail suspect, la nuit du crime. Pour le reste, je m'en charge.

— Et qu'est-ce que j'y gagne, moi, docteur ?

— Dix mille pesos pour un bon tuyau, et une chance de passer à la postérité.

Le Mexicain se tortilla comme s'il s'étirait après avoir dormi et jeta un coup d'œil dans la rue.

— Écoutez, docteur, pour une somme pareille, je suis même prêt à m'accuser. Mais je peux vous dire qu'un type a vu cette moto traîner dans le quartier peu avant le crime.

— Il en a informé la police ?

— Ça va pas ? Lui ou moi, si on va voir les flics, on est bons pour se retrouver au gnouf. On n'a pas de papiers.

— Ces motards, ils n'ont jamais enlevé leur casque ?

— Ça se voit de suite que vous n'êtes pas flic, docteur ! Mais qu'est-ce que vous croyez ? Ces mecs sont pas du genre à montrer leur gueule, faudrait franchement être con, pas vrai ?

— C'est sûr, répondit Cayetano en sortant deux billets de cinq mille. Mais ton ami a peut-être remarqué un truc bizarre, un détail intéressant.

Ils se turent pour laisser passer un homme et une femme. L'écho de leurs pas fut étouffé par une voiture dans laquelle se trouvaient trois personnes. Elle roulait lentement, phares allumés.

— Bon, docteur, je peux vous dire que le bonhomme a surpris les motards en grande discussion avec un type qui conduisait une Expedition de couleur rouge vif. Putain, ça c'est une couleur qui pète ! s'écria-t-il en souriant, sans quitter des yeux la voiture jusqu'au moment où elle disparut à un tournant.

— Une Expedition, comment ça ?

Cayetano fit disparaître les billets dans la poche de sa veste et le Mexicain comprit qu'il risquait d'être marron.

— Quelques minutes avant le crime, l'Expedition s'est arrêtée au coin de Dardignac. Elle n'a pas échappé à Rambo, c'est le gars qui s'occupe du stationnement là-bas, vu qu'elle était mal garée. Il s'est approché, histoire de leur rappeler le règlement, parce que, je vous le dis, on est des marginaux, d'accord, mais on respecte la loi, et le conducteur, une espèce de crétin blond, lui a balancé qu'il en avait pas pour longtemps et qu'il devait pas s'inquiéter.

— Et ensuite ?

— Deux types portant des casques se sont ramenés et ont parlé avec le mec de l'Expedition. La vitre du passager de devant était baissée. Les motards ont filé aussi sec. Puis le conducteur de l'Expedition est descendu pour acheter des clopes dans un kiosque.

— Rambo, il se souvient de la plaque ?

— Ben non, chef. Qui va s'intéresser aux numéros dans ce boulot ? Comme si on avait un ordinateur à la place du cerveau !

Cayetano lui tendit l'argent.

— Mais il n'a rien remarqué de particulier sur la bagnole, une décalcomanie, un gadget ?

— Non, rien du tout, docteur, répondit le Mexicain en chiffonnant les billets. Cela dit, le Rambo, c'est pas le mec à se laisser marcher sur les pieds. Vous savez ce qu'il a fait à l'Expedition, sous prétexte qu'elle avait stationné gratis ?

— Quoi donc ?

— Une connerie, oui, et c'est pour ça qu'il bouffe les pissenlits par la racine, maintenant. Ça lui serait pas venu à l'idée que ces types, ils règlent leurs affaires à coup de flingue.

— Bon, d'accord, mais qu'est-ce qu'il a fait ?

— Il a rayé la porte arrière avec un clou pendant que le blond achetait son tabac. Débile, non ? Mais, au moins, le gus, il roulera plus les mécaniques avec un pauvre bougre qui gratte trois sous dans la rue grâce au stationnement, vous croyez pas, docteur ?

10

La nuit, de retour à Valparaíso, Cayetano arrêta sa Lada devant la cafétéria d'une station-service COPEC, sur la Route 68. L'endroit n'offrait pas le meilleur des cafés, mais il faisait sombre et il pleuvait de façon intermittente. Son organisme exigeait quelque chose de chaud, il avait besoin de fumer une cigarette et de réfléchir à sa conversation avec les Cisneros et le Mexicain.

Il estimait fort dommage qu'une femme aussi séduisante que Lourdes se fût mariée avec pareille canaille. Certes, pour Ramón il ne lèverait pas le petit doigt, pour elle, peut-être, et seulement parce que cela lui faisait plaisir. Cependant, il poursuivrait l'enquête. Elle lui tenait à cœur et il le devait au mort. En outre, certains détails paraissaient bizarres. En ce sens, la rencontre avec le « préposé » au stationnement n'avait pas été vaine.

Alors qu'il attendait son Nescafé au lait, il en profita pour appeler Suzuki. Son secrétaire ne tarderait pas à quitter le bureau pour aller ouvrir le *Kamikaze* et il voulait savoir comment marchaient les affaires.

— Pas un seul appel, lui apprit le Japonais. Rien que des factures et un avis de coupure du téléphone si nous ne payons pas demain. Alors, soyez bref, chef.

La nouvelle le contraria, car il était certain de pouvoir régler toutes ses dettes avec le chèque de Lecuona, mais il se souvint qu'il n'avait pas demandé à Suzuki de s'occuper des factures.

— J'ai un nouveau boulot pour toi, lui annonça-t-il.

La cafétéria était déserte et les garçons vérifiaient leur caisse.

— Demain, tu iras à Santiago et tu feras la tournée des carrossiers qui réparent les Ford.

— Il était temps que vous vous décidiez à la vendre, chef. Se montrer dans cette poubelle, c'est une honte.

— Pas du tout, Suzukito, pour rien au monde je ne me séparerais de ma Lada. Avec elle, c'est à la vie à la mort.

— De quoi s'agit-il, dans ce cas ?

Il lui résuma ce que lui avait raconté le Mexicain. Il devait donc retrouver le garage où on réparait l'Expedition dont la portière avait été rayée par Rambo. Il admit que ce serait un travail fastidieux, mais il n'avait pas le choix.

— D'accord, demain je fais un saut à Santiago, très tôt, et ne vous inquiétez pas, chef, je remuerai ciel et terre et vous tiendrai au courant. À propos, ajouta-t-il au moment où l'appareil annonçait la fin de la communication.

— Je t'écoute.

— Ce ne serait pas une mauvaise idée de vous trouver un portable, et de demander un crédit chez Falabella ou aux Almacenes París pour acheter un ordinateur.

— Depuis quand tu t'intéresses au high-tech ?

— Chef, vous oubliez qu'en bon Japonais mon truc, c'est l'électronique.

La communication fut interrompue et Cayetano demeura pensif, sourire aux lèvres. Suzuki n'avait pas tort de lui parler d'un ordinateur, surtout qu'il avait l'occasion d'apprendre à l'utiliser quand il se trouvait chez sa maîtresse, la propriétaire du salon de massage de l'*Almendral*, dont la clientèle comprenait même des membres du Parlement. Madame Eloise vivait avec son temps, et il ne serait pas inutile de l'imiter.

Il quitta la salle, ragaillardi, et pénétra dans la Lada. Le pare-brise était constellé de gouttes et la cafétéria et ses néons criards semblaient loin, comme dans un film en noir et blanc. La voiture sentait l'essence et une odeur étrange, un parfum trop sucré. Sans savoir pourquoi, au moment de démarrer et d'allumer les phares, il songea à Humphrey Bogart. Quand il regarda dans le rétroviseur, il découvrit le visage impassible d'un type assis à l'arrière. Un frisson lui parcourut l'échine.

— Salut, le Cubain, dit l'homme d'une voix gutturale. On passait dans le coin et voilà qu'on tombe sur ton épave, alors on a décidé d'y attendre que la pluie s'arrête. Ça ne t'embête pas, j'espère ?

— Qui êtes-vous ? demanda Cayetano en approchant discrètement la main de la poche intérieure de sa veste pour y prendre son pistolet.

Ces derniers mois, les attaques à main armée et les vols de véhicules étaient en pleine recrudescence.

Le visage de l'inconnu s'approcha du détective et il put sentir son parfum douteux, une horreur qui empestait comme les eaux de Cologne russes qu'on trouvait à La Havane dans les années 1980. On lui tapota l'épaule.

— Du calme, avertit le type. Mon ami a la mauvaise habitude de ne jamais se séparer d'un luger chargé et, à cause de sa tension, il lui arrive de tirer pour un rien. Résultat des courses : un petit trou dans la nuque des excités. Sûr qu'après ils peuvent plus se plaindre. Alors, tout doux.

Cayetano inclina un peu la tête vers la droite, et, distinguant le second passager dans le rétroviseur, il comprit que son acolyte n'avait pas menti à propos du pistolet.

— Qu'est-ce que vous voulez ?

— C'est moi qui pose les questions.

— Alors, posez-les.

Ses yeux déjà accoutumés à l'obscurité remarquèrent un homme au teint pâle, au visage taillé à la serpe, avec un nez osseux et des cheveux noirs. Il devait approcher de la quarantaine.

— Tu te mêles d'une affaire qui concerne la police, déclara l'homme, et ça ne nous plaît pas, car tu fais du tort aux proches de la victime.

— Vous parlez de l'affaire Lecuona ?

— On te serait très reconnaissant si tu laissais, aujourd'hui même, la police faire son boulot.

Cayetano voulut tourner la tête mais il heurta le bout froid du canon du luger.

— Je suis détective privé et on me paye pour enquêter.

— C'est faux. Les Cisneros n'ont pas besoin de toi, et ils te l'ont déjà expliqué. Bref, dès demain, tu peux continuer à te lever tôt, mais tu vas fourrer ton nez ailleurs.

— Et si je refuse ?

— Souviens-toi que tu es étranger et que d'un jour à l'autre tu risques de perdre ton permis de séjour dans ce beau pays, où tu es si bien *aplatanado*[1], précisa-t-il avec un sourire forcé. T'imagines un peu dans quelle mouise tu te retrouverais ? Et que deviendraient ta petite femme et ton adjoint, sans toi ?

Il sentait toujours la pression de l'arme contre son cou. Les vitres s'étaient couvertes de buée et la pluie redoublait sur le toit. Au loin, on entendait le vrombissement des voitures venues de Santiago qui filaient vers la côte. L'image floue d'un véhicule s'arrêta soudain près de la Lada.

— On est bien d'accord ? demanda l'homme en ouvrant la portière arrière, imité par son complice, de l'autre côté. On sait que tu es du genre prévoyant, aussi, demain matin, au *Bosanka*, à l'heure de boire ton café

1. Cubanisme : intégré, bien adapté. *(N.d.T.)*

au lait et de lire *La Tercera*, tu auras tout oublié de cette affaire. Et ne t'avise pas de jouer au petit futé quand nous partirons.

Enveloppés dans leurs imperméables, ils descendirent de la Lada et s'engouffrèrent dans le véhicule qui attendait. Ses feux rouges disparurent dans la nuit pluvieuse.

11

Le lendemain matin, il faisait frais, le ciel était dégagé et la mer couleur de jaspe. Cayetano Brulé emprunta le funiculaire pour descendre vers le Plan. Au *Bosanka*, après avoir commandé son café au lait et un *Barros Jarpa*, il se plongea dans l'édito toujours aussi bien tourné de Javier Ortúzar. Il était consacré à la situation inquiétante du pays.

Les titres des kiosques évoquaient l'isolement dans lequel se trouvaient Temuco et Osorno à cause de la rébellion mapuche, l'intervention de l'Union européenne qui demandait fermement au gouvernement de remettre à plus tard l'exploitation des forêts australes, dans l'attente d'un retour au calme, et la menace des sociétés forestières de quitter le pays. Toutes les manchettes annonçaient également que la police piétinait dans l'affaire Lecuona.

— Les règlements de comptes entre narcos n'intéressent plus personne, fit remarquer Mustafá en récupérant à la hâte le journal sur le comptoir quand Cayetano eut fini de le lire. C'est de la routine et, pour ma part, je ne suis pas mécontent de les voir s'entretuer. Tu sais bien qu'à Iquique et à Arica les trafiquants sont en train de prendre le pouvoir.

Diffusée par le Sony posé sur une étagère, entre des bouteilles de Bilz et de Pap, la voix d'un homéopathe de pacotille conseillait des cachets contre la constipation et les hémorroïdes. Dehors, la rue Blanco était congestionnée par les bus et les *colectivos*[1].

Le détective essuya soigneusement sa moustache avec la serviette en papier. Qui pouvait bien tirer les ficelles dans l'ombre pour éviter que la vérité ne surgisse ? s'interrogea-t-il. Il avala une gorgée de café – plus Mustafá vieillissait et devenait amer, meilleur était son café – et analysa les événements qui lui semblaient importants. Les voyous de la station-service s'étaient comportés comme des types qui jouissent de l'impunité, et le mot employé par l'un d'eux et dont on se servait dans l'île pour parler des gens qui ont su s'intégrer – « Souviens-toi que tu risques de perdre ton permis de séjour dans ce beau pays, où tu es si bien *aplatanado* » – prouvait qu'il connaissait Cuba.

Mais qui étaient-ils ? De quelle protection jouissaient-ils pour se permettre de déambuler armés ? Des « Africains » du Comte Rouge, dont la raison d'être politique était l'espionnage, ou d'anciens agents de Pinochet qui profitaient de l'amnistie en dépit de leurs crimes ? Des ultra-gauchistes autonomes ? Il mordit avec plaisir dans son sandwich au moment où la radio passait une vieille chanson de Buddy Richard, et il comprit qu'il avançait en terrain miné.

Un autre détail l'étonnait : l'agressivité de Cisneros à son égard. Cela manquait de logique, car il était la dernière personne à avoir eu un contact avec Agustín. Son attitude permettait de supposer que « Pipa » Núñez avait dû le monter contre lui. Dès lors, il devait exister un lien entre « Pipa » et les voyous, bref, le Comte Rouge n'était pas loin. Qu'est-ce qui avait pu motiver l'assassinat de Lecuona ? Que savait-il ? Enfin, la même question revenait, toujours aussi lancinante : pourquoi s'était-il adressé à lui ?

1. Taxi collectif, pouvant charger jusqu'à quatre personnes. *(N.d.T.)*

Bien que la police judiciaire le considérât comme un intrus capable de fouiller les fonds de poubelles, il se promit de ne pas céder et, une fois sa décision prise, il alluma la première cigarette de la journée. Il conduirait sa propre enquête, non seulement parce qu'il avait été payé par Lecuona, mais aussi parce que cette énigme commençait à le passionner. Il calcula qu'à cette heure Suzuki devait être à Santiago en train de visiter les garages où l'on réparait les Ford. Il espérait qu'il ne rentrerait pas bredouille. Avec un peu de chance, seuls certains ateliers vendaient la peinture utilisée sur le modèle Expedition. S'il retrouvait le véhicule, il identifierait son propriétaire et il aurait fait un grand pas pour découvrir les assassins.

— Encore un sandwich, Cayetano ? demanda Mustafá, le tirant de ses réflexions.

— Non, je n'en peux plus.

— Prends un jus d'orange, ça te fera de la place. Sinon, j'ai un *mote con huesillo*[1] bien glacé.

— Un autre jour.

— Un deuxième café ?

— À condition qu'il soit aussi bon que celui-ci.

Tout en observant Mustafá manipuler sa machine italienne, il se dit qu'il ne devait pas accorder tant de crédit aux paroles du Mexicain. L'existence de Rambo n'était peut-être qu'une invention destinée à lui soutirer les billets promis. Et que dire de la rayure, ou même de la Ford Expedition ? Oui, inutile de foncer tête baissée. Mieux valait se montrer patient, régler ses dettes et poursuivre l'enquête. Il vida sa tasse au moment où le patron en déposait une nouvelle devant lui et que la sonnerie du téléphone retentissait.

1. Boisson rafraîchissante qu'on sert dans la région centrale : grains de blé germés trempés dans une décoction de pêches séchées. *(N.d.T.)*

— Ton Chinois, annonça Mustafá, le combiné à la main, l'air mauvais. Sois bref, car il appelle sûrement avec un de ces fameux portables.

— Je t'écoute, Suzukito.

— J'ai de bonnes nouvelles, chef.

— Raconte.

Inquiet, Mustafá s'éloigna, faisant mine d'essuyer une tasse. Il n'aimait pas les bavardages, et encore moins les conciliabules de ces deux flics à moitié clandestins.

— Cette peinture, qu'on appelle *rouge toréador*, affirma Suzuki en se raclant la gorge pour se donner de l'importance, seuls les concessionnaires Ford ou les garages autorisés par la marque peuvent l'appliquer.

— Super ! Nous n'allons pas tarder à découvrir son proprio ! s'exclama Cayetano en lissant les pointes de sa moustache. Quel est ton programme, maintenant ?

— Je file visiter les garages de ma liste. Douze au total. Après ça, je crois que vous devrez m'augmenter.

— Tu ferais mieux d'augmenter le prix de l'infâme colin-purée-salade que tu as le culot de vendre dans ton bouge aux travailleuses du sexe.

— Un seul peso de plus, chef, et elles se tirent avec leurs proxos et leurs clients au *Rey del Pescado Frito*. Dans la rue Ecuador, vous n'avez pas idée de la concurrence déloyale qu'ils nous font. Ils cassent les prix.

— Alors, ton affaire est foutue. Tu pourrais peut-être proposer qu'on t'élève une statue avec des fonds publics. Suffit que je t'affuble d'une étiquette politique et tu ramasseras vite fait le paquet. Enfin, reste en contact. Tu sais où me trouver.

— Pas ici, intervint Mustafá sans plaisanter quand Cayetano lui rendit le combiné.

— Écoute, Mustafá, je vais te dire un truc.

— Oui ?

— Suzukito sera le dernier dans ce pays à avoir un portable.

— Ah bon ?

— Oui, parce que vu ce que je le paye, il n'arrive même pas à s'acheter une carte téléphonique.

— N'empêche que sa Madame Eloise, elle en est déjà à l'ordinateur.

— Arrête un peu tes conneries, tu connais son business. Sers-moi plutôt un *mote* avec beaucoup de pêches, j'ai envie de me faire un petit plaisir…

12

Il fut stupéfait de la voir à la porte de son bureau, au bout du couloir. Dissimulant son profil, sa chevelure brillait sous le tube de néon. Elle était absorbée dans ses pensées et n'avait pas remarqué que Cayetano venait de sortir de l'ascenseur.

— Lourdes ! s'exclama-t-il sans pouvoir réprimer un tremblement dans la voix.

Il la fit entrer et, après lui avoir offert un café, qu'elle accepta avec plaisir, il mit la cafetière sur le réchaud. En bas, la ville tentait de respirer dans l'atmosphère empoisonnée et brûlante de la matinée. Elle s'assit de l'autre côté du bureau en désordre et dit :

— Je suis passée car je vous dois une explication.

— Ne vous inquiétez pas. Vous et votre mari êtes libres de confier l'enquête à qui bon vous semble. Ce sont les lois du marché, comme on dit. Mais j'ai l'intention de poursuivre pour mon compte.

Elle lui expliqua qu'elle regrettait la sortie intempestive de son époux, qui se trouvait actuellement à Buenos Aires, appelé par ses affaires. Ramón se mettait rarement hors de lui, mais, la veille, ils avaient dû supporter l'interrogatoire fastidieux de la police, plus une entrevue avec le consul américain, ce qui avait fini par épuiser sa patience.

— Qui vous a conseillé de m'écarter ? demanda Cayetano en servant le café.

— Personne. En réalité, l'inspecteur Núñez nous a simplement dit qu'il était préférable de les laisser mener l'enquête seuls. Mais il n'a pas fait allusion à vous, se contentant d'affirmer qu'il valait mieux que toutes les informations soient centralisées chez eux. D'après lui, il est inhabituel, au Chili, qu'un détective privé enquête en parallèle avec la police.

— Alors, c'est que je dois vivre en Chine.

Elle avala une gorgée de café et, d'un signe de tête, lui montra qu'elle l'appréciait.

— Bon, vous m'avez présenté vos excuses, et je les accepte, lança soudain Cayetano, jouant le tout pour le tout. Mais ne partez pas, ajouta-t-il quand il la vit se mettre debout. Voyez-vous, j'aimerais beaucoup que vous me fournissiez sur Agustín des renseignements qui pourraient m'aider.

Elle lui apprit plusieurs choses intéressantes. En premier lieu, que son cousin n'avait rien du riche dépeint par la presse chilienne. Certes, son père avait amassé une fortune grâce à une chaîne de supermarchés et à des spéculations boursières mais, à sa mort, dix ans plus tôt, il avait légué une bonne partie de son héritage à des fondations sans but lucratif et à des œuvres de charité. Son fils, avec lequel les relations n'avaient jamais été faciles, s'était contenté d'une somme relativement modeste.

Ce manque de sérénité dans leurs rapports pouvait peut-être s'expliquer par le fait qu'Agustín avait toujours rejeté l'avenir dont son père rêvait pour lui : l'assister dans ses affaires après avoir obtenu un diplôme de management. Mais Agustín, joueur de saxo à ses heures et passionné de jazz et d'anthropologie culturelle, avait eu du mal à terminer ses études secondaires dans un internat très huppé de Floride et ne s'était jamais conformé aux desiderata de l'auteur de ses jours.

— Marcher sur les traces de son père ne l'enthousiasmait pas, fit remarquer Lourdes d'une voix triste. Au contraire, il préférait voyager et écrire des articles pour des revues alternatives, et il avait essayé, sans succès, de publier quelques romans policiers.

— J'aimerais les lire.

— Ils étaient très mauvais, assura-t-elle en croisant les jambes, jetant un coup d'œil aigu sur Cayetano. Je sais de quoi je parle, car j'ai passé un doctorat de littérature, à Cornell. J'admets que ses intrigues étaient intéressantes, mais cela n'allait pas plus loin. C'était franchement mal écrit.

— J'aimerais tout de même les lire. Vous aurait-il confié, par hasard, qu'il avait des ennemis ?

— Des ennemis ? Que voulez-vous dire ?

Cayetano écarta les bras, sa cigarette entre les doigts.

— Qui n'en a pas ? Il nous arrive de nous occuper de ce qui ne nous regarde pas, de mettre le nez où nous ne devrions pas, de fréquenter des femmes qui ne sont pas les nôtres, enfin, vous me comprenez.

Elle mouilla ses lèvres de la pointe de la langue.

— Il ne l'a jamais laissé supposer.

— D'où venait-il quand il est arrivé au Chili ?

— Il effectuait un de ses périples interminables autour du monde. C'est à cela qu'il consacrait son argent. Il semblerait qu'il arrivait de Saint-Pétersbourg, car, par la suite, j'ai reçu une carte postale de cette ville.

— Et qu'est-ce qu'il fabriquait en Russie ?

— Qu'est-ce que j'en sais ? soupira-t-elle, très abattue.

Cayetano crut voir des larmes dans ses yeux.

Elle lui confia alors que son cousin avait quelque chose d'intéressant à lui dire la nuit où il l'avait appelée de l'aéroport de Miami. Il était près de onze heures et il s'apprêtait à prendre un vol d'American Airlines pour Santiago, une ville qu'il ne connaissait pas. Il enquêtait sur une grosse affaire et il avait bon espoir qu'elle ne lui échapperait pas.

— Quand vous a-t-il parlé de moi ? Cette nuit-là ?

Lourdes écarta ses cheveux d'un geste gracieux.

— Non, il y a cinq jours, pour être exacte. Il m'a avoué que les choses devenaient dangereuses et qu'il lui faudrait faire appel à un détective privé cubain qui vivait à Valparaíso.

— Vous l'avez signalé à la police ?

— Ramón, oui, et Núñez en a pris note, mais j'ai eu l'impression qu'il n'y accordait guère d'importance.

Cayetano goûta son café et dut s'avouer qu'il n'était pas à la hauteur de celui de Mustafá.

— Vous et votre mari, pourquoi êtes-vous venus au Chili ? demanda-t-il. Comprenez-moi bien : pourquoi vous et pas d'autres membres de la famille d'Agustín ?

Elle lui expliqua que son cousin était un être solitaire et mystérieux, et qu'elle était la seule personne de sa famille étendue – oui, elle utilisa ce concept sociologique qui ne manqua pas de ravir Cayetano – avec laquelle il gardait contact. Ils se voyaient de temps en temps à Miami. Ils déjeunaient au *Versalles*, dans Little Havana, quand il avait la nostalgie de Cuba, ou au *Délano*, s'il cherchait un endroit plus sélect, à moins qu'ils ne se rendent au restaurant *Abracci*, pour manger italien.

— Si je ne me trompe pas, remarqua Cayetano en soufflant un nuage de fumée vers l'ampoule nue, tandis que des bruits de klaxons montaient de la rue, le *Délano* est un hôtel très confortable…

— C'est vrai, confirma-t-elle en rougissant. Enfin, je crois.

Il sentit qu'il avait touché un point sensible. Pas mécontent de lui, il vida sa tasse et tira sur sa Lucky Strike.

— Autrement dit, résuma-t-il, nous voici devant un homme qui, alors qu'il voyage, vous annonce de l'aéroport qu'il a découvert des choses mystérieuses avant d'être assassiné au Chili sans avoir pu me révéler de quoi il s'agissait.

— Exactement.

Il réfléchit quelques instants, allant et venant dans le bureau, un œil sur le môle, puis il s'immobilisa près de Lourdes et demanda :

— Pensez-vous rentrer à Miami et laisser l'affaire à la police ?

— Eh bien, mon mari est déjà parti, lui rappela-t-elle.

Dans le port, on entendit l'appel déchirant d'une sirène.

— Quant à moi, je dois faire rapatrier le corps avant de m'en retourner. Pour le reste, nous nous en occuperons depuis là-bas.

Cayetano joua un moment avec sa cigarette tandis qu'elle considérait vaguement le bureau, s'étonnant du vieux téléphone posé au milieu des chemises, du diplôme que lui avait décerné un institut d'études par correspondance et d'une commode en bois dont les portes ne fermaient pas, à cause d'un tas d'archives empilées dans le plus grand désordre.

— Si vous me permettez d'être franc, précisa-t-il en expulsant la fumée par le nez, cela ressemble à un crime politique. Votre cousin aurait été partisan de Castro, à en croire la presse.

— Castriste ? Jamais ! réagit-elle, vexée. C'est vrai, il avait fait partie d'une brigade de jeunes Cubains nés aux États-Unis, mais il n'a pas tardé à perdre ses illusions sur la révolution.

— Le royaume des cieux appartient aux repentis. Le monde en est plein. Regardez, rien qu'au Chili, entre ceux qui ont rompu avec le communisme et ceux qui débinent la junte militaire. J'ai peur qu'avec des gens de cette espèce il soit impossible de construire quelque chose de stable, disons.

— Mais Agustín n'a jamais été castriste.

— Ça revient au même. Il suffit qu'un exalté l'ait considéré comme tel. Est-ce que vous me suivez ?

— J'essaye.

— Il était à Saint-Pétersbourg, il connaît Cuba et voilà qu'il débarque au Chili en possession d'une information capitale, qui lui coûte la vie. Certaines rumeurs laissent entendre qu'il avait tenté de contacter le chef des services de renseignements chiliens. Étiez-vous au courant ?

La question l'anéantit. Il paraissait étonnant que « Pipa » Núñez ne lui en eût pas parlé. Il estima qu'elle allait commencer à se méfier de ce policier.

— Bon, je crois que nous nous sommes tout dit, conclut-il d'un ton impartial.

Il aurait préféré l'inviter dans un restaurant digne d'elle : *Los Porteños*, sur le marché du port, où on servait des *marineras*[1] à s'en lécher les babines, ou le *Cinzano*, pour lui faire écouter des tangos en se délectant de *chorrillanas*[2]. Il songea aussi à un lieu plus sophistiqué, *La Cuisine*, par exemple, qui proposait de délicieux champignons farcis, dans un cadre où on pouvait écouter Édith Piaf en sirotant un Pernod.

Lourdes se leva.

— Enfin, dit-elle, je voulais vous présenter mes excuses, Cayetano.

— Ne vous inquiétez pas, tout est plus clair, maintenant.

— Je peux donc partir tranquille. Je vous souhaite une bonne journée.

Leurs regards se croisèrent en silence comme si tous deux jouaient une scène dont ils avaient oublié les paroles. Cayetano se demanda s'il devait la raccompa-

1. Fruits de mer mijotés dans un plat en terre. *(N.d.T.)*
2. Bifteck-oignons-frites. *(N.d.T.)*

gner jusqu'à l'ascenseur ou jusqu'au rez-de-chaussée. Incapable de décider, il se contenta d'ouvrir la porte de son bureau.

— Espérons que tout ira bien, dit-il avec le pressentiment qu'il ne la reverrait plus.

Elle sortit dans le couloir, balançant agréablement les hanches dans son tailleur, et ne se retourna pas lorsqu'elle entra dans l'ascenseur.

13

— Mais quelle mouche t'a piqué ? lui demanda le Scorpion en lui serrant la main.

Ils s'étaient retrouvés dans une cafétéria du métro Pedro de Valdivia où il était possible de boire un café très acceptable et d'avaler quelques *Barros Jarpa* inoffensifs pour la santé. Il était midi, mais l'endroit était encore à moitié vide, se préparant à accueillir la ruée des employés de bureau qui sortent déjeuner vers treize heures.

— J'ai un aveu à te faire, dit Cayetano en s'asseyant à la table de l'inspecteur.

Entre les pâtisseries et les pains exposés dans la vitrine, ils voyaient les passants s'engouffrer dans les rames ou en ressortir à la hâte.

— Comme j'ai encaissé le chèque de Lecuona, je n'ai plus qu'à mener l'enquête.

Le Scorpion tira d'un air renfrogné un sachet de cacahuètes caramélisées qu'il gardait dans sa poche et déclara à voix basse :

— À ta place, au lieu de faire des manières comme une vieille fille qui a des scrupules, j'irais en République dominicaine danser le *merengue* et me dégotter une mulâtre. Crois-moi, il vaut mieux que tu t'éloignes de cette affaire.

Il fut interrompu par une serveuse pleine d'entrain et à l'air malicieux. Ils choisirent le menu « cadres » : *palta reina*[1] en entrée, tripes à l'italienne, sorbet, pain, gelée de fruit et Nescafé. Des cadres bien modestes, à en juger par le prix. Comme boisson, chacun commanda une Becker.

— Pourquoi cherches-tu à m'écarter de l'affaire ?

Le Scorpion lui tendit son sachet de cacahuètes et l'observa attentivement. Une lueur verdâtre apparut dans ses yeux.

— Tu me le demandes ? Ne t'ai-je pas dit l'autre fois que le Comte semblait y être impliqué ?

— Et alors ?

— Tu peux te retrouver dans de sacrés ennuis.

Cayetano lui raconta avec un luxe de détails l'agression des types à la station-service, corroborant les craintes du Scorpion. À l'entendre, « Pipa » Núñez, un homme du Comte à la police judiciaire, s'arrangeait pour bloquer l'affaire Lecuona. On murmurait dans la boîte qu'il s'agissait d'une décision politique, inspirée par le Comte et qui avait l'aval du gouvernement. Il fallait être naïf pour croire que l'enquête aboutirait. Cette manœuvre laissait certaines choses dans l'ombre, sinistres peut-être, et personne ne parvenait à avoir une vision claire de ce qui se tramait. Ils furent soudain ramenés dans l'ambiance de la cafétéria par la serveuse qui déposa bruyamment sur la table le pain, le beurre, les verres et les bières avant de s'éloigner en leur annonçant qu'elle apportait la *palta reina*. De la *palta reina*, songea Cayetano, combien de fois en avait-il mangé au Chili ? Peut-être était-ce le véritable plat national du pays. On devrait le mettre sur l'écusson du pays, se dit-il en remplissant son verre.

1. Avocat pelé, garni de blanc de poulet à la mayonnaise et diversement assaisonné – sel, citron, piment, moutarde. Servi sur un lit de salade. *(N.d.T.)*

— Et tu es certain que Lecuona a parlé au Comte ? continua-t-il.

— Je t'ai seulement dit que les appels passés au secrétariat de La Maison provenaient de la chambre de Lecuona, à l'hôtel *Carrera*, rectifia le Scorpion.

Le haut de son verre était maintenant couvert de mousse.

— Mes hommes les ont enregistrés et j'ai vu le relevé des conversations de mes propres yeux.

— Rien ne permet donc d'affirmer qu'il a parlé au Comte ?

— La secrétaire a reconnu devant la presse qu'elle avait reçu des appels d'un inconnu qui se faisait appeler Sami. Il voulait parler à son chef, mais elle a expliqué qu'elle avait refusé parce qu'elle manquait de renseignements sur la personne qui téléphonait. Les choses ne vont pas plus loin, officiellement du moins. Pour ma part, tout ça ne m'a pas l'air très catholique...

— Très bien. Tu veux que j'enquête ou que je fasse l'imbécile ? Je ne te comprends pas, mon vieux.

— Je te le répète. À ta place, j'irais à Punta Cana.

Quand elle revint, la serveuse apportait non seulement la *palta reina* mais aussi les tripes à l'italienne. Pas facile de savourer une *palta reina* en humant simultanément le fumet des tripes.

— Pourquoi n'es-tu pas convaincu par l'explication de la secrétaire ? demanda Cayetano.

Le Scorpion se pencha au-dessus de la table et répondit d'une voix sourde :

— Parce que chacun de ces appels a duré de cinq à sept minutes. Bizarre, non ? C'est assez long pour qu'elle l'ait passé au Comte et que celui-ci ait échangé trois mots avec Lecuona.

— Tu veux dire qu'ils ont pris rendez-vous ?

— Possible.

Cayetano abandonna la *palta*, insipide, et attaqua le plat principal, qui sauvait la réputation de l'établissement. Des tripes maison, aucun doute, mais suffisamment tendres et bien imprégnées de sauce tomate. Il se rafraîchit d'une gorgée de bière et se demanda si le Scorpion n'était pas en train de raconter des bobards à propos du Comte dans le but de déprécier « Pipa » Núñez.

— Et ce ne sont pas de simples suppositions, reprit le Scorpion comme s'il avait deviné les doutes de son interlocuteur. Le standard de l'hôtel ne ment pas. Il avait enregistré le numéro de la secrétaire du boss de La Maison.

— D'accord, Scorpion, d'accord, je suis convaincu. Mais maintenant, j'ai besoin que tu m'aides.

— Explique-moi en quoi.

Cayetano introduisit quelques morceaux de tripes dans sa bouche pour gagner du temps. En réalité, il ignorait si ce flic aux manières policées et d'un flegme tout britannique se montrerait soucieux de lui donner un coup de main.

Si sa mémoire était bonne, lui, Cayetano, n'avait qu'une seule fois aidé le Scorpion, lors d'une affaire très importante : l'assassinat d'un maître d'armes de l'École navale. L'événement avait longtemps tenu en haleine les autorités et la population. Le Scorpion n'aurait jamais pu trouver les coupables sans les informations que lui avait fournies le détective grâce à sa connaissance de Valparaíso et à ses informateurs. Depuis, les rapports, jusqu'alors plutôt vagues, bien que fondés sur une certaine confiance, qu'entretenaient le policier et le détective privé n'avaient cessé de se renforcer, et cela était assez inhabituel, car dans la police on considérait les privés comme d'aimables dilettantes.

— J'ai besoin de parler au Comte, lança brusquement Cayetano.

La fourchette sur laquelle était piqué un morceau de tripe s'immobilisa entre l'assiette et la bouche du Scorpion.

— Parler au Comte ? balbutia-t-il.

Cayetano fut ravi de la stupeur provoquée par sa demande. Il repoussa son verre et son assiette et regarda les gâteaux exposés en vitrine. Un petit mendiant affamé les dévorait des yeux, le nez aplati contre la vitrine.

— Oui, le Comte Rouge en personne, insista le détective.

— Il ne te recevra pas. Souviens-toi que La Maison n'a aucune existence officielle et donc son « directeur » aurait du mal à t'accorder un entretien.

Bien à contrecœur, la serveuse sortit pour chasser le gosse et Cayetano regretta de ne pas lui avoir acheté un *berlín*[1]. Terrorisé, le gamin s'était déjà noyé dans la foule.

— Dans ce cas, que puis-je faire ? demanda le détective en caressant sa moustache. Je laisse le meurtre de Lecuona disparaître dans les oubliettes des faits-divers ? J'attends qu'on te refile l'enquête, un de ces quatre ?

— Rappelle-toi, Cayetano, le Comte et La Maison n'existent pas. Tu saisis ? Ils agissent, mais ils n'existent pas.

— Mais merde, il est impossible qu'un type se baladant dans cette ville en voiture blindée avec des gardes du corps n'existe pas ! Ou bien je suis cinglé !

Le Scorpion s'essuya le front avec sa serviette en papier et but un peu de bière.

— Si tu veux rencontrer le Comte, dit-il, tu dois appeler le ministère de la Coopération et raconter que tu as l'intention de participer au financement d'un projet de développement d'une commune pauvre. Peut-être qu'alors on te mettra en rapport avec lui. Officiellement, son poste est pris en charge par le budget du développement régional. C'est sa couverture.

1. Sorte de beignet. *(N.d.T.)*

— Tu crois qu'il me recevra ?

— Non. Dans le meilleur des cas tu verras son bras droit, Franco, un type formé à Munich. Tu pourras essayer de monter dans le bon wagon. Son bureau se trouve dans le même bâtiment du Paseo Bulnes, près du palais présidentiel. Mais qu'est-ce que tu vas lui dire ?

— Je trouverai quelque chose.

— Écoute, Cayetano, tu me fais de la peine. Arrête de perdre ton temps. Si tu veux prendre le Comte au dépourvu, il vaut mieux que tu agisses comme je vais te l'indiquer. Mais jamais, tu entends, jamais, et quoi qu'il arrive, tu ne dois citer mon nom, sinon, je suis foutu.

14

Lourdes l'attendait sur le mirador de la place Bismarck. Il la remarqua au moment où il garait sa Lada le long de l'école Pedro Montt. Accoudée à la balustrade en ciment, elle contemplait la ville et la baie qui resplendissaient en contrebas. En jean, chemisier et casquette de joueur de base-ball, elle n'avait qu'une vague ressemblance avec la femme élégante rencontrée précédemment.

Cayetano se dirigea vers le mirador en retroussant les manches de sa chemise. Cette matinée de janvier était splendide, offrant un ciel immense et limpide. Une bande de pigeons s'envola de la place et il entendit des enfants crier, au loin. Le sourire rafraîchissant de Lourdes accéléra les battements de son cœur.

— J'espère ne pas vous faire perdre votre temps, dit-elle en lui tendant une joue qu'il embrassa doucement.

Elle l'avait appelé chez lui, de bonne heure, avant qu'il ne descende déjeuner au *Bosanka*. C'était urgent, affirmait-elle.

— Et pourquoi êtes-vous encore à Valparaíso ?

Elle posa la main sur son avant-bras dénudé.

— Je ne vous ai pas dit toute la vérité sur ce qui s'est passé lors de notre rencontre avec l'inspecteur Núñez.

Cayetano sortit son paquet de cigarettes de la poche de sa chemise, en prit une et l'alluma. Il tira longuement dessus, appréciant le goût du tabac mêlé à l'air pur et tiède de la matinée, mais il fut pris d'une petite toux, comme cela lui arrivait de plus en plus souvent chaque fois qu'il fumait. Il devenait urgent de consulter un médecin.

— Vous voulez vous confesser ?

— Oui, répondit-elle.

Sous la visière de la casquette son visage mince aux lèvres fines semblait encore plus radieux que de coutume. Cayetano réprima une envie folle de caresser l'arrondi parfait de son menton.

— Je suis tout ouïe, dit-il en desserrant le nœud de sa cravate, car il avait l'impression de suffoquer.

— C'est vrai que Núñez nous a recommandé de vous tenir à l'écart, sous prétexte que vous risquiez de ralentir l'enquête.

— Et qu'a-t-il raconté sur mon compte ?

— Qu'il n'avait pas confiance en vous, que vous alliez profiter de notre douleur pour nous extorquer le maximum et que vous n'arriveriez à rien, sinon à retarder le travail de la police.

— Qu'avez-vous répondu ?

— Ramón lui a affirmé qu'il savait comment s'y prendre avec des individus dans votre genre, mais qu'il désirait vous parler uniquement pour en apprendre plus sur Agustín. Voilà pourquoi nous vous avons donné rendez-vous à l'hôtel…

Un bus vide qui roulait au pas s'arrêta près d'eux et le chauffeur prit le temps de reluquer la jeune femme avant de poursuivre sa route.

— Libre à eux de penser de moi ce qu'ils veulent, décréta Cayetano, l'air indifférent, et à vous de croire ce qui vous convient. C'est pour cette raison que vous m'avez demandé de venir ?

— Non. Ils n'ont pas avancé d'un pouce et vous, bien que vous soyez à votre compte, vous avez déjà découvert certaines choses. Je m'étonne qu'ils tentent, comme par hasard, de nous brouiller avec quelqu'un qui enquête de son côté.

— Tant de franchise vous honore, Lourdes, mais vous auriez pu vous contenter de me téléphoner.

— J'ai eu peur.

— Pourquoi ?

— Je crois qu'on me suit.

Cayetano se retourna discrètement pour inspecter les alentours. Il vit l'avenue déserte, la place avec ses palmiers, les moineaux et les bruants, orphelins du buste de Bismarck que les petits voyous de la colline dérobaient chaque fois que l'ambassade allemande le remplaçait, et, dans le fond, le grand écran grisâtre des murs de l'école. Personne ne la filait, pour l'instant du moins.

— Comment le savez-vous ?

— Une impression que j'ai, dit-elle en haussant les épaules, nerveuse. Peut-être que je suis sur écoute. C'est pour cela que je ne suis pas retournée au *Plaza San Francisco*. Oui, je crois qu'on me suit.

L'hypothèse n'était pas invraisemblable depuis sa rencontre avec les deux frappes, à la station-service. Il était évident que quelqu'un s'occupait de très près de l'affaire.

— Et où demeurez-vous, actuellement ?

— Au *Brighton*, Paseo Dimalov.

Il aimait le côté accueillant de cet hôtel installé dans une maison victorienne dressée sur un flanc du Cerro Concepción, dominant une partie de la ville. C'était un endroit tranquille, propre et proche du centre.

— J'ai une proposition à vous faire, reprit-elle. Je veux que vous continuiez à enquêter. Si vos honoraires sont raisonnables, nous nous arrangerons. J'estime que vous pouvez nous aider. Núñez ne m'inspire pas confiance. Il veut surtout que je vous mette sur la touche et j'ignore pourquoi. Vous acceptez ?

— Votre mari est au courant ?

— Pour ne rien vous cacher, non.

Il lui suggéra de marcher vers le sud de la ville. L'avenue, mieux ombragée, offrait plus d'intimité. Elle était bordée de belles demeures construites par des commerçants anglais et allemands au milieu du XIXe siècle, quand Valparaíso, alors prospère, jouait un grand rôle dans l'économie du pays. Il finit sa cigarette, l'écrasa contre un lampadaire et la jeta dans une poubelle.

— Quant à mes honoraires, cela peut attendre, dit-il, essayant d'adopter un ton égal, bien qu'il eût un besoin urgent de quelques pesos en ces temps de crise. Maintenant, je dois savoir qui était réellement Agustín.

— Je vous l'ai déjà expliqué.

— Pas complètement, Lourdes. Ainsi m'avez-vous caché vos rapports amoureux.

Elle rougit. Elle s'arrêta, ferma les yeux et soupira, gênée.

— Comment l'avez-vous appris ?

— À cause de votre manière d'en parler et parce que vous m'avez dit avoir déjeuné ensemble au *Délano*. Beaucoup de couples agissent de même, avant de prendre une chambre… Je ferais pareil.

Lourdes admit avoir été sa maîtresse et son mari l'avait su, ajouta-t-elle. Cependant, après une séparation temporaire et la promesse de rompre avec Agustín, ils s'étaient réconciliés. Par ailleurs, elle était heureuse avec Ramón, affirma-t-elle. C'était un homme bon, qui l'aimait, bien qu'elle ne lui eût pas donné d'enfants. Auprès de lui, outre la sécurité financière, elle trouvait protection et tendresse.

— Que fait-il, dans la vie ?

— Il possède une entreprise qui exporte des fruits en Californie.

— Mais vous avez continué à fréquenter Agustín, n'est-ce pas ? demanda Cayetano en caressant lentement sa moustache.

— C'est vrai.

— Vous n'avez pas songé à vous marier ?

— Agustín n'acceptait pas les compromis. Il aimait par-dessus tout voyager, jouer du saxophone, écrire ses polars et ses articles et faire de la voile. Il refusait les responsabilités d'un homme marié.

— Pourquoi dans ce cas ne pas avoir mis un terme à votre relation alors que vous l'aviez promis à Ramón ?

— J'en ai été incapable, avoua-t-elle, consternée. Essayez de me comprendre.

— Et elle a duré jusqu'à sa mort ?

— Oui.

Ils passèrent devant un magasin. Une radio diffusait une chanson de Luis Miguel, à plein volume. Ils marchèrent un moment en silence, attentifs aux paroles qui promettaient la renaissance d'un amour mal en point.

— Vous est-il venu à l'esprit que votre mari pourrait être impliqué dans cette affaire ?

— Oui, mais je n'en crois rien. Ce n'est pas le genre de Ramón. Il se serait contenté de divorcer. Non, il a vraiment cru que nous nous étions séparés.

— Je dois vous prévenir que je suis un détective très particulier. Si je découvre que mon client est le coupable, je n'hésite pas à le dénoncer. Je commence une enquête pour l'argent, mais je la poursuis par goût de la justice.

— Je vous l'ai dit, mon mari serait incapable de faire une chose pareille.

— Très bien, je tenais à vous avertir. Et maintenant, ma chère Lourdes, si nous parlions de mes honoraires ?

15

Dans une épicerie-buvette de la place Waddington, Cayetano Brulé attendait devant un mauvais café de voir passer le *colectivo* de Fonola sur l'avenue de Grande-Bretagne. Il était trois heures de l'après-midi, moment idéal pour la sieste : la chaleur était à son comble et le vent effilochait les cirrus dans le bleu du ciel.

L'affaire Lecuona commençait véritablement à le passionner.

Ces trois mots, *Delenda est Australopithecus*, la relation entre Lourdes et Agustín, la jalousie de Cisneros, le comportement de « Pipa » Núñez, l'incident de la station-service, le rôle de La Maison, étaient autant d'éléments qui excitaient irrésistiblement sa curiosité. Comme si cela ne suffisait pas, Suzukito ne donnait plus signe de vie. Il fallait espérer qu'il n'était pas en train de gaspiller avec une fille de rencontre l'argent qu'il lui avait remis, car le Japonais était capable de tout pour mettre une femme dans son lit.

Il continua donc à poireauter – entre-temps il avait commandé et payé une Becker –, respirant d'un air ennuyé la brise rafraîchissante qui soufflait jusqu'au comptoir et soulevait la poussière du parquet. D'un moment à l'autre il découvrirait le visage de l'homme qui, d'après le Scorpion, pouvait le mener au Comte Rouge.

Dès que Fonola apparut, Cayetano sut que c'était son jour de chance. La Nissan noire était vide et roulait à faible allure. Il avala une dernière gorgée, courut vers le véhicule et s'assit sur le siège arrière. Il ordonna au chauffeur de ne pas prendre d'autres passagers et de le conduire à Las Torpederas, une plage proche et tranquille.

— Voulez-vous que je vous attende, là-bas, monsieur ? demanda Fonola, un œil sur Cayetano dans son rétroviseur.

— Oui, ce serait mieux.

C'était donc lui, le fameux Fonola. Ça ne se présentait pas trop mal : un homme plutôt corpulent, aux yeux verdâtres et aux cheveux en épis, qui zézayait et paraissait avoir la cinquantaine. Il donnait l'impression d'être resté figé entre deux personnages, comme si son corps avait définitivement renoncé à choisir entre la laideur et la beauté, entre une personnalité vulgaire ou distinguée, entre un caractère pusillanime ou sûr de lui, bref, une espèce d'hybride, un projet inabouti dont il n'y avait certes pas lieu d'être fier.

Il conduisait sa Nissan en évitant les nids-de-poule, se tenant à bonne distance des véhicules qui le précédaient. Seule la cassette de Silvio Rodríguez qu'il écoutait révélait qu'il avait naguère connu une existence plus palpitante que celle de chauffeur de *colectivo* dans le quartier des *cerros*. Car, sous le régime de Pinochet, Fonola avait gagné clandestinement Cuba pour suivre une formation de guérillero dans le but de revenir instaurer le socialisme au Chili.

Mais, dans les années 1980, le compromis passé entre la junte et l'opposition l'avait mis sur la touche, lui et beaucoup de ses camarades. Aujourd'hui, au Chili, les anciens révolutionnaires subsistaient grâce à des emplois de chauffeur de taxi et de portier, ou à des postes dans des entreprises de seconde zone, dissimulant qu'à une époque ils s'étaient préparés à affronter les militaires sur le seul terrain où personne ne les avait jamais défiés depuis plus d'un siècle, celui des armes.

— Laissez-moi près de la Pierre du Bonheur, dit Cayetano alors qu'ils passaient devant le stade des Wanderers, son équipe de foot préférée.

« La Pierre du Bonheur » ranimait toujours dans sa mémoire divers souvenirs. Ce n'était pas seulement le rendez-vous des amoureux qui venaient s'y suicider, dépités de ne pouvoir vivre leur passion, mais aussi l'endroit où Cayetano avait pris connaissance d'informations de première importance sur la vie de Cristián Kustermann[1], un jeune idéaliste assassiné pour des raisons politiques quelques années auparavant. Son enquête, qu'il avait menée à bien après un détour par l'Allemagne et Cuba, lui avait valu une certaine notoriété à Valparaíso, car la victime était le fils d'un grand entrepreneur de la ville. Quoi qu'il en soit, la Pierre du Bonheur était le cadre idéal pour bavarder, si tant est que Fonola y fût disposé.

Un beau jour, alors qu'il avait voué sa vie à la révolution, combattant en Angola et au Nicaragua, au service du MPLA[2] puis des sandinistes, Fonola apprit de la bouche de ses chefs que l'option militaire était abandonnée. Depuis le rétablissement de la démocratie au Chili, la donne avait changé : il s'agissait dorénavant de lutter sur le terrain politique, culturel et syndical. Rends tes armes, lui ordonna-t-on, et, sans avoir le temps de se retourner, il se trouva privé du seul outil qu'il savait manier : la Kalachnikov.

Maintenant, il conduisait un *colectivo* sous un faux nom, car, après son retour au pays, dans un moment de déprime inavouable, Fonola avait accepté de collaborer au démantèlement de son propre réseau en se mettant au service de La Maison. Après avoir révélé l'emplacement de certaines planques ou caches d'armes, il reçut le salaire de sa trahison. Le Comte Rouge, alors en charge de la neutralisation du terrorisme dans la nouvelle démocratie, offrit de l'envoyer en Europe, pour assurer sa sécurité. Cependant,

1. Cf. *L'Affaire Kustermann*, 10/18, n° 3551.

2. Mouvement populaire de libération de l'Angola, créé en 1956. *(N.d.T.)*

Fonola, ou son épouse plutôt, une femme modeste ayant un fort esprit de famille, refusa la proposition, car elle préférait demeurer auprès de sa mère veuve. La Maison finança donc une opération de chirurgie esthétique et Fonola réapparut avec un nez écrasé et l'arc des sourcils modifié. On lui procura un appartement dans le centre-ville et on lui paya le véhicule qu'il conduisait.

— Et comment vont les affaires, Alejandro ? lança Cayetano au moment où le taxi prenait le dernier virage face au Pacifique, avant d'arriver à la Pierre du Bonheur.

Il y avait foule sur la plage. « Alejandro » avait été le nom de guerre de Fonola lorsqu'il combattait en Angola et au Nicaragua.

Il fit mine de ne pas avoir entendu, mais, remarquant la légère rougeur qui couvrit son visage et un haussement d'épaules imperceptible, Cayetano comprit que les informations du Scorpion étaient dignes de foi. Il se trouvait bien en présence d'Alejandro, ancien membre du Mouvement et ex-indic de La Maison.

— Cette chaleur sèche, vous ne l'avez jamais connue à Luanda, pas vrai, Alejandro ? insista Cayetano. Pas plus qu'à Managua.

La voiture pila et Fonola se tourna, braquant un revolver sur le détective. Il ne plaisantait pas. Il craignait d'être victime d'un règlement de comptes. Il ne doutait pas que ses anciens camarades étaient sur sa piste, et peu importait le pays où il vivait. Qu'ils le retrouvent et il finirait dans un fossé, transformé en écumoire.

— On se calme, mon garçon, reprit le détective avec flegme. Je ne suis pas seul et je ne te veux aucun mal. J'ai juste besoin de ton aide et ensuite je m'occuperai de mes rhumatismes.

— Qu'est-ce que vous voulez ? demanda Fonola sans baisser son arme, le front inondé de sueur.

— Parler au Comte Rouge.

— Connais pas.

— Si je te dis que c'est le type qui t'a offert cette caisse, ça te reviendra ?

— Qui es-tu, espèce de sous-merde ?

— Quelqu'un qui a besoin de rencontrer le Comte Rouge. Je n'ai rien à voir avec tes anciens potes.

— Je ne sais pas de qui tu parles, répéta-t-il, le regard vissé dans celui de Cayetano.

— Inutile de le protéger. Tes actes de bravoure, le Comte ne parle que de ça dès qu'il a un coup dans le nez.

L'homme finit par se résigner.

— À mon époque, il lui arrivait de fréquenter le club de tennis de Pato Rodríguez, dans le Barrio Alto, à Santiago, expliqua-t-il d'une voix tremblante. Il passait des heures au gymnase, sur le tapis de course, puis soulevait des haltères et finissait par le sauna.

— Il y va toujours accompagné de son escorte ?

— Évidemment. Mais dans le sauna, il est seul.

16

De la porte, il aperçut un grand espace couvert, au parquet de bois verni, d'immenses baies donnant sur les pics arides et effilés de la cordillère et le Comte Rouge en train de courir sur un tapis d'entraînement.

Cayetano traversa la salle à peu près vide, en bermuda et T-shirt, tenue qui mettait un peu trop en évidence sa corpulence et son manque d'exercice. Il eut vite fait de remarquer ce qu'il craignait : un peu à l'écart, deux hommes veillaient sur le chef de La Maison. Cravatés, lunettes noires sur le nez, ils cachaient sûrement un pistolet sous leur veste. Il monta sur un tapis proche de celui du Comte et se mit à marcher à une allure modérée.

Un quart d'heure plus tard, le cœur prêt à lâcher, les orteils brûlant dans ses baskets, il poussa un soupir de soulagement quand le Comte se dirigea vers les poids et haltères. Il arrêta la machine, le suivit et ne tarda pas à découvrir pourquoi le Comte s'était mis à travailler ses pectoraux : assise en lotus sur un coussin, une blonde entre deux âges, vêtue d'un body, semblait méditer, indifférente aux regards qu'il lui lançait.

Cayetano s'approcha en faisant des mouvements de bras comme s'il s'échauffait. Du coin de l'œil, il constata que les gardes du corps se déplaçaient vers la sortie du gymnase, d'où ils pouvaient surveiller leur chef par les fenêtres. Leur retraite n'était pas fortuite car elle se produisait au moment où le Comte essayait d'engager la conversation avec la femme. Cayetano surprit quelques mots : On ne se serait pas déjà vus ? Comment t'appelles-tu ? Tu viens souvent ?

Le détective en fut définitivement convaincu, cet homme n'était qu'un arriviste. Après le rétablissement de la démocratie, beaucoup, à son image, avaient fait leur trou dans les cercles du pouvoir. C'étaient les mêmes qui, entre la fin des années 1960 et le début des années 1970, avaient exigé l'expropriation de la bourgeoisie et des grands propriétaires terriens, avant de prendre une part active à la lutte contre la junte militaire. Aujourd'hui, revenus d'exil où ils avaient eu le loisir d'apprendre à apprécier les qualités d'un Chivas Regal ou d'un cognac Napoléon, la coupe d'un costume Hugo Boss et le parfum d'un flacon de Cartier, sans parler des rues chic de Rome et de Paris, puis après avoir exercé des responsabilités au sein du gouvernement démocratique, ils s'étaient mués en véritables bourgeois. Ils se déplaçaient en voiture avec chauffeur, vivaient dans des appartements luxueux, jouaient au tennis et au golf, possédaient des résidences secondaires sur la côte et ouvraient des cabinets de consultants, offrant sans états d'âme leurs services à ces chefs d'entreprises qu'ils avaient tenté de déposséder quelques dizaines d'années plus tôt.

La vie est pleine de surprises, fredonna Cayetano, et les surprises sont le sel de la vie. Il se dit que la lutte des classes ressemblait beaucoup à ce qui se produit quand des passagers veulent monter dans un bus bondé. À peine sur le marchepied, ils jouent des coudes pour faire reculer ceux qui leur font obstacle, et, aussitôt après avoir trouvé une place, ils oublient ceux qui viennent derrière et pressent le chauffeur de démarrer. Oui, la vie était comme un bus qui ne disposait pas de sièges pour tout le monde, et le Comte Rouge y occupait une place assise.

Soudain, la blonde se leva, lasse peut-être des avances du Comte, et elle s'éloigna dans son impeccable tenue de gymnaste, le plantant devant ses haltères. Dès qu'il le vit se diriger vers le vestiaire, Cayetano lui emboîta le pas. Il se dévêtit rapidement et entra dans le sauna, accueilli par une chaleur sèche embaumant l'eucalyptus et la lumière opaline de l'endroit désert. Il n'était pas mécontent de lui car cela faisait trois jours qu'il attendait ce moment, sans succès. Il touchait au but.

Sans ses lunettes, il ne voyait pas grand-chose : sa myopie était un handicap considérable dans un tel lieu, mais il patienta jusqu'à ce que le Comte, douché et enveloppé d'une serviette, pénètre dans le sauna et s'installe au niveau supérieur. Cayetano décida alors de tenter le tout pour le tout.

— Comte, lança-t-il, modulant sa voix rauque. Quel est le message que vous a transmis Lecuona ?

L'homme accusa immédiatement le coup. Il s'essuya le front avec sa serviette, comme pour gagner du temps, baissa la tête et braqua ses yeux sombres sur le détective.

— Je ne connais aucun Agustín Lecuona, répondit-il, glacial.

— Je n'ai jamais parlé d'Agustín, Comte, mais de Lecuona.

Le chef de La Maison se leva, furieux autant d'avoir laissé échapper le prénom de Lecuona que de se voir interrogé par un inconnu. Nu et en sueur, il devait se sentir impuissant dans sa serviette. Cayetano découvrit avec stupeur une longue balafre horizontale sur la poitrine du Comte. Il la distinguait mal, mais il fut certain qu'il s'agissait du souvenir laissé par un projectile reçu à l'époque où il combattait loin de chez lui sous l'uniforme des FAR.

— Je m'intéresse à ce que vous a dit Lecuona. Je suis détective privé.

— Vous vous répétez, et je ne connais personne de ce nom.

— Allons donc, alors que vous dirigez La Maison ?

— Je crains, monsieur, que vous ne fassiez erreur, à moins que vous ne soyez fou.

Son exaspération jeta le doute dans l'esprit de Cayetano. Peut-être n'était-ce pas lui et il était tombé dans un piège tendu par Fonola. Quelle raison, d'ailleurs, aurait eue ce dernier de dénoncer subitement le fonctionnaire qui, d'après le Scorpion, le protégeait ?

— Que vous a raconté Lecuona, Comte ? insista-t-il en se plaçant devant la porte.

— Je vous ai dit que vous vous trompez, répéta le Comte, pressé de s'en aller. Et ayez l'obligeance de ne pas m'empêcher de sortir.

Cayetano ne bougea pas.

— Vous êtes le Comte et le chef de La Maison. Pourquoi le nier ?

— Vous préférez que j'appelle à l'aide ?

— Ce n'est pas votre intérêt. Les journaux de demain annonceraient que vous avez eu une altercation dans un sauna. Vous imaginez le scandale ?

— Que désirez-vous savoir ? demanda le Comte, devenu conciliant, car il avait mesuré les conséquences d'une publicité de cette nature.

— Ce que vous a révélé Lecuona.

— Je ne lui ai jamais parlé, mais je sais à qui vous pensez. Le Cubain de Miami assassiné dans un restaurant de Bellavista, à Santiago. L'affaire est délicate, mais moi, je ne reçois pas dans un sauna. Quel est votre nom ?

— Brulé. Cayetano Brulé.

— Détective, m'avez-vous dit ?

— Oui, détective privé, à Valparaíso.

— Ma foi, señor Brulé, si vous désirez me parler, cela ne pose aucun problème, mais ailleurs. Dans ce pays, nous pouvons tous nous comprendre.

— Voilà qui me rassure.

— Je suis un homme sérieux, à la tête d'un organisme qui lutte contre la pauvreté, en liaison étroite avec la présidence, et je n'ai pas l'habitude de traiter les questions de travail dans un tel endroit. Appelez-moi, laissez votre téléphone et je vous contacterai personnellement.

Sur ce, le Comte quitta la pièce, offusqué, et claqua la porte. Cayetano décida de profiter de l'étuve pour se détendre. Il était conscient d'avoir obtenu ce rendez-vous grâce à l'effet de surprise. Il sommeillait dans cette atmosphère qui lui rappelait les Caraïbes quand il entendit la porte s'ouvrir. Deux hommes en cravate entrèrent. Il se redressa, comprenant que les choses allaient mal tourner, mais une droite en plein visage et un coup de pied rageur dans le bas-ventre le firent tomber sur les marches où il demeura étendu à quelques centimètres de l'appareil de chauffage. Puis, aussi vite qu'ils avaient surgi, les deux individus décampèrent.

17

— Bon, Cayetano, vas-tu me dire à la fin ce qui t'est arrivé ?

Au *Bosanka,* la matinée fleurait bon la mer et le café. Appuyé au comptoir, un café au lait à sa droite et la rue encore sombre dans son dos, Brulé cherchait dans *La Tercera* des nouvelles de l'affaire Lecuona. Une de ses arcades sourcilières s'ornait d'un pansement adhésif, il avait un œil au beurre noir et toujours mal aux côtes, souvenirs de sa rencontre fugace avec les gorilles du Comte. Cependant, ce n'est pas cet affrontement inégal qui lui pesait, mais sa conversation de la veille avec le Dr Elmo Müller.

— J'ai eu un petit accrochage avec Muhammad Ali, grand calife, répondit-il sans enthousiasme.

— Une histoire de femme ou d'argent ?

— Une question de protocole, si ça peut t'aider.

Mustafá, mains posées sur le comptoir, examina d'un air soucieux le visage de son client plongé dans la lecture de la colonne de Javier Ortúzar. S'inspirant de la révolte des Mapuches, les habitants de l'île de Pâques exigeaient à leur tour plus d'attention du pouvoir central et se disaient prêts à rejoindre une confédération polynésienne, ce qui risquait de donner le signal d'un démembrement progressif du pays.

— Je te le redemande : est-ce que c'est une histoire de femme ? Parce que hier Margarita est venue me cuisiner sur tes allées et venues, insista le patron. Elle veut savoir si tu tiens une succursale, ici...

Le détective alluma une cigarette, toussa et l'éteignit aussitôt dans le cendrier métallique posé devant lui.

— Qu'est-ce que tu lui as raconté ?

— Que tu n'avais qu'une maîtresse, l'investigation.

— Et sa réponse ?

— Que celle-ci finirait par avoir ta peau.

Il but une gorgée de café et se remit à lire le journal. Il ne voulait pas voir cette femme ni en entendre parler. Qu'elle souffre un peu, ça ne lui ferait pas de mal ! Sinon, elle allait devenir envahissante. Qu'elle s'inquiète, ça lui apprendrait à vivre ! En réalité, en ce moment, il avait d'autres chats à fouetter. Il se fichait comme d'une guigne des états d'âme de Margarita, ainsi que de Suzuki, incapable de découvrir la planque de l'Expedition, et du professeur Inostroza qui l'attendait pour discuter du sens de *Delenda est Australopithecus*. Deux jours après la raclée infligée par les gros bras du Comte, il avait consulté le Dr Müller, pour une radiographie. Et, en examinant ses radios à la lumière de la fenêtre, le médecin lui avait dit quelque chose de fort surprenant.

— Les os sont en parfaite santé. Tu es fort comme un type de vingt ans, Cayetano, mais il y a une petite tache qui me préoccupe. Tu la vois ? Ici.

Son index avait désigné un petit nuage sur un des poumons.

— Qu'est-ce que c'est ?

Le Dr Müller croisa alors les bras et s'adossa à la balustrade de la fenêtre. C'était un homme aux cheveux châtains, avec des yeux verts et vifs, un vrai Bavarois. Dans les rues, le trafic des bus et des trolleys s'écoulait tranquillement et, plus loin, les eaux calmes du Pacifique étincelaient.

— Possible que ce soit une marque de tuberculose…

— Je n'ai jamais rien eu. Je suis aussi solide qu'un chêne.

— Ou bien une tumeur, lâcha-t-il soudain, et il baissa la tête, le regard fixé sur le sol.

L'image du cancer en train de dévorer ses tissus ne lui parut pas si terrible, car le détective pensa d'abord que cela ne pourrait jamais lui arriver. Le cancer, c'était bon pour les autres. Mais peut-être que cette fois il se trompait. La vie est ainsi faite, se résigna-t-il : chaque jour, le destin vous propose un ticket, et, parfois, ce n'est pas le bon, comme aujourd'hui.

— Mais je ne veux pas que tu t'inquiètes, Cayetano, avait poursuivi le médecin d'une voix posée. Nous devons d'abord éliminer la première hypothèse, la tuberculose. On te fera une injection et, d'ici une semaine, nous serons fixés.

— Je comprends.

— D'ailleurs, même s'il s'agit d'une tumeur maligne, sache qu'elles ne sont pas aussi mortelles que dans le temps. Il faut procéder par étapes, être patient et confiant.

— Tu cherches à me rassurer ?

Il se souvint alors de ce pauvre Mexicain, si content de tomber sur un médecin qui pourrait le sauver de la cirrhose. Pauvre type, il ne tarderait pas à découvrir que le numéro qu'il lui avait refilé était faux, mais peut-être que l'argent du pourboire lui permettrait de consulter un vrai spécialiste.

— Non, je suis sérieux, répondit Müller en se mordillant les lèvres. Si le test de la tuberculose est négatif, nous prendrons un autre rendez-vous pour examiner cette tache. C'est un travail complexe mais nécessaire. On te fera une biopsie du poumon. Ce n'est pas forcément une tumeur, mais tu dois arrêter de fumer.

Il se fichait bien que son travail finisse par le tuer, s'avoua-t-il en repliant le journal. Il le rendit à Mustafá qui le rangea aussitôt sous le comptoir. Pour la première fois, il était placé devant cette vérité brutale : les jours de chacun sont comptés. Est-ce que ça valait la peine de cesser de fumer à ce moment de sa vie ? se demanda-t-il en effleurant le cendrier. En réalité, tout le mal venait du fait que chacun, pendant sa jeunesse, se comportait comme s'il était immortel, telle fut sa conclusion. Il fallait bien mourir de quelque chose, résuma-t-il, philosophe. C'était ça le pire : la vie était tellement toxique qu'elle finissait toujours par avoir le dernier mot.

Il jeta un coup d'œil à sa montre. Onze heures. La journée s'annonçait très chaude, une fois encore. Dans l'après-midi, le vent se lèverait, faisant tournoyer des vieux papiers dans les rues. Il avait encore le temps de se rendre chez Inostroza, le professeur de l'université de Playa Ancha qui, outre ses cours à la fac, profitait de la vieille Mercedes achetée en Allemagne pendant ses années d'exil pour transporter des jeunes mariés et leurs témoins.

Le téléphone sonna et Mustafá, qui préparait un café instantané pour un client, se hâta de répondre.

— Sois bref, c'est ton Chinois, prévint-il en lui tendant l'appareil.

— Chef, j'ai de bonnes nouvelles, annonça Suzuki.

— Voyons ça.

C'était exactement ce dont il avait besoin ce jour-là : de bonnes nouvelles. À en juger par le bruit de fond, son adjoint se trouvait dans une rue animée.

— Ce matin, j'ai appelé un garage miteux, à San Miguel, expliqua Suzuki d'une voix hachée. J'ai prétendu que mon Expedition couleur bordeaux avait besoin d'une couche de peinture. Vous savez ce qu'ils m'ont dit ?

— Comment veux-tu que je le sache, Suzukito ?

— Ils m'ont demandé ce qui m'était arrivé. Et vous savez ce que je leur ai répondu ?

— Non, Suzukito.

Mustafá l'observait du fond de la cafétéria, poings sur les hanches.

— J'ai raconté qu'on avait rayé la portière arrière de mon Expedition. Et vous savez ce qu'ils m'ont dit ?

Cayetano commençait à en avoir assez de la manière homéopathique dont son adjoint distillait ses informations.

— Oui, quoi, mon vieux ? Accouche !

— Qu'à leur avis cette couleur avait la cote chez les voyous, et vous savez pourquoi ?

— Non, merde. Pourquoi ?

— Parce qu'ils avaient une autre Expedition dont la portière arrière était complètement rayée. Alors je suis allé la voir, chef. C'est celle que nous cherchons. J'ai tous les renseignements. Vous m'écoutez, chef ? Je rentre. En attendant, trouvez de quoi m'élever une statue.

18

Le professeur Félix Inostroza louait un appartement modeste contigu à La Sebastiana, la maison de Pablo Neruda à Valparaíso, transformée en musée. Il pria Cayetano de s'asseoir à l'ombre de la treille, sur la terrasse. Dans son dos, La Sebastiana dominait les toits étincelants qui s'étageaient jusqu'au sommet de la pente.

— Alors maintenant tu donnes dans la culture, dit-il après lui avoir servi un café et un verre d'eau de Cachantún. Mais j'imagine que ce n'est pas un colloque sur l'anthropologie structurale qui t'a valu ton pansement et ton œil au beurre noir.

Inostroza avait le visage rond et joufflu et un regard incisif derrière ses lunettes. À soixante ans, veuf depuis cinq et proche de la retraite, il s'en tirait grâce aux week-ends passés au volant de sa Mercedes à jouer les taxis de luxe, vêtu d'un frac.

— Qu'est-ce que ça t'inspire, ce *Delenda est Australopithecus* ? demanda Cayetano en touillant son café avec une cuiller de la Lufthansa.

Inostroza sourit, troublé.

— En premier lieu, je pense à la guerre, fit-il d'un ton doctoral. Mais on n'est guère plus avancé.

— Pourquoi, la guerre ?

— Très simple : *delenda* me rappelle Caton l'Ancien et son *Delenda est Cartago.*

— Arrête de parler chinois, s'il te plaît.

— Caton était un sénateur romain qui terminait tous ses discours par cette phrase, autrement dit : « Il faut détruire Carthage. »

— Ça fait un bail…

— Les guerres puniques, mon ami, qui virent s'affronter Rome et Carthage pour le contrôle de la Méditerranée. Elles s'achevèrent en 146 avant Jésus-Christ. Caton considérait la destruction de Carthage, ville où étudia saint Augustin à l'époque où il était adepte du manichéisme, comme une priorité absolue pour assurer l'hégémonie romaine.

Cayetano sortit son paquet de sa chemisette, croisa les jambes et hésita à allumer une cigarette, mal à l'aise au souvenir des paroles du Dr Müller. Il finit par céder et aspira la fumée à laquelle se mêlait l'air pur de Valparaíso. Il réprima un léger accès de toux et examina discrètement l'endroit sur son bras où apparaîtrait une éruption cutanée si la maudite tache était d'origine tuberculeuse. Mais son avant-bras était aussi pâle que d'habitude. Alors, à cet instant, sous la treille, savourant son café et sa cigarette devant le panorama qui s'étendait jusqu'à l'horizon, il lui parut injuste de devoir, un jour pas si lointain, être privé de tout cela.

— Et comment ça s'est terminé pour Caton ? demanda-t-il, désireux de se changer les idées.

— Eh bien, sous le mandat de Scipion l'Émilien, les légionnaires romains ont rasé Carthage et ont déclaré le site tabou, expliqua Inostroza d'un air circonspect. Quant à la population, ceux qui ne se sont pas retrouvés esclaves ont été bannis. On ne t'a jamais parlé des guerres puniques ?

— Si oui, j'ai oublié. Bon, *delenda*, *delenda*, merde !

— Rome s'est imposée dans le sang, ajouta Inostroza, jetant un coup d'œil vers le môle, le long duquel mouillaient les bâtiments de l'escadre. C'était une sorte de cri de guerre, une condamnation.

— Et que sais-tu de l'*Australopithecus* ?

Inostroza sourit, plutôt amusé de voir le détective se préoccuper de tels sujets.

— Je ne suis ni anthropologue ni préhistorien, expliqua-t-il en buvant son café, mais professeur d'histoire, spécialiste de Martin Luther et de Thomas Münzer, de la Réforme. Je sais seulement que l'australopithèque était un primate supérieur qui vivait au pléistocène dans le sud et l'est de l'Afrique.

— Le pléistocène, ça remonte à quand ? Sois clair, s'il te plaît.

— Environ trois millions d'années. Le premier australopithèque était un bipède qui ressemblait plus à un homme qu'à un singe, peut-être connaissait-il quelques outils sommaires, mais il ne semble pas être notre ancêtre commun. Il appartient à une branche qui a avorté, pour ainsi dire.

— Il était parent de l'homme de Neandertal ?

— Pas du tout.

Le professeur commença à faire les cent pas sur la terrasse, la baie en toile de fond.

— L'homme de Neandertal est apparu il y a environ cent cinquante mille ans, et peu après surgit l'*Homo sapiens*. Ils ont coexisté pendant des millénaires en Europe, luttant à mort pour contrôler cette partie du monde.

— Ils se battaient ? s'étonna Cayetano, incrédule. Pour dominer la planète ? Comme les Russes et les Américains ?

Inostroza se rassit.

— Ce fut la première guerre. L'*Homo sapiens* était moins grand et plus faible, mais d'une intelligence supérieure. Les affrontements se déroulaient au gré des rencontres sur le terrain et cela dura des milliers d'années.

Cayetano inhala profondément et sentit la fumée de sa cigarette lui brûler les entrailles. Il imagina des scènes dantesques : affrontements sanglants entre hominidés cherchant à s'exterminer, agonies solitaires dans les cavernes, corps abandonnés là où ils étaient tombés.

Mais qu'est-ce que l'histoire, la préhistoire et toutes ces élucubrations avaient à voir avec l'assassinat de Lecuona ? Plus il cherchait, moins il comprenait. Évidemment, il y avait des clefs, des codes, dont Agustín voulait l'informer lors de leur rencontre à l'*Azul profundo*.

En contrebas, la ville brillait de toutes ses couleurs sous le soleil de janvier. Elle étincelait, silencieuse, comme si le cœur de Valparaíso palpitait dans le seul quartier du bord de mer. D'une certaine manière, il n'était pas faux de dire que les *cerros* s'accrochaient au passé et contemplaient l'avenir avec méfiance.

— Si je comprends bien, *Delenda est Australopithecus* ne te fait penser à rien de précis ?

Inostroza vida sa tasse et répondit d'un ton impatient :

— « Il faut détruire l'australopithèque », voilà ce que ça signifie, sauf qu'il n'existe plus depuis des centaines de milliers d'années…

C'est alors que survint un groupe de touristes européens. Ils pénétrèrent dans la maison-musée, sans parler et en bon ordre. Inostroza quitta la terrasse et rapporta une théière bouillante et un nouveau pot de café.

— Et ce surnom, Sami, utilisé par Lecuona pour réserver à l'*Azul profundo*, ça te dit quelque chose ? finit par l'interroger Cayetano.

Un navire immense quittait la baie, chargé peut-être de fruits destinés aux marchés de l'hémisphère Nord. Le détective songea à Ramón Cisneros. Était-ce un bateau de la concurrence ?

— Ce surnom m'est inconnu, avoua Inostroza en se rasseyant. Mais il me vient une association d'idées intéressante.

— Vas-y, mon gars, développe.

— Il existe un peuple, les Samis, que nous connaissons sous le nom de Lapons, qui habite dans le nord de la Norvège, la Suède, la Finlande et la Russie. On ignore leur origine, bien qu'ils parlent une langue proche du finnois. Ils appellent Saamiätnam le territoire qu'ils occupent depuis des temps immémoriaux.

— Ils existent toujours ? demanda Cayetano, curieux.

— Bien sûr. Ils vivent de l'élevage du renne et du tourisme. Ils forment une minorité, je ne crois pas qu'ils soient plus de cent mille. Les Scandinaves et les Russes se sont emparés d'une grande partie de leurs terres ancestrales.

— Et ils se sont rebellés, comme les Mapuches ?

— Non, là-bas, les choses ne se passent pas ainsi. C'est plus tranquille. Est-ce que ça t'est utile, ce que je te raconte là ?

Cayetano soupira en effilant sa moustache. L'idée de démêler un écheveau de concepts compliqués – australopithèques, hommes de Neandertal, *Homo sapiens*, Samis – ne l'enthousiasmait guère. Il valait mieux continuer à chercher du côté de l'Expedition.

— Oui, la moindre information peut m'être utile, répondit-il pour ne pas décourager Inostroza, qui avait sans doute consulté des encyclopédies afin de l'aider.

— J'avoue ne pas comprendre ce qui se cache derrière cette histoire, admit l'universitaire. Tiens, viens plutôt admirer les enjoliveurs que j'ai achetés pour la Mercedes. Elle sera toute blanche maintenant, la plus belle bagnole de la ville pour promener les mariés et les baptisés.

19

Grâce au numéro de la plaque d'immatriculation fourni par Suzuki, Cayetano retrouva l'adresse du propriétaire de l'Expedition en s'adressant aux services de la mairie de Valparaíso. Comme il l'avait supposé, il ne s'agissait pas d'un particulier mais d'une société : la

Consultoría de Inversiones Transworld Ltda, un cabinet-conseil domicilié dans le Manhattan de la capitale chilienne.

Oui, se dit-il en suivant la rue Condell vers son bureau, respirant la fumée acide des bus, c'était très regrettable, car il était certain de ne rien posséder sur cette société dans ses archives. Suzuki n'avait pas tort de vanter l'utilité d'un ordinateur. Il ne lui restait plus qu'à recourir aux bons offices d'un avocat de la capitale spécialisé dans les entreprises. D'origine italienne, Hugo Botticelli avait installé son cabinet place des Armes. Cayetano avait fait sa connaissance à l'aube, au *Valparaíso Eterno*, alors qu'en compagnie de sa femme vénézuélienne l'avocat dansait la salsa avec une souplesse enviable. Son sens du rythme et sa spontanéité lui venaient d'un exil de dix années à Caracas, dont les folles nuits n'étaient plus à vanter. Depuis, Botticelli gardait la nostalgie des tropiques et sympathisait avec les Cubains, de quelque bord qu'ils fussent.

— Inversiones Transworld ? répéta l'avocat au téléphone.

Cayetano se trouvait dans son bureau de l'immeuble Turrí. Suzuki préparait le café.

— Ça ne me dit rien, mais je connais quelqu'un chez un notaire du quartier qui pourra me renseigner. Ne t'inquiète pas. Je te rappelle dès que j'aurai du nouveau.

Le détective raccrocha et téléphona aussitôt à l'hôtel *Brighton*. La journée semblait idéale pour déjeuner avec Lourdes, mais au ton de sa voix il devina qu'elle n'était pas dans son assiette. Malgré tout, elle affirma qu'elle tenait le choc et lui annonça qu'elle demeurerait plus longtemps que prévu au Chili, car le rapatriement du corps d'Agustín était retardé pour des raisons inexplicables.

— En outre, je dois partir sur-le-champ pour Santiago, ajouta-t-elle. Núñez a besoin de me voir d'urgence. Il vaudrait peut-être mieux se donner rendez-vous là-bas, je pourrai vous dire de quoi il retourne.

Ils tombèrent d'accord pour se retrouver au *Brighton* avant d'aller « manger japonais ». L'idée de goûter avec elle les fameux sushis tout en étant mis personnellement au courant de ce que traficotait l'inspecteur Núñez lui parut excellente.

— Prenez donc un autre café, chef, car, si je comprends bien, votre rendez-vous avec Lourdes est tombé à l'eau, dit Suzuki quand Cayetano eut raccroché.

Puis, redevenant sérieux, il demanda :

— Est-ce que cette Cubaine ne serait pas en train de vous ronger les sangs et de vous tourner la tête ?

— Arrête un peu tes âneries, Suzukito. Il ne faut jamais mélanger le travail avec les sentiments. N'oublie pas que nous sommes une agence modeste mais honorable, recommanda-t-il sans grande conviction, ce que son adjoint ne manqua pas de remarquer.

Puis il essaya à nouveau de parler au Comte Rouge. Depuis l'incident douloureux du sauna, il n'y était toujours pas parvenu. Cette fois encore, ce fut un échec. Sa secrétaire l'informa qu'il était absent et le pria de laisser ses coordonnées, lui promettant de le rappeler. Il n'eut d'autre choix que de la croire.

Sa tasse à la main, il s'approcha de la fenêtre pour contempler la mer, les bateaux et les mouettes. Regarder le Pacifique avait le don de le calmer. Était-ce cela, la mort ? Planer au-dessus de l'océan et s'éloigner de l'agitation de Valparaíso, sans rien voir ni entendre, pas plus la côte que les lumières ou les bateaux, puis se retrouver face au ciel et à la mer confondus en une seule couleur immobile et muette ? Oui, cela pouvait ressembler à la mort, songea-t-il en tournant le dos à Suzuki, qu'il ne voulait pas inquiéter en lui parlant de sa visite chez le Dr Müller.

Le téléphone sonna et il eut peur d'avoir affaire au médecin. N'allait-il pas lui demander si l'éruption cutanée sur son avant-bras avait fini par apparaître ? À moins que ce ne soit Margarita qui revenait à la charge pour le convaincre d'abandonner son métier et lui proposer dans la foulée une petite séance amoureuse dont il était si friand ? Il décrocha à contrecœur.

— Señor Brulé ? s'enquit une voix.

— Lui-même.

— Ignacio Alcántara à l'appareil. Vous désiriez me parler ?

Il soupira, soulagé, et se reprocha d'avoir pensé du mal d'Alcántara. Il tenait parole.

— Oui, je me réjouis que vous me rappeliez, répondit-il, plutôt content.

— De quoi s'agit-il ?

— Du sujet dont nous avons discuté au sauna, l'autre jour.

— Pardon ? De quel sauna parlez-vous, señor Brulé ?

Cayetano était doté d'une oreille très musicale qui lui permettait de distinguer à des kilomètres la voix du Bárbaro del Ritmo, en dépit de ses centaines d'imitateurs. Son interlocuteur était le Comte Rouge, il n'en douta pas une seconde.

— Je fais allusion à l'établissement où je vous ai parlé de Lecuona, expliqua-t-il, certain que l'autre s'en souviendrait.

— Je crains que vous ne fassiez erreur, señor Brulé. Vous êtes en ligne avec le directeur du département en charge de la modernisation régionale, et je ne connais personne du nom de Lecuona.

Le détective s'assit à son bureau. Suzuki était occupé à découper la page des faits divers du *Mercurio*, le grand quotidien de Valparaíso.

— Comme vous voudrez, señor Alcántara, dit Cayetano au bout d'un moment, mais n'essayez pas de me la faire, je sais que vous êtes le directeur de ce département et je voudrais savoir si le señor Lecuona, Agustín

Lecuona, vous a contacté, pour une raison ou une autre, avant de mourir.

— Je ne connais aucun Lecuona, señor Brulé. Je regrette.

— Pourriez-vous me recevoir dans votre bureau ?

— Dans quel but ?

— Pour parler de Lecuona.

— Mais puisque je vous répète que j'ignore qui est cette personne, señor Brulé.

— Écoutez, Alcántara, seriez-vous en train de prétendre que nous ne nous sommes pas vus au sauna, où nous avons parlé de Lecuona ? Ou bien je suis cinglé !

— Oui, señor Brulé, vous êtes cinglé. Et je vous conseille d'adopter un autre ton. Vous vous adressez à un représentant de la république et vous lui devez un minimum de respect, d'autant plus que vous êtes cubain et vivez dans ce pays grâce à un permis de séjour permanent.

— Écoutez-moi un peu, Comte… insista-t-il.

— S'il vous plaît, señor Brulé, je n'ai pas l'intention de gaspiller mon temps avec un type des Caraïbes qui a perdu la boule.

Il raccrocha, laissant Cayetano pensif, le téléphone à la main. Pourquoi le Comte tenait-il tant à le mettre dans une position si délicate, entre le marteau et l'enclume ? Pour lui suggérer de laisser tomber l'affaire ? Il comprit alors qu'il était tombé naïvement dans son piège et qu'il n'aurait plus une seule occasion de le rencontrer.

20

— Et si la biopsie révèle une tumeur maligne ? Combien de temps crois-tu que… ?

Vêtu de sa blouse blanche, le Dr Müller venait de pénétrer dans la petite pièce où Cayetano reprenait ses esprits, à l'hôpital de Valparaíso, un bâtiment entouré d'eucalyptus, sur les hauteurs de la ville. En fait, malgré l'anesthésie, la biopsie de son poumon gauche avait été un moment abominable. Maintenant qu'on disposait d'un prélèvement, il suffisait d'attendre.

— On en saura plus dans trois semaines, répondit le médecin en tapotant affectueusement l'épaule du détective. Entre-temps, inutile de s'inquiéter, par contre, il est impératif d'arrêter de fumer. Allez, habille-toi et profite de la vie.

— Ne me raconte pas d'histoires. Je vis seul et je préfère connaître la vérité toute nue. J'ai passé les vingt dernières années de ma vie à la chercher.

— Pas la peine d'aller plus vite que la musique, mon ami, insista le médecin avant de quitter la salle, et il dressa un index comminatoire. Si tu travailles sur des hypothèses, moi, je m'en tiens aux faits et aux pronostics approximatifs. Je n'ai qu'une chose à te dire : patience.

Une demi-heure plus tard, Cayetano se retrouva à l'air libre. La matinée était magnifique et il s'éloigna de la façade Art déco de l'hôpital, marchant parmi les eucalyptus. C'était une chance que la municipalité n'eût pas encore détruit ce bel édifice tout blanc, dont on pouvait apprécier l'architecture épurée, visible de toute la ville. Il n'avait pas totalement récupéré, et l'éventualité de sa mort prochaine, les craintes qu'il avait d'y passer, le poussaient à rechercher la solitude et le silence, à observer ce qui l'entourait avec le pressentiment que c'était peut-être la dernière fois qu'il en avait l'occasion. Si le désir et l'ambition se perpétuaient dans l'au-delà, alors la mort était sans conteste un châtiment inhumain, songea-t-il. Non, il n'y avait rien d'autre à faire qu'attendre le résultat des analyses.

Il aperçut une cabine et décida d'appeler Hugo Botticelli.

— J'ai une excellente nouvelle, lui annonça l'avocat, aussi cordial et optimiste qu'à son habitude. La

Transworld Inversiones a été créée il y a dix ans et représente des entreprises étrangères qui travaillent chez nous. C'est une société assez particulière, car, d'après les registres, elle se consacre aussi à des projets culturels, artistiques et écologiques.

— Sans blague, des philanthropes ? hurla le détective au moment où deux bus dévalaient la rue à toute vitesse en direction du Plan.

— J'imagine que certaines boîtes ont le chic pour associer la culture au business et ça doit sûrement payer, question impôts, que ce soit au Chili ou à l'étranger, va savoir. Bref, le truc me semble intéressant : les affaires et la culture, la quadrature du cercle.

— Et qui en est le patron ?

— Un type que je ne connais pas, Helmut Frosch.

— Allemand, dirait-on.

— D'origine, sans doute. C'est à lui qu'appartient le cabinet.

Cayetano raccrocha, introduisit quelques pièces dans l'appareil et demanda à Suzuki de lui obtenir un rendez-vous avec Frosch en le faisant passer pour un expert en généalogie. Il appela ensuite le *Brighton*, mais, comme Lourdes ne s'y trouvait pas, il laissa un message sur le répondeur de sa chambre pour l'inviter à dîner le lendemain dans le japonais de son choix. En réalité, il était impatient de connaître les impressions de la jeune femme après son entrevue avec « Pipa » Núñez.

— Et n'oubliez pas la carte postale qu'Agustín vous a envoyée de Saint-Pétersbourg, ajouta-t-il.

21

L'après-midi suivant, parvenu au dernier étage d'un gratte-ciel de Santiago, il se retrouva dans une atmosphère climatisée, étrangère au vacarme de la rue. Il enfila un couloir moquetté et pénétra dans l'antichambre du cabinet-conseil. Une femme assise devant un bureau en bois massif le reçut. Elle parut surprise par son pansement et son œil tuméfié, mais, passant outre, il se présenta sous le nom de Ciro Abrantes et lui rappela qu'il avait rendez-vous avec Helmut Frosch. Il était envoyé par des parents lointains habitant Leipzig. Il était persuadé que cela marcherait. Selon le professeur Inostroza, le patronyme Frosch ne devait pas y être inconnu car dans le *Faust* de Goethe un étudiant du même nom fréquente la cave de la *Taverne Auerbach*.

Pendant que la réceptionniste s'informait auprès de la secrétaire de Frosch, Cayetano se souvint que ce matin-là, alors qu'il prenait un café au lait avec Botticelli au *Haití*, en matant les serveuses en tenues collantes, l'avocat lui avait confié qu'on manquait de références sur cette société mais qu'elle paraissait sérieuse et solide.

— Elle ne s'occuperait pas de blanchiment d'argent ? avait demandé Cayetano.

— Moi, de nos jours, je n'ai plus confiance en personne, avait répondu l'avocat en haussant un sourcil.

— La secrétaire du señor Frosch vous prie d'entrer, lui annonça la réceptionniste. Veuillez suivre le couloir jusqu'à la porte du fond.

Ce qu'il fit, au rythme d'une musique d'hôtel américain, songeant que Frosch pouvait être l'homme qui avait parlé aux motards la nuit du crime. Une fois entré, il fut accueilli par un clone plutôt réussi de Romy Schneider.

En voilà une qui s'habille dans les magasins les plus chic et ignore tout du monde du Mexicain, se dit-il, sans parler du chômage, de la rébellion mapuche et de l'explosion de la bombe qui, ce matin, a paralysé le port de Valparaíso alors que les exportations de produits agricoles battent leur plein. Oui, cette femme ne devait être touchée que par les enlèvements de riches, ou par la délinquance et le smog qui, comme la mort, frappaient chacun sans distinction dans la capitale.

— Le señor Frosch est en réunion, mais, si vous me donnez votre numéro de portable, nous pourrons vous rappeler rapidement, annonça Romy Schneider.

Il n'avait pas d'ordinateur et elle lui parlait d'un portable ! Disait-elle la vérité ou était-ce l'artifice habituel que la société employait avec ceux qui venaient sans recommandation ? À moins que le Comte Rouge eût prévenu le patron ? C'était improbable, car il s'était présenté sous un faux nom et rien n'indiquait que les deux hommes se connaissaient.

— Je ne l'ai pas, prétendit-il, et il lut un reproche dans son regard bleu et distant.

— Ce n'est pas grave, laissez-moi un numéro où nous pourrions vous contacter, nous n'y manquerons pas.

— Écoutez, mademoiselle, mentit Cayetano après avoir rajusté sa cravate, je rentre d'Allemagne où j'ai rencontré une famille Frosch, qui cherche à retrouver ceux de ses membres qui ont émigré au Chili. Ils m'ont demandé de les aider. Ce sont des gens influents. Je ne crois pas occuper votre patron plus d'une demi-heure.

Romy Schneider se contenta de répéter que son chef était en réunion, mais, tandis qu'elle lui fournissait des détails censés confirmer l'importance de ladite réunion, le détective aperçut un grand blond au physique massif, d'une cinquantaine d'années, portant un complet gris, qui, flanqué de deux jeunes costauds en costume-cravate, empruntait le couloir vers l'ascenseur.

— C'était le señor Frosch, avoua Romy Schneider, l'air penaud, dès que le trio eut disparu dans l'ascenseur. Je vous demande de m'excuser. Quel est votre numéro, m'avez-vous dit ?

22

— Comment en avez-vous appris l'existence ? demanda Cayetano en essayant de glisser ses genoux sous la table basse du *Japón*, restaurant installé dans une vieille bâtisse de la rue Marcoleta.

Le craquement de la couture de sa jambe de pantalon gauche salua ses efforts.

— Les amateurs de sushi forment une confrérie dont les membres sont toujours en quête d'endroits où satisfaire leur passion, expliqua Lourdes. C'est un lieu sans prétention mais qui a une excellente réputation au Chili.

C'était la première fois que Cayetano franchissait les portes d'un restaurant japonais et il prit le temps d'observer les lampes en papier de riz et les paravents de bambou de la salle. Lourdes fut proprement scandalisée par l'aveu du détective, car elle était une fanatique de la cuisine japonaise – sushi, soupe au miso, *hanamaki*, sashimi, *omochikareri*, saké et thé vert, c'était le seul régime sain qu'elle connaissait. Il lui semblait incroyable que les Sud-Américains continuent à se gaver de côtelettes, omelettes, *empanadas*, boudin noir et autres jambons et fritures.

Quand le serveur leur présenta les menus, et les photos de plats de poisson cru couronnant des boulettes de riz, Cayetano faillit renoncer. Pour lui, le poisson cru, c'était bon pour les chats.

— Ne vous inquiétez pas, le rassura Lourdes comme si elle s'adressait à un enfant. Nous allons commander du thé vert, de la soupe au miso et un assortiment de sushi et de sashimi, plus du saké. Vous verrez, le sushi est délicieux avec quelques gouttes de soja.

Le serveur tenta de vanter au détective les vertus du poisson cru, mais Cayetano eut l'impression d'entendre le Dr Müller lui recommander une hygiène de vie absolument hors de sa portée. Désespéré, il commanda du pain et du beurre, au cas où il n'aurait pu avaler le moindre sushi.

— Señor, en Asie, le riz remplace le pain, lui apprit le garçon, mais nous pouvons envoyer quelqu'un vous en acheter dans la boutique du coin.

— Bon, Núñez, il avait du nouveau ? demanda Cayetano à Lourdes quand ils furent seuls.

Il lui avait déjà expliqué l'origine de son pansement et de son œil au beurre noir, détails qui ne manquèrent pas de persuader Lourdes qu'il menait très sérieusement son enquête.

— C'est de lui que je voulais vous parler, mais ne vous emballez pas. Il n'avait rien de plus à nous annoncer, avoua-t-elle, embarrassée.

En effet, la police n'avait pas encore identifié la marque de la moto utilisée par les assassins. On savait seulement que, après le crime, les motards avaient filé vers la partie est de la ville. On ne pouvait non plus confirmer qu'Agustín avait tenté de parler au Comte Rouge, et on considérait plutôt cela comme des rumeurs colportées par la presse, car le standard de La Maison n'avait gardé aucune trace de son appel. Dernier point, elle lui répéta que le rapatriement du corps de Lecuona prenait beaucoup plus de temps que prévu.

— Si on estime que La Maison est dans le coup, tout cela n'a rien de surprenant, remarqua Cayetano en lissant les pointes de sa moustache. Quant à moi, j'ai acquis la preuve que le Comte connaissait l'existence d'Agustín et qu'il a rencontré la personne qui a parlé avec les assassins peu avant le crime.

Il lui raconta sa visite dans le bureau de Helmut Frosch et lui rappela son entrevue musclée avec les gorilles du Comte, au sauna de Las Condes, sans oublier les menaces proférées à son encontre lors de son arrêt à la station-service. Quelques jours lui avaient suffi pour obtenir des résultats concrets et encourageants, preuve qu'il était un vrai professionnel.

— M'avez-vous apporté la carte que vous a envoyée Agustín de Saint-Pétersbourg ? demanda-t-il au moment où le serveur disposait sur la table les bols de soupe au miso, les carafes de saké et le thé vert.

Elle lui tendit une enveloppe dont il sortit la carte d'un geste quasi religieux. Elle montrait l'*Aurora*, le navire de guerre d'où fut tiré le coup de canon qui déclencha la révolution d'Octobre, en 1917. Il lut le texte au verso : après avoir mentionné sa visite de la ville et du musée de l'Ermitage, Agustín révélait qu'il était sur la piste d'une affaire qui ferait du bruit.

— L'avez-vous montrée à « Pipa » Núñez ?

— J'ai préféré la garder pour vous.

— Bien, très bien, murmura-t-il en examinant de nouveau la photo, qui n'était pas des plus nettes.

Il ôta ensuite ses lunettes, approcha le timbre de son nez et le détailla.

— Vous avez remarqué ?

— Quoi donc ?

— Le cachet et le timbre.

— Non.

— La carte n'a pas été postée à Saint-Pétersbourg mais à Stockholm, du *Grand Hotel* pour être exact, précisa-t-il en chaussant ses lunettes. C'est un timbre suédois et le cachet est celui de l'hôtel, on y voit le visage du roi Charles XVI Gustave.

— Je comprends.

Le garçon leur apporta un immense plateau, en forme de canot de sauvetage, un *funanori* présentant tout un choix de sushi, sashimi, *California rolls*, *temaki*, *futomaki* et autres *narutomaki*. Il dissimulait presque entièrement la table et emplit de senteurs marines revigorantes les poumons de Cayetano. Jamais de sa vie il n'avait vu un tel étalage de nourritures aussi colorées.

— Bon appétit, leur souhaita le serveur, et si vous avez du mal avec les baguettes, n'hésitez pas à nous demander une fourchette et un couteau, monsieur.

— Ne vous inquiétez pas, avec les baguettes, je m'en sors à merveille. L'ennui, mon ami, c'est que je n'aime que le porc frit, le riz aux haricots, le manioc à la sauce piquante et le jus de canne à sucre.

Son manifeste culinaire lui attira de nouveaux reproches de la part de Lourdes, pour laquelle le fin du fin consistait en ces morceaux de poisson cru et ces boules de riz enveloppées d'algues finement coupées. Tout le reste n'était que de la bouffe !

Cayetano débuta son initiation par un petit filet de saumon enroulé autour d'une boulette de riz blanc farcie aux algues et à l'avocat, un *hanamaki*. Un pur délice, s'avoua-t-il. Il poursuivit avec une algue en forme de cornet enrobant du riz couronné d'œufs de saumon, un *ikura*, merveille qu'il n'aurait jamais imaginée et qu'il savoura avec volupté.

— Bon sang, pour être bon, c'est sacrément bon ! s'enflamma-t-il, essayant d'attraper avec ses baguettes une lamelle d'algue coiffée de chair d'oursin. Mais revenons à mon propos : le timbre prouve qu'Agustín est aussi allé en Suède.

— Il ne m'en a pas soufflé mot.

— C'est donc important. Nous allons reconstituer peu à peu le voyage de votre cousin, et je sais par expérience qu'à un moment ou à un autre une personne ou un événement nous livreront la clef du mystère.

La dignité, le flair et l'esprit délié de cet homme à la calvitie naissante, vêtu d'un costume passé de mode, affublé de grosses lunettes et d'une moustache à la Pancho Villa, commençaient à séduire Lourdes. Le détective, qui se délectait d'un sushi au poulpe, était loin de ressembler aux bellâtres qui la courtisaient, mais elle le trouvait de plus en plus sympathique.

— Ramón m'a réexpédié ce matin une carte destinée à Agustín, envoyée à notre adresse de Boca Ratón.

— Chez vous ?

— Souvent, quand il voyageait et n'habitait pas son appartement de Miami, il utilisait notre adresse. Grâce à moi, il savait qui lui écrivait...

— Et qui lui écrit ?

— Un certain « Pato ». Regardez, dit-elle en sortant la carte de son sac à main.

Elle représentait une vue panoramique de Stockholm, avec en premier plan le Gamla Stan et le château royal. Prise dans une lumière opalescente, par un après-midi d'automne, la photo plongeait dans des couleurs irréelles les façades des édifices médiévaux qui se dressent face au lac Mälaren et à la Baltique.

Cayetano lut ces mots : « N'oublie pas de m'informer. Je poursuis mon voyage entre l'archipel et le plus grand igloo du monde. N'oublie pas non plus l'autre passager du vol Amsterdam-Berlin. Pato. »

— Bon Dieu ! s'exclama-t-il en caressant sa moustache. Dans le genre scénario tiré par les cheveux, ça se pose là ! Et nous revoilà en Suède !

— Que voulez-vous dire ?

— Rien qu'avec la poste, on en apprend pas mal. Le fameux Pato, un vol en Europe...

— Qu'est-ce que ça peut être, « le plus grand igloo du monde » ?

— Je l'ignore, mais il est évident qu'après Saint-Pétersbourg Agustín s'est rendu à Stockholm. Par la suite, il s'est attardé quelque part avant de réapparaître au Chili, où on l'a tué. Il va falloir le rencontrer, ce Pato...

— Nous n'y arriverons jamais.

— Votre pessimisme me surprend, répondit Cayetano en dégustant un sushi au mérou qu'il fit descendre avec une bonne rasade de saké. Toutes les littéraires sont comme vous ?

— Quand vous saurez que, dans ma fac, il n'y en avait que pour le surréalisme, vous comprendrez mieux mon pessimisme.

— Pardonnez mon ignorance, dit-il en choisissant un sashimi à la pomme de reinette, mais je croyais que la littérature, ça se lisait ou ça s'écrivait, et je n'imaginais pas qu'outre les auteurs et les lecteurs il y avait des gens spécialisés dans l'interprétation des textes, comme si les lecteurs étaient des imbéciles.

— Ne m'en parlez pas ! Dans le monde universitaire, on finit souvent par ne plus étudier que les écrivains incompréhensibles. Ils permettent de développer des théories littéraires encore plus incompréhensibles et de justifier les salaires et les voyages des spécialistes qui vont de symposiums en colloques et conférences.

— D'accord, mais si les experts ne s'intéressaient qu'aux best-sellers, ils perdraient toute respectabilité. J'imagine que les théoriciens préfèrent parler de livres que personne ne comprend, cela justifie leur existence.

Elle approuva de la tête et fit le commentaire suivant :

— Les spécialistes ont fini par institutionnaliser la littérature. Les écrivains sont considérés comme des saints dont les experts, autrement dit les moines, sont les interprètes. On se fiche pas mal de ce qu'ont voulu dire Auster, Goytisolo ou Süsskind, les moines vous fourniront l'interprétation correcte et peu importent les conséquences.

— Bref, mieux vaut revenir à notre affaire. Rappelez-vous que la Suède apparaît aussi en d'autres circonstances. Quand Agustín a réservé une table à l'*Azul profundo*, il l'a fait sous le nom de Sami. Or c'est le nom d'un peuple qui vit dans le nord de la Scandinavie.

Il remonta ses lunettes sur son nez et poursuivit :

— Vous savez ce que je pense ? Si le Comte refuse de me recevoir et si Frosch m'échappe, je crois que nous allons devoir nous rendre à Stockholm. C'est une décision grave et qui va entraîner des frais, mais je sens que là-bas nous trouverons de nouvelles pistes. Il est évident que « Pato » habite dans l'archipel ou dans le plus grand igloo du monde. Il en sait beaucoup et il pourra nous orienter.

— Stockholm ? répéta Lourdes, abasourdie.

23

Le lendemain, il déjeuna en coup de vent – œufs frits, toast et café au lait – dans le restaurant de l'hôtel *Pedro de Valdivia* puis se dirigea vers les tours de l'International Trade Center. La veille au soir, après son repas avec Lourdes au *Japón*, Suzuki lui avait annoncé que Helmut Frosch était disposé à le recevoir dans son bureau, le matin suivant.

L'homme d'affaires l'accueillit dans une grande pièce éclairée par une baie qui occupait un mur entier. En dépit du smog, elle offrait un panorama magnifique sur la cordillère. Un mur était couvert d'œuvres de peintres chiliens du XIXe siècle, un autre d'étagères remplies de livres anciens reliés en cuir, le tout donnant à l'endroit un air de galerie d'art. Frosch portait un costume sombre, une chemise blanche à col anglais et une cravate en soie. Il examina sans commentaire le costume pas très net de Cayetano, les guanacos de sa cravate, son pansement et son œil au beurre noir.

— Vous cherchez donc des informations pour des parents à moi ? dit-il avec un grand sourire et un accent étranger, tout en agitant son havane. Bien. Les Frosch se sont installés à La Unión il y a plus d'un siècle, mais moi, cela ne fait pas longtemps que je vis au Chili. Comment s'appellent-ils, ces parents, et où habitent-ils ?

— Lecuona, lança Cayetano.

— Pardon ?

— Lecuona. Agustín Lecuona.

Il lui sembla que Frosch s'efforçait de dissimuler sa surprise. Il en profita pour s'asseoir dans le fauteuil en cuir face au bureau.

— Lecuona ? répéta Frosch. Ce n'est pas un nom allemand, français peut-être.

— Je parle d'Agustín Lecuona, señor Frosch. L'homme qui a été assassiné il y a quelques jours, dans un restaurant du quartier de Bellavista.

— N'était-il pas cubain ?

Frosch se laissa tomber sur son fauteuil et se mit à lisser son cigare du bout des doigts. Il l'observait, pensif, le caressant lentement, évitant le regard de Cayetano.

— C'était un Cubain qui menait une enquête au Chili, señor Frosch.

— Très bien, mais quel rapport avec moi ?

— C'est ce que j'essaye d'établir.

Le détective ne le quittait pas des yeux, au cas où une de ses réactions le trahirait, l'expression du regard, la transpiration, une parole hésitante, mais Frosch ne cilla pas et son visage demeura impénétrable.

— Allons, voyons, grommela-t-il, je n'ai rien à voir avec ce monsieur et je m'étonne que vous veniez m'en parler. Je représente au Chili une société aussi sérieuse qu'influente, qui a des liens solides un peu partout dans le monde et travaille sur le terrain étroit et difficile où se rencontrent les affaires et la culture.

— Vous financez des organisations culturelles et écologiques au Chili, n'est-ce pas ?

Frosch tira sur son havane et croisa les jambes.

— Entre autres. Comme vous le voyez, indiqua-t-il de la main qui tenait le cigare d'un air satisfait, je m'intéresse à l'art et à la culture. Quand la situation le permet, nous aidons, dans la mesure de nos moyens, certes, des organisations ou des publications qui le méritent.

— Je vous félicite, rétorqua Cayetano d'un ton cynique. Mais cela n'empêche pas que vous sachiez certaines choses à propos de Lecuona.

— Excusez-moi, mais qui êtes-vous donc, est-ce qu'on pourrait le savoir ?

— Brulé, Cayetano Brulé, détective privé, señor Frosch. La famille de Lecuona m'a chargé d'élucider son assassinat.

— Vous vous êtes donc introduit ici grâce à un mensonge. N'avez-vous pas dit à ma secrétaire que vous faisiez des recherches généalogiques ?

— C'était le seul moyen de parvenir jusqu'à vous.

— Quoi qu'il en soit, j'ignore ce que vous imaginez trouver ici à propos de ce Cubain et vous me faites perdre mon temps. Cette affaire devrait concerner la police chilienne, pas un type dans votre genre.

— Les proches de Lecuona sont seuls juges. En outre, je ne pense pas qu'un directeur de société puisse se sentir plus gêné par l'enquête d'un privé que par celle de la police. Je me trompe ?

— Épargnez-moi ce genre de stupidités.

— Je suis surpris que vous le preniez si mal, señor.

Frosch déposa le cigare dans un cendrier et croisa les bras, s'impatientant.

— Je vous donne une minute pour me dire ce que vous cherchez ici, señor Brulé. Si vous refusez, je vous fais expulser *manu militari.* Et je me fous pas mal de savoir si vous avez été formé à La Havane, à l'école de Chicago ou dans la police montée canadienne.

— Vous êtes donc certain de n'avoir rien à voir avec le meurtre de Lecuona ? insista Cayetano, debout, l'air méfiant.

— Mais vous êtes devenu fou ou quoi ?

Au moment où il répliquait, Frosch appuya sur un bouton dissimulé sous son bureau.

— Je ne suis pas plus fou que les gens qui vous ont aperçu la nuit du crime en train de rôder près de l'*Azul profundo*.

Frosch éclata d'un rire bruyant, attrapa son havane et se le planta dans la bouche.

— Comme si d'être passé ce soir-là par Bellavista me rendait suspect !

— Vous y étiez donc ?

— Il me semble que des milliers de personnes se rendent chaque nuit dans ce quartier pour se divertir, señor Brulé, et je ne vous ferai pas le plaisir de vous confirmer ou non ma présence ce soir-là, bien que je tienne à vous informer qu'il existe d'autres endroits proches où l'on mange bien. Êtes-vous satisfait ou préférez-vous nous quitter comme je vous l'ai proposé ?

— La nuit du crime, on vous a vu converser avec les deux motards qui ont assassiné Lecuona.

Frosch aspira la fumée de son cigare et demanda d'un air étonné :

— À l'intérieur du restaurant ?

— Vous n'y êtes pas entré, mais vous avez parlé avec les motards, dans votre Expedition.

— Je ne me souviens pas avec qui j'ai parlé cette nuit-là. Mais qui êtes-vous pour m'accuser de la sorte ?

Il se leva et s'approcha du détective, comme prêt à l'assaillir, mais il s'immobilisa à portée de bras. La porte s'ouvrit et un type costaud en costume blanc et nœud papillon noir entra. Il avait tout du poids lourd et le détective ne se sentait pas d'attaque pour se frotter à un boxeur de cette catégorie…

— Señor Brulé, est-ce que vous partez ou préférez-vous sortir sur un brancard ? demanda Frosch.

Après avoir jaugé la situation, Cayetano fit demi-tour et claqua violemment la porte en sortant.

24

Tard dans la nuit, très longtemps après avoir quitté le bureau de Helmut Frosch et être rentré à Valparaíso, lorsque Cayetano, bien imbibé de rhum, ouvrit en chancelant la porte de sa maison, il comprit aussitôt qu'elle avait été fouillée car le parfum douceâtre d'une eau de toilette flottait dans le couloir.

Il déverrouilla le cran de sûreté de son Beretta et, l'arme à la main, parcourut sur la pointe des pieds le rez-de-chaussée plongé dans l'ombre. Les étoiles dans le ciel semblaient se confondre avec les lumières des *cerros*, le vent du sud soufflait et la sirène insistante d'un navire annonçait un naufrage.

On avait fouillé le salon – un tiroir du buffet servait à ranger des documents près des serviettes et des assiettes – et la cuisine, où il manquait un bloc sur lequel étaient notés des détails concernant l'assassinat d'un Allemand, quelques années plus tôt, dans l'oasis de San Pedro de Atacama[1]. Alors qu'il gravissait les marches en bois de l'escalier, elles craquèrent et il se demanda s'il s'agissait de voyous, de Frosch ou du Comte Rouge. Il pensa à Margarita de las Flores. N'avait-elle pas raison quand elle parlait des risques de son métier ?

Il alluma dans la chambre et remarqua que le tiroir du meuble de chevet était complètement poussé, ce qu'il s'interdisait toujours car il devenait alors trop difficile à ouvrir. Dans la pièce voisine, il ne vit rien de suspect, mais, dans la salle de bains, le parfum, beaucoup plus fort, lui rappela celui des types qui l'avaient menacé dans la station-service. Son corps se raidit et son cœur

1. Cf. *Le Rêveur de l'Atacama*, 10/18, n° 3621.

se mit à battre follement. Il fit de la lumière et distingua les contours d'une forme humaine derrière le rideau en plastique de la baignoire. Il le tira d'un coup.

L'homme qui se tenait face à lui était coiffé d'une casquette de jockey et gardait les mains dans les poches de son imperméable. Il avait le regard métallique et le visage impassible de celui qui n'a pas peur et sait parfaitement accepter ce qui doit arriver.

— Fais-moi le plaisir de te présenter et de m'expliquer ce que tu cherches, ordonna Cayetano en braquant son arme, sinon je t'offre une douche, avec quelques pruneaux en prime.

— Ne tirez pas, mon ami, répondit l'inconnu sans se troubler. Laissez-moi vous expliquer, je suis sûr que nous pouvons nous entendre.

— Sors de là, mon gars. Tu veux une serviette ? Je te la passe et tu retires lentement les mains de tes poches. Joue pas au plus fin, je suis mauvais coucheur et ça ne s'arrange pas quand je trouve un mec dans mon lit ou dans ma salle de bains.

L'homme leva une jambe pour sortir de la baignoire.

— Qu'est-ce que tu cherchais ? Et me raconte pas que c'était du champagne.

Pendant que l'homme reprenait son équilibre après être sorti de la baignoire, le détective observa son visage en détail. Il avait la peau claire, le nez fin, les pommettes hautes et une certaine ressemblance avec les Russes inflexibles et cruels qui jouaient les agents du KGB qu'affrontait Michael Caine au cinéma. En fouillant son imperméable, Cayetano trouva un portefeuille vide, un petit rossignol, un grand mouchoir, peut-être destiné à bâillonner, et un Smith & Wesson imposant, à l'acier magnifiquement poli.

— Qui t'envoie ? répéta-t-il, soupesant ces objets qui représentaient l'attirail d'un vrai professionnel. Frosch ou le Comte ?

— Je ne sais pas de qui vous parlez.

On voyait que ses incisives supérieures avaient été limées.

— Qu'est-ce que tu cherches chez moi ?

Pour toute réponse, le Russe lui expédia un coup de pied bien ajusté dans les parties, l'obligeant à se plier de douleur et à appuyer sur la détente. Le projectile rebondit contre la baignoire en sifflant et se ficha entre deux carreaux de céramique. À peine le bruit avait-il retenti que les deux hommes en venaient aux mains. Au moins, cette pétoire marche encore, se consola Cayetano en essayant de se libérer de la prise de son adversaire.

Enfin, grâce à une clef apprise dans un vieux manuel de judo acheté au marché aux puces du parc Italia, il parvint à échapper aux tenailles de son agresseur et le déséquilibra violemment. L'homme essaya de se rattraper au rideau de la douche, qui céda sous son poids, et s'effondra dans la baignoire, sous le morceau de plastique. Cayetano redevint aussitôt maître des lieux.

— Beau boulot, ouais, fanfaronna-t-il en remettant ses lunettes en place.

Il tenait l'autre sous la menace de son arme et il savait qu'elle fonctionnait.

— Encore un geste et je t'en colle une dans l'œil qui te sert le moins. C'est lequel ?

L'homme entreprit de se relever, sans dire un mot, surpris par l'agilité de ce moustachu.

— Avant de filer, tu vas me remettre en place le rideau, parce que pour l'installer, c'était pas du gâteau, précisa Cayetano.

La bagarre lui avait coupé le souffle et sa manière de pointer son arme vers le Russe n'était guère intimidante. Margarita avait peut-être raison. Il vieillissait et il valait sans doute mieux abandonner ce boulot. Soudain, alors qu'il se demandait comment obliger le type à parler, un coup sur le crâne le jeta à genoux et il s'écroula comme s'il avait reçu un uppercut de Muhammad Ali quand il s'appelait encore Cassius Clay. Il perçut au loin le bruit de son pistolet contre le sol de céramique et vit le Russe devenir flou, tel un mirage, et celui-ci ne montra pas la moindre compassion devant cette façon si cavalière de mettre fin à une entrevue.

25

Il se réveilla avec un horrible mal de tête. Il gisait dans l'obscurité, sur un parquet en bois. De la pointe de la langue, il sentit qu'il avait perdu une couronne. Tâtonnant, à quatre pattes, il finit par la retrouver et la mit dans sa poche, car il comptait la recoller avec un ciment à prise rapide. Peu après, il découvrit ses lunettes. Il lui sembla reconnaître le salon de sa maison.

Il se releva et fit quelques pas dans la direction de l'interrupteur, mais il heurta un objet volumineux. Il alluma enfin et découvrit que la table était brisée en deux, les chaises renversées et son Sommerscales, une imitation plutôt ratée, et seule œuvre d'art qu'il possédait, avait été arraché de son cadre. Près de la porte du couloir, un homme était allongé sur le ventre.

Il s'avança, supposant qu'il s'agissait du Russe. Peut-être l'avait-il touché avant de perdre connaissance dans la salle de bains. Il s'agenouilla près du corps en se demandant pourquoi on l'avait abandonné. Il le retourna et frissonna quand il découvrit son visage cuivré.

— Le Mexicain ! marmonna-t-il.

C'était bien le gardien de voitures de Bellavista dont les informations lui avaient permis de remonter jusqu'à Frosch. Il portait encore son tablier bleu et sa casquette avec le logo de McDonald's. La bouche et les yeux ouverts exprimaient une grimace de terreur. Quand il fouilla les poches du tablier, un sang tiède et visqueux lui tacha les doigts et il vit une plaie à la hauteur du cœur. Il posa l'oreille sur sa poitrine : l'homme avait cessé de vivre.

Il se dressa, pâle, les nerfs à vif : tout cela n'était qu'une mise en scène destinée à l'empêcher de poursuivre son enquête. Il se remit à inspecter les poches du cadavre mais ne trouva aucun papier d'identité, rien que des billets de mille et cinq mille pesos et, accrochée à la ceinture, une banane en plastique remplie de petits sachets. Il en ouvrit un : de la cocaïne !

Il s'approcha de la fenêtre, persuadé que ce mort n'était pas arrivé là par hasard. Baigné dans la lumière orange des réverbères, le quai grouillait de camions, de chariots élévateurs et de conteneurs. Le téléphone sonna dans la cuisine. Il se précipita, mais ne prit pas le risque de répondre. Quelqu'un voulait peut-être s'assurer qu'il était chez lui afin de lui mettre le crime sur le dos. De retour dans le salon, il trébucha sur son pistolet et vérifia le chargeur : il manquait trois balles. Puisqu'il n'en avait tiré qu'une, les deux autres étaient dans le corps du Mexicain.

De nouveau le téléphone, et, cette fois, il décrocha, mais ne souffla mot.

— Cayetano, murmura une voix de femme. C'est moi, Lourdes. Je suis dans une cabine.

— Je vous écoute.

— Je viens de retourner au *Brighton* et je me suis aperçue que ma chambre avait été fouillée. D'après le barman, cet après-midi, des flics en civil voulaient me parler. Soyez prudent. Je suis sûre qu'ils vous cherchent.

— Merci, mais ne vous inquiétez pas. Quoi qu'il en soit, si vous voulez me contacter, appelez plutôt Suzuki.

— Je vous en supplie, soyez sur vos gardes, l'implora-t-elle. Si jamais il vous arrivait quelque chose, je ne saurais plus quoi faire.

Soudain, en bruit de fond à la voix chaude et inquiète de Lourdes, il perçut le hurlement des sirènes de police qui approchaient. Il raccrocha et glissa le Beretta dans sa ceinture. Il sortit dans le Paseo Gervasoni et se mit à courir comme un fou en direction des escaliers qui descendent vers le Plan.

26

Parvenu au Plan, il monta dans un trolley qui allait vers le centre.

On était vendredi matin, à l'heure où les rues de la cité retrouvent mystérieusement la splendeur et la vitalité qu'elles connaissaient à l'époque déjà lointaine où, après San Francisco, Valparaíso était la principale ville de la côte du Pacifique. On trouvait alors dans ses vitrines les dernières nouveautés venues d'Europe et ses théâtres proposaient les pièces à la mode applaudies la veille à Londres ou à Paris.

Il descendit du trolley place de l'Équateur, parmi les très nombreux taxis et noctambules, et se glissa dans la foule qui s'amassait devant les pubs d'une rue en pente. Il dépassa le *Mr. Egg*, où on entendait *Help*, des Beatles, et fila vers le *Dubois*, convaincu d'être dans le quartier idéal pour semer la police. À l'évidence, on lui avait tendu un piège et il ne pouvait que fuir. La vie était ainsi faite, un jour chasseur, le lendemain gibier. Il avait eu raison de filer, car avec un cadavre sur les bras et de la cocaïne dans les poches du cadavre, il n'avait aucune chance d'éviter l'arrestation puis la prison. Plus haut dans la rue, il entendit Oscar de León chanter *Ven, morena*. Nul doute que les criminels l'avaient balancé à la police après avoir déposé dans son salon le corps du Mexicain – un témoin compromettant pour Frosch.

Il s'engagea dans San Juan de Dios, une rue escarpée, et quinze minutes plus tard il atteignit hors d'haleine la maison de Peter Blumen. Personne ne répondit à ses coups répétés contre la porte. L'affiche de Santa Teresita de los Andes le considérait de ses yeux tristes et le quartier était encore plongé dans la nuit. La brise marine lui apportait des échos lointains de la vie nocturne.

— Et qu'est-ce qui me vaut encore ta visite ? demanda Blumen en ouvrant, l'air ahuri. Tu as fini par débusquer le Comte ?

— J'ai besoin de me planquer.

— De tes créanciers ou de ta femme ?

— De la police.

Il le fit entrer au salon, où il était en train de souligner des passages de *L'État et la révolution*, lui servit un café et demanda :

— Tu as renversé quelqu'un ou tu as brûlé un stop ? Parce que tu n'es pas du genre à enfreindre la loi.

— Tu sauras tout plus tard, répondit Cayetano en s'épongeant le front avec un mouchoir.

— Allons bon ! Dis-moi qui te poursuit et je verrai si je suis de ton côté.

— Je ne plaisante pas. J'ai besoin que tu me caches. Je suis dans la merde, et peut-être même qu'il me faudra des faux papiers.

Peter ébaucha une grimace et allongea ses jambes sur la table où était posé l'ouvrage de Lénine. Il se caressa le menton, les yeux mi-clos.

— Je vais être franc, déclara-t-il, les sourcils froncés. Il est hors de question que je prenne le moindre risque. Ça ne rigole pas dans ce pays. On vit sous l'œil des militaires, et je ne peux me permettre aucun faux pas.

— Je le sais, mais on m'a tendu un piège et j'y suis tombé comme un con.

— Le Comte Rouge ?

— On dirait.

— Je m'y attendais. Ces mecs de la nouvelle gauche croient tout savoir. Ils sont au pouvoir depuis l'époque de Frei, le père, et ne t'étonne pas si demain ils s'arrangent avec la droite. Mais le peuple le leur fera payer.

— Merde, enfin ! C'est une planque qu'il me faut, pas un tribunal populaire.

— Écoute, Cayetano, je peux t'aider, car, bien que tu ne sois pas du côté de la révolution cubaine, tu n'appartiens pas non plus à la clique des traîtres de Miami. Et notre but est de réunir tous les courants afin de construire un pays libre digne de ce nom. Je peux donc t'aider, du moment que tu m'expliques clairement dans quelle situation tu te trouves.

— Mais arrête de me bassiner avec les problèmes théoriques de la révolution, s'il te plaît, je veux bien me planquer, pas devenir cinglé. Je compte sur toi, oui ou non ?

Peter se dirigea vers la cuisine pour chauffer de l'eau.

— Tu as besoin de faux papiers ? lança-t-il d'une voix forte. Ça va prendre du temps. N'aie pas peur de parler. Il est possible qu'il y ait des micros à La Moneda[1], mais pas ici. Nous avons les hommes capables de les trouver.

— Et les mormons ?

— Après ce que tu m'as dit l'autre jour, j'ai eu un éclair de lucidité et je les ai envoyés au diable. C'est pas le moment de faire des conneries, la situation se durcit.

— Ne commence pas non plus à te donner trop d'importance, parce que, au moment crucial, les militaires et les démocrates se passeront de vous.

— Mais n'attends pas de moi que je réponde aussi à tes provocations. Les transfuges, je m'en fiche pas mal. Tu verras, la roue de l'Histoire va les aplatir comme des crêpes.

— Les transfuges ?

— Oui, toute cette engeance qui a profité de la prétendue transition et du compromis politique pour démobiliser le peuple et renforcer le pouvoir.

1. Siège de la présidence chilienne, à Santiago. *(N.d.T.)*

— Je t'en prie, grâce à eux nous avons la démocratie.

Cayetano lissa sa moustache et regarda fixement cet homme qui aurait à coup sûr affiché le mépris le plus absolu si on lui avait demandé de « se rénover » pour obtenir une responsabilité publique.

— Arrête de divaguer et dis-moi si tu peux m'aider.

— Cayetano, nous vivons une époque où chacun peut se transformer en *agent provocateur**[1] sans même le savoir, répondit Peter en revenant de la cuisine, deux tasses fumantes à la main. Ça te dirait, un cigare cubain ?

— Du bas de gamme ?

— H. Upmann, corrigea-t-il, non sans fierté.

Il alla les chercher dans sa chambre.

— J'ignorais que tu donnais dans la contrebande, maintenant.

— En période de reflux révolutionnaire, il ne faut rien négliger pour réunir des fonds destinés à la Cause, répondit Peter tout en palpant avec un plaisir évident les cigares. Ils viennent directement de La Havane. Quand je pense à ces pauvres connards de Ricains qui ne peuvent en profiter à cause du blocus !

Ils les allumèrent et fumèrent en silence, savourant leur café.

— Bon, tu as pris une décision ? demanda Cayetano entre deux accès de toux. Tu m'aides ou tu me fous dehors ?

Ils entendirent une sirène au loin. Au lieu de fuir, cédant ainsi à sa première impulsion, le détective décida de rester tranquillement dans son fauteuil et contempla la fumée des havanes qui s'élevait vers le plafond bas et jaunâtre. Le hurlement de la sirène approchait.

— Cayetano, sous la dictature, les sirènes annonçaient des événements terribles, plus aujourd'hui. Main-

1. Les mots ou expressions en italique suivis d'un astérisque sont en français dans le texte. *(N.d.T.)*

tenant, les flics frappent à la porte et demandent la permission d'entrer.

— Je compte sur toi oui ou non ?

— Écoute, attendons plutôt de voir ce que racontera la presse, décida Blumen, et il croisa les jambes sur la table. Ensuite, nous prendrons une décision après avoir consulté les camarades de la direction. Et ces Upmann, comment tu les trouves ?

27

Au matin, l'affaire était à la une des radios locales. Cayetano, qui avait réussi à recoller sa couronne, déjeuna avec Peter Blumen, très attentif aux commentaires des journalistes. La rue, humide et déserte, serpentait vers l'avenue d'Allemagne et les collines paraissaient dormir encore.

À en croire les bulletins d'informations, la police cherchait un certain Cayetano Brulé qu'elle pensait être l'assassin d'un inconnu retrouvé au domicile du suspect, Cerro Concepción. Bien qu'on manquât pour l'instant de preuves définitives, les autorités affirmaient que la disparition du détective l'accusait. En outre, les sachets de cocaïne découverts chez lui indiquaient qu'il s'agissait sans doute d'un règlement de comptes entre le Cubain et un dealer.

— Dis donc, j'ignorais cette facette de ton personnage, fit remarquer Blumen en mastiquant sa tartine. Qu'as-tu à répondre ?

— Ils veulent m'empêcher d'enquêter sur Lecuona.

Il n'avait pas fermé l'œil de la nuit, racontant à son hôte tout ce qu'il savait d'Agustín. Peter Blumen, mains croisées sur un livre de Marta Harnecker qui traitait des nouveaux objectifs du léninisme après la disparition du camp socialiste, l'avait écouté en silence, fumant ou reprenant du café, souvent incrédule, et très perplexe sur les raisons qu'aurait eues La Maison d'empêcher la poursuite de l'enquête.

— Je ne sais s'il faut te croire, conclut-il en se frottant les mains.

Il portait une grande robe indienne qui touchait le sol quand il était assis.

— Mais, entre ta parole et celle de l'*establishment*, mon ami, je n'hésite pas.

Sur Radio Cooperativa, ils entendirent une interview en direct de Suzuki. D'une voix nerveuse, l'adjoint du détective affirmait que son chef n'avait jamais ni consommé ni vendu de drogue. C'était un homme honnête, patient et dur à la tâche, qui consacrait sa vie à lutter contre le crime. Bref, il s'agissait d'une erreur.

« Et le cadavre retrouvé dans la maison de Brulé, lança le journaliste, est-ce aussi une erreur ?

— Ce cadavre a été déposé à dessein pour nuire à mon chef », répliqua Suzuki, sûr de lui.

— Mon petit Chinois, merci de défendre un homme à terre, murmura Cayetano, qui devinait que de l'eau coulerait sous les ponts avant qu'il ne retrouve une vie normale.

— Ce Suzuki est un type bien, résuma Blumen en tartinant son pain de beurre. Dans ce genre de situation, on apprend à connaître les gens. C'est comme dans la clandestinité, quand tu es à la merci de tout, tu peux alors compter tes amis.

La police, déclara Suzuki, avait fouillé le bureau du détective et sa maison du Paseo Gervasoni sans rien trouver de compromettant, car son chef était quelqu'un d'intègre, victime d'une conspiration criminelle. Il s'agissait de nuire à sa réputation et de l'empêcher d'enquêter sur l'affaire Lecuona.

« J'ignore pourquoi on s'attaque à Brulé, poursuivit Suzuki, lisant à l'évidence un texte rédigé par Madame Eloise. Mais une chose est sûre, certaines personnes ne veulent pas qu'il poursuive son enquête. Je tiens d'ailleurs à préciser que Brulé a remis entre les mains d'un notaire une déclaration dans laquelle il cite nommément les responsables de ce coup monté. Cette déclaration sera aussitôt rendue publique s'il lui arrive quelque chose. »

Cayetano fut stupéfié par l'esprit d'à-propos de son bras droit. Non seulement il défendait avec succès le prestige mérité qu'il s'était acquis mais il coupait l'herbe sous le pied de ceux qui auraient tenté de l'éliminer physiquement. Oui, Suzuki était un redoutable joueur d'échecs. Frosch, le Comte ou qui que ce soit d'autre étaient coincés et ils ne pourraient le liquider comme le Mexicain.

— Merde, il a fait fort, le Chinois ! s'exclama-t-il, ému.

Par contre, être considéré comme appartenant au monde de la drogue constituait un sérieux handicap. Dans ce milieu, les règlements de comptes étaient quotidiens. D'autre part, il avait compris que la presse ignorait l'identité du Mexicain mais il s'angoissait à l'idée que la police n'en sût rien non plus. Pourquoi mettaient-ils si longtemps à l'établir ? Le Scorpion, auquel il cesserait de faire appel pour ne pas lui porter tort, lui avait confié un jour que, grâce aux empreintes digitales et aux nouveaux ordinateurs de la police, l'identification d'un inconnu ne prenait que quelques secondes. Quelqu'un cherchait donc à retarder l'échéance pour s'occuper de lui en priorité.

— Et maintenant, Peter, demanda-t-il, tête basse. Tu m'aides ?

Blumen avala une bouchée de pain et s'essuya les lèvres avec une serviette en papier, songeur.

— Aujourd'hui, je contacterai le centre pour l'informer de ce qui se passe. Il faudra attendre leur décision. Ne t'inquiète pas, je leur fournirai des garanties sûres à ton propos.

— Qu'est-ce que tu veux dire ?

— Que nous pouvons peut-être t'aider à disparaître de la circulation mais que nous n'assurerons pas ta sécurité.

Cayetano caressa la bosse qu'il avait sur la nuque, suite à l'agression de la veille, et toussa. La vision du Dr Müller lui apparut, mais il estima qu'il valait mieux oublier cette histoire de tache sur le poumon, ainsi que le médecin.

— C'est moi qui dois te proposer un plan ? voulut-il savoir entre deux quintes de toux.

— Propose toujours, le centre tranchera. Le Mouvement révolutionnaire authentique a pour but d'instaurer le socialisme au Chili sans se préoccuper des contradictions secondaires du système. Et toi, tu représentes une contradiction absolument inclassable, si tu me passes l'expression.

Le détective le considéra d'un regard découragé.

— Et alors ?

Peter Blumen le fixa droit dans les yeux tout en se frottant énergiquement le menton.

— Tu devras prouver seul ton innocence. Le monde entier est contre toi. Mais ne perds pas courage. Souviens-toi que Fidel n'avait plus que sept hommes avec lui après le fiasco du débarquement du *Granma* et que Hô Chi Minh a passé des années à se cacher…

Cayetano se leva et s'approcha de la fenêtre. Il contempla la mer, absorbé dans ses pensées.

— Dans ce cas, dit-il en se retournant, aide-moi plutôt à quitter le pays.

28

L'homme du MRA chargé de la fabrication des faux papiers se présenta le lendemain à dix heures du matin précises. Cayetano était en train de lire dans la presse des commentaires inquiétants sur sa personne. Peter

Blumen était sorti acheter du pain, de la mortadelle et des œufs pour le petit déjeuner.

— Ne vous inquiétez pas, dit Lorenzo, je vous prends en photo tel que vous êtes. Mais il vaudrait mieux peigner votre moustache et nettoyer les traces de graisse sur vos lunettes. Je me demande d'ailleurs comment vous voyez.

— Parce que vous croyez que si j'arrange ma moustache j'aurai l'air très différent ? demanda le détective en y mettant de l'ordre avec une brosse. À l'heure qu'il est, ma photo circule partout dans le pays, mais je vous jure que ça ne me plaît pas de changer de gueule. Je n'ai rien d'un caméléon.

— L'important est que votre passeport et votre carte d'identité soient plus authentiques que les impacts de balles sur les murs de La Moneda[1]. Le reste, mon ami, ne m'intéresse pas. Dans mon job, la règle est celle des chauffeurs de taxi et des coiffeurs : travailler et la boucler.

Cayetano estimait risqué de se promener en ville ou de franchir la frontière sous son aspect habituel. Un nouveau look lui permettrait de semer momentanément ses poursuivants. Lorenzo l'invita à s'asseoir dans la petite salle de bains, le rideau de la douche servant de toile de fond. Il lui maquilla l'ecchymose qu'il avait sur la pommette, suite à la bagarre dans le sauna, et le prit en photo avec un appareil qu'il sortit d'une mallette de plombier. Il développa la photo, la passa sous un sèche-cheveux et fixa le cliché sur un passeport chilien. Puis, sans un mot, concentré sur son travail, il tamponna dans un ordre préétabli plusieurs cachets des services de l'état civil.

— Maintenant, nous allons voyager, lança-t-il.

1. Allusion à l'assaut du palais présidentiel de La Moneda, le 11 septembre 1973, lors du putsch du général Pinochet contre le gouvernement Allende. *(N.d.T.)*

C'était un de ces Chiliens minces et pâles, aux cheveux raides et noirs, à l'esprit logique, et capables de dire les choses les plus bizarres sans s'émouvoir.

— Vous êtes déjà allé à Buenos Aires ?

Tandis que Cayetano égrenait les pays où il avait voyagé, Lorenzo tamponnait des noms d'aéroports et des dates, en prenant soin que les vols correspondent d'un point de vue géographique et chronologique.

— Et avec cette tête je n'aurai pas de problème à la frontière ? s'inquiéta le détective.

— Les employés de l'immigration ne s'intéressent qu'au numéro du passeport et vérifient sur leur ordinateur que le document n'a pas été volé ou que son propriétaire n'a pas interdiction de quitter le territoire, mon ami. Le reste, ils s'en fichent pas mal.

— Je croyais qu'ils étaient plus pointilleux et qu'ils comparaient au moins la photo et le visage.

— Pensez donc, c'est une déformation professionnelle, ajouta Lorenzo en continuant à tamponner les pages. Les seuls qui regardaient attentivement les passeports étaient les types des pays socialistes, en particulier le régiment Feliks-Dzerjinski, en Allemagne de l'Est, et tout ça, c'est du passé, vous le savez.

— À croire qu'ils auront consacré trop de temps au contrôle des papiers et pas assez à celui des gens.

— Je suppose que vous, avec votre passé, vous ne chercherez pas à vous planquer à Cuba, mon ami, fit remarquer Lorenzo en écartant un tampon. Quoique là-bas les choses aient beaucoup changé. Aujourd'hui, on s'en tire mieux avec un dollar qu'avec une charrue. Vous m'avez dit connaître aussi Madrid ? Les Espagnols, il faut s'en méfier. Ils sont devenus des fils de pute depuis qu'ils se croient européens, eux aussi.

Les pages du passeport – au nom d'Inocencio Ciabatta – présentaient déjà une dizaine de destinations touristiques quand la porte s'ouvrit. Peter Blumen entra, suivi d'un petit homme aux cheveux roux et touffus, portant des lunettes noires, et qui avait tout l'air d'un frelon.

— Tu connais ce type ? demanda Peter à Cayetano pendant que Lorenzo vieillissait le cachet de l'aéroport Charles-de-Gaulle à l'aide d'une gomme.

— Jamais vu, répondit-il, mais l'inconnu lui rappela un second rôle du film *JFK*, d'Oliver Stone.

— Eh bien là, tu te goures, rétorqua Peter, et il éclata de rire avant d'ôter les lunettes et la perruque du nouveau venu.

— Merde, mais c'est toi, mon pote ? s'exclama le détective en serrant Suzuki contre son cœur, très ému. Pourquoi ce déguisement alors que c'est moi qu'on recherche ?

— J'ai décidé de le retoucher un peu, le Chinois, des fois qu'on le suive.

— Attention à ce que vous dites et un peu de respect ! Je suis aussi chinois que vous pakistanais, protesta Suzuki. Je suis fils de samouraï, et fier de l'être. Japonais ! Faudrait pas confondre les *nigiri* avec le *chao mein*[1].

— Ça revient au même, mon Chinois, dans ce pays tous les Asiatiques, qu'ils soient coréens, japonais, cambodgiens ou vietnamiens, sont considérés comme des Chinois, et les Arabes sont tous turcs, expliqua Peter. Cette manière de simplifier fait partie de notre idiosyncrasie. L'important, c'est que nous ayons réussi à te conduire ici sans inconvénients, ce qui est méritoire, parce que toute la flicaille est aux trousses de Cayetano.

— Je suis ravi de te revoir, Suzukito, dit le détective en tapotant l'épaule de son adjoint. Mais comment il s'est débrouillé, Peter ?

1. *Nigiri* : variété de sushi, de forme ovale ; *chao mein* : plat chinois à base de nouilles, de champignons noirs, de bœuf et de porc. *(N.d.T.)*

— Un vrai feuilleton, chef. Ils m'ont fait prendre deux taxis qui m'ont baladé dans Valparaíso et Viña del Mar, puis Peter m'a conduit dans un supermarché avant de m'amener ici. À mon avis, le mec qui aurait voulu nous suivre aurait eu du mal.

— Et cette perruque ?

— Ils me l'ont collée avant que je ne descende du premier taxi. Dans le suivant, ils m'ont refilé les lunettes. Ça en jette, non ? Manque plus qu'on m'appelle Bernhard von Suzuken !

— Mes enfants, on pourrait croire que toutes ces précautions sont excessives, mais elles sont nécessaires, déclara Peter Blumen avant de gagner la cuisine pour préparer du café, suivi de Lorenzo qui, à l'aide d'une bougie et d'un fer à repasser, avait apposé un sceau sur le passeport et la carte d'identité.

— Tu sais quoi, Suzukito ? Je te trouve beaucoup mieux avec ta perruque et tes lunettes, assura Cayetano quand il put lui parler seul à seul. Ça ne te plairait pas de les garder ? Tu aurais sûrement plus de clients, au *Kamikaze*.

Suzuki préféra l'informer des dernières nouvelles : la police avait fouillé la maison du détective et leur bureau ; elle affirmait que les balles retrouvées dans le corps du Mexicain provenaient d'une arme appartenant officiellement à Cayetano Brulé et, dernier point, si le suspect acceptait de se rendre, on lui garantissait un procès équitable.

— Si j'accepte, ils me coffrent, affirma Cayetano.

Il changea brusquement de ton et demanda :

— Et du côté de Margarita ?

— Hier, elle m'a appelé pour me dire qu'elle savait tout, qu'elle vous avait d'ailleurs assez prévenu et que vous deviez abandonner ce boulot. À l'entendre, vous finirez plus mal que vous n'avez commencé.

— La garce, elle aussi hurle avec les loups ! Ce coup-là, j'en ai vraiment marre de cette femme. Ce qu'elle veut, c'est que je devienne sa marionnette !

— Et elle est en pétard, chef. Les poulets lui ont raconté que vous sortiez avec une Cubaine, un vrai canon, histoire de voir si elle se mettait à table.

— Lourdes. Qu'est-ce qu'elle devient ?

— Nous avons parlé, au bureau, avant que Peter ne vienne me chercher. Elle compte sur vous, elle attend que vous lui disiez ce qu'il faut faire. Vous savez quoi, chef ?

— Ouais ?

— C'est une femme bien, dit Suzuki, à l'évidence ravi de parler d'elle. Ma main au feu qu'elle a le béguin.

— Tu veux dire qu'elle manque d'affection ?

— Un peu, chef ! Croyez-moi, l'amour, c'est mon rayon. Je connais mon *Kama-sutra* sur le bout des doigts, à l'endroit et à l'envers, et je ne perds pas une miette du courrier du cœur, dans les magazines. Croyez-moi, chef : l'amour, c'est une question de psychologie, et Lourdes, vous l'avez ensorcelée.

Cayetano alluma une Lucky Strike, pas mécontent de ce qu'il venait d'entendre. Cela dit, ce n'était pas le moment de songer à conter fleurette à la belle, mais Suzuki avait le don de lui rendre la pêche, tant son énergie était communicative, et rien ne lui était plus nécessaire en ce moment.

— Tu as eu d'autres visites, à l'agence ?

— Deux mecs plutôt bizarres. Grands, bien sapés, dans le genre louche.

— Comme dans les films de Bogart ?

— Il leur manquait que le chapeau à large bord, chef.

Il supposa qu'il s'agissait des types qui l'avaient menacé dans la station-service de la COPEC avant de lui rendre visite chez lui.

— Et qu'est-ce qu'ils ont dit ?

— Qu'ils vous cherchaient pour vous confier une affaire.

— Ils ont laissé leurs coordonnées ?

— Ils préfèrent vous appeler, soi-disant que vous ne devez pas vous inquiéter. Mais n'oubliez pas Lourdes, chef. Si vous avez un message, je me fais fort de le lui transmettre.

29

Le lendemain, vers midi, Peter Blumen conduisit Cayetano Brulé vers une planque de l'organisation, près du Paseo du 21-Mai, face à l'ancienne École navale. En haut d'une colline, l'habitation offrait une vue exceptionnelle sur le port et la mer. Marcia, chef clandestine du MRA et femme la plus recherchée par les services du Comte Rouge, l'attendait.

— Je voulais vous parler, car nous avons l'impression que vous touchez à un rouage essentiel du système, lui dit-elle alors qu'ils mangeaient une volaille à la casserole, près de la baie de la salle à manger.

Il faisait chaud et, par les fenêtres grandes ouvertes, une brise tiède embaumant l'iode leur apportait la rumeur sourde de la ville. En apercevant le Pacifique qui resplendissait et, sur les *cerros*, les contours parfaitement dessinés des maisons et des églises, Cayetano eut envie d'aller se promener.

— C'est la seule chose qui peut expliquer ma situation, car j'imagine que vous ne pensez pas que j'ai tué le Mexicain, répondit-il en saisissant la bouteille de vin, un rouge infect que Peter Blumen avait posé sur la table avant de les laisser seuls. Un verre ?

— Merci, jamais quand je travaille.

C'était une femme fragile, aux cheveux courts et au front ridé, qui avait des manières posées et réfléchies. Difficile d'imaginer que Marcia, décrite par la presse comme un être vulgaire et à l'aspect masculin, s'était métamorphosée dans la clandestinité en une femme aux airs d'intellectuelle émancipée.

— Vous n'êtes pas de notre bord, poursuivit-elle d'un ton froid, revenant sans tarder à son sujet, mais, vu ce qui vous arrive, nous vous considérons comme un de nos alliés objectifs. Tout indique, continua-t-elle sérieusement en attrapant avec sa cuiller un morceau au fond du plat, que vous avez mis le pied sur un terrain sensible pour les grosses légumes, et cela nous intéresse beaucoup…

— Ainsi, je gêne ?

— Oui, et par hasard, répondit-elle en essuyant délicatement ses lèvres.

— Qu'est-ce qui vous le fait croire ?

— Nous savons par nos informateurs que l'affaire Lecuona est un motif d'inquiétude au plus haut niveau.

— Je suis détective privé, rappela-t-il.

Il lui sembla qu'il y avait trop de cumin dans la volaille.

— Et je doute que votre mouvement, qui survit en vendant des cigares et peut-être même des *guayaberas*[1] et des caïmans empaillés, ait les moyens de me payer.

Elle encaissa la plaisanterie tout en avalant une cuillerée et attendit, les yeux baissés, que Cayetano eût fini de savourer son bon mot. Puis, d'une voix douce et modulée, elle déclara :

— Vous avez compris que vous n'êtes pas dans une situation qui vous permette d'imposer vos conditions…

— Mais je ne suis pas prêt à accepter n'importe quoi, Marcia. Il est probable que vous êtes derrière l'enlèvement du fils du président de la Cour suprême ou de la rébellion mapuche. J'aurai l'air de quoi si on me trouve ici ? Non seulement on m'accusera d'un crime dont je

1. Chemise traditionnelle de Cuba que les hommes portent par-dessus le pantalon. *(N.d.T.)*

suis innocent, mais aussi d'incitation à la violence, et vous n'ignorez pas que, dans beaucoup de domaines, je me sens plutôt bouddhiste.

— Nous apprécions votre dignité, Cayetano, c'est peut-être la seule chose que nous apprécions chez vous, votre dignité, et, pourquoi le cacher, votre sens de la compassion, bien qu'elle soit abstraite, bourgeoise.

— Moi, ce qui me gêne, c'est que vous n'acceptiez toujours pas les règles du jeu démocratique et vous mainteniez en marge de la loi, dans l'ombre, comme pour préparer un sale coup.

— Nous ne faisons pas confiance au système, dit-elle, laconique. Vous, oui ? Enfin, ouvrez les yeux ! Tout ce qui a changé dans ce pays depuis le rétablissement de la démocratie, ce sont les locataires temporaires de La Moneda et des ministères.

— Au moins, plus personne ne disparaît.

— La droite s'est contentée d'offrir à l'intelligentsia politique de beaux bureaux dans le quartier des ministères et dans les ambassades. Pour le reste, rien de nouveau sous le soleil.

Le vin lui brûlait la gorge et il estima absurde de discuter politique alors qu'il était recherché.

— Je suis un petit détective tombé en disgrâce et vous représentez un mouvement révolutionnaire qui veut un changement radical, aussi ne vois-je guère ce qui pourrait nous réunir, hormis partager cette piquette imbuvable et une volaille excessivement épicée au cumin. M'est avis que le sommelier est enrhumé, idem pour le cuistot.

Marcia sourit.

— Sans doute comprendrez-vous mieux si je précise que nous tenons à ce que vous poursuiviez l'enquête. Nous vous aiderons dans la mesure du possible en vous ouvrant certaines portes, en vous renseignant et en assurant votre protection.

— Vous cherchez à me transformer en espion ?

Elle soupira profondément et contempla la baie. Cayetano se demanda à quoi s'occupait cette femme d'une quarantaine d'années, si séduisante et désirable, quand elle ne se consacrait pas à la révolution. Riait-elle, pleurait-elle, était-elle amoureuse ? Chaque fois qu'il observait un politicien, surtout ceux qui pontifiaient sur la vie et la morale, il s'interrogeait : connaissaient-ils les mêmes dépressions et les mêmes incertitudes que le commun des mortels, avaient-ils conscience de leur fragilité ?

— Disons que vous seriez un homme de confiance du MRA, ajouta-t-elle en souriant.

— L'idée ne me plaît pas. Je ne suis d'accord ni avec vos méthodes ni avec vos objectifs. Je suis un pacifique, un réformiste mesuré. Non pas que j'aime ce que je vois autour de moi, et je crois que les choses doivent changer, mais je mentirais, Marcia, si je vous disais que je sais ce qu'il faut faire.

La femme, impavide, touilla le contenu de son assiette du bout de la cuiller pendant que Cayetano prenait un morceau de courgette et l'associait à du blanc de poulet avant d'avaler le tout.

— Inutile de renoncer à cette Cubaine millionnaire dont le passé politique est des plus flous, déclara-t-elle. Contentez-vous de suivre votre chemin et nous échangerons des informations à certains moments bien précis. N'allez pas me raconter que l'offre vous laisse indifférent. Nous ne vous donnerons pas d'argent et n'exigerons rien de vous, hormis un rapport sur les tenants et aboutissants de cette affaire.

— Et qu'est-ce que j'y gagne, moi ?

Elle tendit les bras et répondit sans se départir de son flegme :

— Ma foi, un endroit où dormir, chez Peter, un passeport, une carte d'identité, la possibilité de quitter le pays… Ça vous semble négligeable ? Enfin, si vous estimez que la solution se trouve à Stockholm, et à condition que votre petite amie finance le voyage, pourquoi ne pas vous y rendre et travailler avec nous ? La Suède est proche de l'ex-Union soviétique et cette partie du monde nous intéresse pour des raisons évidentes…

— Vous ne chercheriez pas à coincer une taupe qui aurait infiltré le mouvement ?

— Imaginez les nuits blanches, le quartier de Gamla Stan et la possibilité de résoudre le crime et de prouver votre innocence, poursuivit-elle, pleine d'enthousiasme, sans lui répondre. Vous bénéficierez de notre protection et de notre réseau d'informateurs.

— Est-ce que vous ne destineriez pas vos informations à la DGI[1] cubaine ?

— Ne me faites pas rire. Ça fait un bail que Cuba a choisi une voie qui lui est propre. Ne savez-vous pas que, lorsque des hommes d'affaires chiliens débarquent à l'aéroport de La Havane, Fidel leur envoie une de ses Mercedes, alors que les chefs communistes doivent se contenter d'une Moskvitch, et encore heureux s'ils ne sont pas obligés de payer un taxi ?

— En somme, vous me recrutez pour vous servir d'agent.

— Appelez ça comme vous voudrez, mais ne vous y trompez pas, le prévint-elle fermement en examinant ses ongles peints en rose. Vous n'avez pas d'autre choix pour rester en vie. Si vous acceptez de collaborer, vous pouvez terminer la casserole et partir à l'étranger. Dans le cas contraire, nous vous renvoyons à la rue sur-le-champ. En outre, si jamais vous parlez de cette rencontre, on ne tardera pas à vous mettre le grappin dessus, et soyez sûr d'une chose : nous avons le bras beaucoup plus long que la police chilienne.

1. *Dirección General de Inteligencia* : Services de la sécurité de l'État. *(N.d.T.)*

30

À neuf heures du matin, la Hyundai s'arrêta sur le parking de l'aéroport de Pudahuel. C'était une journée chaude, sans vent, et vers l'est, une nappe jaunâtre de pollution étouffait déjà la capitale chilienne. Le Jumbo d'Iberia partait dans deux heures pour Buenos Aires, avant de gagner Madrid, d'où Cayetano prendrait un vol de la SAS vers Stockholm.

— Maintenant, tu ne t'affoles pas, tout est en ordre, assura Peter Blumen, assis derrière le volant, observant l'esquif de verre et d'acier de l'aéroport. D'accord, ton nom circule partout et tu as interdiction de quitter le territoire, mais, sous le nom de Ciabatta, tu pourras filer sans encombre. Lourdes te retrouvera dans l'avion à Buenos Aires, et elle t'a fait parvenir ces dollars, au cas où.

Cayetano glissa l'enveloppe dans sa veste, conscient que, pendant ces dernières journées, trop de choses étaient restées en suspens, outre son enquête. Qu'en était-il de sa tache au poumon et de son avenir avec Margarita ? Enfin, d'après les informations recueillies par les hommes du MRA, c'était bien La Maison qui le traquait, et cela renforçait la conviction des révolutionnaires : l'affaire touchait à un élément clef du système.

Cependant, la presse l'avait déjà reléguée dans les pages intérieures, car la situation du pays ne cessait d'empirer. La rébellion mapuche non seulement provoquait des déclarations de solidarité en Europe et aux États-Unis, mais elle paralysait les investissements des compagnies forestières dans le Sud. D'autre part, les indigènes de l'île de Pâques continuaient à rêver d'intégrer une confédération polynésienne, et, dans le Nord, les Atacamènes menaient des actions violentes pour récupérer leurs droits ancestraux sur les cours d'eau de leur territoire, dont ils avaient été dépossédés par les sociétés minières. Enfin, la veille, Alamiro Urquiza Ferrer, vice-président d'une banque de développement, la Sociedad de Fomento Fabril, avait été assassiné dans un restaurant chic de l'avenue Alonso de Córdoba, à l'angle de la rue Escrivá de Balaguer, preuve que la sécurité ne régnait plus dans le pays. Pour restaurer la loi, les dirigeants des principaux partis d'opposition exigeaient du gouvernement la convocation du Conseil national de sécurité.

Pourtant, si le nombre des contrôles dans les rues avait été logiquement accru, les hommes du MRA assuraient qu'à cette heure la police recherchait un Cayetano qui avait rasé sa moustache et ne portait plus de lunettes.

La nuit précédente, à Puerto Varas, un militant du parti d'extrême gauche s'était chargé de déclarer à une radio locale qu'il venait d'apercevoir au terminal interrégional des bus un suspect correspondant en tout point au signalement du détective. Et de décrire un individu sans moustache, vêtu d'une parka verte, ce qui avait conduit la police à renforcer les recherches dans la zone australe.

— Pendant qu'on ratisse le Sud, tu files par le centre. Il n'y a rien à craindre, le rassura Peter, confiant.

— J'espère que vous ne vous êtes pas emmêlé les pinceaux.

— Rien ne nous échappe, crois-moi.

— Je veux bien, Peter, mais ce qui m'étonne, c'est que, malgré la situation chaotique que vit le pays, vous soyez toujours dans l'opposition.

— Arrête de plaisanter, protesta Peter en descendant du véhicule. Souviens-toi que nous avons eu de lourdes pertes lors du coup d'État mais, depuis, nous avons créé un appareil clandestin qui comprend des cellules, des forces paramilitaires, des représentations à l'étranger, une équipe chargée de la propagande et un service de renseignements. Nous sommes une véritable organisation parallèle.

— Vous ne pourrez donc jamais toucher au but : le contrôle de l'État.

— Va savoir, rétorqua Peter, songeur. Au moins survivons-nous et nous n'avons pas l'intention de changer. Un pied dans la légalité, l'autre dans la clandestinité, car on doit toujours se méfier d'une réaction des militaires, un de ces jours. Nous vivons dans un pays amnésique où les forces armées sont les seules à avoir une bonne mémoire, à tel point qu'elles ont un plan pour gommer cette période de notre histoire.

Cayetano nettoya ses lunettes et ses yeux de mainate semblèrent soudain plus petits. Il dut bien l'admettre : jamais, en d'autres circonstances, il n'aurait pactisé avec ces gens, car il était absolument étranger à ces militants extrémistes qui, comme la lune, restaient toujours en partie dissimulés dans les ténèbres. Il y avait en eux quelque chose des chrétiens qui se cachaient dans les catacombes, quelque chose qui, peut-être, leur faisait aimer cette existence entre chien et loup, toute de symboles et de rites pour initiés, et de mesures de précaution propres aux espions, mais certes pas aux politiques. À les entendre, le régime de Pinochet n'appartenait pas au passé. Et si, à la présidence, les civils tenaient le beau rôle, ils estimaient que les militaires continuaient à diriger le pays en coulisse et pouvaient quitter leurs casernes du jour au lendemain.

Ils ressemblaient à une secte. Ils étudiaient de près l'actualité politique et les réactions des hommes en place, se formaient idéologiquement et préparaient des programmes de gouvernement quand bien même ils n'arriveraient jamais à obtenir le pouvoir. Ils se réunissaient, sous de faux noms, dans des planques, des stations de métro ou des cafés, profitant des garanties d'une société qu'ils prétendaient supprimer. Bref, ils appartenaient à une génération marquée par un désenchantement politique absolu. Non seulement ils haïssaient les militaires pour avoir instauré la dictature de

Pinochet, mais également leurs anciens compagnons de lutte qui s'étaient transformés en sociaux-démocrates et jouissaient des privilèges du pouvoir après avoir remisé au magasin des accessoires leurs anciennes bannières révolutionnaires.

— Nous sommes les seuls à avoir des idéaux, lui avait confié Blumen alors qu'ils traversaient le tunnel Lo Prado. Les dirigeants de la gauche y ont renoncé pour accéder aux ministères. Ils se drapent dans une rhétorique creuse pour faire oublier leurs promesses de naguère et favoriser l'amnésie politique.

— Dis-moi, Peter, demanda Cayetano en ouvrant le coffre de la voiture. Quel est le plan de rechange si les services de l'immigration me découvrent ?

— Il n'y en a pas. Ça passe ou ça casse.

Cayetano saisit la Samsonite rouge offerte par le MRA et répondit :

— Franchement, c'est ce qui me déplaît chez vous, votre façon de traiter la politique comme s'il s'agissait de jouer au poker.

— Écoute-moi, le Cubain, tu connais le dicton : « C'est au pied du mur qu'on voit le maçon », rétorqua Peter Blumen en tirant du coffre le bagage à main de Cayetano, une autre Samsonite, afin de ne pas éveiller l'attention de la police. Ne le prends pas mal, mais tu y es, au pied du mur, voilà tout, mon ami…

Ils marchèrent vers le terminal, sur le sol brûlant, et se mêlèrent au brouhaha de l'aéroport, un bâtiment trop froid en hiver et excessivement chaud en été.

— Souviens-toi qu'avant de descendre à Stockholm tu dois enfiler ton bonnet de fourrure, ton caleçon long et ton manteau. Sinon, tu vas te les geler et tu finiras sur un lit d'hôpital dans le dernier pays européen qui jouit d'un véritable bien-être social. Et même l'ambassade ne pourra pas régler les frais.

— Arrête avec ton baratin, tu me fatigues, si tu veux savoir !

— Et n'oublie pas, poursuivit Peter Blumen, alors qu'ils approchaient du guichet d'enregistrement réservé aux passagers voyageant en classe Affaires, d'appeler aussitôt Jerez au numéro que je t'ai donné. Il te servira de guide.

— Et me surveillera, puisque c'est un homme à vous.

— Nous avons passé un contrat et les contrats sont faits pour être respectés. Maintenant, reste concentré. Tu dois emprunter la porte 7. Pas de gestes intempestifs, pas de paroles superflues, c'est comme ça qu'on se fait repérer. Rappelle-toi que Lourdes montera à Ezeiza. Et que les *orishas*[1] t'aient en leur sainte garde, mon frère !

1. Divinités de la *santería*, culte afro-cubain issu des religions catholique et yoruba. *(N.d.T.)*

II

BLEU BALTIQUE

1

« Le postmodernisme se veut une littérature de la non-connaissance. Sur un mode parallèle à la vision poststructuraliste de la réalité, le postmodernisme considère le monde non pas comme une entité existante *per se* qui contiendrait en elle-même les principes de son organisation mais comme une construction artificielle de la raison. Raison qui est elle-même arbitraire et non fiable. Plutôt que d'expliquer la réalité d'une façon objective, la raison élabore des modèles culturels idéaux qu'elle surimpose à la matérialité indéchiffrable du monde. En fonction de ce… »

Découragé, il ferma le livre que Lourdes lui avait envoyé quelques jours auparavant, un recueil de textes théoriques sur la littérature, et se consacra à la dégustation du filet mignon et du verre de rioja que venait de lui servir une charmante hôtesse. Il percevait le bourdonnement lointain des réacteurs et voyait la pampa argentine défiler sous ses yeux. Bien évidemment, si sa raison était arbitraire et le monde une construction artificielle dont il était l'auteur, dès lors, élucider un crime devenait impossible et tout crime était parfait. D'ailleurs, lui aussi, s'avoua-t-il, élaborait des hypothèses et donnait dans la spéculation, à l'instar des critiques littéraires, mais une enquête l'obligeait à justifier ce qu'il avançait et la preuve définitive que la réalité correspondait au scénario imaginé était la confession de l'assassin.

Il vida son verre, que l'hôtesse s'empressa de remplir, et décida de réfléchir à des choses plus concrètes. En dépit des circonstances, il ne devait pas devenir un agent du MRA. Il était détective privé, chargé d'expliquer pourquoi on avait assassiné Agustín Lecuona. Les gens du MRA avaient seulement su profiter de sa situation délicate et, dans cette affaire, chacun courait sous ses propres couleurs. L'intérêt que Marcia avait montré pour ce voyage en Suède en disait long. Il était certain que son organisation cherchait une taupe qui devait avoir fait son trou dans la région, proche de l'ex-URSS, et elle espérait la découvrir grâce à ses recherches.

Il regarda un long moment le paysage monotone de la pampa, incapable d'oublier ce qu'il laissait derrière lui. Il n'avait pas seulement quitté sa maison du Paseo Gervasoni et le bureau de l'immeuble Turrí, provisoirement confié à Suzuki, mais aussi Margarita de las Flores, depuis tant d'années sa maîtresse aussi charmante que velléitaire, et une carrière de privé bien remplie. Non, il n'était pas d'humeur à se réjouir d'avoir échappé à la justice, car son premier objectif était de rentrer chez lui dès que possible, blanc comme neige, et le front haut, comme aiment dire les footballeurs chiliens. Il n'y avait pas d'alternative. Il se considérait comme un homme digne et honnête, aux mains propres, ne cherchant pas à nuire, qui entrait ou sortait d'un pays par la grande porte et non en catimini. Outre un crime à résoudre, il lui fallait établir son innocence, condition *sine qua non* pour retourner au Chili, son autre patrie, pensa-t-il avec nostalgie.

À peine avait-il terminé son verre que l'hôtesse vint le lui remplir d'un geste compréhensif qui l'attendrit. Le moment était peut-être bien choisi pour se soûler un bon coup et oublier pendant quelques jours l'assassinat de

Lecuona, le cynisme du Comte Rouge, l'agressivité de Frosch, l'apparition inexplicable du cadavre du Mexicain chez lui, la police à ses trousses, la tentative de Margarita de lui imposer son mode de vie et, pourquoi pas, le piège que lui avait tendu Marcia.

Il devait néanmoins reconnaître que le MRA lui avait offert un refuge et des papiers. Grâce à eux, au lieu de moisir dans une cellule sinistre de la prison de Valparaíso, il voyageait en avion. L'organisation y trouvait à coup sûr son intérêt, mais elle avait tenu parole et il lui en était redevable. Comme ils l'avaient prévu, l'employé de l'immigration s'était intéressé au passeport et au formulaire annexe, se contentant de lui jeter un bref coup d'œil qui l'inquiéta beaucoup. Il termina le filet et commanda un autre verre pour accompagner le plateau de fromages servi après le dessert. Enfin, déjà somnolent, il prit un cognac.

Sa tâche s'annonçait difficile. À Stockholm, il devait entrer en contact avec un certain Pato. Il estimait que cela se ferait, car les cartes postales prouvaient son existence, et il considérait que l'homme jouait un rôle clef dans l'affaire. Pourtant, il était obligé d'envisager une autre piste : Ramón Cisneros. Souvent, la jalousie est un mobile suffisant pour tuer un rival. Il lui suffisait de se rappeler la fureur du mari de Lourdes, dans le salon de thé du *Plaza San Francisco*, pour l'en croire capable.

Il s'endormit, le verre de cognac à la main, et fut réveillé par la voix chaleureuse de l'hôtesse qui lui parlait à l'oreille. Ils étaient à Buenos Aires et devaient quitter l'appareil pour une demi-heure. Il lui fallut quelques secondes avant de comprendre, mais la perspective de revoir Lourdes le fit se lever, descendre et marcher d'un pas vif vers la salle de transit de l'aéroport d'Ezeiza.

Il la chercha en vain. La jeune femme n'était nulle part.

2

Quand l'avion se posa à Arlanda, au milieu de lacs gelés et d'interminables forêts couvertes de neige, il était trois heures de l'après-midi et le soleil se cachait derrière l'horizon, plongeant la Scandinavie dans la pénombre. Accompagné par le seul écho de ses pas, Cayetano Brulé enfila des couloirs et atteignit les guichets des services de l'immigration.

Un officiel à la mine sévère examina avec attention les pages de son passeport et Cayetano le soupçonna d'en photocopier certaines.

— Motif du voyage ? demanda-t-il sèchement dans un espagnol parfait.

— Touristique.

— Moi, même si on me payait, je ne viendrais pas en Suède à cette époque de l'année.

Une neige épaisse tombait et il faisait dix degrés au-dessous de zéro. Malgré le caleçon long, le bonnet, le manteau et les gants, il avait l'impression d'être nu, comme l'avait pronostiqué Peter Blumen, car, en un rien de temps, il se sentit gelé jusqu'aux os et c'est en tremblant de la tête aux pieds qu'il prit place dans la longue file devant les taxis.

Il put enfin monter dans une immense Volvo noire merveilleusement chauffée. Son conducteur, un vieux à l'air impénétrable, conduisit à toute vitesse sur une autoroute enneigée en écoutant une symphonie de Jean Sibelius. Il le laissa devant l'hôtel choisi par le MRA, le *Scandic*, construction dans le goût moderne, alliage de béton et de verre qui ressemblait à une boîte à chaussures. Le bâtiment jurait avec le centre historique de la capitale, une véritable splendeur, entre le parc royal et la place Stureplan.

Le peu qu'il avait vu de la ville le fascina, sensible qu'il fut au tracé clair et élégant des rues et à l'harmonie des façades néoclassiques. Ici, on paraissait ignorer les gratte-ciel et les foules compactes et on apercevait des boutiques accueillantes et illuminées par des bougies. C'était une cité paisible, dont les automobilistes n'étaient pas agressifs, et les passants emmitouflés dans leurs manteaux semblaient apprécier la neige et affichaient un visage aimable.

Comme il le supposait, les deux réservations pour Lourdes et lui-même avaient été enregistrées, mais la jeune femme n'était pas arrivée. Sa chambre donnait sur le parc royal. Il prit une flasque de rhum Bacardí dans le mini-bar, alluma une cigarette et s'allongea pour admirer la neige. Il n'avait jamais vu la nuit noire à cinq heures. Dans la rue, les flocons voltigeaient devant la lumière jaune des réverbères avant de disparaître. Il devait être onze heures du matin à Valparaíso, le moment de boire son café au *Bosanka* en lisant le journal, sans oublier de jeter un coup d'œil aux passantes.

Il tira sur sa cigarette, de plus en plus nerveux, craignant que Lourdes n'ait été enlevée et qu'on ne retrouve son cadavre à Buenos Aires. Il ne pouvait qu'attendre. Quelque chose avait mal tourné. Le sort fatal d'Agustín et du Mexicain prouvait que ceux qui le traquaient ne reculaient devant rien. Il rappela la réception pour s'informer de la Cubaine.

— Non, Mme Cisneros n'est pas arrivée, lui apprit la réceptionniste, en anglais.

Mais il y avait pire. Peu avant, quand il avait appelé le numéro fourni par Blumen pour joindre son contact à Stockholm, ce n'est pas le fameux Jerez qui lui avait répondu, mais un message enregistré en suédois. Il se reprocha de s'en être remis à un réseau clandestin dirigé par des charlots. Devait-il informer Blumen ou patienter un jour encore ? Il était sur le point de lui téléphoner, chose qu'il était autorisé à faire en cas d'extrême urgence, quand la sonnerie retentit.

C'était lui. Il voulait savoir s'il était bien arrivé. En bruit de fond, Cayetano perçut les aboiements lointains des chiens. Tout en observant les rafales de neige qui cinglaient les carreaux, il l'imagina devant sa maison, sans aucun doute en train de savourer une Becker, un livre de Gramsci ou de Marta Harnecker sous les yeux.

— Comment ça, elle n'est pas là ? s'écria Blumen.

La communication était si nette qu'il aurait pu croire que Peter se trouvait au château royal, chose difficile à concevoir de la part d'un révolutionnaire et républicain tel que lui.

— Tu as bien compris. Elle ne s'est pas montrée.

— Tu as parlé à Jerez ?

— Je suis tombé sur un répondeur en suédois et je n'ai pas pris le risque de laisser un message.

— Merde ! Sois patient, ne désespère pas. Pense à Fidel et à Hô Chi Minh.

— Je te l'avais dit, Peter, avec vous, ça se termine toujours mal. Ça démarre en fanfare et ça finit en eau de boudin.

Une nouvelle dispute éclata entre bâtards du *cerro*, et dans cette chambre aussi aseptisée qu'une pharmacie, il en perçut les échos comme s'il était sur place. Il avala une gorgée de rhum, déconcerté.

— Allons, reste calme, mon vieux. Ce n'est pas si grave. Tu viens de traverser la planète et tu es toujours sous notre protection. La preuve, c'est que je t'appelle. Tu vas voir, notre contact finira par se manifester.

— Et Lourdes ?

— Laisse-moi réfléchir au moyen de la retrouver, mais ne t'inquiète pas, je te dis. Tout est sous contrôle, sous *notre* contrôle. Tu ne pourrais pas être en de meilleures mains. Calme-toi, allez, fin de la retransmission.

3

Fondée il y a mille ans sur une île qui contrôle l'accès à la mer Baltique depuis le lac Mälaren, île sur laquelle s'élève aujourd'hui le quartier de Gamla Stan avec ses ruelles tortueuses et ses vieilles façades ocre, Stockholm fascine d'emblée le visiteur par ses églises, résidences princières, parcs et palais. C'est sans aucun doute une des plus belles villes d'Europe.

Cayetano prit le petit déjeuner dans la cafétéria désolée du *Scandic*. De l'autre côté de la rue déserte, il apercevait entre les arbres nus une sculpture monumentale, couverte de neige. Il dut se contenter de hareng fumé et d'un yoghourt à l'arrière-goût acide, le tout accompagné d'insipides « biscottes » Wasa, et il lui fut impossible de savoir qui avait imaginé ce buffet, car on ne voyait pas le moindre garçon. La rue et le parc royal, vides et silencieux, s'étendaient devant lui. Mais où étaient donc passés les Suédois ?

Avant de descendre déjeuner, il avait appelé en vain la chambre de Lourdes, puis la réception, sans résultat. Quand il téléphona à Jerez, il tomba de nouveau sur le message du répondeur en suédois. Il fut persuadé d'avoir affaire à des amateurs, la catégorie d'individus qu'il détestait le plus au monde, et que Lourdes et Jerez avaient été neutralisés. Oui, il avait agi à la légère en confiant son destin à cette bande de clandestins. Dès qu'il ferait jour à Valparaíso, il appellerait Peter Blumen pour l'envoyer au diable.

Après avoir renoncé à comprendre ce que racontaient le *Svenska Dagbladet* et le *Dagens Nyheter*, les deux journaux déposés sur une table, il regagna sa chambre avec le sentiment que tout partait à vau-l'eau. Il se demanda s'il allait enfin apercevoir un employé de l'hôtel. Les couloirs étaient déserts. La seule personne qu'il avait remarquée était la réceptionniste blonde, qui ne quittait pas des yeux un écran d'ordinateur.

À neuf heures du matin, le jour n'était pas encore levé. Bien sûr, en janvier le soleil ne brillait que quelques heures à Stockholm. Vue de sa fenêtre, la ville avait un aspect fantomatique. Deux taxis Volvo passèrent lentement sur Birger Jarlsgatan, un bus vide s'arrêta près de l'hôtel pour laisser monter une vieille dame. Les magasins étaient toujours fermés.

Pour faire disparaître le goût du hareng, il se rinça la bouche, de mauvaise humeur, et prit l'enveloppe contenant la carte postale de Saint-Pétersbourg confiée par Lourdes – la carte qu'Agustín avait postée au *Grand Hotel*. Un plan de la ville lui apprit que le palace n'était pas loin. Il enfila son manteau, attrapa ses gants et son bonnet, prêt à affronter la rue.

Dans le couloir, il croisa une femme de chambre qui poussait un petit chariot rempli de serviettes et de draps. Enfin une présence humaine dans cet endroit lugubre ! C'était une jolie brune aux yeux bleus et à la peau cannelle, une couleur qui lui rappela les filles des Caraïbes. Elle portait un tablier blanc crème et le regard franc et juvénile qu'elle lui lança le perturba.

— Comment puis-je me rendre au *Grand Hotel* ? demanda-t-il en anglais pour nouer la conversation.

— Vous nous quittez ? répondit-elle en souriant sous la lumière blafarde des néons.

— Non, je dois assister à une réunion. J'arrive d'Amérique latine et c'est ma première visite à Stockholm.

— Alors vous parlez espagnol ? enchaîna-t-elle dans cette langue.

— Bien sûr. Et vous, où l'avez-vous appris ?

Elle lui raconta à mi-voix, comme si elle se sentait fautive, qu'elle s'appelait Kim Ruz. Vingt-cinq ans plus tôt, sa mère, une Suédoise en poste diplomatique à La Havane, était tombée enceinte d'un Cubain. Kim avait vingt-quatre ans, elle étudiait les sciences politiques et travaillait pendant ses vacances. Telle était son histoire.

— Et votre père, vous le voyez souvent ?

— Je ne l'ai jamais connu, répondit-elle d'un air grave en posant ses mains sur les serviettes. Ma mère a tenté de lui faire quitter l'île pour qu'il la rejoigne en Suède, mais il a toujours refusé, même pour me connaître.

— Pardonnez ma curiosité, mais est-ce que vous avez au moins de ses nouvelles ?

— Pratiquement aucune.

Elle resta silencieuse un instant.

— Et vous, de quel pays êtes-vous ? reprit-elle.

— Je suis un mélange de Cubain et de Chilien, expliqua-t-il avec un grand sourire, en s'appuyant contre le mur. Je suis né à Cuba mais je vis à Valparaíso depuis pas mal de temps. Le Chili est ma seconde patrie.

— Quel hasard extraordinaire ! remarqua Kim, prête à poursuivre son chemin. Mon père et vous êtes cubains, le monde est vraiment petit. Je vous souhaite une bonne journée.

— Merci. Je m'appelle Inocencio Ciabatta, chambre 403. J'aimerais vous revoir. Aurez-vous le temps ?

Elle sourit, et deux fossettes apparurent sur ses joues.

— Je termine mon service à quatre heures, dit-elle après avoir consulté sa montre. J'aimerais beaucoup que nous parlions de Cuba.

Cayetano fut très touché que cette beauté afro-scandinave accepte l'invitation d'un homme de son âge. Il s'assura que sa cravate décorée de guanacos était bien en place et que sa veste était boutonnée. Il était véritablement fier, en dépit de sa cinquantaine, d'exercer encore un certain attrait sur le sexe opposé.

— Je passe vous prendre à l'hôtel ? demanda-t-il, incommodé par son manteau, dans lequel il commençait à transpirer.

— Il vaut mieux qu'on se retrouve au *Doble f*, un café de la Birger Jarlsgatan. C'est près d'ici et tout le monde connaît. Vous aimez le café ? On y boit le meilleur de la ville.

— Alors à six heures au *Doble f*, accepta-t-il, satisfait. Mais, dites-moi, vous ne connaîtriez pas quelqu'un au *Grand Hotel* qui pourrait me renseigner sur un de leurs clients ?

Un sourire fit pétiller les yeux de Kim.

— Ben vous alors, vous avez de drôles d'amis pour qu'ils descendent au *Grand Hotel* ! C'est le plus cher et le plus luxueux de Stockholm. On n'y voit que des richards ou des prix Nobel !

— Raison de plus pour y faire un tour, lança-t-il d'un ton joyeux en caressant sa moustache. Et vous y connaissez quelqu'un ?

— Dans cette ville, tout se sait et tout le monde se connaît, señor Ciabatta. Il faut donc vous méfier, ajouta-t-elle, mutine. Petite ville, enfer immense. Mais demandez Bo Johansson, de ma part.

4

Le *Grand Hotel* est un bâtiment majestueux de facture néoclassique, aux portes de verre et de bronze. Sa vaste terrasse couverte donne sur la Baltique, le château royal et le quartier médiéval de Gamla Stan.

Un portier en haut-de-forme et long manteau bordeaux lui ouvrit cérémonieusement les portes et Cayetano traversa le hall sous une forêt de chandeliers en cristal qui faisaient étinceler les colonnes d'albâtre et le sol de marbre.

— Je suis détective privé. J'arrive du Chili et j'ai besoin de renseignements sur un de vos anciens clients, déclara-t-il en anglais au réceptionniste, un homme d'une soixantaine d'années portant le bouc, un costume démodé et des lunettes à monture métallique.

— Serait-il arrivé quelque chose à notre client ?

Brulé considéra qu'il l'avait alarmé sans raison. Il hésita entre se taire et lui raconter que, quelques jours auparavant, l'ex-client de l'hôtel avait été assassiné à Santiago. Il choisit de n'en rien dire. La nouvelle risquait d'impressionner défavorablement un homme habitué à la sécurité qui régnait dans la capitale suédoise, à ses longues nuits d'hiver, avec la foule tranquille qui se promenait devant le lac et la mer, pris par les glaces en cette saison.

— J'enquête pour le compte de la famille du défunt.

— Et de quel pays venez-vous, m'avez-vous dit ?

Il se montrait prudent, comme si Cayetano – ou lui-même – était un œuf sur le point de se briser, si jamais il élevait la voix.

— Du Chili.

Sans se départir de son attitude guindée, le réceptionniste croisa ses mains gantées sur la surface marbrée du comptoir, adoptant la posture d'un philosophe existentialiste.

— Je crains de ne pouvoir vous être utile, déclara-t-il. Il est préférable que vous voyiez avec le gérant. Il s'appelle Ericsson, comme moi, mais nous ne sommes pas parents. Ayez la bonté d'attendre. M. Bjorn Ericsson – il eut un timide sourire d'excuse – et moi-même partageons le même patronyme, ce qui provoque souvent certains quiproquos. En Suède, Ericsson est très répandu.

Ericsson, le réceptionniste, se dirigea d'un pas de majordome vers le téléphone installé derrière lui, prononça quelques mots dans sa langue et revint annoncer au détective, tout en faisant craquer les articulations de ses doigts, que l'autre Ericsson l'attendait dans son bureau, à l'entresol.

Une fois entré, Cayetano découvrit avec consternation que cet homme était la réplique exacte de son homonyme, hormis le costume clair et la cravate en soie. Il crut d'abord qu'il s'agissait du réceptionniste qui s'était déguisé. Il se présenta sous sa fausse identité et s'assit.

— Dites-moi en quoi nous pouvons vous rendre service, monsieur Ciabatta, s'enquit le clone en s'installant à son bureau. Au fait, si vous préférez parler italien…

— Je ne le parle pas.

— Excusez-moi, à entendre votre nom, j'avais cru le contraire.

— Je préfère l'espagnol.

— Va pour l'espagnol. J'ai étudié l'économie, mais auparavant, j'ai passé un doctorat en langues romanes. Presque tous les Suédois pratiquent plusieurs langues, car personne ne connaît le suédois, expliqua-t-il avec un sourire indulgent. Chaque hiver, je passe mes vacances à Majorque, oui, Majorque. Le climat de notre pays, il n'y a que les immigrés pour le supporter.

Le détective essaya d'expliquer succinctement l'embrouillamini qui l'avait conduit à Stockholm, conscient que pour une âme scandinave, si férue de logique, son histoire paraîtrait invraisemblable.

— Au vu de ce que vous me racontez, répondit Ericsson après avoir pris le temps de la réflexion, la mine sévère et les mains croisées, je dois vous dire que je ne peux rien vous dire, veuillez me pardonner cette redondance.

— Pourquoi donc ?

— En Suède, il existe une loi qui interdit de communiquer des renseignements sur les personnes, señor Ciabatta. Vous n'appartenez pas à la police suédoise et n'êtes pas accrédité par notre gouvernement pour enquêter ici. Je ne peux donc vous fournir aucune information sur un de nos clients, quel qu'il soit.

— Il s'agit d'un crime.

— Je regrette, il m'est impossible de vous aider.

Cayetano se sentit défaillir. Pas question que son voyage depuis Valparaíso s'achève dans cette impasse créée par la législation suédoise ! Il porta la main à la poche de sa veste pour prendre ses cigarettes. Dès qu'Ericsson aperçut le paquet, il réagit, alarmé :

— J'espère que vous n'aurez pas l'audace d'allumer un de ces objets cancérigènes car je me verrais dans la triste obligation de vous prier de sortir immédiatement dans le froid pour satisfaire votre vice.

— Pardon, je m'entraînais pour tout à l'heure, mentit Cayetano en maudissant l'intolérance de son interlocuteur, et il remit son paquet dans la poche. Comme je vous le disais, il s'agit d'un crime…

— Un ou plusieurs, la loi reste la loi. Si vous le désirez, prenez une eau-de-vie ou un plat de harengs fumés, ils sont particulièrement bons cette semaine, ou allez vous servir au *smorgäsbord*[1], c'est moi qui offre, étant donné que vous avez accompli un voyage aussi long. Mais aucune information sur quiconque ne filtrera de mon hôtel.

— C'est votre dernier mot ?

— Écoutez, señor Ciabatta, je n'ignore pas qu'en Amérique du Sud il y a toujours moyen de s'arranger avec les lois, si on sait s'y prendre, dit-il en rougissant, mais dans ce pays ce n'est pas le cas. Nous sommes ce que nous sommes. Ne vous faites pas d'illusions. Si, cet après-midi, le Parlement modifie la Constitution, revenez demain matin avec le journal officiel et je vous donnerai les renseignements qu'il vous faut, plus une double ration de harengs et de pain Wasa. Je vous

1. Buffet froid scandinave : poisson, viande, etc., le tout arrosé de bière. *(N.d.T.)*

le conseille, d'ailleurs, ça n'augmente pas le cholestérol.

L'homme était convaincant, et incorruptible, estima Cayetano. À partir de combien de couronnes changerait-il d'attitude ? Inutile d'y songer. Il n'avait même pas de quoi l'inviter à faire une promenade en traîneau sur le Mälaren.

Il quitta le bureau, déconfit, persuadé d'avoir laissé échapper sa seule possibilité de retrouver la piste et les contacts d'Agustín à Stockholm. Il emprunta l'ascenseur, se glissa parmi les meubles classiques du hall, longea la vitrine étincelante de la bijouterie, et se dirigea vers la sortie, où le géant en haut-de-forme et livrée lui ouvrit une des portes, d'un geste prévenant.

C'est alors qu'il se souvint de la suggestion de Kim Ruz.

— Où pourrais-je trouver Bo Johansson ? demanda-t-il au portier.

— Bo Johansson ? Très facile, c'est moi.

5

À midi et demi, Bo Johansson arriva au *Ma lilla Trädgarden*, un petit restaurant installé en sous-sol, non loin de la place Karlaplan. Cayetano Brulé l'attendait assis près d'une fenêtre donnant sur une cour enneigée. Bo avait gardé son haut-de-forme et son manteau de cirque, ce qui, à la surprise du détective, ne provoqua aucune réaction de la clientèle.

— De la part de Kim, vous pouvez me demander ce que vous voulez, dit-il en posant son uniforme sur le dossier de sa chaise, révélant un pantalon noir et une chemise ornée d'un nœud papillon. Nous sommes amis d'enfance, de l'époque où nous vivions à Djursholm, le quartier des diplomates et des riches.

Ils commandèrent du saumon grillé à la crème aux câpres et de la salade. Cayetano prit une bière, une Falcon, Bo opta pour une bouteille d'eau.

— Je me prépare pour les prochains jeux Olympiques. Je ne suis pas mauvais en lutte libre, expliqua-t-il comme s'il avouait qu'il aimait collectionner les timbres. Je m'entraîne le matin ou le soir, en fonction de mes horaires. J'aurai une médaille, vous ne croyez pas ?

— Vu votre taille, inutile de vous entraîner, assura Cayetano après avoir grignoté une biscotte au goût acide, dont la texture ressemblait à celle d'une moule. Il vous suffira de vous laisser tomber sur votre adversaire pour décrocher l'or.

Comme la jeune Cubaine, Bo, qui parlait l'espagnol et diverses langues, travaillait pour financer ses études. Il voulait devenir ingénieur en informatique et entrer chez Ericsson ou Nokia. Comme chez Kim, son âme irradiait une bonté et une innocence enfantines.

Le détective lui expliqua dans les grandes lignes la raison de sa présence à Stockholm et l'importance qu'il attachait aux détails du séjour de Lecuona à l'hôtel. La réponse de Bo le remplit d'enthousiasme : il savait comment accéder au réseau informatique de l'hôtel et aux informations désirées. Bien qu'illégal, cela n'avait rien de sorcier car l'hôtel, pour mieux gérer sa comptabilité, stockait sur un disque dur les coordonnées de la clientèle.

— Je m'en occuperai aujourd'hui même, affirma-t-il sans gestes superflus, avalant un verre d'eau après l'autre. Dites-m'en plus sur ce personnage.

— Et combien va me coûter ce petit service ? demanda Cayetano en griffonnant le nom de Lecuona sur sa serviette.

— Pas un sou, car c'est illégal. Je vous aide parce que je considère qu'élucider un assassinat est plus important que respecter les lois bureaucratiques d'un État qui nous exploite.

— Comment ça ?

Bo attendit que le garçon eût servi les assiettes remplies de minuscules morceaux de saumon et de fines tranches de pommes de terre bouillies.

— Il est vrai que l'État nous apporte beaucoup, la santé et l'éducation gratuites notamment, et tout ce que les étrangers admirent chez nous, mais, en fait, ce n'est plus rentable et la Suède perd de sa compétitivité au niveau international.

— Je comprends mieux, acquiesça Cayetano, guère intéressé, et il goûta au saumon.

— Bien sûr, à côté des problèmes d'autres pays, ceux de la Suède sont à peu près inexistants, assura Bo en rangeant la serviette sur laquelle étaient inscrites les informations concernant Lecuona. Mais bon, nous vivons en Suède, pas au Chili.

— Certes.

— Je me suis toujours senti très solidaire du Chili, poursuivit Bo. Mes parents se sont initiés à la politique en soutenant Allende et en protestant contre Pinochet, par la suite.

— Vos parents sont dans la politique ?

— Vous savez, dans les années soixante-dix, la jeunesse était socialiste et approuvait la lutte du tiers-monde. De nos jours, les anciens révolutionnaires, la génération de mes parents, travaillent pour les multinationales et se sont embourgeoisés, comme les révolutionnaires chiliens de l'époque, ajouta-t-il en souriant. Maintenant qu'ils sont au pouvoir, ils ont grossi et ont perdu leurs cheveux et la mémoire par la même occasion.

— Et ne pensez-vous pas comme vos parents ?

Bo avala une gorgée d'eau avant de répondre.

— Contrairement à eux, je n'ai pas l'intention de faire un détour pour atteindre mes objectifs, affirma-t-il.

Dès que j'aurai mon diplôme, j'espère entrer dans une société importante et gagner de l'argent. Pendant leur jeunesse, mes parents, peut-être sans s'en rendre compte, affichaient leur mépris pour l'argent, alors qu'ils désiraient en avoir. Aujourd'hui, ce sont des bourgeois.

— Je vois.

— Et la même chose est arrivée à beaucoup de Chiliens exilés. Ils ont passé dix-sept ans à clamer que le pouvoir ne les intéressait pas, mais seulement le rétablissement de la démocratie, et, maintenant qu'ils ont obtenu le pouvoir, ils font tout pour le préserver.

Le détective avait trop d'affaires en suspens pour se lancer dans une discussion théorique avec le jeune homme et il se contenta d'espérer que Lourdes et un message de Jerez l'attendaient au *Scandic*. Oui, d'une manière ou d'une autre, il fallait que les choses rentrent dans l'ordre. Qu'elles ne se présentent pas comme l'avait envisagé Peter Blumen au Chili le mettait dans une situation délicate qui pouvait virer au cauchemar.

— Que savez-vous du peuple sami ? demanda-t-il.

— C'est la population indigène de l'extrême nord de la Scandinavie, la Laponie, comme on l'appelle. Pourquoi ?

— Politiquement parlant, jouent-ils un rôle particulier ?

Bo planta sa fourchette dans une rondelle de pomme de terre.

— Ils ont beaucoup lutté pour préserver leur identité. Ils sont coincés entre leurs traditions et la modernité. Naguère, ils régnaient sur leurs territoires ancestraux. C'est fini.

— Et si, en Suède, quelqu'un dit habiter entre l'archipel et le plus grand igloo du monde, à quoi se réfère-t-il ?

— Je crois qu'il s'agit de l'archipel qui se trouve en face de Stockholm. C'est une zone paradisiaque, avec des milliers d'îles et de canaux naturels. Des îles inhabitées pour la plupart, vierges, avec des forêts que personne n'a parcourues.

Cayetano considéra son assiette vide, regrettant de n'avoir pu calmer sa faim. Certes, les Suédois préparaient le saumon à merveille, mais les portions étaient juste suffisantes pour des Pygmées. Il se demanda comment ces géants blonds parvenaient à survivre avec un régime aussi spartiate.

— Et le plus grand igloo du monde ?

— Ce doit être le fameux *Hôtel de glace* de Jukkas Järvi, au nord du cercle polaire. C'est la plus grande construction en glace de la planète, avec des centaines de chambres et de couloirs, une chapelle et même un bar. On le rebâtit chaque année, car il fond au printemps.

— Et quelqu'un pourrait vivre sur l'archipel et dans le Judas… comment déjà ?

— Järvi, Jukkas Järvi, corrigea Bo, amusé, avant de s'essuyer les lèvres. Effectivement, les deux sont habités. Des gens très spéciaux, bien sûr, surtout dans l'archipel. Ils tiennent à leur solitude et ne veulent rien savoir du monde.

Bo annonça qu'il devait s'en aller, ce dont profita Cayetano pour commander un espresso et lui poser une question.

— Quand pensez-vous me communiquer vos informations ?

— Passez à l'hôtel à six heures et je vous remettrai une enveloppe. Si vous avez besoin d'explications, téléphonez-moi au numéro que j'aurai noté. Maintenant, il faut que j'y aille, sinon, je perds mon boulot.

— Ce ne serait pas mieux qu'on se retrouve au *Doble f*, à six heures et demie ?

— Je vois que vous avez déjà fait un peu connaissance avec Stockholm. C'est un endroit sympa. D'accord, ne vous inquiétez pas.

Ce disant, le Viking enfila son manteau et ses gants, et, le haut-de-forme sur la tête, traversa à grandes enjambées la salle du *Ma lilla Trädgarden*, dont il gravit les marches en bois qui menaient à la rue. Dehors, il continuait à neiger.

6

Peu avant six heures, Cayetano Brulé quitta le *Scandic* et, sous un ciel étoilé, se joignit d'un pas vif à la foule des passants emmitouflés de la Birger Jarlsgatan. Il faisait moins quinze et il sentit aussitôt ses joues le brûler et son corps se pétrifier. Il se demanda comment ces diables de Suédois résistaient depuis des siècles à ces hivers implacables, sans parler des Samis, qui vivaient dans une région où le soleil disparaissait pendant plusieurs semaines en janvier.

Le *Doble f* était une petite salle enfumée dans laquelle flottait l'odeur si caractéristique du bon café et de la pâtisserie fraîche. Kim l'attendait dans un des fauteuils près de la baie donnant sur la rue. Elle s'était maquillé les yeux et son petit chignon découvrait un cou de ballerine. Elle portait un jean délavé et un T-shirt noir Banana Republic.

— Bo m'a appelée pour me dire qu'il s'occupe des renseignements qui vous intéressent, lui annonça-t-elle.

Une grande tasse fumante était posée sur la table.

— Prenez un café *au lait* *, comme moi, vous ne le regretterez pas.

Il revint s'asseoir avec une tasse qui lui brûlait les doigts. Il ôta son manteau et s'installa près de la baie vitrée, sensible à la douce chaleur des lieux. Dehors, la foule se hâtait. Il fut agréablement surpris par l'arôme délicieux du contenu de sa tasse.

— Bo ne va pas tarder, dit-il, préoccupé. Je vous remercie de me l'avoir fait connaître. S'il me fournit les informations que je cherche, mon enquête va beaucoup progresser.

— Ne parlez pas si fort, le prévint Kim. Ces deux hommes, derrière nous, peuvent nous entendre.

— Qui sont-ils ?

— L'ambassadeur du Chili et un auteur chilien de romans policiers. Il faut s'en méfier. Le premier informe son gouvernement de ce qui se passe ici et l'autre raconte tout dans ses romans. J'imagine que vous avez besoin de discrétion.

— Sûr que oui, confirma Cayetano en leur jetant un coup d'œil furtif.

Il prit une cigarette dans son paquet et l'alluma sans pouvoir s'empêcher de penser qu'il coudoyait pratiquement ceux qui le traquaient.

— Ça semble bien aller pour eux, dit-il.

— Tels que vous les voyez, ce sont d'anciens révolutionnaires. Aujourd'hui, ils sont cul et chemise avec le pouvoir. Exactement le genre qui me *déplaît* *.

— Si l'on parlait plutôt de ce qui nous occupe ? proposa Cayetano. Mais j'y pense, j'ignore pourquoi vous m'aidez. En fin de compte, vous ne me connaissez pas et, comme Bo, vous vous mettez dans une situation qui risque de s'avérer délicate.

Elle sourit, songeuse.

— Par calcul.

— Par calcul ?

— Parce que je crois que, à un moment ou à un autre, vous retournerez à Cuba, où vous pourrez peut-être retrouver mon père, Maximiliano Ruz.

— Je ne comprends pas pourquoi il a rompu tout contact avec vous. Vous avez une idée ?

— D'après ma mère, il ne lui a jamais pardonné d'être tombée enceinte, expliqua-t-elle en fixant la rue où un bus vide passa rapidement. Pour lui, il ne s'agissait que d'une aventure et je suis le fruit du hasard. Enfin, ne sommes-nous pas tous le fruit du hasard ?

— Possible. Pour ma part, je crois que votre père n'a jamais obtenu l'autorisation de quitter l'île.

— Allez savoir ! Mais, s'il vous arrive d'aller à Cuba, j'aimerais que vous le cherchiez pour lui dire que j'ai envie de le connaître. Rien de plus.

Il fut impressionné par sa détermination. Près d'eux, quelques filles fumaient et parlaient, de leurs petits amis peut-être, et l'ambassadeur et l'écrivain devaient commenter la politique internationale, avec, en bruit de fond, une chanson de Phil Collins. Il ne voulut pas décourager Kim. Il était improbable qu'il remît un jour les pieds à Cuba et il était inutile de lui expliquer combien il était difficile de retrouver quelqu'un dans un pays où les gens n'avaient pas le téléphone, et dont le nom n'apparaissait pas dans l'annuaire s'ils avaient ce privilège. Quant à lui suggérer ce qu'il craignait, que son père ne désirait simplement pas la connaître…

— Vous êtes obsédée par Cuba, dit-il, comme tous ceux qui y sont allés. J'aimerais vous inviter à dîner, ce soir, dans un endroit tranquille, où nous pourrions parler.

— Il y en a un qui me fascine, répondit-elle. *La Habana*, précisément. Ça vous tente ?

Il allait répondre quand il sentit deux mains se poser sur ses épaules.

— J'ai vos informations, dit Bo en glissant une enveloppe fermée sur la table. En échange, j'exige un café *au lait* * et une tarte aux fraises sauvages.

— Il vaudrait mieux que tu te commandes un lait malté au chocolat, que tu sois bien gaillard aux jeux Olympiques, plaisanta Cayetano, si enthousiaste qu'il le tutoya. L'addition est pour moi.

Bo revint avec le café et la tarte, s'assit près du détective et sortit quelques feuillets imprimés de l'enveloppe.

— Cela concerne les nuits passées par Lecuona au *Grand Hotel*. Sept en tout, dit-il en indiquant une des feuilles. On voit ici qu'il n'a réellement occupé sa chambre que les deux premières nuits, le 1er et le 2 septembre, et les deux dernières, le 6 et le 7. On peut le déduire du fait qu'il n'a ni téléphoné ni pris de petit déjeuner.

— Possible, admit Cayetano.

— Il a découché trois nuits mais il les a réglées. Bizarre, non ?

Bo examinait les renseignements sans se préoccuper de son café qui refroidissait. Soudain, il posa le doigt sur une ligne.

— Le deuxième jour, Lecuona a eu recours aux services de la Sail-Scandinavia, à Stockholm, une société de location de voiliers. Il en a loué un pour deux nuits. À preuve, son paiement par carte de crédit.

— Intéressant, bougonna Cayetano en effleurant sa moustache, absorbé par une idée qui le taraudait depuis un moment. Et pourquoi garder une chambre dans un hôtel si cher s'il pensait loger ailleurs ?

— Peut-être n'avait-il pas imaginé s'absenter si longtemps ?

— Est-il possible de savoir où il est allé ? demanda le détective.

— Non, mais à la Sail-Scandinivia ils doivent être au courant. Il suffit de les appeler.

— Et, de retour au *Grand Hotel*, qu'a-t-il fait ?

— L'avant-dernier jour, il a acheté un billet de ferry pour Saint-Pétersbourg, le week-end. Également payé par American Express.

La ville russe où Agustín avait écrit une carte postale expédiée ensuite du *Grand Hotel*, se souvint Cayetano. Pourquoi se rendre là-bas ?

— Bref, seule la Sail-Scandinavia saura nous dire où se trouvait Agustín durant ces quelques jours, résuma-t-il.

— Probablement, intervint Kim tout en feuilletant le *Financial Times* posé sur la table. Mais nous pouvons vous aider, car Bo est un ami du patron de cette société. Comme je vous l'ai dit, à Stockholm, tout se sait et chacun se connaît.

— Quand pourrions-nous le rencontrer ? demanda Cayetano.

— Demain, à midi ? proposa Bo. Pendant ma pause-déjeuner. Je passerai vous prendre au *Scandic*.

— D'accord, répondit Cayetano.

Il s'adressa ensuite à la jeune femme.

— Alors, *La Habana*, ça tient toujours ?

7

Ils ne s'y rendirent pas dans l'immédiat. Ils parcoururent d'abord les ruelles enneigées et désertes de Gamla Stan avant de tomber sur un bar caché dans les profondeurs d'un sous-sol médiéval aux murs de pierre brute. L'endroit était rempli de gens qui buvaient, fumaient, criaient pour se faire entendre, étrangers au froid qui les attendait dehors.

Kim lui proposa de découvrir d'autres bars et, peu après, ils buvaient de la bière Falcon et picoraient des olives vertes dans un pub au mobilier clairsemé, de style rétro, avant de rejoindre un lieu traditionnel, avec lampes à abat-jour en toile et peintures à l'huile sur les murs. Ici, ils choisirent de la Pilsen Urquell. L'alcool, les chansons du groupe Abba et l'hiver poussèrent Kim à évoquer sa vie.

Elle espérait suivre les traces de sa mère et faire carrière dans la diplomatie suédoise, aussi étudiait-elle les sciences politiques. Elle pensait se spécialiser dans un domaine qui parut à Cayetano sortir tout droit d'un roman de politique-fiction : les guerres du futur. Mais, entre bière et musique, Kim, accoudée aux comptoirs des divers établissements qu'ils visitèrent, le convainquit que le futur était proche et que seuls les pays en voie de développement se satisfaisaient de vivre dans le présent. Elle avait une vision apocalyptique de ce qui attendait la planète. À son avis, et le nouvel ordre mondial, unipolaire, n'y changerait rien, les conflits, plus nombreux, auraient pour origine la maîtrise des ressources naturelles telles que l'eau, le bois, les minéraux ou le pétrole.

— Pas très original, ton pronostic, répliqua Cayetano.

Ils se trouvaient dans une salle à moitié vide et peu éclairée.

— Comme dirait un de mes amis de Valparaíso, grand lecteur de Gramsci, toutes les guerres éclatent pour des motifs économiques.

— Sauf que c'est la première fois dans l'Histoire que les ressources naturelles s'épuisent, rétorqua-t-elle. Au début du siècle dernier, nous étions un milliard d'êtres humains, nous en sommes aujourd'hui à six et dans vingt ans nous aurons dépassé les huit milliards. D'ici à un demi-siècle, il n'y aura plus de pétrole et l'eau deviendra rarissime dans beaucoup de pays. La seule façon de survivre en tant que nation sera de s'imposer par les armes.

— C'est pas très réjouissant, tout ça, remarqua Cayetano en allumant une cigarette.

L'alcool, le voyage et le décalage horaire l'avaient épuisé, mais il était fasciné par cette jeune femme pleine de vitalité, qui pensait en termes d'avenir et élaborait des projets.

— Pour ma part, je ne serai plus là quand ça pétera.

— C'est exactement la position des pays pauvres, hélas, affirma-t-elle. Seuls les pays riches agissent avec une vision très claire du long terme. C'est la grande différence entre les uns et les autres.

Il était enchanté de la voir jouer à la pythie.

— Bon, toi qui sais tout, dis-moi, fit-il en souriant : à quelles difficultés majeures seront confrontés les pays comme celui d'où je viens ?

— Les futurologues ont déjà étudié la question. Cela semble paradoxal mais Cuba manquera d'eau, comme presque tous les pays tropicaux, et deviendra un État associé des États-Unis, à l'instar de Porto Rico. Le Chili aura de l'eau et des minéraux en abondance, et peut-être du pétrole, et cela en fera une région convoitée par les intérêts étrangers et affectée par des conflits ethniques. Il lui faut peupler rapidement, et avec un grand discernement, le nord et le sud de son territoire, sinon, il se fera dépecer.

Quel sens pouvait avoir cette conversation sur l'avenir des nations alors qu'il lui restait très peu à vivre ? Les théories de la jeune femme étaient-elles fondées ou n'étaient-ce que des élucubrations d'universitaires ? Déjà, Lourdes lui avait révélé quel était le traitement réservé à la littérature dans le monde universitaire et il était possible que les sciences politiques ne fussent pas épargnées. Toutefois, les prévisions s'étaient généralement révélées pires que la réalité. Certes, il était important de ne pas ignorer que beaucoup d'événements décisifs pour le destin des peuples se déroulaient en coulisse, dans les sous-sols de l'Histoire, comme écrits par un démiurge des ténèbres. La planète ressemblait à un *Titanic* lancé sur une mer dont il ignorait quelles tragédies elle lui réservait, songea-t-il, préoccupé. Il prit Kim dans ses bras et l'embrassa sur la joue.

— À cette heure, avec ce que j'ai bu, je ne réponds pas de mes paroles, prévint-elle, les yeux mi-clos.

Elle avait remplacé son petit chignon par une queue de cheval et ses grandes boucles d'oreilles métalliques mettaient en valeur la finesse de ses traits.

— Je précise pour que tu conserves ta dose de scepticisme.

Cayetano lui entoura la taille d'un bras et l'attira contre lui. Son haleine chaude accéléra les battements de son cœur et il se dit qu'il était irresponsable d'avoir une aventure à Stockholm pendant qu'on le traquait au Chili à cause d'un cadavre abandonné chez lui.

— Nous avons tous nos faiblesses, surtout à la veille de l'apocalypse que tu annonces, remarqua-t-il après avoir terminé sa bière. Certains sont faibles devant la chair, d'autres devant l'argent, alors ne t'inquiète pas. Les gens qui n'ont pas de faiblesses m'ennuient.

— Je te croyais seulement détective, et te voilà philosophe, lui murmura-t-elle à l'oreille, ce qui lui fit passer un frisson le long du corps.

Ils sortirent, bras dessus bras dessous, longèrent d'un pas hésitant la cathédrale plongée dans le noir, et, insoucieux du froid, descendirent vers la Baltique, au fil des ruelles.

— J'ai rêvé ou tu as défait tes cheveux ? voulut savoir Cayetano.

Elle porta les mains à sa tête au moment où sa chevelure retombait sur ses épaules. Elle sourit et scella les lèvres du détective d'un baiser furtif. Il s'appuya contre la rambarde en fer, tournant le dos à la mer gelée.

— Tu me préfères décoiffée ? lui demanda-t-elle en saisissant les revers de son manteau.

— Coiffée ou décoiffée, répondit-il, et il lui caressa le menton de ses mains gantées. C'est vrai qu'en été le soleil ne se couche pas ?

— Pendant les nuits blanches, il fait pratiquement jour. Tu n'as pas lu Dostoïevski ou Pouchkine ? En été, le soleil se couche à minuit et se lève à trois heures. Tu devrais voir ça !

Ils arrivèrent au *Habana* en taxi. Le restaurant était bondé et on entendait une musique cubaine de tous les diables. Au comptoir, on se serrait pour boire des *mojitos*, des daïquiris ou des *cuba libre*[1].

Cayetano avisa un garçon aux traits caribéens qui portait un plateau débordant de verres. Il lui fourra un billet de dix dollars dans la poche.

— Écoute, mon ami, je suis seul ce soir dans cette ville et si tu ne me dégotes pas une table, c'était pas la peine que je me tire sur un radeau.

Le type jeta un regard de fauve vers Kim.

— Suivez-moi en bas, il y aura moyen de s'arranger. Mais si t'as besoin d'un coup de main avec ce super canon, m'oublie pas.

— Mon pote, ta main, j'en aurai juste besoin pour que tu me prépares la table. Pour le reste, je me débrouille.

Ils descendirent dans un sombre sous-sol où on entendait un boléro de Beny Moré. La piste de danse était occupée par de nombreux couples. Après s'être débarrassé de leurs manteaux, ils s'assirent et commandèrent des *mojitos* et de quoi se sustenter.

— Cette chanson, il faut savoir l'apprécier, dit le détective quand une trompette joua les premières notes de *Hoy como ayer*, son boléro préféré, et ils commencèrent à danser.

Tout leur fut bon : des airs romantiques qui parlaient d'amours impossibles à la salsa la plus échevelée et individualiste, et, à trois heures du matin, un taxi les ramena sur les chapeaux de roues à Södermalm, le quartier où habitait Kim.

Dès le couloir, Cayetano commença à la dépouiller de ses vêtements, au rythme de la voix mélodieuse d'Ibrahim Ferrer et du piano de Rubén González, qui provenaient de la chambre. Dans la demi-pénombre, doucement, il conduisit la jeune femme vers son lit, palpant son corps ferme de métisse et attisant du bout

1. Symbole de la fin de la domination espagnole sur Cuba (1901) : Coca, rhum blanc, glaçons, quelques gouttes de citron vert. *(N.d.T.)*

des doigts la passion débordante qu'elle manifestait, bien différente en cela des Scandinaves. Puis, jouant de toute sa tendresse, Cayetano entreprit un voyage long et sinueux vers le trésor tiède et humide que Kim finit par lui abandonner, yeux mi-clos, sourire aux lèvres.

8

Cayetano déjeuna d'un café au lait et d'un sandwich aux crevettes dans le café au rez-de-chaussée du bâtiment où vivait Kim. Dans les baffles, on entendait une chanson des années quatre-vingt et, tout en regardant la neige déjà sale sur les trottoirs, il repensa à sa nuit avec la jeune femme. Non seulement il était impressionné par sa douceur et son expérience, mais aussi par sa vision pragmatique de leur aventure : cette nuit fugace – pas une nuit d'amour, mais de plaisir, avait-elle précisé avant de partir au *Scandic* – ne les liait en rien.

Quand il prit un bus pour se rendre à la gare centrale, le quartier commençait à sortir de sa torpeur. Dans un kiosque, il acheta *El País*, le grand quotidien madrilène. Il le lut, secoué par les cahots de son wagon de métro. Au Chili, la situation empirait : rébellion mapuche, grèves massives, enlèvements. L'éditorial regrettait la disparition de la dernière oasis de paix et de prospérité d'Amérique du Sud, appelait le gouvernement à accepter les exigences des Mapuches, qui réclamaient maintenant l'autonomie, et espérait un prompt retour à la sagesse dans ce pays. Cayetano sortit du métro à Ostermalmstorg et, le journal sous le bras, se hâta vers le *Scandic,* où l'attendait un petit homme chauve au visage tourmenté.

— C'est moi, Jerez, lui souffla-t-il. Nous devons parler.

— Ici ?

L'autre indiqua le parc du château royal. Le détective n'était guère enthousiaste à l'idée de ressortir, mais il se dit que le contact du MRA devait avoir ses raisons de préférer s'entretenir avec lui à l'extérieur. Pourtant, aussitôt, il eut un doute : comment être sûr qu'il s'agissait de Jerez ? Peter Blumen ne le lui avait jamais décrit et il ignorait même le son de sa voix. Ce pouvait être un imposteur. Devant la porte de l'hôtel, un taxi attendait et, au-delà, le parc s'étendait sous la neige, désert. Il était improbable qu'on le séquestre ou qu'on le liquide en plein centre, même si Olof Palme avait été assassiné non loin de là.

Jerez se coiffa d'une chapka en cuir et alluma une cigarette, ce qui donna à Cayetano l'envie de l'imiter. Ils marchèrent en silence, dans l'air épais et sec, la neige crissant sous leurs pieds, et passèrent entre des arbres nus, un petit palais et une sculpture, en fumant.

— Saviez-vous que cette sculpture est l'œuvre d'un Chilien, Francisco Gacitúa ? demanda Jerez alors qu'ils approchaient du grand cube de granit. Elle est taillée dans de la roche andine.

— Qu'est-ce qu'elle symbolise ?

— L'amitié entre les peuples chilien et suédois. Nous avons été des milliers à trouver refuge dans ce pays pendant la dictature. Il y a quelques années, le gouvernement chilien l'a envoyée à Stockholm. Bizarre, non ? Deux peuples qui vivent aussi loin l'un de l'autre et qui se sentent réunis par quelque chose...

— C'est de ça que vous vouliez me parler ? bougonna Cayetano en allumant une cigarette sans ôter ses gants.

Il en avait assez d'attendre et il trouvait Jerez déplacé dans son rôle de critique d'art. Après les théories littéraires de Lourdes et les scénarios apocalyptiques de Kim, il avait sa dose.

— Peter Blumen est inquiet, annonça Jerez.

— Moi aussi. Je navigue en plein brouillard.

— J'étais à Malmö, voilà pourquoi je n'ai pas répondu au téléphone. Je regrette.

Il s'exprimait lentement, sans avaler aucune lettre, comme si chaque mot était crucial. Le manteau noir, les grandes bottes et la chapka lui donnaient l'air d'un soldat soviétique.

— Est-ce que vous savez au moins ce qui se passe ?

Cayetano marchait les mains dans les poches, la cigarette au coin des lèvres.

— Vous êtes recherché pour assassinat, énonça Jerez d'un ton froid, nous avons perdu le contact avec Lourdes et, chez nous, les camarades mapuches continuent à se battre pour leurs terres.

— Quand je rentrerai, ce pays n'existera plus.

— Les Mapuches sont dans leur droit : ils exproprient les expropriateurs. Ces terres leur appartenaient. Ils en ont été spoliés par le mensonge, les fausses promesses et la violence. Mais vous ne pouvez pas comprendre, vous êtes cubain et, dans votre île, les Espagnols ont exterminé les Indiens au XVIIe siècle.

Il toussa, comme pour étayer ce qu'il affirmait. Sa démarche rappelait celle d'un corbeau, la tête enfoncée dans les épaules, et cela n'inspirait pas confiance au détective.

— Et Peter, comment explique-t-il la disparition de Lourdes ? demanda-t-il afin de revenir à leur sujet.

Il devinait que Jerez, semblable en cela aux autres membres du MRA qu'il connaissait, se nourrissait d'utopies, car sa vie y trouvait un sens.

— Elle vous manque ? lança Jerez, et il s'arrêta pour tirer sur sa cigarette.

— On m'avait assuré qu'elle monterait dans l'avion à Buenos Aires.

Il grimaça, visiblement ennuyé. Le ciel était sale et la journée tranquille.

— Elle n'est toujours pas arrivée. Elle devait m'apporter de l'argent et elle ne m'a pas appelé.

Soit Jerez jouait à l'imbécile, soit c'était un imposteur. Dans les deux cas, il ne lui était guère utile. Il n'apportait pas d'éléments nouveaux, se contentant d'exiger des informations. Il ne fallait pas trop compter sur sa collaboration. Avec Kim et Bo, des gens transparents, il avait peut-être une chance de progresser dans son enquête. Il estima que le mieux était de profiter de la désorganisation du MRA à Stockholm pour mettre fin au pacte qui le liait à Marcia. Ils ne pourraient l'accuser de les avoir utilisés, mais ils étaient capables de le dénoncer à Interpol.

— Bon, et quel est le programme, maintenant ? demanda Cayetano.

Il faillit déraper sur une plaque de glace mais Jerez le rattrapa fermement par le bras.

— D'abord, ayez confiance en moi, affirma-t-il sans le lâcher. Ensuite, n'oubliez pas que la politique ne se fait pas au grand jour. La droite prétend qu'elle a organisé le putsch au Chili pour sauver la démocratie, alors qu'elle ne songeait qu'à récupérer ses biens. Les transfuges de gauche clament qu'ils sont au gouvernement pour le bien-être du pays, en réalité ils défendent leurs postes et leurs prébendes. La politique est l'art de dissimuler.

— Pourquoi, dans ce cas, devrais-je vous croire ?

Jerez expulsa un nuage de fumée.

— Nous ne disons la vérité qu'à ceux qui partagent nos idéaux, déclara-t-il. Nous ne vous laisserons pas tomber, mais tenez-nous au courant de ce que vous découvrirez…

— Retrouvez Lourdes et après nous verrons, répondit Cayetano, de mauvaise humeur.

— Calmez-vous.

Jerez lui saisit de nouveau le bras et le serra avec force.

— Le mieux est d'attendre que je vous appelle. Le centre me communiquera tout ce qu'il sait sur la

Cubaine. Et puis ne vous inquiétez pas autant, elle a pu changer ses plans.

— En supposant qu'elle soit vivante.

— Vous avez besoin d'argent ? Est-ce que je peux vous aider d'une manière ou d'une autre ?

Cayetano tourna les talons et contempla le *Scandic*, au loin. Un bâtiment sans grâce ni caractère, en vérité, comme la plupart des édifices modernes de Stockholm.

— Si la Cubaine ne se montre pas, il m'est impossible de continuer. C'est elle qui me paye et je vais être à court.

— Nous devons nous en tenir à notre accord, mon ami, rétorqua Jerez d'un ton menaçant. La direction considère que vous êtes sur un très gros coup, et il est hors de question d'interrompre votre enquête. D'ailleurs, vous n'avez pas le choix. N'imaginez pas pouvoir retourner au Chili. Vous avez de la chance d'être ici. Là-bas, d'après ce qu'on entend, ils vous auraient collé perpète.

9

— Ne vous inquiétez pas, le bureau de la Sail-Scandinavia est à côté, lui apprit Bo alors qu'ils passaient devant quelques vestiges de la guerre froide, des canonnières rouillées, amarrées au quai et prisonnières de la glace. Mon ami Bjorn nous attend.

Ils s'étaient d'abord retrouvés au *Doble f* avant de suivre la Birger Jarlsgatan jusqu'à la mer. Bo s'arrêta devant un bâtiment dont le rez-de-chaussée était occupé par une société de vente aux enchères. Il appuya sur les boutons d'un digicode et une porte en verre biseauté s'ouvrit avec un chuintement. Au septième, ils arrivèrent devant la plaque de la Sail-Scandinavia et pénétrèrent dans une salle aux murs blancs.

— *God morgon !* leur lança un jeune homme qui travaillait sur un ordinateur posé sur les genoux. Señor Ciabatta, Bjorn Carlsson, l'homme à tout faire dans cette boîte. N'ayez aucune illusion, cette petite salle, l'ordinateur, le bureau et moi, voilà ma société. J'en suis le patron et l'unique employé. D'ici, j'organise les excursions et la location des bateaux.

— Bjorn est aussi un fou d'informatique, expliqua Bo. Le fisc lui prend la moitié de ses gains, mais tu verras que sa situation n'est pas désespérée. Il possède un superbe appart rempli d'antiquités et de peintures scandinaves, dans la Karlavägen.

Les deux garçons se connaissaient depuis l'école primaire de Djursholm. Un an plus tôt, Bjorn avait renoncé à l'université pour se consacrer à son entreprise. Il gagnait ainsi plus que le salaire qu'il pouvait espérer d'un poste de cadre dans une multinationale. Son activité était simple : servir d'intermédiaire entre les compagnies maritimes et les touristes.

Ils se mirent aussitôt à surfer sur Internet et, à la stupeur de Cayetano, trouvèrent rapidement la réservation faite par Lecuona depuis le *Grand Hotel.*

— Ça remonte au 2 septembre. Un voilier de dix-sept mètres, avec capitaine. Voyage dans l'archipel, dit Bjorn en relevant la tête, l'air satisfait.

Bo était agenouillé à ses côtés.

— Il a réservé le voilier pour deux jours mais il l'a rendu le 5. Il est revenu plus tard que prévu.

Cayetano étudia la feuille que Bo lui avait remise la veille au *Doble f* et constata que Lecuona avait loué le bateau le lendemain de son arrivée à l'hôtel.

— C'est courant que les gens louent un bateau pour visiter l'archipel ?

— Le paysage est grandiose, dit Bjorn en croisant ses mains derrière la nuque. La plupart des Suédois possèdent un canot ou un voilier et les touristes veulent toujours faire un tour dans l'archipel. Presque tous utilisent les services des compagnies maritimes.

— Et Lecuona ?

— Il s'est offert le luxe d'un voilier pour lui seul. N'importe qui peut piloter s'il a son permis de naviguer. Sinon, on propose un capitaine.

— Cela n'a donc rien d'extraordinaire…

— Non, mais je m'étonne qu'il soit resté en mer aussi longtemps alors qu'il n'avait réservé que pour deux jours.

Pourquoi Lecuona avait-il entrepris ce voyage dans l'archipel et qu'avait-il fait pendant ce temps ? Trouverait-on là-bas la signification de *Delenda est Australopithecus* et du señor Sami ? se demanda le détective en essayant de procéder par recoupements. Il était évident que la venue de Lecuona à Stockholm n'avait rien de touristique.

— Quand a-t-il réservé pour Saint-Pétersbourg ? demanda Cayetano en passant la feuille à Bo.

— Avant de louer le voilier, répondit Bo en examinant le document. Il a réglé par l'intermédiaire de l'hôtel. Il a pris un ferry de la Viking Line à la fin de son séjour. Nous ne savons pas s'il est revenu à Stockholm.

Cayetano essaya de reconstituer le périple de Lecuona : en septembre, Agustín avait quitté le *Grand Hotel*, direction Saint-Pétersbourg, pour réapparaître début janvier à l'aéroport de Miami, d'où il avait téléphoné à Lourdes, peu avant de s'envoler pour Santiago. Où était-il entre son départ du *Grand Hotel* et son arrivée à Miami ? En Russie ? Dans quel but ? Brulé envisagea un moment que le Cubain n'était qu'une mule au service des narcos. Mais pourquoi lui aurait-il donné rendez-vous à l'*Azul profundo* ? Comment aurait-il pu l'aider, lui, Cayetano ? Peut-être l'ignorerait-il à jamais. Agustín avait emporté son secret dans la tombe. Quel rapport entre La Maison, Frosch et les activités de Lecuona ? Il écarta l'hypothèse Cisneros : le mari de

Lourdes n'était pas impliqué dans ce meurtre, sauf s'il s'était enrichi en traitant avec la mafia russe. Mais c'était chercher la petite bête.

Il vérifia une fois encore les appels téléphoniques que Lecuona avait passés du *Grand Hotel* et remarqua que trois numéros se répétaient.

— Comment savoir à qui correspondent ces numéros ? demanda-t-il aux garçons.

— Rien de plus facile, répondit Bjorn, et il se mit à pianoter. J'ai un programme qui permet de connaître le nom et l'adresse de l'abonné à partir de son numéro. C'est un annuaire inversé. Je vous écoute.

Cayetano lui dicta le premier.

— Une agence de tourisme de la ville, lui apprit Bjorn.

Le détective dicta le deuxième numéro.

— Ça, c'est un concurrent. Sûrement qu'il comparait les prix et les itinéraires. Puis il a compris que le forfait proposé par l'hôtel était plus intéressant.

Au troisième correspondaient les coordonnées suivantes :

— Dimitri Neto, Riddergatan 7, Stockholm. Quartier central. M'a tout l'air d'un Russe, ajouta Bjorn.

Le numéro avait été appelé à plusieurs reprises avant la réservation du voilier, ce qui ne manqua pas d'intéresser le détective. Par la suite, Lecuona n'avait plus téléphoné, à l'évidence parce qu'il se trouvait dans l'archipel. À son retour, on recensait deux nouveaux coups de fil à Dimitri Neto et un au bureau d'American Airlines. Lecuona avait sans aucun doute changé les dates de son vol.

— Il y a beaucoup de Russes à Stockholm ? demanda Cayetano en se dirigeant vers la fenêtre.

Il observa le Djursgarden et ses bosquets blanchis par la neige.

Les deux Suédois sourirent. Bo se leva et s'approcha de Cayetano.

— Pas mal, ces derniers temps, répondit Bjorn. Il y en a qui font partie de la mafia. Des types dangereux.

Le détective estima que certaines choses commençaient à se préciser. Il faudrait appeler ce Dimitri.

— Dites-moi, Bjorn, est-ce que Lecuona aurait pu gagner Saint-Pétersbourg avec son voilier ?

— Techniquement, c'est possible. Pourquoi ?

— Un pressentiment, expliqua-t-il, incertain. Et, dans votre ordinateur, on ne trouverait pas le nom du voilier et du capitaine avec lequel Lecuona a fait sa petite virée ?

— Faut voir.

Bjorn tapota son clavier avec dextérité et une liste s'afficha sur l'écran.

— Le voilier qu'il a loué s'appelle le *Valparaíso*, annonça-t-il. Et le capitaine, Vladimir Lobos. Je crois que c'est un exilé chilien, un marin expérimenté. Ça vous intéresse de le rencontrer ?

10

Vladimir Lobos avait donné rendez-vous à Cayetano Brulé dans un restaurant à poisson du quartier d'Hötorget, dans le marché souterrain de la capitale, où le détective se retrouva dans un monde inattendu et coloré qui sentait bon les épices et la friture. Il déambula entre les étals, observant les gestes précis des maîtres du sushi, la patience des cuisiniers chinois qui faisaient bouillir de la soupe dans d'énormes marmites et les lames étincelantes que des Turcs affilaient avant de découper la viande destinée aux sandwiches grecs. Il s'arrêta quelques minutes pour observer avec nostalgie, et discrétion, un Chilien qui vendait un peu de tout, et même de la cassonade de Payta, puis il se remit en route.

— C'est ici qu'on mange les meilleures soupes de poisson de Suède, déclara soudain quelqu'un dans son dos. Je me présente : Vladimir. Suivez-moi.

Barbe et cheveux blancs, sourcils épais, yeux noirs, l'homme était de constitution robuste, de la même taille que le détective, et ne semblait pas commode. Ils se glissèrent dans la file d'attente, comme s'ils se connaissaient depuis toujours, mais Cayetano devina que l'autre l'étudiait. Après avoir choisi de la soupe et un verre de blanc, ils transportèrent leur plateau vers une table donnant sur l'allée et un étal de fruits de mer et de poulpes.

— Bon, je suis venu, señor Ciabatta, dit Vladimir quand ils eurent pris place – tous deux se dévisagèrent comme des boxeurs avant le premier round –, pour l'unique raison que c'est Bjorn qui me l'a demandé.

— Je vous en remercie. L'affaire est simple, commença le détective en humant voluptueusement le bouquet de la soupe. Il y a quelques mois, vous avez conduit sur l'archipel un Cubain, Agustín Lecuona.

— Exact, répondit Vladimir en goûtant la soupe. Il était jeune, sympa et intelligent. Je m'en souviens.

— Le problème, c'est qu'il a été assassiné au Chili, il y a peu.

Vladimir avala bruyamment une cuillerée et demeura silencieux. Ils étaient environnés par la rumeur et les senteurs du marché. Cayetano comprit qu'il avait affaire à un homme impénétrable, rendu méfiant et endurci par les années d'exil dans un pays lointain, au climat rigoureux.

— Attaque à main armée ? demanda Lobos en haussant les sourcils.

— On l'a tué pour s'emparer de sa mallette.

— Bref, attaque à main armée.

— Il semblerait que la mallette contenait des informations de grande valeur.

— Je regrette – il goûta le vin. Je regrette vraiment. En été, je promène pas mal de monde sur l'archipel, mais j'ignore ce que leur réserve le destin. Dans ma mémoire, ils demeurent. Beaucoup m'ont dit que si la mort ressemblait à l'archipel, cela valait la peine de mourir. Je ne sais pas.

La soupe était substantielle, comme celles qu'on servait dans le restaurant du marché de Valparaíso, *Los Porteños*. Vladimir avait de la mémoire et cela faciliterait les choses, se dit Cayetano en découvrant des petits morceaux de saumon, d'anguille et de crevette au fond de son assiette.

— Je suis détective privé et on m'a chargé de l'enquête, expliqua-t-il.

Il s'en repentit aussitôt. La capitale suédoise comptait plusieurs radios tenues par des exilés chiliens qui donnaient des nouvelles du pays. Il était à peu près certain qu'elles avaient déjà parlé d'un détective cubain en cavale.

— Et qu'est-ce que je viens faire là-dedans ? demanda Vladimir, inquiet.

— J'ai besoin de savoir pourquoi Lecuona est parti sur l'archipel.

— Ce n'est pas difficile, répondit-il, comme si l'affaire était insignifiante. Lecuona avait un objectif bien défini.

La vie en Suède lui avait appris à être précis et direct, sans s'encombrer de belles phrases et de faux-fuyants.

— Lequel ?

— Rendre visite à un type qui vivait dans une *stuga*, sur une île.

— Une *stuga* ?

— Une cabane.

— Des îles, on m'a dit qu'il y en avait plus de trois mille. Vous rappelez-vous son nom ?

— Je me souviens plus ou moins de sa situation, admit-il, et il rota, les sourcils froncés. Je crois qu'avec un peu de chance je pourrais la retrouver, en été.

— En été ?

Vladimir fut immédiatement sensible à la déception du moustachu. Le marin le trouvait sympathique et débonnaire, mais avait du mal à comprendre comment il pouvait réussir dans son métier.

— C'est votre âme de martyr qui vous pousse à voyager en cette saison ? lança-t-il en manière de provocation.

— Parce que c'est impossible de s'y rendre, maintenant ? Je ne peux pas croire que des gens puissent vivre si isolés pendant tout l'hiver.

— On peut y aller en *isjakt*, un traîneau à voile capable d'atteindre quatre-vingts kilomètres à l'heure sur la glace, affirma Vladimir.

Il avala une cuillerée de soupe. Il paraissait affamé.

— Mais vous ne résisterez pas à un tel voyage, par moins vingt.

Il sourit, moqueur, et débarrassa sa barbe d'une arête. Cayetano insista :

— Je veux arriver vivant dans cette île à cette époque de l'année. Vous pensez pouvoir l'identifier ?

— Je dois en avoir gardé les coordonnées dans l'habitacle du bateau, dit-il en se raclant la gorge avant de boire un coup. Parce que je me souviens que cette histoire m'avait surpris.

— Quelle histoire ?

— Le fait que quelqu'un vive là-bas toute l'année. C'est magnifique, mais totalement isolé. N'importe qui deviendrait cinglé au bout d'un certain temps. Moi, j'aime naviguer, mais je ne pourrais me passer des pubs, des restaurants et des librairies de Södermalm[1].

— Je veux tout savoir du défunt. Voilà pourquoi je tiens à me rendre sur cette île afin d'y rencontrer la personne qu'allait voir Agustín. Vous connaissez son nom ?

1. Quartier branché de Stockholm. *(N.d.T.)*

— Non. Lecuona a quitté le bateau et a passé plusieurs jours là-bas. J'ai juste aperçu le type et une femme, de loin. Je suis resté sur le voilier. Lecuona m'apportait à manger, mais il ne m'a jamais présenté à ses hôtes. Ils habitent une *stuga* rouge qui donne sur l'embarcadère, près des bois. C'est la seule maison de l'île.

— Vous n'avez jamais parlé avec le couple ?

— Non, et c'est peu banal, parce que, en mer, on respecte un code de solidarité absolu. Tout le monde se connaît et s'entraide. Quand on navigue, on est tous égaux, et j'ai trouvé bizarre qu'ils me tiennent à l'écart. Bon, je suppose qu'ils avaient à discuter de choses très importantes.

Cayetano balaya le marché du regard. On entendait des cris en arabe, et, dans l'allée, il vit passer des femmes voilées.

— Ici, c'est le marché populaire, expliqua Vladimir. Vous y trouvez tout ce qu'il faut pour préparer n'importe quel plat. Il y en a un autre, à Ostermalmstorg, mais c'est celui des riches. Un peu trop raffiné à mon goût. Je préfère celui-ci, à cause des prix et de la qualité, en plus, on peut boire un café fantastique au *Piccolino*. Vous avez aimé la soupe ?

— Sauf à Valparaíso, je n'en ai jamais mangé d'aussi bonne, mais je me suis laissé dire qu'à l'*Azul profundo* ils en ont une à se lécher les moustaches, ce qui me prendrait pas mal de temps. Un de ces quatre, j'y retournerai, juste pour cette *marinera*.

Vladimir posa sa cuiller dans son assiette.

— Vous n'êtes pas chilien, n'est-ce pas ? demanda-t-il, indécis.

Le détective saisit aussitôt où il voulait en venir. Si Vladimir était exilé, il devait être de gauche. En outre, le fait qu'il portât un tel prénom faisait supposer que son père était communiste. Appeler ainsi son fils, c'était l'obliger à ne jamais oublier ses convictions politiques.

Oui, au Chili, seul un communiste était capable d'affubler un garçon de ce prénom. La situation risquait de devenir délicate si Vladimir commençait à se méfier de lui, car il perdrait son unique chance de parvenir jusqu'à l'homme avec lequel Lecuona avait parlé.

— Je suis cubain, exilé, dit-il d'une voix sourde. Rien n'est pire que l'exil. Toutes les dictatures poussent à l'exil ceux qui ne sont pas d'accord avec elles.

La soudaine lueur dans le regard de Vladimir lui fit comprendre qu'il l'avait amadoué. Vladimir était prêt à défendre la révolution cubaine contre n'importe quel adversaire idéologique, mais il refusait de croiser le fer avec un simple Cubain qui, de l'autre côté de l'Atlantique, souffrait du même mal du pays que celui auquel on l'avait condamné des années plus tôt. L'exil les rapprochait. Peut-être qu'en cet instant, dans le monde souterrain d'Hötorget, Vladimir admettait que les exilés étaient tous des anonymes, qu'il n'existait pas d'exils mérités, mais seulement des dictatures et l'exil, deux choses pareillement exécrables.

— Et vous arrivez à en vivre, de ce boulot de détective ? demanda-t-il, sérieux.

— C'est comme la pêche, mon ami. Parfois on attrape du gros, mais la plupart du temps on rentre bredouille. Plus d'une femme a quitté son mari parce qu'il était détective privé.

— Je vois, répondit-il, songeur, car l'allusion à son métier avait, encore une fois, joué sur la corde affective qui fait qu'un exilé est spontanément solidaire d'un autre exilé. Ça doit être intéressant de parcourir le monde pour les besoins d'une enquête.

— J'aimerais mieux naviguer dans l'archipel.

— Tout ce qui brille n'est pas d'or, déclara Vladimir.

Son assiette ne contenait plus que des queues de crevette et la coque d'une clovisse.

— Entre naviguer pour soi et promener du monde, il y a une grosse différence. Si j'avais de l'argent, je m'achèterais un voilier et, en été, j'irais me balader en Méditerranée ou dans les Caraïbes. Au lieu de quoi je me contente de transporter les touristes. Non, cela n'a rien à voir.

Cayetano nettoya sa moustache et, après avoir contemplé la chair rose et visqueuse des poulpes posés sur l'étal qui lui faisait face, posa la question qui le démangeait :

— Et vous, Vladimir, ça vous dirait de me conduire à travers l'archipel, jusqu'à cette petite île ?

11

Lourdes appela à sept heures du soir, alors qu'il se disposait à rejoindre Kim qui l'attendait au *Doble f.* Il neigeait abondamment et la ville semblait encore plus assoupie qu'à l'ordinaire.

— Je suis à Miami, dit-elle d'une voix entrecoupée. Je vais aussi bien que possible. Ne t'inquiète pas pour moi. J'ai eu ton numéro par Peter Blumen.

— Et que devient notre rendez-vous ? demanda le détective, assis sur son lit. Pourquoi n'es-tu pas montée à Ezeiza ? Pourquoi n'es-tu pas ici ?

Dans l'attente de la réponse, il regarda les flocons qui tombaient à la diagonale du cône de lumière d'un réverbère.

— On vient de me confirmer que le corps d'Agustín arrivera demain à Miami, finit-elle par dire. Au moins pourrons-nous lui donner une sépulture chrétienne. Pour l'instant, il m'est impossible de me rendre à Stockholm, je dois rester ici. Tu comprends ?

— Oui, répondit-il en caressant sa moustache.

Elle le tutoyait pour la première fois. Il avait l'impression que quelque chose avait changé entre eux, mais son ton évasif le décevait.

— Combien de temps cela va-t-il prendre ?
— Une ou deux semaines, peut-être.
— Et nous, où en est-on ?
— Comment ça ?
— Notre affaire, l'enquête pour laquelle tu m'as engagé.
— Tu en sais un peu plus ?
— Aujourd'hui, je crois avoir beaucoup avancé. J'espérais te voir bientôt pour t'en parler. Je brûle, mais je peux aussi me tromper.
— Il faut que je t'avoue quelque chose.
— J'écoute.
— Je crois que je ne pourrai jamais venir à Stockholm.
— Qu'est-ce que ça veut dire ?
— Que tu ne me verras pas.
Un silence prolongé s'installa, qui le mit mal à l'aise. La perspective de ne plus la revoir l'angoissait. Soudain, il se sentit totalement abandonné. D'où pouvait-elle appeler ?
— Je n'y comprends rien. Oui ou non, veux-tu savoir ce qui est arrivé à Agustín ?
— Je pense qu'il vaut mieux en rester là.
— Es-tu bien en train de me dire que tu ne viens plus et que tu mets fin à l'enquête ?
— Je crois que nous n'arriverons à rien. Et puis, j'ai quand même récupéré sa dépouille. Ces gens, tu sais de qui je parle, m'ont conseillé de laisser faire la police chilienne et d'arrêter de leur montrer que nous n'avions pas confiance en engageant un détective privé.
— Quels gens ? De qui parles-tu ?
Il alluma une cigarette et tira dessus, inquiet. Cette fois, il eut vraiment l'impression d'être au fond du trou.
— Je ne veux pas que tu souffres, Cayetano. Il est préférable que tu abandonnes. Hier, je t'ai envoyé par courrier exprès un chèque. Il y a plus que je ne te dois,

c'est une sorte d'indemnité, disons. J'espère que tu comprendras.

— Ça va bien, Lourdes ? Tu n'en as pas l'air. Ne me raconte pas d'histoires.

— Ça va, répondit-elle sans enthousiasme. Encaisse le chèque et oublie tout. Parfois, il faut savoir faire des concessions dans la vie. C'est difficile à accepter, mais il n'y a pas d'alternative. Ce serait formidable d'aller jusqu'au bout, mais, dans ce cas, c'est dangereux.

— On te fait chanter, Lourdes ? Dis-moi la vérité.

— Non, non, murmura-t-elle, au bord des larmes.

— Quels sont ces gens auxquels tu fais allusion ? S'ils te menacent, résiste. Connaître la vérité, rien d'autre n'a d'importance. Du cran, ma fille, allez, du cran.

— Pardonne-moi, Cayetano. Je ne peux pas revenir en arrière.

Elle pleurait maintenant. Au téléphone, les événements ont toujours l'air plus grave qu'ils ne le sont, songea Cayetano.

— Le mieux pour nous deux est de laisser les choses en l'état et que tu rentres au Chili.

— Tu sais que cela m'est impossible, qu'on m'accuse d'un crime, répondit-il, blessé, car il se sentait trahi. Pour moi, il n'y a pas de billet retour.

— Ils m'ont affirmé que tout pourrait s'arranger. Si tu lâches l'enquête et reviens, les choses rentreront dans l'ordre, tu n'as rien à craindre. Ils disent que tu n'es pas coupable et que la justice finit toujours par triompher.

— Mais tu es devenue folle, Lourdes ! cria-t-il. Ces types, qui sont-ils à la fin ?

— Cela n'a pas d'importance, ce qui compte, c'est qu'ils sont disposés à parler avec toi pour trouver un arrangement.

— Tu es cinglée ! Qui sont-ils ?

— Des avocats, Cayetano, répondit-elle d'un ton plus tranquille. Ils veulent seulement t'aider et assurent que ton affaire peut se régler favorablement. Tu ne dois pas poursuivre l'enquête, cela ne me rendra pas Agustín. Eux et moi avons passé un accord. Voilà pourquoi je t'appelle.

— Pour qui travaillent-ils, ces avocats ?

— Une multinationale. Ils s'intéressent à l'affaire et veulent te parler. Ils savent comment agir à ce stade des événements. J'ai cru que tu serais d'accord, Cayetano, et que tu accepterais que je mette un terme à l'enquête, parce que, en fin de compte, c'est moi qui te paye.

— Mais, Lourdes ! insista-t-il, parlant lentement, car il espérait la voir revenir à plus de bon sens. Est-ce que par hasard tu leur as dit où j'étais descendu ?

— Pardonne-moi, Cayetano. Je croyais que tu comprendrais. Oui, j'ai donné le nom de ton hôtel.

Ces mots furent pires qu'une douche froide.

— Quand ?

— Ils viennent de partir, pleurnicha-t-elle. Je la leur ai donnée pour qu'ils me laissent tranquille. Pardon, Cayetano, pardon…

12

Dimitri Neto habitait au troisième étage d'un vieux bâtiment bien entretenu, au numéro sept de la Riddergatan, dans un quartier central. Tandis que le petit ascenseur du début du siècle dernier, protégé par une cage grillagée, s'élevait en grinçant, le détective entendit la musique apaisante d'un saxo qui provenait d'un appartement.

Il attendait depuis un moment devant l'appartement du Russe, signalé par une plaque en bronze avec son nom en gros caractères, quand une porte s'ouvrit au bout du couloir. Un type maigre surgit, un sax à la main.

Il lui dit quelque chose en suédois, mais Brulé expliqua en anglais qu'il ne comprenait pas.

— Je vous demandais qui vous cherchiez, traduisit le Suédois.

Il portait la barbe, sans moustache, avait le visage long et pâle, tel un hippie sur le retour, et marchait pieds nus, ce qui fit frissonner Cayetano.

— M. Dimitri Neto.

— Vous êtes un parent ?

— Non, il s'agit d'un entretien journalistique. Je travaille pour une revue sud-américaine.

Le Suédois changea son instrument de main.

— Vous ne savez pas que Neto est mort il y a deux semaines dans un accident de métro ? Il avait forcé sur la vodka, il a perdu l'équilibre sur le quai et est tombé sur la voie… une mort atroce. Ça vous dit, un café ?

Le détective entra dans un petit appartement rempli de meubles anciens et de tableaux, dont plusieurs étaient posés sur le sol, contre un mur. Un lustre à pendeloques était suspendu dans le salon-salle à manger et des haut-parleurs étaient disposés près de la fenêtre. Le maigre le pria de patienter et disparut dans la cuisine dont il ressortit avec une tasse de café fumant.

— En réalité, reprit-il en l'invitant à s'asseoir dans un fauteuil, Neto a été assassiné. Je ne crois guère à la théorie de l'accident, parce que le machiniste de la rame était russe, lui aussi.

— Quel rapport ?

— Mais enfin, quelle sorte de journaliste êtes-vous ? Vous venez interviewer un type qui est mort et vous ne connaissez même pas sa biographie ? Neto a été employé par le KGB jusqu'au jour où il s'est réfugié à Stockholm, au début des années quatre-vingt, quand il travaillait ici sous une couverture diplomatique. Le crime a sûrement été commandité par Moscou : minuit, une station déserte, Neto qui tombe du quai, et le seul témoin est un Russe exilé…

— Cela ne prouve rien, répliqua Cayetano, calé dans son siège.

— Ne soyez pas naïf. Soit ce conducteur russe était lui-même un agent, soit il a été obligé d'affirmer que Neto était tombé seul. Les successeurs du KGB se sont alliés avec la mafia et, par la menace, ils obtiennent tout ce qu'ils veulent. C'est comme ça, de nos jours. Oh, excusez-moi, dit-il en portant sa main à la bouche, je m'appelle Chris Lucius et je joue du jazz dans un trio. Et vous ?

— Inocencio Ciabatta, journaliste vénézuélien.

— Qu'est-ce qu'un Vénézuélien peut bien chercher en Suède ?

— À ne pas mourir de faim dans son pays. Vous êtes certain que Neto travaillait pour le KGB ? demanda-t-il pour renouer le fil de la conversation.

Le café non seulement n'était que de la lavasse, mais il avait un goût amer.

— Cela a fait beaucoup de bruit, ici, parce qu'il n'a pas pu demeurer à Stockholm. On dit que la CIA l'a expédié aux États-Unis, pour le presser comme un citron. Il a attendu l'effondrement du bloc soviétique avant de revenir. Enfin, c'est ce qu'on raconte, mais moi je crois qu'ils l'avaient planqué chez nous pour raisons de sécurité. Il savait beaucoup de choses. Ça ne lui aura pas servi, ils l'ont quand même liquidé.

— Il vivait seul ? demanda Brulé, comprenant qu'un autre témoin essentiel venait de disparaître.

— Oui. Ce n'est pas étonnant, il était drôlement vieux et alcoolo.

— Vous n'avez jamais vu quelqu'un rôder par ici, le genre sud-américain ?

— Il était souvent absent, ce monsieur. Il ne s'est jamais lié avec les voisins et maintenant il a rejoint le royaume sinistre des ombres. Il paraît que, quand on travaille pour un service secret, on n'a aucune chance de le quitter. Et si on réussit, il arrive ce qui est arrivé à Dimitri, un grand admirateur de Tchaïkovski, par ailleurs. Vous aimez Tchaïkovski ?

Brulé eut l'impression que son enquête s'achevait rue Riddergatan. En outre, s'il avait évité de parler d'Antonio Gramsci avec Peter Blumen, de théorie littéraire avec Lourdes et de l'apocalypse qui attendait l'humanité avec Kim, il n'allait pas perdre son temps en discutant musique classique en compagnie du saxophoniste. Il était évident que chacun avait son obsession dans la vie, une sorte d'appât qui donnait un sens à l'existence. Il trouva un prétexte pour abréger sa visite et se retira courtoisement. En descendant l'escalier, il apprécia les notes mélancoliques de l'instrument avant qu'elles ne soient étouffées par le bruit d'un chasse-neige qui passait dans la rue, balise allumée.

L'accident de Dimitri n'était pas fortuit : on devinait la main d'un professionnel. Personne ne parviendrait à établir un lien entre une mort survenue à Valparaíso et une autre à Stockholm. Personne, pas même lui, mais il pressentait un rapport entre les assassinats de Lecuona, le Mexicain et Neto. Enfin, peut-être devrait-il s'habituer à accepter les événements à mesure qu'ils se présentaient. Le pire était ce que Lourdes lui avait annoncé : deux hommes étaient sur ses traces aux États-Unis et pouvaient traverser l'Atlantique pour le retrouver. Avec de la chance, le chèque de la Cubaine les précéderait et il l'encaisserait sans problème.

Il retourna au *Scandic* en taxi et se dirigea vers sa chambre. Puisque Lourdes et son argent lui faisaient défaut au milieu du gué, il devait s'organiser pour se loger à moindre coût et manger sur le pouce. Oui, admit-il, il avait peur, comme le chantait John Lennon dans une de ses dernières chansons, mais il ne renoncerait pas à sa quête de la vérité.

Tout bien considéré, songea-t-il en ôtant son manteau, Stockholm s'était transformé en un cul-de-sac. Il était seul, sans ressources, désorienté. Les gens qui avaient parlé avec Lourdes étaient-ils réellement des avocats ? Ne s'agissait-il pas d'un subterfuge destiné à le localiser avant de l'éliminer ? Ces hommes n'appartenaient pas à la police, car ils auraient déjà informé Interpol et il serait en train de traverser l'Atlantique, menotté, en direction du Chili. Non, leurs motifs étaient d'ordre privé. Il prit une flasque de Bacardí dans le minibar pour calmer ses angoisses.

Tu deviens trouillard, se reprocha-t-il en buvant le rhum devant le miroir de la salle de bains, déprimé par la vision de son corps sous la lumière blafarde du néon. La calvitie gagnait du terrain, la peau du cou commençait à plisser et l'éclat de ses yeux ternissait. Merde, c'est un miracle qu'à mon âge Kim me trouve séduisant ! se réjouit-il en son for intérieur.

Il quitta la chambre et partit à sa recherche dans les couloirs. Il l'aperçut au moment où elle allait entrer dans une suite du dernier étage et lui raconta les événements récents.

— As-tu un moyen de savoir le nom des clients qui réservent ? lui demanda-t-il.

— Je peux toujours essayer avec la réceptionniste de nuit, je la connais. Mais, après ce que t'a dit Lourdes, je quitterais l'hôtel immédiatement. Ces types sont capables de débarquer d'une minute à l'autre. Il ne vaudrait pas mieux prévenir la police ?

— Et comment lui expliquer tout ça ?

— D'accord, mais pourquoi rester à l'hôtel ?

— J'attends le chèque de Miami.

— Je pourrais peut-être m'arranger pour que ma copine me remette l'enveloppe en douce. Maintenant, si elle n'est pas de service quand le chèque arrivera, le réceptionniste le donnera au destinataire.

— Quel hôtel me suggères-tu ?

Elle posa ses mains sur les hanches.

— Un hôtel ? Pourquoi un hôtel ? lança-t-elle, souriante. Tu ne préfères pas emménager dans mon appartement ?

— Je ronfle beaucoup, répondit-il en posant la main sur la sienne, et je ne veux pas t'impliquer dans une affaire dangereuse.

— Si je t'offre l'hospitalité, j'en assume les conséquences, affirma Kim avec un regard affectueux. Tiens, idiot, voici les clefs. Va récupérer tes bagages, attrape un taxi en vitesse et rendez-vous chez moi.

13

Le lendemain, tandis qu'il prenait son petit déjeuner en bas de l'immeuble de Kim – café au lait et sandwich jambon-fromage chaud avec du pain *baguette* * –, Cayetano reçut un coup de téléphone de son amie. Une enveloppe de la TNT l'attendait à la réception du *Scandic*.

Il monta dans un bus vide en se demandant quand arriveraient ceux qui le traquaient. Il n'avait pas le choix : il lui fallait retrouver « Pato », l'homme avec lequel Lecuona avait parlé plusieurs mois auparavant. Il devait rester en Suède même si l'ennemi était sur ses talons. Il s'installa sur le dernier siège et dodelina de la tête, à cause de la chaleur du moteur dans son dos. La veille, lui et Kim avaient fait la tournée des pubs de Gamla Stan avant d'aller danser dans un club de second ordre, *La Isla*, très fréquenté par les exilés sud-américains. Cela n'était peut-être guère prudent, car il valait sans doute mieux garder profil bas pendant les froides nuits de Stockholm, mais un sentiment étrange, comme de fin du monde, alimenté par la conscience floue d'avoir une tache au poumon gauche, le poussait à relativiser le danger et à profiter pleinement du temps qui lui restait à vivre.

À la réception, une blonde lui remit un pli de la TNT portant son nouveau nom. Désireux d'en prendre connaissance calmement, il s'assit dans un fauteuil du hall, entre la fenêtre donnant sur le parc royal et un aquarium. Il était en train de l'ouvrir quand il entendit prononcer son nom – non pas Ciabatta mais Brulé – et il sentit ses cheveux se dresser sur la tête. Il leva les yeux et fut pris de panique.

Deux individus parlaient à la réceptionniste. L'un d'eux répétait son nom et l'autre examinait les alentours avec l'air attentif et méfiant des gardes du corps. Ils étaient solidement bâtis, de type anglo-saxon, du genre qu'on n'aurait pas aimé croiser dans une rue déserte. Par chance, ils ne pouvaient l'apercevoir derrière les poissons dorés et les algues de l'aquarium.

Cette fois, il entendit ses nom et prénom épelés distinctement à la réceptionniste qui consultait sans succès son ordinateur. Il devina qu'il s'agissait des « avocats » dont avait parlé Lourdes. Heureusement, elle ne leur avait pas communiqué sa nouvelle identité.

Soudain, ce qu'il craignait arriva : la blonde désigna l'aquarium. Cayetano se dressa, l'enveloppe sous le bras, mais ce mouvement attira l'attention des inconnus. Il se dirigea aussitôt vers la sortie. Par la porte vitrée, il aperçut une voiture qui attendait, feux allumés, moteur en marche, aussi changea-t-il de direction, la peur au ventre. Il fila devant le vestiaire vide et chercha refuge dans le restaurant, pour s'apercevoir, pétrifié, qu'il était absolument désert.

Où se cacher ? Il avança sur la moquette épaisse, distinguant son reflet dans les vitres donnant sur le parc, et poussa une porte blanche. Il se retrouva dans la cuisine, parmi des garde-manger, des plans de travail et des casseroles. Absorbé dans son travail, un cuisinier découpait des tranches de saumon.

Demander de l'aide ? Mais si ses poursuivants s'échappaient, que raconter à la police suédoise ? Dirait-il qu'ils le cherchaient pour l'assassiner ? Pour quelle raison ? Et comment justifier son entrée dans le pays avec un faux passeport ? À coup sûr, elle l'arrêterait et le renverrait chez lui sans délai.

Il franchit une autre porte et déboucha dans un long couloir gris éclairé par des tubes de néon. Pas âme qui vive, là non plus, mais l'angoissante solitude des cauchemars dans les films d'Ingmar Bergman. Son cœur palpitait. Il devait atteindre la rue. Être surpris dans ce couloir, c'était leur donner l'occasion de le liquider sans témoin. Il entendit des pas qui approchaient.

Il pivota. C'étaient eux, et ils couraient, maintenant. Il s'élança, mais, parvenu au bout du couloir, qui formait un angle, il perdit l'équilibre et s'étala de tout son long. D'instinct, sa main droite chercha son Beretta, mais il s'aperçut qu'il ne le portait pas au moment même où un des hommes dégainait et le visait.

— Bougez plus ! cria le type dans un espagnol à l'accent anglo-saxon.

Cayetano se remit debout avec une agilité surprenante et fila sans demander son reste. Très vite essoufflé, il sentit son cœur tambouriner bizarrement. Il se jura que s'il s'en sortait il fréquenterait un gymnase, comme le Comte Rouge. Quand il comprit qu'ils allaient le rejoindre, il ouvrit une porte d'un coup de pied et se rua en avant. La pièce était plongée dans le noir et plusieurs personnes regardaient des diapositives. Sans doute un séminaire sur le « zéro défaut », se dit-il en se faufilant parmi les spectateurs, renversant des chaises, des tasses de café et des assiettes de tartes aux fraises.

— Où est la sortie de secours ? hurla-t-il en anglais, et les spectateurs, en bons Scandinaves qu'ils étaient, lui indiquèrent l'autre côté de la salle.

Il quitta l'endroit en claquant la porte, une première à Stockholm, à n'en pas douter, et, au loin, il entendit une voix qui, au milieu du boucan, criait qu'elle en avait marre des interruptions perpétuelles lors des séminaires et qu'elle y renonçait à l'instant et pour toujours.

Il parvint dans la rue grâce à une rampe de déchargement et se hâta parmi les passants matinaux de la Birger

Jarlsgatan. Il traversa la Sturegallerien et demanda à un taxi de le conduire à toute vitesse dans le quartier de Södermalm.

14

Deux jours plus tard, au volant d'une Volvo bleue rouillée, Vladimir Lobos alla chercher Cayetano Brulé au bas de l'immeuble de Kim. Ils devaient se rendre en *isjakt* dans l'île visitée quelques mois auparavant par Agustín Lecuona. La matinée était superbe, le ciel pur, et le froid sec brûlait les poumons. Le détective et Lobos avaient peaufiné leur plan la veille, dans un petit bar de Södermalm qui servait un café imbuvable.

Cayetano était équipé comme pour une expédition polaire : sous-vêtements thermiques, bottes et combinaison de skieur. Mieux, Kim lui avait déniché des gants de spationaute, un passe-montagne et des lunettes polarisantes.

— Il fera moins quinze, l'avait prévenu Lobos, mais, à cause du vent, on aura l'impression d'être à moins trente.

Vingt-quatre heures plus tôt, le capitaine refusait encore l'entreprise de Cayetano. Si le détective mourait au cours du voyage, Lobos en serait légalement responsable et il risquait même de perdre son permis de naviguer. En réalité, il estimait risqué d'embarquer sur son voilier des glaces un Sud-Américain novice en matière de froids extrêmes pour traverser les surfaces gelées de la Baltique au beau milieu de l'hiver scandinave. À grande vitesse, et par de telles températures, il était difficile d'imaginer comment réagirait le corps du détective. Sur cette mer, il n'y avait que deux possibilités : soit on rentrait sain et sauf, soit on y restait.

— Je vous paierai à l'avance, promit Cayetano en réchauffant ses mains autour de sa tasse de café. Si je gèle sur pied, les dollars vous seront de toute façon acquis.

Le soir, après l'accord passé avec Vladimir, Cayetano et Kim avaient fêté chez *Alex*, un restaurant fréquenté par la jet-set locale, le chèque de dix mille dollars qu'il avait pu encaisser après que Kim l'eut déposé sur son compte à la Skandinaviska Enskilda Banken. Comme à leur habitude, ils avaient fini la nuit dans les bars de Gamla Stan.

Il était maintenant occupé à charger dans la voiture de Lobos tout l'accoutrement qui lui permettrait de résister au froid. Une demi-heure plus tard, la Volvo s'approcha du quai en bois du club de yachting et le détective eut le souffle coupé devant le spectacle qui s'offrait à lui : la Baltique brillait comme un miroir entre les îlots tandis que le soleil, telle une crête de coq en équilibre sur la cime des bouleaux, teintait de lueurs ocre la voûte céleste.

Près du quai, voiles repliées, l'*isjakt* était plus fragile qu'il ne l'avait imaginé. Il se composait simplement d'un assemblage de deux longues pièces en bois, du mât et de sièges sans dossier.

— Comme vous le voyez, expliqua Vladimir en enfilant ses gants, personne n'en donnerait un *centavo*. On dit que c'est du suicide de naviguer là-dessus, mais il ne m'a jamais trahi.

Il remit au détective un sac à dos contenant des biscuits, une Thermos, une petite bouteille de vodka et du linge de rechange rangé dans une pochette en plastique remplie d'air. Ensuite, il lui accrocha au cou un sifflet et des crochets métalliques.

— Au cas où la glace se briserait, expliqua Vladimir. Les crochets permettent de s'accrocher à la glace et de sortir de l'eau et le sac d'air fait office de flotteur. Une fois hors de danger, il faut immédiatement se changer, sinon, on succombe à l'hypothermie.

— Et le sifflet ? demanda Cayetano en le retournant entre ses mains gantées.

— Pour appeler au secours.

— Parce que vous croyez que quelqu'un va nous entendre au milieu de la Baltique ?

— Soyons franc : si la glace cède, même la sirène d'un phare ne nous permettra pas de trouver de l'aide. Mais ce sont les règles du jeu et on doit les respecter. Vous voyez ces patineurs, là-bas ?

Il regarda dans la direction indiquée par Lobos et aperçut de minuscules bâtonnets noirs qui glissaient sur la glace, à mi-distance de quelques îlots.

— Ils ont tous leur petit sac, les crochets et le sifflet. C'est un acte de foi. Bon, arrêtons de dégoiser et filons. Nous devons arriver dans l'île avant le coucher du soleil.

Aussitôt, Vladimir déplia la voile et l'engin se mit en mouvement avec un sifflement qui donna à Cayetano un incomparable sentiment de légèreté. Dès que le voilier eut atteint une certaine vitesse, traversant des étendues silencieuses baignées dans une lumière diffuse, le froid commença à se faire sentir, malgré la combinaison thermique.

C'est alors qu'il se demanda encore une fois ce qu'il fabriquait sur ce siège glissant dans l'archipel alors qu'à Valparaíso le soleil commençait à réchauffer son bureau, les fauteuils du *Bosanka* et les rues tortueuses qui escaladaient les *cerros*. Qui l'avait entraîné dans cette galère ? Au souvenir de l'ouvrage théorique donné par Lourdes, rempli de spéculations fiévreuses sur la fiction et la réalité, il frémit. Et si tous ses ennuis étaient nés de l'imagination d'un écrivaillon quelconque ? S'il n'était rien qu'un personnage d'un gros roman policier ? Si son existence procédait de la volonté arbitraire d'un type qui se servait de ses notes et d'un clavier pour rédiger, tout en sirotant un *café au lait* *, cette trame dont il ne voyait ni la fin ni l'issue ? L'assassinat de Lecuona, la mort du Mexicain, le comportement mystérieux de La Maison et même ces inconnus qui le pourchassaient n'étaient-ils pas les créations d'un écrivain anonyme et alcoolo, souffrant d'hémorroïdes ? Il repensa à celui du *Doble f*, en train de converser avec l'ambassadeur chilien. Il aurait juré que le type l'avait observé avec un sourire moqueur non dénué d'arrogance, comme s'il le connaissait. Pourquoi ? Dans le fond, tous les écrivains étaient cruels, car ils avaient l'habitude de jouer avec le destin de leurs créatures.

— Le vent est bon, dit soudain Vladimir, l'arrachant à ses élucubrations.

Il lui en fut reconnaissant. Le froid n'était-il pas en train de le rendre cinglé ?

— À cette allure, on pourrait arriver dans deux heures.

L'*isjakt* filait vers la pleine mer, entre les îles, et il commença à s'inquiéter. Que ferait-il si la glace se brisait ? On n'apercevait nulle présence humaine, rien que de vagues reliefs signalant des bois couverts de neige et quelques traînées d'avions à réaction dans le ciel. Sans le sifflement du vent et le claquement des voiles, on aurait pu se croire dans une carte postale.

— Pourquoi n'avez-vous jamais voulu revenir au Chili ? cria Cayetano.

— J'y suis allé, une fois. Mais je n'ai pas pu m'adapter.

Il n'était pas facile de s'habituer à des gens qui venaient de supporter dix-sept années de dictature, affirma le capitaine. Communiquer harmonieusement avec des compatriotes qui ignoraient la tolérance et la diversité relevait de l'impossible. Cela créait un abîme infranchissable, un sentiment d'exil permanent. Le retour au pays était un mythe. On ne pouvait retrouver que ce qu'on connaissait, et le Chili du passé avait disparu. Oui, il était devenu un nostalgique, persuadé que la vie au Chili, *avant*, était meilleure.

— Peut-être bien que même la gauche, en un certain sens, vivait mieux sous Pinochet, hurla Cayetano. À cette époque, elle brandissait ses drapeaux avec fierté, elle était sincère et croyait véritablement à ses projets.

Le vent et le froid les empêchèrent de poursuivre leur dialogue. Longtemps, ils se contentèrent de contempler le paysage dont la pauvre luminosité créait un sentiment d'abandon. La mort semblait proche, et Cayetano fut soudain accablé par le souvenir du Dr Müller et de sa tache au poumon. Il ferma les yeux, exténué, s'abandonnant au glissement des patins et au sifflement impressionnant du voilier.

Quand il se réveilla, beaucoup plus tard, Lobos repliait les voiles. Cayetano se redressa, prenant soin de ne pas déraper, et le capitaine lui offrit de la vodka et du chocolat, ce qui le ramena à la vie. Le soleil amorçait sa descente derrière les pins et les bouleaux. Le silence était assourdissant.

— Et où avez-vous appris à naviguer ? demanda-t-il, impressionné par le talent de Lobos pour s'orienter sans boussole.

— En fait, j'ai étudié la littérature, mais quand j'ai compris que je ne pourrais pas en vivre, je me suis lancé dans la vie réelle. Taxi, par exemple, ou chauffeur au service des ambassadeurs sud-américains.

Encore un littéraire ! C'était fou, le nombre de gens qui étudiaient la littérature en ce bas monde ! Exact, confirma Lobos, on ne les comptait plus. Ils finissaient comme professeurs ou critiques, littéraires évidemment. Mais la littérature ne s'enseignait pas et la critique n'était qu'une fiction parasitaire qui fleurissait à l'ombre de la poésie et du roman, une manière différente d'écrire de la fiction.

— J'ai tout envoyé balader quand je me suis rendu compte que les universitaires produisaient des essais plus longs que les œuvres qu'ils étaient censés analyser, précisa-t-il sans cesser d'examiner les voiles. Bon, il est temps d'oublier les théories, si la nuit nous surprend, nous sommes foutus.

15

Ils touchèrent au but alors que le soleil était pratiquement couché. L'île ressemblait à celles qu'ils avaient vues pendant le voyage : même silence, mêmes arbres centenaires, même paysage figé, hormis la présence d'un embarcadère près d'une petite plage, et, au sommet d'un mamelon, une *stuga* aux rondins badigeonnés d'une couleur rouille.

— Au moins, ils sont là, déclara Vladimir en indiquant un mât orné d'un drapeau et le panache de fumée qui sortait de la cheminée.

Après avoir quitté l'*isjakt*, ils avancèrent sur la glace, face au soleil qui disparaissait derrière l'horizon, baignant la terre de reflets ocre. Ils entendirent le croassement d'un corbeau, puis ce fut de nouveau le silence. Cayetano sentit que ses jambes retrouvaient leur souplesse.

— Allez-y seul, suggéra Lobos, sur la rive. Je surveillerai l'*isjakt*.

Le détective se débarrassa du passe-montagne et gravit le sentier qui conduisait à la *stuga*, faisant craquer la neige sous ses bottes. C'était ici, dans ce lieu idéal pour se cacher, qu'était passé Lecuona, quelques mois plus tôt. Quelle raison l'avait-elle amené jusque-là ?

Il entendit qu'on s'adressait à lui en suédois. Il leva la tête et distingua une femme aux cheveux courts, d'âge indéterminé, en jean et pull à col roulé, qui l'observait d'un air aimable depuis le petit porche de la cabane.

— Excusez-moi, j'arrive du Chili, cria-t-il en anglais, sans cesser de marcher et conscient du ridicule de son explication. Je cherche quelqu'un.

Elle attendit que Cayetano se fût rapproché. Elle avait certainement déjà remarqué l'*isjakt* et Lobos. Il était impossible de passer inaperçu dans un tel espace, où rien ne bougeait.

— Qui êtes-vous ? s'enquit-elle en espagnol après que Cayetano eut gravi les marches du porche, soufflant de la buée.

Elle avait un visage fin, un regard clair, intelligent. Elle devait approcher de la cinquantaine.

— Ciabatta, détective privé, dit-il en reprenant son souffle, et il esquissa un sourire.

Deux chaises en bois et une table étaient installées sur le porche et, sur la table, on remarquait la présence insolite d'un bougeoir en fer forgé et de livres. C'était donc un endroit où on venait s'asseoir pour lire, en plein hiver.

— Cela vous paraîtra peut-être bizarre que je fasse un tel voyage, mais j'ai besoin d'informations.

Son regard devint méfiant.

— Eh bien, nous voyons surtout des patineurs, de temps à autre, et des *isjakt*, mais la plupart ne s'arrêtent pas, remarqua-t-elle d'une voix tranquille. Vous savez, en Suède, on ne débarque pas chez les gens sans prévenir.

— Pardonnez-moi.

Il débarrassa sa moustache des morceaux de glace qui y étaient collés.

— J'espère ne pas trop déranger.

— Alors, vous êtes de la police ?

— Détective privé. J'habite au Chili.

Elle plissa les yeux et il se demanda si c'était à cause de la luminosité ou parce qu'elle l'observait.

— En quoi puis-je vous aider ?

— J'enquête à la demande de quelqu'un qui était ici il y a plusieurs mois, expliqua-t-il.

Il lui tardait de gagner la bonne chaleur de la *stuga*. Les oreilles et le front lui brûlaient et il s'aperçut qu'il ne sentait plus l'extrémité de ses pieds, symptôme dangereux, il le savait. Le pire, quand le corps gèle, lui avait raconté Vladimir en citant un texte de Jack London, c'est qu'on n'en est pas conscient, car le froid engourdit la volonté et la sensibilité. Mourir de froid ressemblait à un retour dans la torpeur béate du placenta maternel.

— Pour qui travaillez-vous ?

— Agustín Lecuona.

— Comment ça se passe pour lui ?

Au moins admettait-elle le connaître, se rassura Cayetano. Il se retourna et constata que, depuis le porche, on disposait d'une vue extraordinaire sur les glaces de la Baltique et l'horizon enflammé par les lueurs du couchant. Il aurait préféré parler d'autre chose, mais il n'avait pas le choix.

— Je regrette de devoir vous l'annoncer, mais Agustín est mort, il y a peu. Ou plutôt, on l'a assassiné, au Chili.

La femme se couvrit la bouche avec les mains.

— Ô mon Dieu, non ! Non ! murmura-t-elle, les yeux fermés, incapable d'y croire. Attendez, une minute, s'il vous plaît. Je préviens Pato.

16

Ils dînèrent dans la *stuga*, à la lumière d'un candélabre. Au menu : « Délice de Jansson », autrement dit ragoût de pommes de terre aux anchois et aux oignons, accompagné d'un cabernet sauvignon avec des notes de cèdre. Peu après, Vladimir Lobos se retira discrètement dans la petite cabane voisine où il passerait la nuit avec Cayetano.

Patricio Sardiñas était un Chilien au corps musclé, un homme d'une soixantaine d'années, réservé et nostalgique. Il avait les yeux verts, les cheveux blancs, en brosse, le visage pâle et allongé. La mort de Lecuona n'avait pas semblé l'étonner outre mesure. D'après lui, la fin brutale du Cubain n'était guère surprenante, quand on le connaissait. Sardiñas dissimulait ses véritables sentiments derrière un rictus immuable et Cayetano se dit qu'il avait peut-être contracté cette habitude auprès des Suédois.

— Mais que diable faites-vous dans ce coin perdu ? demanda le détective comme ils terminaient la première bouteille de vin.

Il supposait que s'ils avaient été invités, Lobos et lui, à passer la nuit sur l'île, ce n'était pas uniquement par hospitalité. La curiosité y avait sa part.

— Nous vivons de nos rentes, affirma Sardiñas en débouchant une nouvelle bouteille. Il y a des années que nous avons décidé d'abandonner la vie active et de nous installer ici.

— Pourquoi Agustín vous a-t-il rendu visite ? lança le détective à brûle-pourpoint, las de tourner autour du pot.

Il était hors de question de rentrer à Stockholm les mains vides.

Inga commença à débarrasser et Cayetano crut y voir une action concertée.

— Je ne le connaissais pas avant qu'il nous rende visite, l'automne dernier, affirma Sardiñas en repoussant vers le bord de la table le plateau qui contenait les restes du Délice de Jansson.

— Comment est-il parvenu jusqu'ici ?

— Il venait de la part de quelqu'un qui pensait que je pourrais l'aider à écrire des articles sur le rôle de la gauche chilienne durant ces quarante dernières années et sur l'ingérence actuelle des multinationales dans l'économie du pays. Vous savez, le jaguar [1] chilien n'est plus très fringant.

1. Qualificatif que certains Chiliens donnaient à leur pays, au début des années 1970, quand sa rapide croissance économique rappelait celle des « tigres » asiatiques. *(N.d.T.)*

Ils s'installèrent dans les fauteuils du salon, devant la cheminée où crépitait un bon feu. Dehors, la pleine lune projetait des ombres ténébreuses sur l'archipel. Tout en mettant un disque de Ben Webster, Sardiñas expliqua que de telles nuits lui rappelaient les tableaux de Caspar David Friedrich, dont Cayetano n'avait jamais entendu parler. Mais il ne céda pas, convaincu que le vin finirait par venir à bout de la froideur du Chilien.

— Je suppose que vous désirez qu'on fasse la lumière sur l'assassinat de Lecuona, insista-t-il quand Inga fut allée se coucher, tandis que Sardiñas ajoutait du bois dans la cheminée. Tout ce que vous pourrez me dire me sera utile. Qui a conseillé à Agustín de vous rencontrer ?

— Je ne m'en souviens pas bien, affirma Sardiñas en se resservant à boire. Ou, s'il me l'a dit, j'ai oublié. Ce n'était pas important.

Les premières mesures d'une mélodie de Ben Webster déchirèrent la nuit, et ils se turent, hommage silencieux au talent du saxophoniste.

— Mais pourquoi êtes-vous censé en savoir autant sur l'extrême gauche et les multinationales ? s'enquit ensuite Cayetano.

— Parce que j'ai dirigé un parti révolutionnaire, Acción Directa, qui a mené la lutte armée contre Pinochet. Mais, en 1986, je me suis réfugié en Suède.

Le détective eut du mal à imaginer Sardiñas à la tête d'un groupe armé.

— Vous n'auriez pas connu Marcia, la leader du MRA ?

— Dans le monde des clandestins, chacun porte un pseudo et personne ne se laisse photographier, expliqua Sardiñas. Ainsi n'y a-t-il aucun moyen de savoir qui est qui. Vous me suivez ? Peut-être l'ai-je rencontrée, mais c'est une autre histoire.

— Je m'étonne que vous ayez subitement abandonné la lutte…

— Vous êtes venu me tirer les vers du nez ? protesta Sardiñas.

L'homme ne manquait pas d'habileté et quelques verres de vin supplémentaires ne l'amèneraient pas à révéler des détails importants.

— Je me suis retiré pour une raison très simple : j'estimais que le pays devait renouer avec la démocratie par le biais du politique et non par l'action violente. Suis-je clair ?

— Vous avez donc abandonné la lutte armée et vous vous êtes installé ici avec votre femme.

— Exact.

— Et Agustín vous a rendu visite parce qu'il enquêtait sur cette période, dont vous étiez un témoin privilégié.

— Oui.

Sardiñas posa ses pieds sur la table et maintint son verre en équilibre sur son ventre, le tenant entre ses mains.

— Agustín n'était-il pas un agent qui cherchait des informations sur l'extrême gauche en se faisant passer pour un journaliste ?

— Écoutez, le monde est rempli d'espions, ou prétendus tels, répliqua-t-il, de mauvaise humeur. Espion au service de qui ? De la CIA, de la DGI, des services de renseignements de l'armée chilienne ou de La Maison ? Si j'ai trouvé refuge dans cette île, c'est bien pour échapper à toutes ces discussions oiseuses.

— D'accord, mais de qui vous cachez-vous ?

— De qui devrais-je me cacher ? maugréa Sardiñas. De rien ni personne. J'ai joué un rôle actif, aujourd'hui, je ne suis plus que spectateur.

— Vous ne cherchez pas à échapper à La Maison ?

La question lui déplut. À ses yeux, cette organisation incarnait la trahison des idéaux révolutionnaires.

— Ces types sont des gens qui, comme vous, ont renoncé à l'action violente, déclara Cayetano dans le but de le provoquer. Et on peut supposer qu'actuellement ils s'efforcent d'éliminer les anciens partisans de la ligne dure.

— C'est immoral. Ils auraient dû suivre mon exemple : disparaître ou trouver un boulot au ministère de l'Agriculture ou de l'Éducation, et pas là où ils sont. Mais traquer leurs anciens camarades, qu'ils avaient eux-mêmes recrutés...

— C'est de ça que vous avez parlé, avec Agustín ?

— Oui. Il s'intéressait aussi à l'histoire de la gauche en exil, celle qui s'est préparée à Cuba, en Libye et en Russie, qui a soutenu l'ETA et les mouvements de guérilla d'Amérique centrale, celle qui a tenté de liquider Pinochet. Celle, aussi, qui a commis des excès, mais en rien comparables aux exactions des militaires.

— Il ne vous a jamais parlé de *Delenda est Australopithecus* ?

— *Delenda est Australopithecus* ? répéta Sardiñas, fronçant les sourcils. Non, jamais.

Peut-être appréciait-il qu'on changeât de sujet.

Cayetano laissa passer un autre solo de Ben Webster.

— Et de Dimitri Neto ? demanda-t-il.

Sardiñas faillit renverser son verre.

— Qui ça ? lâcha-t-il, s'affalant sur son siège.

— Peu importe, soupira le détective. Saviez-vous qu'Agustín pensait se rendre à Saint-Pétersbourg ?

— Oui, il m'en avait touché deux mots.

Il vida son verre, l'air ennuyé.

— Il pensait y retrouver un autre Chilien, un type rangé des voitures, lui aussi, dont il ne m'a pas dit le nom.

Il se leva et se dirigea vers la fenêtre, comme pour admirer le paysage, Cayetano continuant à observer le feu qui dansait dans la cheminée.

— Une balade sur la Baltique gelée, par une nuit de pleine lune, ça vous dirait ? proposa son hôte.

17

Le reflet de la lune sur la glace incendiait la nuit. Ils s'éloignèrent de l'île et de la *stuga* dont les fenêtres brillaient. Le froid sec était supportable et les ombres s'allongeaient sur le sol, dans un silence absolu.

— Agustín croyait avoir découvert un pouvoir qui agit contre certains pays, dit brusquement Sardiñas. Il manquait de preuves, mais, au cours de son enquête, il avait découvert des indices menant à une organisation, la WPA, dont il ignorait si elle était réelle ou fictive. Vous n'avez jamais entendu parler de la World Production Association ?

Non, c'était la première fois, mais il lui parut symptomatique que Sardiñas ait enfin accepté de parler clair, ici, au milieu d'une mer gelée. Se méfiait-il de sa femme ou soupçonnait-il la présence de micros dans sa maison ? Cayetano lui demanda ce que savait Agustín de la fameuse formule, *Delenda est Australopithecus* – pour la WPA, cela attendrait.

— Il pensait qu'il s'agissait d'un programme informatique ou d'un code, expliqua Sardiñas. Il rêvait de réunir des documents sur la WPA et ce programme. Mais moi, je crois que c'était plutôt le plan mis au point pour l'assassiner.

— Comment cela ?

— C'est simple. Le mot *delenda* fait allusion à Carthage, la ville détruite par les Romains au cours de la troisième guerre punique. C'est à Carthage qu'étudia saint Augustin de Thagaste, quand il adhérait au manichéisme. Si notre Agustín est l'australopithèque, le

« singe du Sud », *Delenda est Australopithecus* signifie : il faut assassiner Lecuona.

Cayetano demeura sans réponse. Croyait-il vraiment à ce genre d'ineptie, l'exilé chilien ? Et qui se serait compliqué la vie à ce point pour organiser un assassinat ? Lecuona avait-il été capable de déchiffrer cette phrase qui annonçait sa propre mort ? Non, non, rien de cela n'expliquait pourquoi le Cubain avait été supprimé, et encore moins ce qui l'avait poussé à contacter le Comte Rouge, au Chili. Peut-être qu'un parti de gauche avait liquidé Agustín pour l'empêcher de poursuivre son mystérieux travail d'investigation ? Il se frotta le nez afin d'éviter qu'il ne gèle.

— Dans ma jeunesse, quand la droite nous accusait d'avoir une interprétation manichéenne de l'Histoire, je me suis intéressé à cette doctrine et à son prophète, Mani, ajouta Sardiñas d'un ton professoral. Si j'étais croyant, je serais manichéen. Seul le manichéisme peut expliquer ce monde où l'injustice et le mal triomphent du bien. Le concept de Dieu ne peut expliquer un siècle qui a connu les camps de concentration, le génocide cambodgien ou la dictature de Pinochet.

— Et, d'après vous, qui a commandité l'assassinat de Lecuona ?

— La WPA.

— Mais vous venez de dire que son existence n'est pas prouvée. Agustín enquêtait sur une organisation fantôme et c'est elle qui l'aurait supprimé ? Ne me faites pas rire.

— Lui y croyait, cela devrait vous suffire. Qu'y a-t-il de si bizarre ? Tous les hommes ou presque passent leur vie en quête de choses qui n'existent pas : la vie éternelle, le billet gagnant de la loterie, un système social parfait, l'équilibre absolu... Ils sont même capables de sacrifier leur existence pour de tels mythes...

— Vous ne craignez pas de subir le même sort qu'Agustín ? demanda Cayetano pour l'effrayer.

— Non, parce que je ne dispose pas d'informations sensibles.

— Vous ne jouez pas franc-jeu. Quelqu'un a conseillé à Agustín de vous rencontrer car vous en saviez beaucoup sur l'objet de son enquête, c'est certain. Qui vous l'a envoyé ?

Sardiñas haussa les épaules.

— Je désire seulement découvrir le mobile de son assassinat, poursuivit le détective. Si vous ne parlez pas, vous serez impliqué, non pas que je veuille vous dénoncer, mais parce que l'enquête mettra en lumière le rôle que vous avez joué. Aussi, excusez-moi d'insister, mais je vous le redemande : qui a bien pu expédier Agustín dans un tel endroit ?

Ils marchèrent un long moment en silence, attentifs au hululement du vent. Cayetano devina que ses remarques n'avaient pas laissé Sardiñas insensible, lequel, par ailleurs, n'aurait pu imaginer que lui aussi était un fugitif.

— Je l'ignore, dit soudain Sardiñas, comme s'il émergeait de ses méditations.

Une lumière s'éteignit à une fenêtre de la *stuga* et Cayetano eut une envie soudaine de se glisser entre des draps propres et tièdes.

— Mais j'ai dans l'idée qu'Agustín tenait ses informations d'un traître…

— Un traître ? À quelle cause ?

— Vous en demandez trop. Un type qui s'est enfui de quelque part avec des informations. Un converti…

Saint Augustin avait été un converti, mais cela ne permettait pas à Cayetano de déchiffrer les paroles de Sardiñas.

— Expliquez-moi pourquoi vous vous planquez ici, proposa le détective en désignant les environs de ses mains gantées. Vous êtes mouillé, et il n'est pas dans votre intérêt que la police ou votre ancienne organisation se souviennent de vous à cause d'un crime qui a eu lieu à des milliers de kilomètres et qui ne vous concerne en rien.

Ils étaient partis pour faire le tour de l'île et la *stuga* disparut derrière les bouleaux.

— Je vais tout vous raconter, car il m'importe que ce crime soit élucidé.

— Et parce que vous ne vous sentez pas véritablement à l'abri, mais parlez, je vous écoute avec attention.

— Il y a des années que j'ai renoncé au monde, alors jurez-moi de me foutre la paix, car je suis complètement étranger à la mort d'Agustín.

— Vous avez ma parole.

L'histoire remontait au début des années quatre-vingt, en pleine dictature militaire, quand lui, Sardiñas, et un autre Chilien, dirigeant de son mouvement révolutionnaire, atterrirent à Berlin-Ouest après avoir assisté à une réunion clandestine, à Santiago, au cours de laquelle il avait été décidé de mener une lutte armée contre la junte. Tous deux devaient traverser la frontière vers Berlin-Est. Sardiñas partirait pour La Havane, et Ferlocio, son camarade, rejoindrait Tripoli. Là-bas, ils informeraient leurs compagnons de la nouvelle politique de l'organisation.

— Sauf qu'à l'aéroport de Berlin-Ouest la police nous a arrêtés, précisa Sardiñas. Elle nous a fait passer par des bureaux différents. C'est la dernière fois que j'ai vu Ferlocio. Je n'ai plus jamais eu de ses nouvelles, car son nom était un pseudo, comme le mien.

— Et puis ?

— Un Allemand, un civil qui s'exprimait en espagnol, m'a donné le choix : soit je collaborais avec eux, soit ils me fourraient dans un avion à destination de Santiago. J'étais recherché pour actes de terrorisme. L'agent a brandi le mandat lancé contre moi. Il m'a démontré que mon passeport était faux et m'a appelé par mon véritable nom. J'étais à leur merci.

— Je vois, bougonna Cayetano.

— J'ai accepté de collaborer, mais je les ai baisés.

Son regard chercha celui du détective pour le convaincre qu'il ne mentait pas.

— Dès qu'ils m'ont lâché, j'ai rejoint Inga et nous avons disparu dans la nature. Je me suis installé ici, avec un faux passeport qui m'a permis de me marier et de devenir un respectable citoyen suédois. Je n'ai pas trahi. Mais je préfère que mes anciens camarades ignorent où je me trouve, parce qu'ils ne croiront jamais que je suis demeuré fidèle à la cause.

— Il y a eu des morts, dans cette affaire ?

— Bien sûr. Certains ont trinqué, à l'époque…

Quelle histoire irréelle, comme ce paysage baigné par la lune ! songea Cayetano tandis que Sardiñas se taisait. Si ses camarades le retrouvaient, son compte était bon.

— À cause de Ferlocio ? demanda le détective.

L'homme haussa les épaules, les yeux fixés sur l'ombre allongée que lui renvoyait la glace.

— Où puis-je le rencontrer, Ferlocio ? insista Cayetano.

— Aucune idée.

Avec ce froid et dans cette immensité, les choses perdaient de leur consistance, ce n'étaient plus que suppositions, chimères, fantasmes. Une certitude demeurait : des pans de l'histoire récente du Chili étaient disséminés à travers le monde.

— Ferlocio, a-t-il trahi ou vous a-t-il imité ?

— En tout cas, il était terrorisé à l'idée de retomber entre les pattes de la police secrète de Pinochet, dit Sardiñas, qui marchait les mains dans les poches. Ils l'avaient déjà arrêté après un affrontement dont il s'était tiré par miracle, car une balle lui avait entaillé la poitrine de part en part. Ils l'ont embarqué pour la Villa Grimaldi. Il a eu la chance d'y être soigné et de rester vivant. Par la suite, il s'est échappé de la prison de Valparaíso et a replongé dans la clandestinité.

— La balle lui a entaillé la poitrine, dites-vous ? murmura Cayetano, songeur.

— Superficiellement. C'est pour cela qu'il avait une cicatrice entre les deux tétons. Je l'ai remarquée à Amsterdam, dans l'hôtel où nous avons passé la nuit après la réunion à Santiago. Les billets, sur la KLM, étaient fournis par les services de sécurité de la RDA. Le lendemain, nous avons décollé de Schiphol pour Berlin-Tegel où la police de l'Ouest nous a cueillis. Ils ne s'intéressaient pas au mouvement révolutionnaire chilien, ils voulaient infiltrer la Stasi, nous utiliser comme agents doubles.

— Quel âge aurait Ferlocio, aujourd'hui ?

— Un peu plus de la cinquantaine.

— Il s'entretenait, physiquement ?

— Oh oui ! C'était un narcissique.

— Et vous avez également parlé de Ferlocio avec Agustín ?

— Oui, répondit Sardiñas, et il faillit glisser.

18

Cette nuit-là, Cayetano fut incapable de trouver le sommeil, non pas à cause de Vladimir Lobos qui, sur la couchette supérieure, ronflait comme un morse, mais parce qu'il croyait avoir découvert que le Comte Rouge n'était autre que Ferlocio – agent allemand infiltré dans le principal organisme de sécurité de l'État chilien et responsable du démantèlement des groupes armés depuis le retour de la démocratie.

Le fait que le Comte Rouge fût devenu un agent du BND[1] expliquait qu'il eût nié les tentatives d'Agustín

1. *Bundesnachtrichtendienst* : service de renseignements de l'Allemagne fédérale. *(N.d.T.)*

pour l'approcher à Santiago. Le Cubain lui avait sans doute confié qu'il travaillait sur l'histoire secrète des exilés chiliens, et il avait pris peur. Lecuona l'avait-il payé de sa vie ? Ou, après avoir découvert le double jeu du Comte, avait-il tenté de le faire chanter en révélant ce qui s'était passé à l'aéroport de Berlin-Ouest ? Il était certain que Sardiñas n'associait pas le Comte au camarade avec lequel il avait partagé le vol de la KLM. Brulé décida de ne rien lui dire.

L'apparition du cadavre du Mexicain dans le salon de sa maison était-elle simplement due à la volonté du Comte Rouge de l'empêcher d'enquêter sur le crime ? Il leva le nez. Les étoiles scintillaient dans le silence des cieux et les îlots voisins paraissaient tout proches sous la lune. Plusieurs indices laissaient supposer que le Comte savait qu'on l'avait percé à jour : le Scorpion dessaisi de l'enquête au profit de Núñez, les menaces reçues dans la station-service et l'aura d'impunité qui entourait les voyous. Maintenant, il se rendait compte des risques considérables qu'il courait. Lui, Cayetano Brulé, était recherché par La Maison et son chef ne le lâcherait pas. S'il était encore en vie, il le devait peut-être au coup de génie de Suzuki qui avait invoqué un prétendu document notarié susceptible de démasquer les criminels, mais, en réalité, le chef de La Maison ne saurait se contenter de moins que son mutisme éternel.

Pendant des heures, il s'agita entre les draps, incapable de s'endormir, ne cessant de s'étonner des chemins tortueux qui mènent au pouvoir. Il saisit le livre de Giovanni Papini sur la vie de saint Augustin, prêté par Sardiñas pour qu'il se familiarise avec le manichéisme, et essaya de lire : « Ce n'est point ici, selon la formule du jour, une vie “romancée”, c'est-à-dire ornée d'une broderie qui, pour être vraisemblable, n'en est pas moins imaginaire. J'ai voulu raconter la vie extérieure et intérieure du grand Africain avec probité et simplicité, en distinguant les faits certains de ceux qui ne sont que probables[1]... »

Comme cela lui était arrivé avec le livre de Lourdes, il ne put continuer. S'il était si aisé d'établir une ligne de partage entre faits réels et simples hypothèses, l'investigation policière ne serait qu'un jeu d'enfants, songea-t-il. Depuis le début, depuis l'appel téléphonique d'Agustín et l'ambiance irréelle de l'*Azul profundo* due aux lumières tamisées et à la musique de Coleman Hawkins, cette affaire n'avait cessé de flotter dans une obscurité vaporeuse qui effaçait les frontières entre réalité et fiction. Que contenait la mallette d'Agustín ? Quel était le véritable sens de la mystérieuse formule, *Delenda est Australopithecus* ? À quoi correspondait le sigle WPA ? Pourquoi Lourdes avait-elle abandonné à mi-chemin ? Que cherchait le MRA à travers son enquête ? Pour quels intérêts travaillait La Maison ?

Il posa le livre à couverture de cuir sur la table de chevet et éteignit la petite lampe en se disant que même s'il parvenait à prouver que le Comte et Ferlocio ne faisaient qu'un, il n'aurait guère avancé. Le sens de *Delenda est Australopithecus* demeurait la principale énigme, se répéta-t-il, bien qu'il pût s'agir d'une phrase codée donnant l'ordre de supprimer Agustín. Car le Cubain s'était mêlé d'un peu trop près à une histoire que beaucoup préféraient tenir secrète. Oui, la biographie du Comte n'était pas seulement compromettante pour l'ancien appareil répressif de la junte, mais aussi pour des secteurs entiers de la gauche. Cependant, il supposa qu'une fois de plus la vérité historique serait sacrifiée sur l'autel du retour à la démocratie que vivait le pays, perpétuel retour, eût-on pu dire. Une transition qui ressemblait à un iceberg, car l'essentiel – négociations, accords, non-dits – demeurait sous l'eau.

1. *Saint Augustin*, de Giovanni Papini, traduit de l'italien par Paul-H. Michel, Librairie Plon, 1930. *(N.d.T.)*

Il s'interrogea. Les confidences de Sardiñas procédaient-elles d'une soudaine naïveté politique ou du désir de compromettre le Comte ? Il en vint rapidement à la conclusion que la deuxième hypothèse était peu probable, car Sardiñas ne pouvait pas savoir que lui aussi, Cayetano, avait aperçu par hasard la cicatrice sur la poitrine du Comte.

Quand Vladimir descendit de sa couche pour prendre sa douche, le détective se rendit compte qu'il avait perdu sa nuit à élucubrer. Sa Poljot indiquait huit heures et demie, et le soleil n'était pas encore levé. Il éprouvait des sentiments mitigés. Persuadé que le Comte était Ferlocio, il regrettait de ne pas savoir qui avait conseillé à Agustín de rencontrer Sardiñas. Peut-être ne l'apprendrait-il jamais. Si c'était Dimitri Neto, le Russe ne parlerait plus. Certes, mais à supposer que cet homme ait trahi le KGB, pourquoi Lecuona serait-il allé jusqu'à Saint-Pétersbourg ? Il était temps pour Brulé de comprendre qu'il n'y a que dans les romans policiers que toutes les énigmes trouvent une explication. Quoi qu'il en soit, il lui semblait invraisemblable que Sardiñas ne se souvînt pas du nom de celui qui avait envoyé Lecuona dans l'archipel. Un homme aussi prévoyant que le Chilien, un homme qui fuyait le monde ne recevrait pas un inconnu sans d'abord vérifier comment il avait pu trouver le chemin de sa cachette.

19

Le petit déjeuner était prêt : café, lait en poudre, céréales et pain de seigle. Ils le prirent en écoutant le bulletin d'informations de Radio Sur, station administrée par des exilés latino-américains de Stockholm, selon Sardiñas. Inga dormait toujours dans sa chambre.

D'une voix à l'accent de Buenos Aires, le journaliste laissait entendre que les choses au Chili ne s'amélioraient pas : dans l'oasis de San Pedro de Atacama, une organisation atacamène inconnue venait de séquestrer des touristes américains et exigeait en échange de leur liberté le départ de tous les étrangers, y compris les Chiliens non atacamènes qui avaient investi dans la ville. Les Atacamènes, déclarait le manifeste du groupe, étaient las du retard économique et des discriminations dont ils souffraient. Ils exigeaient du gouvernement une aide financière pour lutter contre la pauvreté. Quelques jours auparavant, des inconnus avaient incendié une aile du musée Padre Le Paige[1].

Les mauvaises nouvelles ne concernaient pas seulement le Nord. Dans la région centrale, une grève générale des saisonniers paralysait la récolte des fruits et légumes, un des premiers postes à l'exportation, et l'interminable rébellion mapuche s'étendait dans le Sud, désorganisant les villes d'Osorno et Temuco, tandis que, sur l'île de Pâques, les indigènes manifestaient pour exiger un statut autonome qui leur permettrait de s'associer à une fédération polynésienne. Une délégation du Parlement européen était attendue dans les jours prochains. Elle venait s'informer et apportait un projet d'aide au développement touristique.

— Les peuples autochtones ont plongé le pays dans le chaos, remarqua Lobos en beurrant une tranche de pain.

L'indicatif de l'émission s'interrompit.

— Et la radio ne parle pas des otages, qui sont quand même à l'ordre du jour, ajouta-t-il.

Il se retira, laissant les deux hommes profiter de l'atmosphère agréablement parfumée par l'odeur du bois brûlé. Cayetano s'imagina rester ici un moment.

1. Musée archéologique où sont exposées les collections d'art atacamène recueillies à partir de 1955 par Gustave Le Paige, un jésuite belge. *(N.d.T.)*

Tranquillement installé derrière les fenêtres, il contemplerait les couleurs de l'aube et du crépuscule, ou lirait les ouvrages en espagnol rangés sur les étagères de la *stuga*.

Sardiñas baissa le volume. Le journaliste à l'accent argentin prononçait un vigoureux éditorial politique tendant à prouver que le socialisme et le communisme triompheraient, tel était le sens inéluctable de l'Histoire.

— Je crois me souvenir du nom de la personne qui m'a envoyé Agustín, dit-il.

Cayetano versa une poignée de céréales dans une assiette et ajouta du lait. Cela l'aiderait à supporter le voyage de retour. Il attendit que Sardiñas se décide à parler.

— Il a cité un certain Parker, Roger Parker, précisa le Chilien. Mais il n'a guère été loquace à son propos. Il habitait au Mexique, c'est tout ce qu'il m'a dit, et il savait sur quoi portait l'enquête d'Agustín. C'est peut-être lui.

Cela avait déjà plus de sens. Depuis le début, Cayetano était persuadé que Sardiñas ne pouvait ignorer qui avait conseillé Lecuona.

— Écoutez, je ne suis pas naïf, poursuivit-il, ses yeux verts plantés dans ceux du détective. Ils sont plusieurs à savoir où je vis, mais je préfère un endroit sûr, comme celui-ci ou Jukkas Järvi, difficiles d'accès pour qui aurait l'intention de me liquider.

— Jukkas ?

— Jukkas Järvi. Un village minuscule, au-delà du Cercle polaire, où seuls passent des touristes qui dorment dans l'*Hôtel de glace*.

— Vos paroles me confirment que vous êtes le « Pato » qui a envoyé une carte postale à Agustín.

Il lui expliqua comment le message était parvenu entre ses mains et Sardiñas estima que Lourdes devait être la femme dont Agustín était amoureux. Celui-ci ne lui avait pas révélé son nom, seulement qu'elle était mariée et divorcerait bientôt pour l'épouser. Leur relation durait depuis des années. La femme était lasse de son existence routinière près d'un homme plus âgé et rêvait d'accompagner Agustín dans ses aventures.

Le détective s'étonna que Lourdes ne lui eût rien dit de son intention de divorcer. Il lui parut soudain plausible de voir la main de Cisneros derrière la mort d'Agustín, hypothèse déjà envisagée et qui retrouvait une grande crédibilité. Cela expliquait-il le brusque changement d'attitude de la jeune femme et son désir de le voir discuter avec ceux qui le traquaient ? Mais son époux avait-il le bras assez long pour se permettre de supprimer Agustín et le Mexicain, influencer La Maison et utiliser des voyous à sa solde, au Chili ?

— Et ce Roger Parker ? demanda-t-il.

— Je n'en sais pas plus, croyez-moi.

— Patricio, je suppose que vous êtes le premier intéressé par la vérité, sinon, un de ces jours, si vous êtes un tant soit peu concerné par l'enquête d'Agustín, on retrouvera votre cadavre. Vous lui avez raconté ce qui est arrivé à Berlin, n'est-ce pas ?

— Je vous l'ai déjà dit. Il écrivait sur une période occultée de l'histoire de la gauche, et il était dans son intérêt qu'elle soit dévoilée, car elle ne peut continuer à assumer seule le rôle de la victime.

— Cela manque de logique. S'il dévoilait ces secrets, vous alliez forcément apparaître sur la scène. À moins que vous n'ayez conclu un accord.

— Bien sûr, comme avec vous. Il ne devait pas citer mon nom.

Malgré son expérience de la clandestinité, Sardiñas avait un côté ingénu, proche de la stupidité, estima Cayetano. Dans ces milieux, les promesses n'avaient aucune valeur.

— Mais celui de Ferlocio, si… Savez-vous où il se trouve, aujourd'hui ?

Sardiñas saisit sa tasse de café et s'avança vers le canapé, face à la cheminée. Derrière la fenêtre, un ciel grisâtre commençait à se dessiner et on voyait Lobos traîner le mât du voilier sur la couche de glace de la mer.

— Non, affirma Sardiñas, attentif aux mouvements du capitaine. L'affaire m'intéresse d'un point de vue historique, comprenez-vous ? Je continue à penser que mon pays a besoin d'un changement révolutionnaire, que la justice passe par une modification des structures de la société, qu'il faut barrer le chemin du pouvoir aux opportunistes qui ont pactisé avec les militaires, mais je veux aussi connaître la vérité.

— Je n'arrive pas à vous comprendre.

— La droite a beaucoup de morts et de disparus sur la conscience, la gauche pas mal de trahisons, de compromissions et d'abandons des idéaux. Elle a également des cadavres à se reprocher, beaucoup moins, mais elle en a. Et s'il n'y en avait pas eu, on aurait pu voir dans l'opportunisme de la gauche une simple illustration du caractère velléitaire de l'homme.

Un doute paralysa le détective. Sardiñas n'avait-il pas depuis le début collaboré avec les Allemands et son voyage avec Ferlocio d'Amsterdam à Berlin-Ouest ne faisait-il pas partie d'un piège tendu à un autre leader de la lutte armée ? En pensant à la belle vie que le Chilien menait au milieu de la Baltique – maison, argent, épouse suédoise, loin de tout, heureux –, il commença à le soupçonner. Pendant la guerre froide, il était à peu près impossible d'échapper à un service d'espionnage, surtout pas en le bernant, comme s'en était vanté Sardiñas. Cet homme cachait une partie de la vérité !

— Roger Parker vit donc au Mexique ? reprit Cayetano. Et c'est lui qui vous a envoyé Agustín ?

— Oui.

— Mais vous ne le connaissez pas ?

— Non.

Ils demeurèrent silencieux un bon moment. Cayetano entendit des pas dans la chambre voisine. Inga devait se lever.

— Je vous ai dit tout ce que je pouvais vous dire, ajouta Sardiñas, mal à l'aise car il se sentait glisser sur une pente qui ne promettait que des ennuis. Bon, je crois que nous devrions aider Lobos à préparer l'*isjakt*.

20

Ils arrivèrent au club de yachting de Stockholm peu avant le crépuscule. Exténué par sa nuit de veille, Cayetano avait dormi pendant la traversée. Dès que Vladimir eut arrêté le voilier devant le môle, le détective se réveilla et, encore somnolent, traversa la glace en direction de la cafétéria. La température était agréable, cela sentait le café et on entendait une chanson du groupe Abba. Il commanda un café *au lait* *, se rendit aux toilettes et ensuite appela Kim.

— Comme c'est bon de t'entendre ! s'exclama-t-elle d'une voix tremblante. Hier soir, deux types qui voulaient te voir de toute urgence sont passés. Nous avons parlé en anglais. Ils ont l'air américain. Je leur ai dit que j'ignorais où tu te trouvais.

— Tu les as laissés entrer ?

— Non. Nous avons communiqué par l'interphone et j'ai prétendu que tu ne reviendrais pas. Ils ont vraiment insisté, comme quoi ils avaient un paquet à te remettre, mais quand ils sont repartis, j'ai jeté un coup d'œil par la fenêtre. Ils n'avaient rien. Ils m'ont dit être de tes amis. Ai-je commis une gaffe ?

La nuit descendait sur Stockholm et la salle vide. Derrière son comptoir, la serveuse sifflotait pour tuer le temps.

— Tu as été parfaite, répondit-il en se mordant la lèvre inférieure et en effilant sa moustache. Ils ont donné leurs noms ?

— Jacinto et Miguel. Bizarre pour des Ricains, non ? Tu les remets ?

— Pas du tout.

— Des costauds, en long manteau et chapeau. Même de loin, ils m'ont foutu la trouille…

Sa description correspondait aux deux individus qui l'avaient poursuivi à l'hôtel *Scandic*. Il regarda la crique déserte, derrière la fenêtre. On distinguait encore la silhouette de l'*isjakt* se découpant dans les dernières lueurs du jour.

Les choses ne s'arrangeaient pas : il était probable que ses poursuivants, découragés par sa disparition, préviendraient la police chilienne et Interpol finirait par apprendre qu'il était en Suède. Sans doute sa fausse identité était-elle déjà connue.

— As-tu dit à quelqu'un de l'hôtel que je vivais chez toi ? demanda-t-il.

Il vit la serveuse poser devant Vladimir deux cafés et des sandwichs sous cellophane.

— Je crois que Jan, le type de la réception, a appris que nous étions ensemble, reconnut-elle, dépitée. Il me drague depuis pas mal de temps, mais je ne le supporte pas. Il surveille tous mes faits et gestes.

— Inutile de chercher plus loin qui a renseigné ces messieurs.

— Au fait, tu as un message d'un certain Jerez. Tu dois l'appeler dès que possible, il a laissé un numéro.

— C'est Jan qui te l'a dit ?

— Oui.

— N'en jette plus !

Elle se tut, prenant conscience de ce qui s'était passé, puis elle s'exclama, inquiète :

— Oui, je comprends ! Je suis désolée, vraiment désolée. Et maintenant ? J'ai envie de te voir.

— Moi aussi, Kim, mais procédons par ordre, répondit-il pour la rassurer. Si tu regardes dehors, est-ce que tu remarques quelque chose d'inhabituel, ou une voiture avec des types ?

— La rue est déserte et les voitures en stationnement semblent vides, lui expliqua-t-elle après une interruption prolongée.

— Et au café, en bas ?

— J'ai raconté au proprio qu'on me filait et il me préviendra s'il remarque des étrangers dans le coin.

— Ne dois-tu pas retourner au *Scandic*, plus tard ? demanda-t-il en effleurant sa moustache.

— Non, heureusement. Je t'attends ?

— Je passerai dès que j'en aurai terminé avec Jerez…

21

— C'est Marcia, annonça la voix à l'autre bout du fil, et Cayetano se libéra de l'étreinte de Kim, sentant son désir fondre comme si on l'avait aspergé d'eau froide. Jerez m'a raconté ce qui s'est passé dans l'île et m'a donné ton numéro.

Il était plus de minuit. Depuis le yacht-club, le détective avait rapporté à Jerez une partie de ses conversations avec Patricio Sardiñas et l'homme du MRA l'avait alors prévenu que quelqu'un de « l'intérieur » le contacterait pour lui communiquer ses nouvelles instructions. Cayetano imagina que la nuit tombait à Valparaíso, après une journée d'été venteuse. Il eut la nostalgie d'une soirée au *Cinzano*, place Aníbal Pinto, devant une *chorrillana* et une bière qu'il savourerait en écoutant Manuel Fuentealba, l'incomparable chanteur de tango, non loin de sa maison et de son bureau. Il vit Kim émerger, corps nu et parfait, des draps et disparaître dans la salle de bains. Marcia avait vraiment choisi son heure pour appeler !

— Tu sais donc que les choses se présentent plutôt mal, remarqua Cayetano d'un ton vague.

— Ce n'est pas clair, mais il faut continuer, assura Marcia.

— Tu es au Chili ?

— Oui.

— Pas étonnant que tu croies possible de faire avancer l'enquête, protesta-t-il tout en se demandant à quoi ressemblerait sa vie s'il se réfugiait à Stockholm et commençait une nouvelle existence, à l'image de Sardiñas.

Plus de quarante mille Sud-Américains résidaient en Suède et il y avait sûrement du travail pour un privé au sein de cette communauté.

— L'homme à qui j'ai parlé hier, reprit-il, s'est montré poli et aimable, un vrai Suédois, mais il ne m'a pas appris grand-chose.

— C'est peut-être un protégé de la grande compagnie du Nord, répondit Marta, faisant allusion à la CIA. Et c'est bien ce qui nous intéresse. La possibilité qu'il y ait un lien entre « la compagnie » et ton affaire.

Cayetano s'assit sur le bord du lit, nu, et appuya ses coudes sur ses genoux, jetant un coup d'œil mauvais à son ventre rebondi qui semblait là pour longtemps. Kim traversa la chambre dans la pénombre et s'arrêta devant la fenêtre. Cayetano admira sa silhouette, la finesse de sa taille et ses longues jambes qui se découpaient dans le contre-jour créé par les lumières des immeubles d'en face. La perfection de ce corps couleur de crème brûlée accusait un peu plus la différence d'âge entre eux. Oui, se répéta-t-il, Stockholm serait un bel endroit où vivre en exil et il y avait sûrement un moyen d'y rester. Pour les papiers, il s'arrangerait grâce à Kim, Jerez ou Lobos. En outre, si les craintes du Dr Müller étaient fondées, il n'en avait plus pour longtemps.

— Je n'ai rien pour continuer à enquêter, hormis le nom d'un certain Parker et celui d'une organisation secrète, soupira-t-il.

— Tu dois le trouver, ce Parker, il est inconnu chez nous. Je sens qu'il joue un rôle majeur. Majeur pour nous, pour nous permettre de comprendre de quoi il retourne, et pour toi, afin que tu redeviennes quelqu'un de fréquentable dans ce pays.

— Chercher un Parker au Mexique, autant chercher une aiguille dans une botte de foin. Quant à cette fameuse organisation, personne ne la connaît, même Agustín doutait de son existence.

Il préféra taire ce que lui avait confié Sardiñas sur ce qui s'était passé à l'arrivée du vol Amsterdam-Berlin de 1985. Sinon, le MRA agirait pour son propre compte et dénoncerait le Comte Rouge. Tout s'en irait à vau-l'eau avant qu'il n'ait élucidé le meurtre de Lecuona. Pour s'en tirer, il devait distiller prudemment ses informations au groupuscule révolutionnaire, autrement, ils l'abandonneraient seul à mi-chemin. Il ne mentait pas, il se contentait de révéler une partie de la vérité.

— En plus, je vais manquer d'argent, prévint-il.

— Tu dois tenir le coup, ordonna Marcia, à croire qu'elle s'adressait à un militant. Tu dois aller de l'avant. Ici, tout se déglingue et peut-être que le pays est victime d'un complot.

— À quoi penses-tu ?

— On observe une certaine dynamique dans la succession des événements : la rébellion mapuche, les grèves dans les secteurs de l'exportation, les otages, l'image que nous donnons à l'étranger…

Il eut l'impression d'entendre une chef d'entreprise et non une militante d'extrême gauche.

— Je redoute l'apparition d'un mouvement semblable à celui des Mapuches chez les Atacamènes, les Pascuans et les Aymaras. Ce n'est qu'une question de temps.

— Et ce n'est pas vous qui êtes derrière tout ça ?

— Si tel était le cas, nous serions extraordinairement puissants. Mais j'en connais qui ont intérêt à prendre le train en route. Je crois qu'il s'agit de remettre le ring en état avant le prochain combat. Le brûler n'arrangerait personne, ou presque.

— Tu crois donc que l'histoire d'Agustín est liée à toute cette actualité ?

Les bras croisés contre le montant de la fenêtre, Kim continuait à fixer la rue, offrant le spectacle de ses fesses dures au détective, qui décida de chausser ses lunettes pour mieux en profiter.

— C'est possible, répondit Marcia, énigmatique. Il est certain qu'avec cette crise, dans le contexte de la mondialisation, le pays dépend plus que jamais de l'extérieur, tant en termes économiques que d'image. Je doute qu'il y gagne.

Il s'étonna des accents de mauvais augure de Marcia. Il est vrai que les Mapuches exigeaient – les manifestations et les prises d'otages le rappelaient assez – des conditions de vie dignes, et ils avaient le soutien de la gauche chilienne et européenne. Il n'ignorait pas qu'un groupe inconnu gardait au secret le fils du président de la Cour suprême et que le fils d'un gros actionnaire d'une compagnie minière canadienne avait été assassiné par des terroristes, mais que les autochtones de l'île de Pâques et de l'Atacama se mettent à réclamer une sorte d'autonomie, cela relevait de la politique-fiction.

— Vous, quelle est votre analyse ?

Kim se rapprocha du lit avec la démarche ingénue de la Vénus de Botticelli.

— C'est un peu confus, admit Marcia en baissant la voix. Nous ignorons qui décide au sommet, voilà pourquoi cette affaire nous intéresse. Il s'agit de contradictions internes au capitalisme. La paralysie du pays nous semble artificielle. On cherche à frapper le cœur du système, mais nous ne savons qui se tient dans l'ombre.

— Ce n'est pas vous, ou vos alliés ?

— Non. On assiste en fait à une application mécanique des leçons de la révolution russe. Mais ce n'est pas pour cela que je te téléphone.

— Je t'écoute.

— Ne te fâche pas et ne le prends pas mal, mais si tu n'obtiens pas des informations concrètes, nous ne pourrons plus continuer ensemble. Il y a des gens importants, chez nous, qui n'acceptent pas que je te fasse confiance, à toi, un privé de second ordre. Tu me suis ?

Le message était clair : on le menaçait bel et bien de le laisser tomber, en Scandinavie et au milieu de l'hiver.

— T'inquiète, comme je n'ai pas envie que vous me lâchiez, je trouverai le moyen de m'en sortir. Donne-moi juste quelques jours, supplia-t-il, sans trop savoir quels arguments avancer.

— Bravo, ça, c'est parlé, répondit-elle sans abandonner son ton condescendant.

Rien de pire que les gens autoritaires disposant d'un peu de pouvoir, songea Cayetano.

— Mais, tu l'auras compris, pas de résultats, plus de soutien.

Elle raccrocha. Le détective demeura un long moment silencieux, décontenancé, la tête entre les mains, appréciant le massage de Kim sur ses épaules. La seule idée de devoir finir ses jours en Scandinavie l'atterrait. Il avait si longtemps vécu au Chili que la moitié de son âme était chilienne. Qu'espérer de la Scandinavie pour un Cubain à moitié chilien ?

C'est alors que la sonnerie du téléphone le fit sursauter. Kim répondit.

— Pour toi. C'est Patricio.

Il approcha l'écouteur de son oreille, surpris. Sardiñas n'avait pas le téléphone, dans son île.

— Nous avons à parler avant votre départ, annonça le Chilien. Attendez-moi demain au musée Vasa, à dix heures du matin. Dernier étage, près de la proue. Vous avez compris ? Près de la proue du *Vasa.*

22

— N'avez-vous pas le sentiment que le *Vasa* est un magnifique exemple du côté aléatoire de la vie ? demanda quelqu'un dans son dos.

Le détective se retourna pour découvrir Sardiñas qui avait surgi de la pénombre du musée pendant que Cayetano admirait la figure de proue – un gigantesque lion bondissant vers la mer – du plus gros navire construit au XVIIe siècle. Cela faisait moins d'une cinquantaine d'années qu'il avait été repêché au fond de la Baltique et, désormais, il tenait à peine dans ce musée de sept étages.

— C'est une preuve du sens de l'humour des Suédois, ajouta-t-il en posant ses mains gantées sur la balustrade de la galerie d'où ils contemplaient le *Vasa.* Ils avaient réussi à construire le plus impressionnant des navires de guerre de l'époque mais, vingt minutes après son lancement, il avait chaviré et coulé.

Comme il gisait dans les eaux peu salines du port de Stockholm, il fut épargné par les tarets, des vers de mer xylophages, et put être renfloué dans un état de conservation étonnant. Aujourd'hui, exposé dans l'île de Djursgarden, c'est la grande attraction touristique de l'été.

— De quoi vouliez-vous me parler ? demanda le détective après s'être assuré que personne ne les suivait.

Déjà, dans la matinée, en quittant le *Doble f,* où il venait de déjeuner, il avait marché au hasard dans le centre pour essayer de savoir si on l'épiait. Ceux qui le traquaient n'appartenaient pas à la police, il en était convaincu, et le téléphone de Kim ne pouvait donc pas être mis sur écoute.

— Ne vous inquiétez pas, le rassura Sardiñas, plutôt sarcastique, je suis arrivé très en avance, et vous n'êtes pas filé. C'est sympathique de renouer avec ces pratiques d'un autre temps.

— Que voulez-vous ?

Ils longèrent le navire, admirant les canons des ponts et le grand mât, dont l'extrémité, qui traverse le toit du musée, est visible à des kilomètres. Ils étaient seuls dans ce bâtiment de brique et de verre et leurs pas résonnaient étrangement.

— Je suis venu de mon île pour vous parler, souffla Sardiñas.

Il portait un long manteau noir, un col roulé et avait glissé une casquette sous son bras.

— J'ai encore des choses à vous dire.

— Je vous avais prévenu. Hier, c'était Agustín, demain ça pourrait être votre tour. Mais, dans l'île, j'ai remarqué que vous hésitiez à tout me raconter.

— J'ai pas mal réfléchi depuis votre venue, admit-il – il avait d'ailleurs le visage creusé –, et une chose est sûre, ceux qui m'ont envoyé Agustín voulaient me transmettre un message. J'ajoute que ce ne sont pas mes ex-camarades d'Acción Directa.

— Ah bon ? Qu'en savez-vous ? lança Cayetano d'un ton glacial.

Il avait décidé de faire peur au Chilien pour le rendre plus bavard.

— Eux, à la place d'Agustín, ils m'auraient envoyé un tueur…

— Alors, qui vous l'a envoyé, Agustín ?

— Les autres.

— Arrêtez un peu avec ces salades ! Quels autres ?

Sardiñas s'immobilisa devant la poupe, haute et imposante avec toutes ses fenêtres, les statuettes et les blasons sculptés dans le bois. Il s'appuya de nouveau à la rambarde.

— Ceux qui m'ont neutralisé à Berlin, dit-il.

Cayetano remarqua le brusque mouvement de sa pomme d'Adam.

— Dans ce cas, qui a assassiné Agustín ?

— Seuls les gens qui m'ont recruté à Berlin sont susceptibles de connaître mon lieu de résidence actuel… Moi aussi, je suis en danger.

Sardiñas avait perdu de sa superbe, il l'aurait juré. Il n'eut aucun mal à l'imaginer, des années auparavant, en train d'accepter toutes les conditions posées par les agents allemands qui menaçaient de le renvoyer au Chili. Cayetano garda les mains dans les poches de son manteau et prit son temps pour répondre.

— Ainsi, Agustín écrivait l'histoire secrète de la gauche pour le compte de ceux qui ont essayé de vous recruter à Berlin ?

— C'est ce que je soupçonne.

— Mais qu'aviez-vous à apprendre à Agustín qu'ils ne savaient déjà ?

— Je l'ignore, répondit Sardiñas, levant les bras en signe d'impuissance.

On pouvait en déduire qu'Agustín était éventuellement arrivé au Chili sans savoir que Ferlocio et le Comte Rouge ne faisaient qu'un. Mais quelqu'un était persuadé du contraire, le Comte Rouge, à l'évidence, qui, se sentant menacé, avait décidé de l'éliminer. Si l'hypothèse du détective était la bonne, le Comte Rouge connaissait également le refuge de Sardiñas. L'homme qu'il avait devant lui sentait déjà le cadavre. Cependant, le Comte Rouge avait-il liquidé Agustín uniquement parce que celui-ci était au courant de son passé ou pour une autre raison, beaucoup plus sérieuse ? Cet assassinat procédait peut-être d'un autre mobile.

— Et la WPA ?

— Nous en avons peu parlé. La découverte d'Agustín paraissait extravagante. Il disait que le Chili était victime d'une conspiration.

— Contre le Chili en tant que pays ? s'étonna Cayetano. Comment cela ?

Sardiñas se remit à marcher, suivi de Cayetano. Ils dévalèrent rapidement un escalier plongé dans la pénombre, aux marches brunes et vernies, et du coin de l'œil le détective surprit deux hommes en manteau et chapeau, qui, au même niveau, regardaient le *Vasa*. Il eut peur d'être tombé dans un piège et son cœur se mit à battre très fort.

— Une entreprise concertée pour le déstabiliser, répondit Sardiñas.

— À en juger par ce qui se passe, ce n'est peut-être pas entièrement faux. Mais dans quel but, cette conspiration ?

Le Chilien s'arrêta net et, perdant son calme, attrapa Cayetano par les revers de son manteau.

— Moi non plus, je n'en sais rien.

Il grimaça et repoussa le détective contre le mur.

— Comprendrez-vous qu'à ce moment je m'efforçais d'abord de me protéger, de percer à jour Agustín ? Il ne m'inspirait pas confiance.

Le détective écarta d'un geste posé les mains de son interlocuteur.

— Où est allé Agustín après avoir quitté la *stuga* pour Stockholm ?

— Je vous l'ai dit, à Saint-Pétersbourg, il me semble.

Ils se remirent à descendre et longèrent ensemble la coque du navire, en direction de la cafétéria.

— Maintenant, j'exige toute la vérité, lança Cayetano quand ils furent parvenus devant le comptoir du self-service.

La vision de filets de hareng accompagnés de crevettes froides lui coupa l'appétit.

— Qui pourrait m'éclairer ? Je crois que si vous voulez continuer à vivre tranquille sur votre île, vous devez m'aider. Sinon, je crains le pire.

— Il y a peut-être un Cubain, à La Havane, hasarda Sardiñas en remplissant d'une main tremblante une tasse de mauvais café. Il s'appelle Wenceslao.

— Wenceslao tout court ?

— C'était le camarade qui me suivait, dans les années quatre-vingt, au département Amérique du PC cubain. Vous comprenez ? De simples prénoms. Par « suivre », je veux dire un type qui se chargeait de m'orienter et de me conseiller dans le cadre de la lutte contre Pinochet. Wenceslao me procurait de l'argent, de faux papiers et décidait de mes missions pour Acción Directa.

— Pourquoi nous aiderait-il ? À ses yeux, vous n'êtes qu'un traître.

Les yeux de Sardiñas se rétrécirent et son front se plissa.

— Que quelqu'un se soit chargé d'écrire l'histoire secrète de la gauche chilienne pourrait l'intéresser. Il doit supposer qu'on le cite et la curiosité le poussera à vous parler.

— Mais si la gauche a liquidé Agustín de peur qu'il ne raconte cette histoire, cela ne constitue pas une nouveauté pour Wenceslao. Peut-être même était-il au courant de l'opération.

— On peut parler avec Wenceslao, du moins est-ce le souvenir que je conserve de lui.

— Je ne pense pas qu'il acceptera de me parler. Pourquoi êtes-vous aussi sûr de lui ?

— Il faut imaginer dans quel état d'esprit se trouvent les agents des services de renseignements cubains depuis la disparition du socialisme : certains ont fait fortune au Chili, en Équateur ou au Nicaragua tandis que d'autres survivent à La Havane avec cent dollars par mois, expliqua Sardiñas en baissant la tête, apparemment honteux. N'importe quel émissaire capable de les aider à franchir l'étape de « l'après-Castro » est le bienvenu.

23

Quelques jours plus tard, il retrouva Jerez pour déjeuner dans une pizzeria enfumée tenue par des Kurdes dans une galerie souterraine de l'avenue Valhallavägen. L'endroit était idéal pour comploter et Cayetano fut séduit par l'isolement, la musique méditerranéenne provenant d'une radiocassette et la bonne odeur de pain chaud cuit au four.

— Je vous ai apporté le billet et des dollars, suivant les instructions de Marcia, dit Jerez une fois qu'ils furent assis. Je vais vous les donner.

Ils étaient installés au niveau de la rue Valhalla, de sorte qu'ils apercevaient les jambes qui défilaient sous leurs yeux. Jerez, la tête rentrée dans les épaules, visage pâle, yeux cernés, rasé de près, semblait terriblement souffrir du froid et du manque de luminosité.

— Quand vais-je à La Havane ? demanda Cayetano en observant les Kurdes qui pétrissaient la pâte à pizza.

Ils étaient en chemisette blanche, des hommes élancés, aux traits anguleux, moustachus, chose très rare chez les Suédois. Peut-être était-ce pour cela qu'ils l'avaient salué en kurde, et avec sympathie.

— Demain. Vous rejoignez Madrid par un vol de la SAS, puis vous continuez sur Iberia.

Il était surpris de la rapidité avec laquelle l'organisation avait réagi. Après son rendez-vous avec Sardiñas au musée Vasa, il avait appelé Jerez pour lui annoncer que les besoins de l'enquête l'obligeaient à se rendre à Cuba. L'homme du MRA, plutôt surpris d'apprendre qu'un ancien dirigeant d'Acción Directa se cachait dans l'archipel, s'était contenté de prendre note et Cayetano ne lui avait pas révélé les détails de leur conversation. Le mettre au courant, c'était risquer d'être lâché par Marcia. Il sentit sa gorge se serrer : s'il partait le lendemain, il devrait dire au revoir à Kim le soir même, et peut-être ne la reverrait-il plus. Non pas qu'il en fût amoureux, mais il était fasciné par sa jeunesse, sa beauté, et appréciait sa manière directe et simple de l'aider.

Ils commandèrent deux pizzas « Quatre saisons » et des bières, puis Jerez lui remit une enveloppe contenant le billet d'avion et cinq coupures de cent dollars. Un Kurde disposait des morceaux de tomate, d'oignon et de poivron sur la pâte crue. Un autre s'approcha avec les bouteilles de bière et les verres.

— Ces gens ont beaucoup souffert, dit Jerez. Ils sont éparpillés dans divers pays qui leur interdisent de former un État. Ils ont toujours été solidaires des Chiliens. Si ça continue, ils vont finir par disparaître à cause de la passivité du monde.

Cayetano crut remarquer une certaine dignité venue du fond des âges dans les gestes du Kurde, mais il ne put oublier que le lendemain il s'envolait pour Cuba. Tout en rangeant l'argent et le billet dans sa veste, il se souvint des événements de la nuit. Kim avait insisté pour l'accompagner et partager son sort – ce n'était pas de l'amour, l'avait-elle rassuré, mais une sorte d'affection et de sympathie mêlée de passion. Il lui avait répondu qu'il n'abandonnerait jamais l'enquête, dont elle ignorait les dessous, et qu'elle se mettrait en danger. D'ailleurs, il fuyait la justice de son pays, un pays du tiers-monde, alors qu'un avenir brillant l'attendait, elle, dans une société démocratique et juste. Mais il avait sous-estimé l'entêtement de la jeune femme.

— Je viens. Tu ne peux pas m'en empêcher. Et puis je veux retrouver mon père.

Maintenant, il était face à Jerez, imperturbable, qui lui annonçait qu'un Chilien du nom de Federico le prendrait en charge dès son arrivée dans l'île et le mettrait en contact avec les personnes de son choix.

— Le camarade est très bien introduit. Il a fait sa pelote en contournant le blocus commercial américain.

Le détective écoutait d'une oreille méfiante. L'entreprise de ce Federico pouvait fort bien appartenir au MRA, car le mouvement devait trouver des fonds pour financer les infrastructures dont il semblait disposer.

— Et que pensez-vous de la situation au Chili ? demanda-t-il à Jerez quand il comprit qu'il n'apprendrait plus rien sur Federico.

— Tout cela était prévisible. Les gouvernements qui ont succédé à Pinochet ont entretenu trop d'espoirs irréalistes et ils recueillent les fruits amers des promesses qu'ils n'ont pas tenues.

— Cependant, le MRA n'a pas encore accepté les revendications mapuches, contrairement aux communistes.

— Cela viendra, affirma Jerez, sur la défensive. Le MRA ne tardera pas à soutenir les mouvements de protestation. Le changement de ligne interviendra lors du prochain congrès. Marcia doit quitter son poste, elle a fini par brouiller notre image. La partie qui se joue aujourd'hui dans le pays est d'une importance considérable. Quoi qu'il en soit, il semble invraisemblable que le gouvernement n'ait rien vu venir.

— Et comment l'aurait-il pu ?

— Grâce à La Maison. Mais elle n'a pas été foutue d'interpréter la grogne sociale qui augmentait pour une raison très simple, fit-il avec mépris. Parce que l'appareil dirigeant est composé de renégats qui ne croient qu'en leur carrière et sont coupés du peuple, ce sont tous des types qui ont trahi leurs anciens camarades.

Cayetano le laissa vider son sac et profita de l'apparition des pizzas pour changer de sujet.

— Ça pose un problème si une amie suédoise m'accompagne à Cuba ?

Couteau et fourchette à la main, Jerez lui lança un sourire moqueur.

— Déjà accro d'une blonde, mon ami ?

— Disons que je connais une personne qui aimerait m'accompagner.

— Du moment qu'elle paye son billet, c'est votre affaire, répondit Jerez, redevenant sérieux. Mais faites gaffe qu'elle n'ait pas été recrutée par nos ennemis…

III

BLEU CARAÏBE

1

Cayetano et Kim empruntèrent un petit jet de la SAS jusqu'à Madrid, puis un jumbo d'Iberia qui les mena à La Havane. Dans l'avion qui volait vers Cuba, ils occupaient une des dernières rangées. Les passagers étaient en majorité des Scandinaves qui allaient voir de leurs yeux la fin du socialisme cubain. Beaucoup, sympathisants de Fidel Castro, se montraient de féroces contempteurs des dictatures de droite.

Cayetano préféra les éviter. L'incohérence, peut-être par déformation professionnelle, était ce qu'il détestait le plus au monde. Il ne parvenait pas à comprendre que ces hommes et ces femmes apparemment sains d'esprit et à l'air naïf, qui profitaient du bien-être et de la démocratie à la suédoise, puissent se rendre à Cuba pour célébrer un régime qu'ils n'auraient jamais accepté chez eux. Finalement, se dit-il, c'était une forme de racisme : si le socialisme défunt de la Roumanie et de la Bulgarie ne convenait pas aux Européens, il était assez bon pour des Sud-Américains. Il n'eut aucun mal à les ignorer car, en général, les Scandinaves, surtout à jeun, sont des gens réservés et sans histoire.

Hormis ces pensées déprimantes, le vol se déroula pour le mieux, et même les turbulences habituelles au-dessus de l'Atlantique ne l'inquiétèrent pas. Toutefois, Kim, assise près du hublot et collée contre le détective, était envahie de pressentiments troublants.

— Cette nuit j'ai rêvé que je rencontrais mon père, dit-elle, les yeux humides.

— Écoute, ne te fais pas trop d'illusions, la mit en garde Cayetano, et il versa le contenu d'une petite bouteille de Bacardí dans un verre. Rappelle-toi, ce n'est pas la première fois que tu le cherches.

Kim était déjà venue à trois reprises dans l'île pour retrouver son père, en vain. Avec le temps, elle s'était convaincue qu'il utilisait peut-être un faux nom à l'époque où il était tombé amoureux de sa mère et que, plus tard, pour une raison quelconque, il l'avait modifié. Elle refusait d'envisager son décès, car elle supposait qu'elle l'aurait appris.

Au ministère des Affaires étrangères, où, à l'évidence, il avait été fonctionnaire, on ignorait son lieu de résidence actuel. En fait, les services administratifs du Vedado ne lui avaient jamais communiqué de réponse précise à propos de son père. Elle était bien reçue, avec tact, les fonctionnaires soulignant que, son père ayant quitté son poste depuis longtemps, il était difficile de se procurer son adresse, ils lui répétaient qu'ils suivraient l'affaire et lui assuraient qu'elle serait informée via l'ambassade de Stockholm. En fin de compte, chaque fois, Kim rentrait en Suède avec des promesses qui ne donnaient jamais rien.

— Cela m'inspire deux hypothèses, dit Cayetano alors qu'ils survolaient un océan d'un bleu profond, sous un ciel sans nuages. Ton père a pu se réfugier à l'Ouest à la faveur d'un voyage. Dans ce cas, un fonctionnaire est considéré comme un « traître » et son nom disparaît des registres. Personne à Cuba ne se risquera à t'aider pour le retrouver.

— Ce qui me fait mal, c'est qu'il n'a jamais essayé d'entrer en contact avec moi, répondit Kim, et elle sécha ses larmes avec une serviette en papier. Il devrait me chercher. Moi, mon plus cher désir est de le voir et de savoir comment il va.

— L'autre hypothèse est que Maximiliano Ruz était un agent chargé d'infiltrer l'entourage de ta mère pour obtenir des informations sur l'ambassade suédoise.

— Comment peux-tu croire que cela n'était qu'une farce ?

Il tenta de lui expliquer que ce procédé était un des préférés de la Stasi, le service d'espionnage de la RDA, pendant la guerre froide. Des centaines de Roméo, hommes séduisants et amants experts, avaient été envoyés dans la capitale d'Allemagne fédérale par Markus Wolf, le chef de la Stasi, dans le but de séduire les secrétaires des ministres et des hommes politiques. Grâce à ce stratagème, qui instrumentalisait la solitude de ces femmes, Wolf connaissait mieux que personne les coulisses de la politique à l'Ouest.

— Si Maximiliano Ruz était un pseudonyme, il n'est pas étonnant qu'il reste introuvable, insista Cayetano, conscient de suggérer que le patronyme de Kim n'était peut-être qu'un nom de paille. S'il était un espion et vit aujourd'hui dans l'île sous une autre couverture, employé à d'autres tâches, tu ne le trouveras jamais.

— Serais-tu en train de prétendre qu'il n'a jamais aimé ma mère ?

Cayetano éprouva le désir de nier, de lui affirmer qu'en dépit de la mission dont on l'avait chargé, espionner sa mère, il avait pu en être amoureux, comme cela arrivait si souvent dans les films et les romans d'espionnage. Cette réponse procurerait un grand soulagement à Kim. Personne n'aime apprendre que sa vie est le produit d'une intrigue ou d'un hasard, se dit-il.

— D'après les photos, c'était un mulâtre, grand et fort, joyeux et affectueux, ajouta-t-elle.

Cayetano la voyait de profil, à contre-jour : nez fin, front haut.

— Il a voulu quitter l'île avec elle, mais ça ne s'est jamais fait. Ensuite, après le retour de ma mère à Stockholm, elle n'a reçu aucun courrier et il n'a jamais remis les pieds à l'ambassade suédoise de La Havane. Elle n'en a plus entendu parler.

Maintenant, Cayetano comprenait mieux l'émotion qui s'emparait de Kim à mesure qu'ils approchaient de l'île. Cependant, ne risquait-il pas de trop s'impliquer dans des affaires qui ne le concernaient pas ? se demanda-t-il, tandis que la jeune fille somnolait, bercée par le ronronnement des réacteurs. Tout ce qui n'était pas directement lié à son affaire l'éloignait de son objectif : élucider l'assassinat d'Agustín et prouver son innocence. Il songea au brave Suzuki, qui continuait sa petite vie entre l'agence de l'immeuble Turrí et son stand de friture. Sa mémoire évoqua avec nostalgie sa maison du Paseo Gervasoni et les bars du port, où il avait si souvent fait la bringue, et même Margarita, qui l'attendait peut-être encore dans son agence de la place Echaurren. Mais ce monde lui parut si lointain et irréel, si inaccessible, qu'il eut peur de ne jamais pouvoir revenir au Chili.

— Qu'est-ce qu'on va faire en arrivant à La Havane ? demanda soudain Kim, dans son demi-sommeil.

— D'abord, on descend à l'hôtel *Nacional*, où nous avons une chambre réservée, expliqua le détective en caressant sa moustache. Puis je dois trouver un Chilien du nom de Federico.

2

Ils s'installèrent donc au *Nacional*, face au Malecón[1], dans le quartier du Vedado. Leur chambre, grande, plutôt obscure et de style gothique, dominait le golfe du Mexique. Elle avait été réservée au nom d'Inocencio

1. Longue de 7 kilomètres, face à la mer, c'est l'artère la plus populaire de la capitale cubaine. *(N.d.T.)*

Ciabatta et, sur la table de nuit, ils trouvèrent la carte de visite d'un certain Federico Opazo, directeur d'une entreprise dont le siège était à Miramar.

Une secrétaire le mit en communication avec lui. Opazo le salua comme s'ils étaient de vieux amis et lui annonça qu'il passerait le prendre à dix-neuf heures.

— Profitons de notre temps libre, proposa Cayetano à Kim après avoir raccroché.

Ils sortirent en bermuda et sandales peu après onze heures et se mêlèrent à la foule du Vedado. Ils parcoururent les avenues plantées d'arbres, incrédules devant le spectacle de la ville qui agonisait. Ils finirent par se réfugier dans un *paladar*[1] : cinq tables disposées autour d'un palmier dans le patio intérieur d'une bâtisse quelconque. Ça sentait la friture, l'atmosphère était moite et on entendait un air de Los Van Van, venu d'on ne sait où. À peine étaient-ils assis qu'un métis aux yeux verts leur demanda s'ils voulaient déjeuner. Il portait un jean délavé, un T-shirt des Miami Heat et un médaillon doré au cou.

— Mets-nous donc deux bières très fraîches, lui demanda Cayetano avec son meilleur accent havanais, tout en allumant le Lanceros qu'il avait acheté à l'hôtel. Ensuite, tu me diras avec quoi tu régales tes victimes aujourd'hui.

Le métis fit un rapide aller-retour entre le patio et la cuisine et rapporta deux Hatuey qu'il ouvrit. Il remplit leurs verres.

— Aujourd'hui nous avons, voyons voir, nous avons ce que nous devions avoir, annonça-t-il en imitant Nicolás Guillén. Écoutez bien, monsieur, nous avons et nous proposons : *fufú*[2] et soupe de plantain,

1. Légalisés depuis 1994, ce sont des restaurants ouverts chez des particuliers, à certaines conditions (pas plus de 12 couverts, langouste et viande de bœuf interdites…). *(N.d.T.)*

2. Purée de plantain ou d'igname accompagnée de morceaux de peau de porc frits dans leur graisse. *(N.d.T.)*

rillons de porc, cochon de lait grillé, riz aux haricots rouges avec manioc et sauce piquante, mais encore, et c'est proprement miraculeux, du taro frit. Pour dessert, fromage crémeux et goyave ou *tocinillo del cielo*[1]. Autant vous l'avouer, on n'a pas connu pareil festin depuis 1959[2].

La bière glacée brûlait le palais, douleur agréable au bout du compte car elle rafraîchissait le corps et l'âme.

— Oublie la soupe, ce n'est pas pour les hommes, et encore moins pour des Suédois en été, répondit Cayetano, qui se sentait revivre dans cette atmosphère moite des tropiques et reconnaissait des arômes familiers venus du passé. Apporte-nous plutôt ce cochon de lait avec des haricots, ça a l'air prometteur, plus une part de manioc sauce piquante et une autre de taro. En dessert, va pour le fromage à la goyave.

Après le déjeuner, Kim se rendit au ministère des Affaires étrangères, décidée à reprendre sa quête paternelle, tandis que le détective allait se promener dans le Vedado, ravi, avant de s'accorder une sieste à l'hôtel.

Quelque chose de froid, appuyé contre le menton, le réveilla. Il porta les mains à son visage et, quand ses doigts touchèrent un objet au contact désagréable, il ouvrit les yeux. Il vit le canon d'une arme et, derrière, un homme en *guayabera*, debout. En retrait, un complice se tenait près de la porte, dans une tenue identique.

— Asseyez-vous, mon ami, ordonna d'une voix douce l'homme au pistolet.

Cayetano obéit, mais il ne parvint pas à se redresser sur son séant avec la dignité qu'il aurait souhaitée, ses abdominaux laissant à désirer. Une bonne raison d'imiter le Comte Rouge, songea-t-il.

1. Flan à base de jaune d'œuf et de sirop caramélisé. *(N.d.T.)*
2. Année de la prise du pouvoir par Fidel Castro. *(N.d.T.)*

Il chaussa ses lunettes et observa ses hôtes : corpulents, traits européens, visages pâles. Il aurait juré que c'étaient ceux qui l'avaient pourchassé au *Scandic*. De vrais pros, enfin, des gens qui connaissaient leur boulot.

— Que puis-je vous offrir, messieurs ? demanda-t-il en plissant les yeux.

— Les questions, c'est nous qui les posons, rétorqua l'homme près de la porte au moment où il sortait du champ visuel du détective, de sorte qu'il ne vit plus que celui qui lui faisait face, posté devant la fenêtre.

— Eh bien, je vous écoute, répondit Cayetano avec aplomb.

Mais quand il voulut se lever, une main l'en empêcha.

— Du calme, ordonna l'homme invisible.

Il parlait assez bien espagnol, sans pour autant réussir à dissimuler son accent américain.

— On sait que vous gagnez votre vie en élucidant des meurtres, mais je vais être très explicite : nous désirons que vous oubliiez cette affaire.

— Que j'oublie Agustín Lecuona ?

— Exactement.

— Impossible. On me paye pour ne pas l'oublier. Je peux fumer ?

— Joe, écarte ton flingue de sa bouche, que monsieur puisse fumer, conseilla l'homme qui parlait.

Il attendit que Cayetano eût sorti une cigarette du paquet posé sur le meuble de chevet et l'allumât.

— Votre client a déjà laissé tomber, précisa-t-il en observant la fumée monter vers le plafond bas.

— Non, mon client est du genre à ne jamais baisser les bras, mentit le détective. En outre, si vous m'offrez un costard en sapin, il fera aussitôt appel à quelqu'un d'autre.

— Votre unique client, c'est Lourdes Cisneros, et elle a renoncé à l'enquête. Très belle femme, oui, et pleine de sagesse.

— Je crois me souvenir qu'elle m'a confié que vous vous étiez montrés très convaincants, affirma-t-il, comprenant que c'était sa dernière carte.

Il lissa les plis de son T-shirt, guère enthousiasmé à l'idée de mourir en bermuda et sandales. Pas très classieux, ne manquerait-on pas de penser à Valparaíso.

— N'en doutez pas, nous savons l'être.

— Comme avec le Mexicain ?

— Ça, c'est vous qui le dites, mon ami.

— Tim, monsieur n'apprécie pas qu'on lui dise « mon ami », l'interrompit Joe, reculant d'un pas et rangeant son arme sous sa *guayabera*, ce qui rendit quelque espoir au détective. Souviens-toi qu'il est cubain. « Mon p'tit gars », faut lui dire, pas vrai, mon p'tit gars ?

Cayetano se retint de gifler Joe. Inutile de se prendre une balle dans la tête à cause d'une vétille. Enfin, que ces individus, étrangers à n'en pas douter, puissent se promener en pleine Havane avec des armes prouvait qu'ils avaient d'excellents contacts dans l'île.

— Que rapporte le gros lot ? demanda-t-il pendant que Tim s'approchait de son comparse et de la fenêtre.

— Primo, le pardon, deuzio, un paquet de fric, tertio, une amnésie totale. Bref, vous nous oubliez, on vous oublie.

— Vous ne m'avez toujours pas dit qui vous envoie.

Tim s'assit sur le petit secrétaire et considéra non sans un malin plaisir le détective. Joe, visiblement, profitait du spectacle.

— Ce n'est pas à vous de poser les questions, rappela Tim, souriant au détective de ses fines lèvres pâles.

— La WPA, lança Cayetano.

— Cela ne vous regarde pas, dirent les lèvres. Contentez-vous de mon offre, il n'y en aura qu'une : cinq mille dollars, un billet pour la destination de votre choix, et on efface l'ardoise.

— Supposons que j'accepte et que je change d'avis par la suite ?

— On vous retrouvera, où que vous alliez. Terre de Feu, désert de Gobi, Laponie, peu importe. On vous retrouvera, et on vous transformera en viande hachée, bien pimentée, comme vous l'aimez.

Cayetano demeura songeur.

— Pourquoi une telle proposition au lieu de m'éliminer ? finit-il par demander.

— C'est un bon privé, n'est-ce pas, Joe ? lâcha Tim en souriant, et il fit quelques pas dans la chambre.

On distinguait la crosse en ivoire de son pistolet à travers le tissu de sa *guayabera.*

— Pour ne rien vous cacher, il y a déjà eu trop de morts, et nous sommes des humanistes.

— Vous pensez à Lecuona, au Mexicain et à Neto ?

— D'autres pourraient y passer. Patricio Sardiñas, par exemple, qui se balade en *isjakt* sur les flots gelés de la Baltique.

Le détective se maudit d'avoir mené ces criminels au refuge du Chilien.

— Tout cela a donc un rapport avec le *Delenda est Australopithecus*, on est d'accord ? demanda-t-il.

— Nous autres, nous sommes ici simplement parce qu'on nous a dit que vous passeriez dans le coin, mon ami. Et n'allez pas croire que nous vous donnerons le nom de notre informateur. Contentez-vous de savoir que, parmi les gens qui vous aident, il y a des hommes à nous.

— Tu sais quoi, Tim ? intervint Joe. J'en ai ma claque de ce dialogue de film de gangsters juste avant que le type se fasse buter. J'ai comme l'impression que c'est des trucs de scénariste pour faire durer et palper un peu plus. Qu'est-ce que j'en fais, de ce gus ? Il commence à me courir.

— Quand Joe s'énerve, pas moyen de l'arrêter, énonça Tim d'un air faussement soucieux. Fumez tranquille votre cigarette et répondez ensuite à mon offre. Oui ou non ? Si c'est non, Joe soldera votre compte.

— Je ne peux pas revenir au Chili, vous le savez.

Tim lui adressa un sourire de personnage de carnaval, attristé et grotesque à la fois, et glissa les mains dans ses poches.

— Détail secondaire, trancha-t-il. On se charge de faire ou de défaire une réputation. Il y en a qui préfèrent accepter nos propositions, d'autres meurent en tombant sous le métro alors qu'ils y réfléchissaient, et certains, dans le genre têtu, on les retrouve noyés dans leur baignoire.

— Vous m'assurez que je serai complètement blanchi si j'abandonne l'affaire ? demanda Cayetano en écrasant sa cigarette.

— Donnez-nous quelques jours, et profitez-en pour avoir une attaque d'Alzheimer, manière de gagner notre confiance, vous verrez que votre situation s'arrangera en un tour de main. Même la presse s'excusera de vous avoir traîné dans la boue. Comprenez que votre prestige est actuellement au plus bas, señor Brulé.

— Tu l'as dit, Tim, il a le choix, ce déplumé : ou il rehausse son prestige comme il le mérite, ou on l'allonge.

— Bon, mon ami, c'est moi qui suis en train de perdre patience, s'énerva Tim, et il s'approcha de Cayetano en faisant craquer ses doigts. Tu quittes la scène ou on te propose le grand saut, comme à Lecuona et au Mexicain ?

3

Ce soir-là, après avoir convaincu les tueurs de lui accorder trois jours pour mettre un point final à son enquête, Cayetano Brulé reçut l'appel de Federico Opazo qui l'attendait à la réception.

Il descendit immédiatement. Il était inquiet, car Kim n'était pas encore rentrée du ministère. Opazo était un grand type à la moustache et aux yeux noirs, vêtu d'une *guayabera* à manches courtes, une montre en or au poignet. Il semblait impatient, comme si ce rendez-vous tombait mal au milieu des affaires importantes qui le requéraient. Ils empruntèrent les sentiers illuminés du jardin du *Nacional*, sous le ciel rempli d'étoiles, et débouchèrent sur le Malecón, où les gens discutaient assis sur les rochers. Soufflant de la mer, calme et d'un noir profond, la brise apportait un peu de fraîcheur.

— Quel est exactement votre rôle dans cette histoire ? demanda Cayetano tandis qu'ils prenaient la direction de la Vieille Havane, suivis par des cavaleuses et des macs, toujours attentifs aux allées et venues des touristes.

— C'est simple, déclara Opazo en s'asseyant sur le muret. On m'a dit que je devais vous mettre en contact au plus tôt avec un Cubain du nom d'Ismael, un type susceptible de vous aider.

— J'imagine que vous connaissez au moins la raison de ma venue…

— Pas le moins du monde, et peu m'importent les détails. Pour être franc, mon truc, c'est le business. Je travaille dans l'import. Ça fait un bail que je me suis retiré de la politique, entre autres, parce que je préfère le concret et, aujourd'hui, cela ne veut plus dire passer des armes au Chili et former des camarades pour la révolution, mais vendre des conserves et développer le tourisme à Cuba.

Il n'aurait pas été surpris par un message aussi direct d'un Chilien exilé à Stockholm, mais de la part d'un exilé à La Havane, il n'en revenait pas. La gauche ne cesserait jamais de le surprendre. Parmi les activistes, beaucoup s'étaient mués en chefs d'entreprise et d'autres avaient tempéré leurs ardeurs réformatrices une fois calés dans un fauteuil parlementaire ou gouvernemental. Il y en avait aussi qui, après avoir retourné leur veste et accédé à la direction d'une entreprise nationalisée, cherchaient à tirer profit des appels d'offres du privé. Opaza avait pour lui d'être un homme honnête, passionné de business, qui avait une fois pour toutes rompu avec la phase antérieure, les années romantiques passées à brandir le poing en chantant *L'Internationale*. La Havane n'était plus la capitale latino-américaine de la conspiration révolutionnaire, songea Cayetano. Elle devenait la ville des bonnes affaires discrètes.

— Vous ignorez donc pourquoi je suis ici et vous n'avez pas entendu parler du *Delenda est Australopithecus* ? demanda le détective, non sans humeur.

Opazo consulta sa montre. Pourquoi fallait-il que Marcia le mette entre les pattes de dilettantes ? s'interrogea Cayetano. Jerez avait-il raison de prétendre que ses jours à la tête du MRA étaient comptés ? Et la protection qu'elle lui fournissait, par conséquent. Était-ce plutôt que ce mouvement, qui, au Chili, lui avait parfois paru invulnérable, se délitait à l'étranger, non pas à cause de ses ennemis, mais à cause des bonnes affaires que l'île proposait désormais à ses militants ?

— L'australopithèque, j'en ai entendu causer pendant mes cours d'anthropologie à l'université. Je crois qu'il était velu, avec une tête de singe, et qu'il se servait d'un gourdin, lança Opazo en éclatant de rire.

— Vous avez confiance en moi ou vous me prenez pour un espion du gouvernement chilien ? voulut savoir Cayetano, gêné.

Il se mit à tousser, ce qui lui rappela le Dr Müller, et il jeta sa cigarette.

Un vieux Noir l'attrapa au vol avec des gestes de sorcier et se la ficha dans la bouche. Il s'éloigna en fumant, content de lui.

— Je vous en prie, ne me faites pas rigoler, se plaignit Opazo. Sous Pinochet, il existait un service d'espionnage. Aujourd'hui, l'armée espionne La Maison qui espionne l'armée. Ils vont finir par se phagocyter. C'est bien le mot ?

— Écoutez, je peux comprendre que vous ne soyez pas au courant du motif de ma visite, mais pas que vous ignoriez que je voyage sous la protection de votre organisation.

— Quelle organisation ? lâcha-t-il, méprisant.

Le détective baissa la tête, découragé, et frappa le muret du talon de son soulier, comprenant que sa situation devenait invivable. N'était-il pas la dernière victime de la guerre froide, bref, le couillonné de service ? Si les tueurs le serraient de trop près, menaçant de le liquider, il n'aurait personne sur qui compter. Marcia n'était-elle pas en train de doucement le larguer, à mesure qu'il approchait – du moins était-ce son impression – de la résolution de l'affaire Lecuona ?

— Comment ça, quelle organisation ? répéta-t-il, à deux doigts de perdre patience. Ne me racontez pas que vous n'êtes au courant de rien.

— Moi, comme je vous ai prévenu dès le début, je me contente de faire ce qu'on me demande. Si on a besoin de mes services, je rapplique, je m'exécute et je retourne à la normalité.

— La normalité ? répéta Cayetano, ajustant ses lunettes.

— Vous n'allez pas prétendre que la normalité, c'est le monde fantasmagorique de la guerre froide dans lequel vous continuez à vivre…

Il comprit que le Chilien le prenait pour un vieil apparatchik, ce qui était le comble de l'absurde. Lui, le sceptique par excellence, lui, un homme aussi spontané et imprévoyant, passer pour un apparatchik aux yeux d'un retraité de la révolution !

— Je n'appartiens à aucun monde fictif, expliqua-t-il, se souvenant des textes théoriques de Lourdes. Je vis dans le même univers que vous.

— Eh bien, sachez qu'il est très compartimenté. Pour les questions qui vous tracassent, il faudra voir avec la personne qui s'est occupée de vous depuis le début.

— Il me faudra parler à Marcia.

— Pour elle, l'heure de la disgrâce est proche, mon ami. De nos jours, pour se lancer dans la politique, il faut des moyens. Marcia est une chic fille, un peu trop idéaliste, peut-être. Je l'engagerais comme secrétaire dans ma boîte sans problème, affirma-t-il, compatissant. Au moins n'a-t-elle jamais dérogé à sa ligne pacifiste. C'est pour cela qu'elle a échoué.

— Très bien, et à qui dois-je m'adresser ? demanda Cayetano.

La nuit sentait l'iode et on voyait les lumières d'un paquebot s'éloigner vers Cayo Hueso.

— Vous voulez que je parle avec Ismael ? Quel intérêt ?

— C'est à vous de le savoir. Imaginez que vous êtes un touriste et moi l'agence de voyages. Vous me suivez ? Moi, dans tout cela, je suis une sorte de *broker*, d'intermédiaire.

Cayetano le considéra de la tête aux pieds.

— Je n'arrive vraiment pas à piger pourquoi ils se sont lancés dans ce bazar de révolution mondiale, lâcha-t-il, sarcastique.

— À quoi pensez-vous ?

Opazo l'observa, déconcerté soudain.

— Quel intérêt d'avoir fait la révolution russe pour que les fonctionnaires communistes finissent par posséder les entreprises publiques, et la révolution sandiniste pour permettre à Daniel Ortega et à ses potes de s'emparer des propriétés et des terres des somozistes, et celle de 1959, ici, alors que les *barbudos* habitent aujourd'hui avec chauffeur et domestiques dans le quartier de Miramar, tandis que la prostitution et les capitaux étrangers sont de retour ? Je me demande s'il n'y avait pas une route plus courte et moins douloureuse. Oui, il aurait beaucoup mieux valu parler clairement dès le début.

— Je pensais que vous étiez venu ici pour enquêter sur un crime et non bâtir une nouvelle théorie politique, plutôt vermoulue, d'ailleurs, répliqua le Chilien, sardonique. Mais si vous croyez que les révolutions se réduisent à ce qui se dit et aux excès de quelques profiteurs, vous faites une erreur grossière. Les révolutions vont bien au-delà et sont le grand moteur de changement de l'Histoire.

Cayetano lissa une pointe de sa moustache, observant Opazo, les yeux mi-clos, comme s'il doutait de ses paroles.

— Je ne me sens pas d'humeur à entamer un débat idéologique tricontinental, répondit-il, mais j'estime que si, dès le départ, vous aviez annoncé votre désir de vous transformer en chefs d'entreprise ou en consultants, ou en gérants du modèle néolibéral, les choses se seraient déroulées avec moins de brutalité au Chili, et nous n'aurions pas eu besoin de tourner autour du pot de façon si lamentable. Mais revenons à du concret, comme vous dites : pourquoi devrais-je parler à Ismael ?

— Peut-être parce que c'est un fonctionnaire de l'ICAP.

— Soyez clair. Qu'est-ce que c'est ?

— L'Institut cubain d'amitié entre les peuples. Un service qui prend en charge les huiles de passage. On m'a dit qu'Ismael pouvait vous aider.

— Ismael comment ?

— Allons, vous n'ignorez pas que, dans ce pays, certaines personnes n'ont pas de nom, vu leurs fonctions, expliqua Opazo d'un air ennuyé. En fait, moi-même j'ignore le vôtre, mon ami. Vous voudrez bien m'excuser, maintenant, j'ai juste le temps de courir à notre ambassade. J'ai un cocktail en l'honneur d'une délégation d'exportateurs chiliens.

4

Il recouvra son calme en voyant Kim dans la chambre, où elle se reposait.

— Quoi de neuf au ministère ? demanda-t-il en épongeant la transpiration de son visage avec une serviette.

— La rengaine habituelle, qu'ils ne m'ont pas oubliée, mais qu'ils ne l'ont pas retrouvé. Ils me recommandent d'être patiente, car ils sont certains qu'il n'est pas mort, ce qui laisse une chance.

— Ils s'amusent avec le chagrin des autres, décréta Cayetano, assis sur le bord du lit.

Il avait envie de s'étendre car ses sandales achetées dans un stock en liquidation lui blessaient les pieds.

— Ne crois pas ça, répondit Kim d'une voix douce, et elle alla se placer devant la fenêtre. La fonctionnaire qui s'est occupée de moi était au courant de mon histoire et elle m'a paru sincère et prête à m'aider. Quand on recherche son père, on déclenche toujours la sympathie des gens, du moins la compassion. Mais elle ne sait plus quoi faire. Il arrive un moment, il semble qu'on se heurte à un mur.

— Je te l'ai déjà dit. Ou ton père est parti illégalement, et on le considère comme un traître, ou – excuse-moi, Kim – il se cache de toi.

Elle baissa les yeux sans répondre.

— Qu'y a-t-il ? À quoi penses-tu ? demanda Cayetano en s'allongeant sur le lit, les mains derrière la nuque.

— J'ai envie d'aller me promener.

Il était sur le point de lui avouer qu'il préférait se reposer jusqu'au lendemain, à cause des maudites sandales, mais Kim se mit à gesticuler pour lui demander de quitter la chambre. Dehors, alors qu'ils passaient devant l'hôtel *Capri*, se dirigeant vers la place du Copelia, elle lui expliqua de quoi il retournait.

— En sortant du ministère, j'ai acheté un *granizado*[1] à un petit vieux. Comme il me rappelait mon père, je lui ai laissé dix dollars de pourboire. Il a souri, incrédule, croyant que je m'étais trompée. C'est plus que ce qu'il gagne en une semaine avec sa poussette.

— Et puis ?

— Je l'ai accompagné un moment, parce qu'il rentrait chez lui. Il m'a demandé ce qu'une étrangère n'appartenant pas au corps diplomatique faisait au ministère. Quand je le lui ai expliqué, il m'a conseillé de n'avoir confiance en personne, il m'a dit qu'on ne m'aiderait pas le moins du monde, mais qu'il connaissait quelqu'un susceptible de le faire.

— Tu es devenue folle ? se fâcha Cayetano. Tu ne vois pas que ça pourrait être un piège ?

Un taxi pour touristes ralentit près d'eux pour leur donner l'occasion de monter, avant d'accélérer en martyrisant ses pneus.

— Cayetano, tu es complètement parano. Ils n'ont pas les moyens d'être derrière chaque porte.

— Mais on risque de se retrouver dans une galère qui nuira à mon enquête.

— Ah, dans ce cas, il vaut mieux qu'on se sépare, proposa-t-elle d'un ton sérieux.

Elle tenta de préciser son point de vue : si chacun enquêtait de son côté, il était préférable, momentanément, d'agir en solo. Ainsi, ses erreurs ne lui nuiraient pas. Il était un détective professionnel, pas comme elle, une de ces dilettantes dont il avait horreur. L'essentiel était que cette séparation tactique ne se transforme pas en rupture. Il s'agissait de se montrer pragmatique, voilà tout.

1. Glace pilée mélangée à une boisson, servie dans un cornet de papier cartonné. *(N.d.T.)*

Estomaqué par ses paroles, il chercha en vain ses cigarettes dans sa *guayabera* et finit par glisser les mains dans les poches de son pantalon. Il refusa sa proposition, au prétexte qu'il ne voulait pas l'abandonner à son sort, d'autant moins que leurs poursuivants étaient sur leurs talons. Kim devait retourner en Suède, pour sa propre sécurité.

— En fait, tu n'es qu'un de ces foutus machistes à la con, lui reprocha-t-elle. Tu crois que seul un homme est capable de conduire une enquête. Il ne te serait pas venu à l'idée que ma conversation avec le vieux pourrait nous être très utile. Allez, sois franc ! Tu m'apprécies seulement au pieu et pour me balader dans la rue, c'est ça ?

Cayetano soupira et regarda autour de lui. Ils s'étaient arrêtés sur la promenade, près du *Copelia*, attirant l'attention des curieux.

— Et le vieux avec sa poussette, depuis quand il les vend, ses glaces ? lança-t-il, remonté.

Il lui semblait louche qu'un marchand ambulant puisse s'installer près de ce ministère. Oui, il s'agissait peut-être d'un mouchard de la DGI.

— Pendant des années il a bossé dans un magasin d'État à vendre des aliments rationnés. Il y a connu Figueroa, le type qui m'intéresse au premier chef. Écoute-moi : Figueroa était chargé de la bibliothèque du ministère. En échange de revues occidentales qu'il lui prêtait quelques jours, le vieux le laissait acheter autant de nourriture qu'il en désirait. C'est comme ça qu'ils sont devenus potes.

— Et Figueroa est parti à la retraite ?

Kim lui prit le bras et l'invita à marcher.

— On l'a viré, il y a des années, expliqua-t-elle. Quand son fils a filé aux États-Unis avec les *marielitos*[1].

1. Les 125 000 Cubains qui, avec « l'accord » du gouvernement, gagnèrent la Floride en 1980 à partir du port de Mariel, près de La Havane. *(N.d.T.)*

Dans le fond, c'est son fils qui les entretient, sa femme et lui, grâce aux mandats expédiés de Miami.

— Toi et le vieux, qu'est-ce que vous avez décidé ?

— Il nous attend demain dans son appartement.

— Figueroa sera là ? demanda-t-il en caressant sa moustache.

— Oui. Il m'a seulement priée d'apporter des havanes et quelques photos de mon père. D'après lui, au ministère, Figueroa a connu tous ceux qui empruntaient des livres ou des revues.

— On ne lui apportera pas seulement des havanes, Kim, mais aussi une boîte de café, du Pilón. Tu vas voir comme ça va leur délier la langue…

5

À neuf heures du matin, ils se présentèrent chez Pablo Armenteros, Calle 31, à Marianao. L'appartement était au deuxième étage d'un édifice à la façade écaillée, qui en comprenait trois. Assis dans le petit salon, la porte ouverte pour profiter de la brise, deux vieillards les attendaient en conversant et en se balançant dans des fauteuils d'osier.

Avec bonheur, ils allumèrent leurs Romeo y Julieta, des cigares dont ils n'avaient plus respiré l'arôme depuis les années soixante. Ils préparèrent le café dans une cafetière en aluminium pendant que Kim jetait un coup d'œil sur les photos et les livres d'une étagère. Pablo leur annonça que sa femme faisait la queue devant la boutique du quartier pour toucher sa ration mensuelle de poulet.

— Tu peux parler en confiance, dit le maître de maison après avoir fermé la porte. Mon ami a été viré des Affaires étrangères parce que son fils était parti aux États-Unis. Ils lui interdisent de le rejoindre, sous prétexte qu'il possède des informations sensibles touchant à la sécurité de Cuba.

— C'est comme ça, confirma Jesús.

Il se berçait sans renverser son café. Il portait de gros verres flous qui agrandissaient ses yeux et lui donnaient l'air vulnérable.

— Vu mon âge, si Fidel ne casse pas bientôt sa pipe, je ne reverrai pas mon fils.

— Ismaelillo a tenté plusieurs fois de venir sur l'île, mais on ne lui donne pas de visa, expliqua Pablo en secouant la tête. Ils prétendent que Jesús n'a pas le droit d'accueillir un ennemi sous son toit…

— Tu as apporté les photos, ma fille ? demanda Jesús.

Kim sortit de son sac à main une enveloppe contenant deux clichés jaunis et les tendit au vieillard.

— C'est ce monsieur, ton père ? dit-il, le cigare à la bouche.

— Il y a vingt-cinq ans… Vous travailliez à la bibliothèque, à cette époque ?

— Toute ma vie, j'y ai travaillé.

— Vous vous souvenez de lui ?

— Par certains traits, il te ressemble, admit Jesús, observant tour à tour l'homme de la photo et Kim. Les sourcils et les pommettes viennent de lui, mais le reste, c'est sans doute ta mère, grâce à Dieu. Oui, cette couleur cannelle provient du métissage entre ton père et une Scandinave. Elle était belle, ta mère, ma fille. D'une mère pareille ne pouvait naître qu'une beauté.

Kim le remercia, gênée par le compliment. Elle n'avait qu'un désir : que Jesús confirme ou non avoir croisé son père lors d'une de ses visites à la bibliothèque du ministère.

— Qu'en pensez-vous ? intervint Cayetano, qui s'impatientait.

— J'ai beau essayer, je ne me le rappelle pas. Et je suis physionomiste, croyez-moi, précisa le vieux, découragé. Je regrette, mon petit, mais j'ignore qui est cet homme. Peut-être ne travaillait-il pas au ministère ? Tu es certaine qu'il y était ?

— Il a pu appartenir aux services d'espionnage, avoua Kim, tête baissée, se souvenant des insinuations de sa mère.

Si elles étaient corroborées, sa mère avait bel et bien été utilisée à cause de son statut diplomatique et elle, Kim, était le fruit de ce petit jeu politique.

— Les type de l'espionnage ne fréquentaient pas notre bibliothèque. Ils en ont une excellente. Sans son nom, nous ne pouvons rien faire.

— Il s'appelle Maximiliano Ruz, dit Kim, une lueur d'espoir dans le regard.

— Si c'était un espion, le nom est faux. Les agents utilisent toujours un nom de guerre. Avec le temps, et au gré des circonstances, ils en changent.

— Vous ne connaîtriez pas un certain Wenceslao ? lança soudain Brulé, imaginant que, par hasard, le vieux saurait peut-être qui était l'homme qui servait d'officier traitant à Patricio Sardiñas quand celui-ci participait à la lutte clandestine contre Pinochet.

Le vieux cracha un brin de tabac sur le carrelage, son havane à la main. Il se gratta la tête, avant de se racler la gorge.

— Si nous parlons du même Wenceslao, alors je le connais, mon gars. Comment était-il ? Un Blanc, un Noir ? Où travaillait-il ?

— Au département Amérique du PC, il y a vingt ans, je n'en sais pas plus. Il doit avoir votre âge, aujourd'hui.

— Il ressemble au Wenceslao que j'ai connu. Mais lui, ça fait un bout de temps qu'on l'a sacqué, mon ami, répondit-il d'un air malin. Je l'ai connu parce que sa fille, Casandra, n'avait pas le droit de quitter l'île à l'époque des *marielitos*. Elle était à la fac, avec mon fils, qui s'est débrouillé pour filer, lui, comment, je n'en sais rien. Casandra a dû rester parce que son père travaillait pour la police politique. Elle est venue souvent chez nous, je crois qu'elle s'appelait Casandra Castellanos. On a beaucoup parlé de cette affaire, vous pensez, la fille d'un flic de la sécurité de l'État qui voulait se réfugier chez les Yankees…

— Son père s'appelle donc Wenceslao Castellanos ?

— Non, je vous ai déjà expliqué qu'ils portent des noms de guerre, mais, le jour de la retraite, ou quand ils quittent le service, il reprennent leur véritable nom. Ce sont des identités interchangeables.

— Mais vous savez comment le trouver, en dépit du changement de nom ? insista Cayetano, dont l'impatience grandissait, alors que Kim et le marchand de glaces les écoutaient avec attention.

Le vieux tira lentement sur son cigare et laissa flotter quelques volutes.

— S'il n'est pas mort ces dix dernières années, il est possible qu'il occupe toujours le même appartement. Je crois que dans les cahiers de mon fils, que j'ai gardés précieusement, comme tout ce qui lui appartenait, on devrait trouver les numéros de téléphone de ses camarades de faculté. Et même le numéro de Casandra. Avec de la chance, il pourrait vous conduire jusqu'à son père.

6

De retour à l'hôtel, Cayetano et Kim trouvèrent une enveloppe de Federico Opazo dans le casier de la réception. Ismael attendrait le détective le soir même, vers huit heures, au restaurant de l'hôtel. Brulé comprit aussitôt que le MRA le contrôlait par l'intermédiaire des personnes censées être ses contacts. Chacune de ses paroles, Ismael la rapporterait au mouvement, et il était probable qu'il creuserait ainsi sa propre tombe, plus encore si Marcia était déjà tombée en disgrâce.

Kim était déprimée à la suite de la conversation chez les deux vieillards. Son père était redevenu une ombre lointaine, imprécise, inaccessible. Peut-être allait-elle passer sa vie à tenter de rencontrer un homme qui vivait sous un nom d'emprunt.

— Soyons patients, l'encouragea Cayetano en lui caressant les cheveux. Tu le sais, souvent on rencontre quelqu'un et tout change.

Oui, le hasard était coutumier du fait, songea-t-il, et les événements prenaient une autre tournure. La preuve, il disposait du numéro de téléphone de Wenceslao grâce à Jesús Figueroa, qu'il venait juste de connaître. D'ailleurs, même si personne ne répondait, et bien qu'il n'existât pas d'annuaire privé à La Havane, il était persuadé qu'il s'agissait de l'homme du département Amérique auquel avait fait allusion Sardiñas à Stockholm. Il suffisait de lui parler et de vérifier si, vingt ans auparavant, il avait connu le révolutionnaire chilien.

Quand il constata que la jeune femme s'était endormie, il quitta la chambre sur la pointe des pieds. À l'ombre des arbres, il déambula dans l'atmosphère moite du Vedado, admirant les petits palais de l'ère républicaine, les façades de certains bâtiments et les parcs qu'on entretenait pour le plaisir des touristes. Une grande maison à l'aspect fantomatique attira son attention. Une plaque de bronze indiquait qu'il s'agissait d'une Maison de la Culture. Une affiche, rédigée à la craie grasse, annonçait une conférence sur la littérature policière, par un critique de Santiago du Chili. Curieux, il suivit un couloir et pénétra dans la salle où un homme dégingandé, aux airs d'histrion, déblatérait contre un célèbre auteur de romans policiers de son pays. Cayetano eut beau se concentrer, il fut incapable de donner un sens aux concepts de déconstruction, médiations et fonctionnalités ataraxiques de la littérature dont se gargarisait l'orateur, mais son incontinence verbale lui rappela l'ouvrage théorique que lui avait prêté Lourdes.

Las de cette faconde churrigueresque, il décida de tuer le temps en examinant le public. Il se composait d'un trio inoubliable : un type ronflait, jambes écartées, un autre lisait un article de *Granma* qui annonçait le lancement imminent d'un programme de production laitière modèle, et le dernier semblait si immergé dans ses pensées qu'il devait se souvenir de son dernier voyage à Pyongyang ou à Oulan-Bator. Mal à l'aise devant la solitude du conférencier, il quitta la salle à pas de loup. Un peu plus loin, dans un bureau déserté, il avisa un téléphone. Il composa aussitôt un numéro.

— Wenceslao ? demanda-t-il quand il entendit une voix d'homme à l'autre bout du fil.

— Oui. De la part de qui ?

— C'est Jesús Figueroa qui m'a donné votre numéro, le père d'Ismaelillo.

Silence.

— Pato Sardiñas m'a demandé de vous parler.

— Et comment va-t-il, ce vieux salopard ?

— Il s'en sort pas trop mal. J'ai besoin de vous parler.

— Mais je ne suis plus le Wenceslao que..

— C'est pour cela que je veux vous parler.

Il eut l'impression que Wenceslao hésitait.

— Demain, à une heure de l'après-midi, ça vous dirait à *La Esperanza*, à Miramar ?

— *La Esperanza* ? répéta-t-il d'une voix enjouée. Vous faites du tourisme ?

— Oui.

— Bon sang, j'y ai jamais mis les pieds. C'est un truc récent, pour ceux qui payent en dollars. Je viendrai. J'aurai un roman de Luis Rogelio Nogueras sous le bras, *Y si muero mañana*[1].

1. Et si je meurs demain. *(N.d.T.)*

7

Il revint juste à temps pour son rendez-vous au restaurant de l'hôtel avec Ismael. Il s'était longuement promené dans le Vedado, très content de pouvoir bientôt parler à ce fameux Wenceslao. En fin de compte, peut-être approchait-il réellement de la vérité.

Ismael l'aborda à la réception, après l'avoir reconnu parmi la centaine de clients qui déambulait. Il disposait sans aucun doute de son signalement. Ils pénétrèrent aussitôt dans le restaurant, vaste et donnant sur la mer par des baies vitrées. Le maître d'hôtel leur proposa une table à l'écart, près d'une colonne.

— Bienvenue à La Havane, déclara Ismael.

Il avait les yeux verts, les cheveux lisses et gras, des gestes lents. Il devait approcher de la cinquantaine.

— Federico m'a dit que tu étais sur une enquête. Raconte-moi et voyons en quoi nous pourrions t'aider. Qu'est-ce qui te plairait ? Ici, on mange le meilleur mérou de Cuba.

Ils commandèrent un *ceviche*[1] de langouste en entrée et un mérou grillé avec du riz comme plat de résistance, accompagné d'un tarapacá blanc. Cayetano expliqua dans quelle situation il se trouvait, sans entrer dans les détails, car il supposait que le MRA en avait déjà informé Ismael.

— Tu n'as jamais entendu parler du *Delenda est Australopithecus* ? demanda-t-il après avoir goûté le vin.

1. Poisson ou fruits de mer crus, coupés en morceaux et marinés dans du citron vert, des oignons et du piment fort. *(N.d.T.)*

— Jamais, affirma Ismael pendant qu'on servait le *ceviche*. Dis-moi, mon vieux, c'est quoi, ce machin ? Un bouquin, un projet ?

— Je n'en ai aucune idée, mais ça semble important. Et la WPA, tu n'en as pas non plus entendu parler ? Ne me dis pas que non…

Ismael sembla jouir en silence de l'inquiétude de Cayetano et prit le temps de boire son vin.

— La fameuse GUAPA[1] ! lança-t-il d'un ton arrogant, et il essuya ses lèvres avec la serviette posée sur ses genoux. Elle a tout d'une belle qui se refuse et, en un certain sens, c'est ce qu'elle est. Mais personne ne pourrait affirmer ou nier son existence…

— Allons, allons…

— Écoute, Cayetano, on va jouer franc-jeu. Nous savons parfaitement qui tu es et dans quelles conditions tu te trouves ici. Nous savons aussi de quoi on t'accuse. Alors, pas de cachotteries entre nous.

Il profita qu'Ismael avalait une cuillerée de *ceviche* pour lui répondre.

— Je viens de traverser la moitié du monde et personne ne parle clair. Tu ferais mieux de laisser tomber la diplomatie.

— Nous avons eu trop de problèmes avec le Chili depuis l'assassinat du sénateur, et ça va comme ça. Les Chiliens ne sont peut-être pas les Anglais de l'Amérique latine, mais ce sont certainement les pires avocats de notre cause. Nous ne voulons plus travailler avec eux. Nous préférons encore les types de droite, parce que, à gauche, même quand ils abordent la théorie sociale, ils se plantent.

— Et pourquoi tant d'amour pour la droite ?

— Tu ne vas pas nier que nous pouvons lui montrer comment se maintenir au pouvoir, et qu'elle à son tour

1. L'auteur joue sur la prononciation cubaine de WPA (« Ouapa ») et sur le sens de l'adjectif *guapa* – belle, jolie, élégante. *(N.d.T.)*

est capable de nous aider à développer l'économie. Tiens, permets-moi un conseil qui ne serait pas inutile dans ton boulot : il est toujours préférable de s'adresser au propriétaire plutôt que de flirter avec le gérant. Tu sais un peu qui dirige la gauche, au Chili ?

— Je suis venu parler de la WPA, pas de la gauche chilienne.

— Et moi je suis là pour t'informer de notre décision, répliqua Ismael, vexé. Je vais être très franc : tu peux me demander ce que tu veux et nous t'aiderons de notre mieux, mais, dans trois jours, tu dois avoir quitté l'île. C'est clair ?

— Lumineux, répondit Brulé en soutenant son regard, et puisque nous n'avons pas beaucoup de temps, j'aimerais que tu me dises enfin ce qui se cache sous ce sigle de WPA.

— Désolé de te décevoir, mais nous en savons très peu. Il y a des années, Fidel a parlé de cette organisation dans un discours, mais personne, dans le tiers-monde, n'y a fait attention. Les campagnes de désinformation des impérialistes sont trop puissantes. Tout est expliqué dans ce discours, qui date des années quatre-vingt.

— Qu'est-ce qu'il raconte, Fidel ?

— Que c'est une organisation internationale secrète qui regroupe certaines des plus grandes sociétés capitalistes du monde et défend leurs intérêts à l'échelle de la planète.

— Je croyais que c'était le rôle de la CIA…

— Ne confonds pas, le reprit Ismael tandis que le garçon enlevait les assiettes de *ceviche*. La CIA est au service des intérêts du gouvernement nord-américain et elle peut même agir, à certains moments, contre des entreprises nord-américaines. La GUAPA travaille à l'échelle mondiale.

— Une sorte de confrérie qui décide du destin de l'humanité ?

— Cette vision est un peu trop apocalyptique. Il s'agit d'un groupement de multinationales de l'hémisphère Nord qui échangent des informations et se réunissent pour défendre leurs intérêts.

Cayetano goûta au consommé de poulet. Il était passable. Il reprit du tarapacá.

— Je te donne un exemple, poursuivit Ismael. N'importe quel commerçant de quartier surveille l'arrivée de la concurrence. Si un nouveau s'installe et constitue une menace, il essaye d'abord de s'en débarrasser en baissant ses prix, puis en améliorant son service, mais, s'il échoue, il emploiera des moyens plus radicaux. Tu me suis ?

— À peu près.

— C'est la même chose au niveau international. Par exemple, quand les producteurs américains ou scandinaves de saumon se retrouvent secrètement sous l'égide de la WPA, ils veulent évaluer la nature de la menace que représente le petit nouveau d'en face. Idem pour les producteurs de fruits, de bois, de poisson, d'armement. Si un concurrent devient voyant, on s'intéresse à lui. Tant qu'il n'est pas dangereux, on le laisse tranquille, mais dès qu'il s'avère être un rival sérieux, la GUAPA entre en action. On oublie le discours sur la liberté du commerce et on prépare le garrot. Enfin, mon vieux, tout cela, Fidel n'a cessé de le rappeler. Et ceux qui n'ont pas voulu entendre, tant pis pour eux.

Le détective plissa les yeux, caressa sa moustache, puis, pointant sa cuiller vers Ismael, demanda :

— Comment travaille la WPA ?

— Au début, elle utilise des moyens qui n'ont rien d'exceptionnel : ses contacts dans des journaux importants, comme le *New York Times* ou l'*Economist*. On voit bientôt apparaître un article qui dénonce la contamination des mers par les élevages de saumon du Chili, par exemple. Ou bien c'est un reportage dans un journal populaire ou à la télé qui traite des conditions de vie du personnel employé dans les vergers argentins. Ainsi, les consommateurs du monde industriel sont persuadés qu'acheter des produits en provenance du Chili ou de l'Argentine revient à favoriser la pollution de la planète et l'exploitation de certaines populations.

— Et si ça ne marche pas ?

— Dans ce cas, on essaiera de liquider le pays-cible en faisant chuter les prix, puis en l'accusant de dumping, de payer des salaires ridicules et de ne pas respecter la législation du travail. En dernier recours, on tentera de le déstabiliser.

— Comment ?

— De mille façons : conflits frontaliers, grèves, affrontements ethniques, luttes entre narcotrafiquants, insécurité dans les rues. Pour la GUAPA, rien n'est impossible.

— Dis-moi un peu, demanda Cayetano, le verre de blanc à la main. Le Chili n'est-il pas un des derniers à avoir ouvert dans le quartier ?

— Un parvenu, répondit Ismael d'un ton pédagogique. Il commence juste à proposer son étal, avec saumons, fruits, bois, même des armes. En face du supermarché… Attends un peu la volée de bois vert…

Le détective comprit alors pourquoi l'existence de la WPA relevait autant de la fiction que de la réalité. Mais il put aussi s'expliquer la grande crise – attentats, enlèvements, rébellions et grèves – qui affectait soudain le Chili. Tout cela était peut-être programmé. N'était-ce pas le sens de la formule *Delenda est Australopithecus* ? N'était-ce pas le motif de l'assassinat de Lecuona et d'autres ? Et Marcia ne cherchait-elle pas à en avoir confirmation ? Cela ne tenait pas debout : les services d'espionnage cubains étaient au courant depuis belle lurette !

— Non pas que la GUAPA soit à l'origine directe de la crise, non, tempéra Ismael en éloignant sa tasse de consommé vide. Les crises sont réelles. Les causes sociales de la rébellion mapuche sont aussi concrètes que l'origine des grèves chez les cueilleurs de fruits ou la méfiance qui règne entre civils et militaires. La GUAPA n'a rien inventé, elle se limite à jeter de l'huile sur le feu et à profiter de la situation. Tu me comprends ?

— Et les gens se laissent manipuler ?

— Certains sont au courant et se taisent parce que ça les arrange, d'autres estiment qu'il faut profiter des actions entamées par ces nouveaux compagnons de route, mais la plupart sont persuadés qu'ils se battent pour défendre leurs droits. En vérité, on n'en sait trop rien, car, sur ce terrain, plus personne n'arrive à faire la différence entre ce qui a une origine naturelle et ce qui a été provoqué.

— Bon sang, mais pourquoi ne le criez-vous pas sur les toits ? s'exclama le détective, agitant sa cuiller.

Par malheur, quelques gouttes de consommé tombèrent sur son unique pantalon d'été.

— Je t'ai déjà dit que l'impérialisme organise une campagne de dénigrement permanente contre la révolution, continua Ismael. Quand le commandant en chef essaye d'aborder le sujet avec des chefs d'État sud-américains, ils ne l'écoutent même pas. Ils prétendent qu'il est trop vieux et lui demandent de commencer par enlever son uniforme, puis d'organiser des élections, et ce genre d'âneries. Mais, une chose est sûre, il faut aussi tenir compte d'un autre paramètre.

— Lequel ?

— Le capitalisme est condamné à disparaître et notre commandant est convaincu qu'il ne faut rien faire pour s'y opposer. Enfin, les conspirations de la GUAPA peuvent aussi accélérer l'apparition de conditions objectives qui favoriseront l'émergence de la révolution.

Cayetano avait maintenant pris la mesure des intérêts en jeu – quelques vies ne pesaient pas lourd dans ce contexte. Le document de Lecuona faisait-il allusion aux événements du Chili ? Le problème principal, cependant, n'était pas de confirmer qu'il s'agissait d'un plan délibéré, chose déjà connue de plusieurs personnes, apparemment, mais d'en identifier les acteurs et les commanditaires. Était-ce ce que cherchait Marcia, et la raison pour laquelle elle l'avait recruté ? Mais dans quel but ?

— Vous n'avez jamais abordé cette question avec Federico Opazo ? demanda Cayetano en évaluant d'un air gourmand le filet de mérou qu'on venait de lui servir.

Ismael fit claquer sa langue, sans dissimuler son mépris.

— Désormais, Federico ne s'intéresse qu'à son business. Bon, soyons honnête, qu'est-ce que ça lui rapporterait de connaître sur le bout des doigts une organisation dont il n'est pas prouvé qu'elle existe ? Et, si elle existe, pourquoi se tuerait-il au travail ? Et nous, quelle raison aurions-nous de nous y opposer ? Pour préserver le système capitaliste au Chili et dans le monde ? Arrête d'attendre des autres qu'ils se battent contre les moulins. Nous avons assez de boulot pour défendre la révolution contre la CIA et ses laquais.

Le détective goûta au mérou. Dans ce restaurant, le service était impeccable. C'était une honte que ses compatriotes ne puissent en profiter, faute de dollars.

— Le seul à avoir découvert la vérité a été assassiné, conclut-il, songeur.

— Ce qui explique pourquoi tu es dans une telle merde.

Si la WPA était au service de gens si puissants, il comprenait mieux pourquoi les tueurs pouvaient lui offrir l'absolution devant la justice chilienne et la possibilité de rentrer chez lui comme si de rien n'était. Ils n'exigeaient que le silence. Le Comte travaillait donc aussi pour la WPA ? C'était à devenir fou !

— Dis-moi, comment trouver leur quartier général ?

Ismael rangea les couverts au bord de son assiette et s'essuya les lèvres.

— Mon pote, si la WPA avait un siège, cela ferait un moment qu'on lui aurait balancé une bombe. Nous n'en savons pas beaucoup. Contente-toi de nos informations et, s'il te plaît, arrange-toi pour être parti dans trois jours. On se prend une autre bouteille, mon ami ?

8

Quand il entra dans la chambre, il trouva Kim en larmes, allongée sur le lit. Le contenu des tiroirs des tables de nuit et de la commode répandu sur le sol, les valises ouvertes, les vêtements jetés par terre.

— Qu'est-ce qui s'est passé ? s'inquiéta-t-il, claquant la porte dans son dos.

Il s'approcha et la prit dans ses bras. Il avait déjà compris qui étaient ses visiteurs.

— Ils t'ont fait quelque chose ?

— Ils étaient deux et ils se sont présentés comme des techniciens chargés de vérifier les téléphones de l'hôtel, dit-elle après avoir recouvré son calme. Ils ont menacé de me tuer si je criais et ont tout fouillé à la recherche de je ne sais quoi. Ils ne m'ont pas touchée. Ils m'ont seulement prévenue que nous le regretterions si tu ne leur obéissais pas le plus tôt possible.

Il lui caressa les cheveux. Sa description correspondait à celle des types qui avaient interrompu sa sieste, preuve qu'ils les suivaient et espionnaient chacun de leurs mouvements. Il lui expliqua la situation.

— Pourquoi ne laisses-tu pas tomber ? le supplia-t-elle, les yeux humides. Pourquoi ne pas tout plaquer et nous réfugier dans une île de l'archipel, comme Patricio Sardiñas ?

— Écoute, je continue pour la même raison que celle qui t'empêche de renoncer à chercher ton père : connaître la vérité. Je crois qu'Agustín était un homme honnête, dont les intentions étaient pures. Je n'accepte pas que ses assassins continuent à se balader en liberté et finissent d'ailleurs par m'envoyer moisir le restant de ma vie en taule.

— Cela ne mènera à rien, tu le sais.

Soudain, il eut une idée. Il lui ordonna d'enfiler ses chaussures, de prendre son sac et de le suivre. Cette nuit, ils ne dormiraient pas à l'hôtel, expliqua-t-il, ils trouveraient un autre endroit, une pension ou quelque chose de ce genre. Pendant qu'ils attendaient l'ascenseur – et Kim continuait à exiger des explications –, il s'assura qu'ils n'étaient pas suivis et demanda à la jeune femme les photos jaunies de son père, qu'elle gardait dans son sac. Il les rangea dans sa *guayabera.*

— Attends-moi à la réception jusqu'à mon retour, dit-il quand les portes de l'ascenseur s'ouvrirent.

Le hall était rempli de touristes impatients de profiter de la soirée. Il se dirigea vers le restaurant, toujours bondé, et, du seuil, remarqua qu'un couple occupait la table où il avait dîné avec Ismael. Son regard balaya les autres tables, le pianiste noir qui jouait du Lecuona[1], et se porta vers le bar, où il aperçut Ismael, solitaire, devant un *mojito.*

— J'ai besoin de ton aide, dit-il en surgissant dans son dos.

Ismael se retourna, surpris, mais reprit aussitôt contenance.

— J'ai besoin de trouver cet homme. C'est un Cubain et tu dois le connaître.

Il plaça les photos montrant Ruz et la mère de Kim sur le comptoir. Ismael les examina quelques secondes en silence.

1. Ernesto Lecuona (1895-1963), pianiste et compositeur cubain. *(N.d.T.)*

— Pourquoi veux-tu lui parler ? demanda-t-il en allumant une cigarette avec une certaine indifférence.

Cayetano commanda un *mojito* au barman. À en juger par sa réponse, Ismael connaissait Ruz.

— Une affaire humanitaire, répondit le détective, soulagé.

— On n'arrête pas de nous enquiquiner avec ce genre d'histoires. Tu pourrais être plus concret ?

— Cet homme aimerait peut-être savoir qu'il a une fille qui le cherche depuis des années…

Ismael inclina la tête et déposa sa cigarette dans un cendrier. Il commença à se caresser le menton.

— Tu fais allusion à la fille de la Suédoise avec laquelle il a eu une aventure ?

Cayetano sourit, satisfait.

— Oui. Elle est venue ici à cause de son père. Elle veut le connaître, sentiment que tu peux considérer comme normal et justifié, j'imagine.

Ismael ramassa d'un geste posé sa cigarette et pivota sur le tabouret. Ses yeux croisèrent ceux du maître d'hôtel, qui attendait, menu à la main, près de l'entrée.

— Tu sais comment le trouver ? insista Cayetano.

— La GUAPA, ça ne t'intéresse plus ?

— Déconne pas et dis-moi la vérité. Tu sais où le trouver ?

— Non.

— Cette fille est en danger, autant que moi. Les gens de la WPA l'ont menacée pendant que nous dînions. C'étaient des gens de la WPA ou de chez vous ?

— Tu te trompes sur notre compte, Cayetano. Je suis au service de la Sécurité de l'État cubain. Nous sommes impitoyables avec nos ennemis mais chevaleresques avec nos amis.

— La fille du Cubain que tu vois sur ces photos, dit le détective en les rangeant dans sa *guayabera*, a été menacée de mort par la WPA. Nous sommes ensemble. Je ne te crois pas capable d'empêcher des retrouvailles aussi naturelles que légitimes. Tu vois le tableau si, demain matin, on nous découvre raides, la Suédoise et moi ?

Ismael attendit que le barman eût servi le *mojito* pour répondre.

— La Havane est une ville ouverte depuis des années. Le boom touristique nous amène de tout : curés, obsédés de sexe, hommes d'affaires, narcos, même des bouddhistes et des terroristes. Ce n'était pas ce que vous vouliez, que Cuba s'ouvre au monde ?

— Arrête de jouer au cynique.

— Parce que ça ne me dérange pas que des types de la GUAPA viennent jouer dans ma cour ? C'est ton problème, ou celui du pays où tu vis. Nous en avons jusque-là de nous occuper des autres.

— Aide-moi à retrouver cet homme et je te fiche la paix. Il est possible que Ruz n'ait pas envie de voir sa fille, et je peux le comprendre. Mais pourquoi ne pas m'offrir une chance de lui poser la question ? Tu n'as rien à y perdre. C'est lui qui décide, pas toi...

— Toi, tu m'as vraiment l'air d'avoir été envoyé sur cette île par un des anges de Wim Wenders...

— Qu'est-ce que tu veux dire ?

— Il ne s'appelle pas Ruz, mais Eladio, et je le connais, poursuivit Ismael, pensif. Il faut que tu saches qu'il avait une autre fille, qu'il était marié. Elle était pédiatre et a été assassinée en Angola, il y a peu, par les troupes de Jonas Savimbi. C'était une jeune fille de valeur, qui défendait là-bas les idéaux de la révolution.

— La vie, quelle ironie ! Et le voilà seul avec Kim !

— Il n'a rien avoué à son épouse, car il considérait que ce n'était qu'une passade. Il ne voulait pas rompre avec sa famille, mais sa femme l'a appris par d'autres.

— Et alors ?

— Elle a exigé le divorce.

— Et la Suédoise ?

— Elle n'a jamais rien demandé à Eladio, assura Ismael. Il lui suffisait d'avoir un enfant, en témoignage de cet amour. C'est comme ça qu'elle a ruiné une bonne partie de sa vie, et qu'il a décidé de tirer un trait. Elle a détruit sa vie, pour un caprice.

— Pourquoi Eladio s'était-il rapproché de la Suédoise ? Par amour ou pour accomplir une mission ?

Le regard d'Ismael devint lointain.

— Cayetano, il y a des questions dont il vaut mieux s'abstenir, murmura-t-il. Nous avons tous besoin d'idoles et de mythes, cela nous permet de nous sentir plus heureux. La vérité n'est pas toujours un facteur de liberté, souvent, elle te pèse…

Le détective considéra la salle au moment où le pianiste attaquait un morceau de Guillermo Portabales. Il lui sembla que le barman écoutait leur conversation, à une distance prudente.

— Où puis-je trouver Eladio ? dit-il en baissant la voix. Je veux juste savoir si oui ou non il est prêt à rencontrer l'unique fille qui lui reste.

— Écoute, je me demande pourquoi je t'ai fait ces confidences, parce que j'ai bu ou parce que je n'arrive pas à te mépriser bien que tu vives à l'étranger, ou parce que je me dis qu'à son âge, et après ce qu'il a connu, ça lui fera peut-être pas de mal, à Eladio, de serrer cette fille entre ses bras.

Cayetano avala une gorgée de *mojito*.

— Comment le trouver ? répéta-t-il.

— D'abord, tu dois me jurer de ne pas lui révéler que c'est moi qui t'ai aidé.

— Tu as ma parole, mon ami. Je t'écoute.

— Note son numéro et n'oublie pas le délai qu'on t'a fixé pour quitter l'île. On est bien d'accord ?

Brulé sortit en toute hâte du restaurant sans terminer son verre. Il attrapa la main de Kim et se dirigea vers un des téléphones de la réception. Peu importait désormais qu'il appelât depuis l'hôtel. Le fait qu'Ismael lui ait communiqué le numéro légitimait son appel. S'il était enregistré, on penserait qu'il suivait les instructions officielles.

— Eladio, je suis un ami de l'enfant que vous avez eue avec une Suédoise, dit-il dès que l'autre eut répondu. Je veux vous parler. J'ai un message. Très important. Nous devons nous voir.

Un silence pesant lui répondit. Cayetano supposa que l'homme se sentait brusquement rattrapé par sa destinée. Au bout d'un moment, il parvint à balbutier quelques mots.

— Qui êtes-vous et qui vous a donné mon numéro ?

— Je m'appelle Inocencio Ciabatta, je suis de passage à Cuba et je vous cherche pour vous remettre un message important. Quand pouvons-nous nous voir ?

— Pour quoi faire ?

— Mieux vaut se parler en tête à tête. À moins que vous ne préfériez rester dans le doute toute votre vie ?

— Ça va, répondit-il, résigné. Demain, à six heures de l'après-midi. Attendez-moi place Zapata, dans le quartier de Miramar. Vous voyez où c'est ?

— Parfaitement.

— Soyez seul. Asseyez-vous sur un banc et ouvrez un numéro de *Granma*. Je vous le répète : venez seul.

9

— Pato a su montrer beaucoup de dignité en se retirant sur une île après être tombé aux mains de l'ennemi, fit remarquer Wenceslao.

Ses doigts effleurèrent la couverture jaune du roman de Luis Rogelio Nogueras posé sur la table de *La Esperanza*.

— Chez nous, on entre par conviction idéologique, à la différence de ce qui se passe à la CIA, où on propose de l'argent. Comme je vous l'ai dit, Sardiñas a toujours été un bon élément.

À soixante ans, Wenceslao avait quelques kilos en trop. Grand, la bouche mince, ses cils fournis lui donnaient un peu l'air d'un moine triste et résigné. Dans le petit salon adjacent il avait bu avec plaisir un Tío Pepe et maintenant il attendait le plat de résistance. Sur les murs de la salle de ce restaurant privé on voyait pêle-mêle peintures modernes, icônes et portraits anciens. *La Esperanza* avait un côté anachronique car elle annonçait des temps postérieurs à la révolution.

— Il a insisté pour que je vous parle de la WPA, dit Cayetano.

— En fait, j'ai été son officier traitant au département Amérique à l'époque de Pinochet. C'était le leader clandestin chilien de plus grande envergure. Jamais il n'aurait fini comme certains dirigeants de gauche qui, finalement, ne cherchaient qu'à vivre en grands bourgeois.

— Que Sardiñas ait été un homme d'avenir, les services secrets occidentaux le savaient aussi, remarqua le détective au moment où le garçon lui apportait une bière.

Sur l'avenue Tercera, au centre de Miramar, un bus bourré à craquer fila à toute vitesse.

— Si on en croit ce qui s'est passé au cours du vol Amsterdam-Berlin, ils le traquaient et ils l'ont retourné de belle manière.

— C'est lamentable, tout ça, mais, quand on décide de faire ce boulot, il faut savoir où on met les pieds.

Ils avaient commandé du poulet grillé à la sauce tomate piquante puis des crevettes à l'équatorienne. Cayetano découvrait *La Esperanza*. Un article du magazine distribué dans l'avion, ainsi que le nom, si particulier, l'avaient convaincu qu'il s'agissait d'un endroit qui lui plairait.

Wenceslao n'avait pas été radié du département Amérique à l'époque évoquée par Jesús Figueroa, mais beaucoup plus tard. Son éviction du contre-espionnage cubain, sous prétexte que sa fille avait tenté de s'enfuir de l'île, n'était qu'un simulacre destiné à le doter d'une nouvelle légende qui lui permettrait de poursuivre son activité de prédilection : s'infiltrer dans les mouvements contre-révolutionnaires. Cependant, au bout de quelques années, il était effectivement tombé en disgrâce à la suite d'affaires troubles avec des Mexicains, et tant d'eau avait coulé sous les ponts, depuis, qu'il ne pensait pas qu'un jour on ferait de nouveau appel à lui. Son parcours plutôt confus éveilla la suspicion du détective, qui hésitait à trancher : son interlocuteur était-il oui ou non resté un agent cubain ?

— J'ai une vague idée de la WPA et de ses méthodes et je la soupçonne d'avoir liquidé Lecuona parce qu'il en savait trop, dit Cayetano après avoir goûté sa Hatuey. Pensez-vous que la WPA a maintenant le Chili en ligne de mire ?

— À voir ce qui arrive au Chili, cela ressemble assez à la stratégie de la WPA pour détruire les nations émergentes, déclara Wenceslao.

Il rota et s'essuya les lèvres du dos de la main. Il portait une montre bon marché et une *guayabera* tachée avec un Bic dépassant de la poche.

— Vous connaissez un seul pays émergent qui ait eu accès à l'étage supérieur ces cinquante dernières années, hormis le Japon ?

Tout en étudiant la clientèle du restaurant, le détective admit qu'il ne pouvait en citer aucun. Dans la salle, on ne voyait pratiquement que des hommes d'âge mûr accompagnés de jeunes et jolies Cubaines peut-être aussi légères qu'elles étaient légèrement vêtues. À première vue, la prostitution dans l'île était plus répandue qu'à l'époque du dictateur Fulgencio Batista, quand Cuba était considéré comme « le lupanar des États-Unis ».

— Pendant mes dernières années de service, j'ai bossé au contre-espionnage, qui n'est que l'ombre de ce qu'il fut. Vous comprenez, depuis l'affaire Ochoa[1], rien n'est plus pareil ici, confia Wenceslao à voix basse. J'ai donc eu vent de certains tuyaux sur la WPA. En réalité, déjà à l'époque où je « traitais » Sardiñas, je m'intéressais aux organisations ennemies mal connues afin de les infiltrer.

— Il me faut du concret, Wenceslao. Vous connaissez ma situation. Je dois remonter jusqu'à la WPA.

Wenceslao fronça les sourcils et piqua une rondelle de saucisson au bout de sa fourchette.

— Personne ne sait où se trouve le siège de la WPA, affirma-t-il. Elle se réunit discrètement, incognito, sur la Côte d'Azur, à Davos ou Aspen, enfin, un lieu chic. La direction décide des programmes d'action, appelés protocoles, et des fonds nécessaires à leur réalisation. Une commission exécutive est ensuite chargée du travail. Elle-même contacte des agents – tueurs, terroristes, écologistes, hommes d'affaires, syndicalistes, journalistes. Ce sont eux qu'on retrouve effectivement sur le terrain.

— Ainsi, pas de traces…

— Dans l'absolu, la WPA n'intervient jamais sur le terrain. Elle inspire et chapeaute, sans plus. Elle diagnostique, établit le traitement, mais les opérations sont exécutées par les agents à sa solde, qui ignorent même pour qui ils travaillent.

— Supposons qu'elle soit derrière les événements au Chili…

— Supposons ? reprit Wenceslao avec une grimace comique, et il porta à sa bouche une nouvelle rondelle de saucisson. Elle est dans le coup, cela crève les yeux.

1. Général, ancien commandant en chef en Angola, très populaire, Arnaldo Ochoa fut arrêté et exécuté en 1989 en compagnie de trois autres officiers supérieurs, officiellement accusé de trafic de drogue et de crime contre l'État ; pour avoir critiqué l'intervention en Angola, selon sa veuve. *(N.d.T.)*

— Ce qui m'intéresse, c'est de savoir si ceux qui agissent aujourd'hui au Chili sont conscients de faire son jeu.

— Peu probable, car la WPA, après avoir détecté les foyers de dissension dans un pays, se contente de souffler sur les braises. Ce n'est pas elle qui crée les conflits, mais elle les radicalise, précisa Wenceslao, et ces paroles rappelèrent à Cayetano celles d'Ismael. Les travailleurs saisonniers, encore moins les écolos ou les Mapuches, n'imaginent pas qu'ils servent les intérêts d'un club de multinationales.

— Et vous, après tant d'années consacrées à ce sujet, vous ne connaissez personne de la WPA qui pourrait m'aider ?

— Ses agents ne parlent pas, car ils n'ont pas de justification idéologique, répondit-il d'un ton grave. Celui qui travaille pour nous le fait pour défendre le socialisme, celui qui collabore avec la CIA se prétend anticommuniste, mais servir la WPA n'a aucune justification. Personne ne va s'aviser de la défendre…

Le garçon leur apporta le poulet en sauce, accompagné de riz blanc et de légumes au beurre. Ensuite, il installa à une table de coin un homme assez âgé, qui semblait étranger, et un jeune mulâtre athlétique.

— Écoutez, ajouta Cayetano en plantant son regard dans celui de Wenceslao, Sardiñas a cité votre nom, peut-être parce qu'il a eu une prémonition, et moi, je suis dans ce bazar parce que j'enquête sur un assassinat aux motifs flous, et ça me complique la vie.

— Vous cherchez à m'attendrir ?

— Peut-être, mais il m'est impossible d'avancer ou de reculer. Je tiens à vous rappeler que, si vous ne m'aidez pas, Sardiñas se sera trompé, une nouvelle fois, et je serai condamné à perpétuité pour un crime dont je suis innocent.

— Vous ne pouvez pas vous réfugier à Cuba ?

— Vous êtes fou ? Les types de la WPA me filent le train !

— Il leur est difficile d'agir ici. Le commandant en chef ne les aime guère, pour des raisons évidentes…

— Ah oui ? Ismael, du département Amérique, m'a donné trois jours pour quitter le territoire.

— L'ordure ! C'est lui qui m'a sacrifié et qui a profité de mes petites conneries.

— Moi, je suis beaucoup plus mal barré, insista Cayetano en découpant son poulet. J'ai une date limite pour foutre le camp, les tueurs de la WPA sont sur mes talons et, passé la frontière, Interpol me cueille si jamais mes alliés me trahissent.

— Et qu'est-ce que vous voulez que je fasse ?

— Que vous m'aidiez à approcher la WPA. Je prépare un plan pour sauver ma peau.

Wenceslao prit le temps de réfléchir. De la transpiration apparut sur ses joues.

— On avait un type à nous, à Chicago, employé de la WPA, dit-il enfin. Un agent double. J'ai jamais eu trop confiance en lui, vous me suivez ? Les agents doubles travaillent pour leur pomme. Celui-là, je l'ai croisé deux trois fois, à Miami et à Paris. Il appartenait au secrétariat général de la WPA et il nous envoyait parfois des renseignements en échange de petits séjours qu'on lui payait à l'hôtel *Internacional* de Varadero.

La nouvelle combla d'aise le détective.

— Comment s'appelle-t-il et où puis-je le rencontrer ?

— Il s'appelait Parker, Roger Mike Parker, murmura Wenceslao. Tout ce dont je me souviens, c'est qu'il habitait Chicago.

— Mais merde ! C'est pas le moment de me laisser tomber ! Vous devez vous rappeler ! protesta le détective, car ce n'était pas la première fois qu'il entendait ce nom. Où puis-je le trouver ?

Wenceslao but un peu de bière.

— Parker racontait qu'à l'heure de la retraite il se retirerait dans une maison qu'il possédait sur la côte caribéenne du Mexique, dit-il d'une voix tremblante. S'il s'est rangé des voitures et a réalisé son rêve, c'est là-bas que vous avez une chance de le trouver. M'est avis qu'ils ne doivent pas être nombreux à s'appeler Parker et à vivre à Playa del Carmen.

10

N'était-il pas en train de tomber amoureux ? Une fois de plus, il avait du mal à tracer une ligne entre attrait sexuel et amour. Et, à son âge, avec son physique et son crâne qui se déplumait, il était trop tard pour apprendre. Kim l'attirait-elle seulement à cause de sa beauté ou était-il vraiment en train de tomber amoureux ? Une fois l'acte sexuel consommé, ne parvenait-on pas à la lisière d'une terre inconnue, une sorte d'antichambre de l'amour ou de l'aventure ? Était-il possible de différencier le simple désir de l'amour véritable avant de passer au lit, ou n'était-ce envisageable qu'a posteriori, quand le feu de la passion commençait à s'éteindre ? Il finit par s'avouer que n'importe quel lycéen se serait moqué de ses interrogations et lui aurait conseillé de profiter du moment présent, à savoir de ce corps ferme et bronzé, à la taille fine, aux petits seins durs et aux lèvres humides. Bon sang, s'engueula-t-il muettement, est-ce qu'il n'avait pas d'autres chats à fouetter ? À son âge et dans sa situation !

La voix sourde du chauffeur de taxi le ramena à la réalité. Ils n'étaient qu'à quelques centaines de mètres du parc Zapata, au coin de la Quinta Avenida et de la rue Veinte. Il donna la somme qu'il estimait correspondre à la course et se mit à marcher avec Kim sous les flamboyants. Il lui rappela les derniers détails de leur plan.

— Laisse-moi le temps de lui parler, dit-il comme ils longeaient les jardinets sur rue des résidences de Miramar.

Sous le bras, il serrait un numéro de *Granma* avec le discours de Fidel célébrant les nouveaux records de production des coopératives agricoles.

— Reste cachée dans les hibiscus, devant l'ambassade de Belgique.

Kim avait exigé de l'accompagner au rendez-vous avec son père. Elle voulait le voir depuis qu'elle avait l'âge de raison et il n'était pas question de rater cette occasion. Il lui était indifférent qu'il refusât de lui parler, elle voulait savoir à quoi il ressemblait. Malgré les réticences de Cayetano, qui estimait le moment mal choisi pour une telle rencontre, elle avait eu gain de cause. Enfin, puisque Ismael connaissait Eladio, il n'était pas impossible que celui-ci pût lui apprendre certaines choses sur la WPA et le refuge de Parker.

Ils restèrent admiratifs devant les larges rues à la végétation épaisse, les balustrades brillantes, les grilles de fer forgé, les façades aux styles si variés du quartier. Le temps semblait avoir encore embelli ce vieux quartier de la bourgeoisie d'avant la révolution devenu aujourd'hui celui des diplomates, des hommes d'affaires étrangers et des pontes du gouvernement.

Ils se séparèrent une centaine de mètres plus loin, à hauteur de Veintidós, et Cayetano, après avoir vérifié que personne ne le filait, se dirigea vers la place Zapata. Il s'approcha du monolithe dressé à la gloire du héros mexicain et s'assit sur un banc de pierre pour lire *Granma*, à l'ombre des arbres.

— Ciabatta ? demanda une voix.

Un mulâtre athlétique, au visage large, le considérait avec curiosité, les yeux brillants.

— C'est moi, Eladio.

Tout en lui respirait la santé : tempes blanchies, grand front, pommettes saillantes et bras musclés. Quelque chose dans le regard et dans le sourire rappelait Kim. Il dépassait Cayetano d'une tête et ressemblait à un boxeur poids lourd qui avait quitté le ring en pleine possession de ses moyens.

— Je vous remercie d'être venu.

— Dans une série policière, à la télé, les espions se réunissent souvent ici, répondit Eladio en souriant. La vie ressemble parfois aux livres et aux films.

— C'est vrai, et la raison pour laquelle je suis venu vous voir vous paraîtra extravagante, enchaîna Cayetano en jouant avec une petite branche ramassée par terre. C'est un thème où se mêlent la réalité et la fiction, et qui ne vous est peut-être pas inconnu, la WPA.

Eladio poussa un soupir ennuyé.

— Qui vous a envoyé ? demanda-t-il d'un ton grave.

Il restait debout, à quelques pas du détective, les mains dans les poches, lançant des coups d'œil fréquents aux alentours, entre les arbustes. Son visage n'avait plus rien d'affable. Sous la *guayabera*, à hauteur de la ceinture, on devinait son arme de service.

— C'est sans importance. Je suis détective privé, j'habite au Chili et j'ai besoin de tuyaux sur la WPA.

— Et moi, en tant que fonctionnaire cubain, je ne peux me permettre de parler à tort et à travers avec un étranger.

— Je ne vous demande pas de me livrer des secrets. Je cherche un homme de la WPA, un certain Parker. Je veux savoir où il vit, c'est tout. Je me charge du reste.

Eladio croisa les bras, sur ses gardes. Son interlocuteur pouvait très bien être un provocateur. Cayetano estima que leur conversation devait être suivie par un autre Cubain, dissimulé dans les parages.

— Qui vous a donné mon nom ?

— Pourquoi mentir ? répondit-il, prêt à trahir sa promesse de la veille, car c'était la seule façon de faire céder cet homme. Ismael.

— Le salaud…

— Il ne vous veut aucun mal, seulement vous aider. Il m'a raconté, à propos de votre fille. Je suis désolé, Eladio, vraiment désolé.

Cela lui rappela, d'une certaine manière, ce qu'il avait vécu avec Vladimir Lobos. Eladio, lui aussi, était préparé à résister à une tentative de subornation ou de débauchage par l'ennemi, mais ne savait comment réagir face à un inconnu qui lui faisait part de ses condoléances pour la mort de sa fille. Casser les schémas bien rodés était un procédé généralement infaillible, songea le détective.

— Ismael a peut-être cru que cela vous plairait de connaître maintenant votre fille suédoise, ajouta-t-il.

— Qui peut se permettre de juger de ce qui me convient ?

— Si vous préférez, nous en restons là et nous oublions tout.

— Même si je voulais vous aider, Ciabatta, pour la WPA, je ne suis pas au courant.

— C'est malheureux. Soit les gens ne savent rien, soit ils ont peur d'en parler, répondit-il en introduisant la petite branche entre ses lèvres. Mais une chose est sûre : tant pour votre fille que pour moi, il est urgent de rencontrer ce Parker.

— Écoutez, j'ignore si vous êtes venu à Cuba pour me faire chanter, mais si c'est votre intention, vous n'y arriverez pas, prévint Eladio en élevant la voix. En outre, je n'ai pas la moindre envie de la voir, pas même maintenant. Ce n'est bon ni pour elle ni pour moi. Vous savez, avec les enfants, les rapports sont culturels avant d'être biologiques.

— Je ne comprends pas.

Eladio baissa les yeux vers le sol, sans répondre.

— Les enfants, c'est d'abord une affaire d'éducation et non pas d'origine, ajouta-t-il. La fille adoptive d'un couple peut devenir sa véritable fille et sa fille biologique, avec laquelle il n'aura eu aucune relation, se transformer en une ennemie féroce.

— Vous n'allez pas lui refuser le droit de vous connaître…

— Et moi, quels sont mes droits ?

— Bon, celui de garder une certaine distance, mais au moins, vous devez l'écouter.

— Cette fille existe à cause de la volonté exclusive de sa mère, qui l'a planifiée sans me prévenir. Elle s'est servie de moi, vous pigez ? En tant qu'homme, vous devez comprendre que, dans ce genre de situation, c'est toujours la femme qui tient la poêle par le manche.

— J'ignore les détails, avoua Cayetano.

Il supposa que cela faisait une éternité que son interlocuteur entretenait son ressentiment et qu'il ne l'avait partagé avec personne.

— D'ailleurs, je me demande pourquoi je vous raconte tout ça ! s'exclama soudain Eladio.

— Parce que, dans le fond, elle ne vous est pas indifférente, votre fille suédoise.

— Mais je ne sais rien de la WPA, insista-t-il, peu convaincu, avant de s'asseoir près du détective.

— Je vous pose la question pour la dernière fois. Je ne vais pas non plus vous supplier d'agir dans votre intérêt : cela vous intéresse-t-il de voir Kim, oui ou non ?

— Je ne désire pas la voir, ce qui est différent.

— Elle est ici. Un geste, et elle arrive.

— Vous me croyez assez con pour rencontrer un inconnu clandestinement sans prendre mes précautions ? C'est vous-même qui l'avez amenée.

— Je l'appelle, oui ou non ?

— Non. Je ne veux pas la voir. Je ne veux pas qu'elle soit blessée par mon indifférence.

Cayetano décida alors d'abattre sa carte maîtresse. Il détacha chaque syllabe, conscient de jouer très gros et du risque de paraître peu scrupuleux.

— Si vous ne voulez pas que Kim souffre davantage, aidez-nous.

— Comment ?

— La WPA nous a menacés de mort, tous les deux.

Il lui raconta en détail ce qu'ils vivaient et, à voir son regard préoccupé, comprit que ses paroles n'avaient pas été vaines.

— Le mieux est de tout laisser tomber, suggéra Eladio. Ces gens ne plaisantent pas.

— C'est vous, à l'âge que vous avez, alors que vous continuez à soutenir votre leader, qui me demandez de renoncer à la seule chose qui me reste, ma dignité ? Allons, Eladio, je n'ai pas d'autre choix que de sortir par la grande porte, sinon, j'aurai trahi Agustín, renoncé à la vérité et demeurerai leur otage perpétuel.

— Ça sonne bien, oui, Ciabatta, mais il faut savoir faire des concessions.

— C'est pour cela que vous êtes fidèle à cette révolution en plein naufrage ?

— S'il ne vous reste que la dignité, moi, je n'ai d'autre choix que d'être fidèle à mes idées, avoua Eladio en baissant la tête. C'est la seule chose que j'emporterai dans la tombe. Les idéaux qui me lient à cette révolution. Elle ne m'a rien rapporté.

Cayetano recracha sa brindille.

— Donnez-moi les coordonnées de Parker, revint-il à la charge. Il pourra me dire pourquoi Agustín Lecuona s'est rendu au Chili.

— À moins que personne ne le sache jamais. Vous n'avez pas compris que la WPA est intangible. Vous avez déjà essayé d'attraper le vent ? C'est ça, la WPA, un ouragan. N'importe laquelle des entreprises qui lui sont affiliées est plus puissante que le Chili.

— J'ai besoin de tuyaux pour retrouver Parker. C'est un ancien agent cubain, je le sais.

Eladio éclata de rire.

— Ça aussi, il vous l'a dit, Ismael ? s'écria-t-il, incrédule. Cette île n'est même plus foutue de garder ses secrets ! Parker, j'en ai entendu parler, parce que la WPA, on s'en occupe depuis pas mal de temps. Mais je tiens à vous prévenir, elle ne possède ni archives, ni statuts, ni représentants. Et personne ne saurait comment trouver Parker.

— Pas même à Chicago ou à Francfort ?

Eladio leva les yeux et, entre les arbustes, au-delà des véhicules qui passaient sur la Quinta Avenida, il aperçut une grande fille bronzée qui approchait sous l'ombre des hibiscus centenaires. Il comprit qu'elle ne tarderait pas à les rejoindre et, avant de filer, il déclara :

— Parker ne travaille plus pour la WPA. Il a pris sa retraite et vous n'avez aucun moyen de mettre la main dessus. Vous et Kim, je vous conseille plutôt d'aller vous planquer dans l'archipel suédois, ou chez les Samis.

11

Après avoir décollé de l'aérodrome de Varadero et survolé la mer des Caraïbes à bord d'un avion à hélice appartenant à une compagnie pirate, Cayetano et Kim atterrirent à Cancún et empruntèrent un taxi jusqu'à Playa del Carmen. Durant le trajet, ils admirèrent, subjugués, la beauté du paysage que traverse la route côtière : d'un côté, l'immensité émouvante d'une forêt tropicale impénétrable, avec de-ci de-là un temple maya émergeant de la végétation, de l'autre, les superbes plages désertes où viennent mourir tranquillement des vagues tièdes couleur turquoise.

Ils s'installèrent dans un des bungalows construits près de la place du village, d'où ils apercevaient la mer et, à l'horizon, l'île verdoyante de Cozumel. Tandis qu'ils attendaient de déjeuner, buvant un margarita sous un toit d'adobe, dans une ambiance de salsa et une odeur de poisson et de crustacés cuits à la braise, Cayetano dut admettre qu'il n'était pas sûr que Parker vécût dans cette crique de sable blanc et de cocotiers. Cependant, à La Havane, pourchassés comme ils l'étaient par les fonctionnaires cubains et les tueurs, il n'avait eu d'autre choix que d'espérer que Playa del Carmen serait le lieu indiqué pour retrouver l'homme de la WPA.

— Dites-moi, mon ami, est-ce que les *gringos* ont un endroit particulier où ils se rencontrent ? demanda-t-il au garçon alors qu'ils digéraient le pagre qu'on leur avait servi en profitant de la brise artificielle des ventilateurs, tandis que les villageois se promenaient sur le boulevard, indifférents au soleil implacable de midi.

— Il y a le *Casablanca,* la cafétéria de Cindy Rollins, une Texane, répondit l'homme en fourrant dans sa poche le pourboire du détective. S'ils se retrouvent quelque part, c'est là-bas. C'est à une centaine de mètres, señor. Impossible de le rater.

Il bouillait d'impatience à l'idée de rencontrer Parker, car son destin en dépendait. Si l'homme vivait à Chicago, à Paris ou à Francfort, il était perdu. Il regarda Kim, assise à côté de lui. Elle semblait observer les passants du boulevard mais il savait qu'elle n'avait pas encore récupéré après le choc subi dans le parc Zapata, où elle avait vu son père discuter avec le détective. Elle aurait voulu immobiliser le temps pour graver à jamais les gestes d'Eladio, sa manière de se tenir debout, jambes écartées, et de hausser les épaules, comme un boxeur, son allure puissante, et son expression déconcertée quand il l'avait vue approcher au loin. Car, machinalement, elle s'était laissé porter par son enthousiasme et avait marché vers cet homme qu'elle désirait tant embrasser depuis l'enfance.

Mais à peine avait-il reconnu la jeune femme couleur cannelle, à la longue chevelure noire, qui traversait la Quinta Avenida, qu'Eladio, pris de panique, avait filé à toutes jambes par la rue Veintiséis en direction de la Séptima Avenida.

Quand Kim surgit, tremblante, bouleversée, les yeux humides, cherchant la silhouette de son père qui, au loin, grimpait dans une Coccinelle qui semblait l'attendre depuis un moment, Cayetano n'avait pas quitté son banc, gardant le regard baissé.

— Pourquoi ? avait-elle sangloté en s'accrochant au bras du détective. Mais pourquoi ?

Il fut incapable de répéter à la jeune fille ce qu'Eladio lui avait confié.

— Laisse-le s'en aller, trouva-t-il seulement à dire. Il est vieux, il est usé, et il ne croit plus en rien.

Non, il ne comprendrait jamais les méandres de l'âme féminine, songea-t-il alors qu'ils se dirigeaient vers le *Casablanca*, où ils avaient l'intention de s'offrir un café après les digestifs bus sous le toit en adobe. Il s'agissait en fait d'un vieux garage situé dans une petite rue qui débouchait sur la mer. Il était joliment aménagé en cafétéria : murs blancs, sol de céramique rouge et, sur le comptoir, une cloche de verre offrant brownies et muffins. Dans un angle, on voyait une étagère avec des livres défraîchis, et, près d'un réfrigérateur des années cinquante, un ordinateur connecté à Internet.

Ils s'installèrent à une table sur le trottoir, à l'abri d'un parasol Coca-Cola, et commandèrent des cafés glacés. Quand Cindy apporta leur commande, ce fut Kim qui parla :

— Nous cherchons un vieil ami, un Américain qui s'appelle Parker.

— Parker ? Le seul Parker que je connaisse à Playa del Carmen est à moitié allemand, répondit la patronne en séchant ses mains sur son tablier. Parker comment ?

— Roger Mike Parker.

— Oui, c'est lui. Il est allemand.

Kim lança un regard étonné à Cayetano, mais celui-ci confirma, satisfait.

— Où pouvons-nous le trouver ? demanda-t-il.

— Vous êtes journalistes ?

— De vieux amis de Miami.

— Son numéro doit être dans l'annuaire. De toute façon, il vient déjeuner ici vers neuf heures. Café au lait et un *bagel* au fromage. Son emploi du temps est aussi bien réglé que celui d'Emmanuel Kant, le pauvre.

— Le pauvre ? Pourquoi donc ? s'enquit Cayetano.

— Vous savez, je l'ai connu dans la force de l'âge, costaud, bel homme. Maintenant, il est maigre et faible, pratiquement sans défense.

— Il est malade ?

— Oui, et une vraie saleté, à mon avis. Mais bon, la vie, c'est comme un sablier : à tout moment ça s'interrompt, ça repart et ça s'arrête pour de bon, répondit Cindy avant de retourner à l'intérieur.

12

Roger Mike Parker fit ce qu'il avait promis par téléphone : ce soir-là, il attendit Cayetano à une table disposée sur le trottoir du *Casablanca*. Il lisait un roman de John Le Carré, devant une bière. La brise apportait les notes de la guitare de Django Reinhardt et du violon de Stéphane Grappelli, diffusées par des haut-parleurs invisibles entre les livres d'une étagère.

— Vous, c'est la première fois que je vous vois, déclara Parker en serrant la main du détective.

Celui-ci s'installa, alluma une cigarette qui lui rappela les recommandations du Dr Müller et observa les feux des barques de pêcheurs aux prises avec la chevelure noire des flots. Mais cette vision paradisiaque ne parvint pas à atténuer le choc que provoquait en lui le visage presque momifié de Parker.

— Moi non plus, je ne savais pas grand-chose de vous, avoua Cayetano après avoir commandé un margarita à Cindy qui, avec ses yeux sombres et ses hautes pommettes d'Asiatique, ressemblait à Patricia Highsmith, un de ses auteurs favoris.

— Si vous avez l'intention de me faire chanter pour que je continue à bosser pour vous, sachez que rien ne pourra m'y obliger : enregistrements, photos, vidéos, fric, que dalle ! répondit Parker, sur la défensive.

Il était évident qu'il le prenait pour un agent cubain.

— Au point où j'en suis, rien ne peut m'atteindre.

Brulé lui donna la soixantaine. Il était de ces Américains élancés, tout en os, avec une petite tête, une grosse mâchoire et les cheveux blancs, qui s'expriment d'une voix nasale et caverneuse et s'habillent comme des adolescents. Mais ce qui frappait surtout, ce n'étaient ni ses traits ni son bermuda bigarré, pas même son T-shirt orné d'un Pokémon ou ses mocassins blancs, mais ses minuscules yeux gris qui apparaissaient à peine entre les paupières plissées.

— Roger, je ne m'intéresse qu'à certaines choses bien précises. C'est la raison de ma venue. Je n'ai aucun lien avec les Cubains dont vous parlez.

— Vous ne m'avez pas dit que vous veniez de la part de Wenceslao ? Comment il va, celui-là ?

— Il a été viré depuis des lustres, pour des histoires de malversations. Il m'a confié que vous aviez travaillé ensemble…

Parker caressa lentement son verre de bière et, après en avoir avalé une gorgée, déclara :

— Il y a longtemps, et je n'ai pas l'intention de retravailler avec vous, Ciabatta.

— Roger, écoutez-moi…

— N'essayez pas de me mettre la pression. J'ai collaboré pendant des années, ça suffit. Aujourd'hui, je n'attends que la mort, dans mon refuge, et je veux être tranquille, sans risquer que la CIA ou le FBI ne découvrent ce que j'ai fait. J'ai été un simulateur et je mourrai dans la peau d'un simulateur.

— Mon affaire est très simple.

— Je vais vous parler sans fioritures, dit-il en levant ses mains aux articulations noueuses. On m'a trouvé une maladie incurable et il ne me reste que quelques mois à vivre. Je n'ai aucune famille et rien ne peut m'obliger à continuer à collaborer.

Cayetano faillit lui dire que la proximité de la mort libérait de beaucoup de choses apparemment importantes, qui semblaient soudain futiles, mais il ne put s'empêcher de penser que, à cette minute, Parker le considérait comme un envoyé des services de renseignements cubains. Il fallait le convaincre du contraire, car être parvenu jusqu'à Playa del Carmen grâce à Wenceslao ne plaidait pas en sa faveur.

— Je ne suis pas un agent cubain, répéta-t-il dès que Cindy se fut éloignée après avoir posé sur la table un verre de margarita de la taille d'un pot de fleurs. Je suis en cavale et la seule raison de ma présence ici, c'est que j'ai besoin de votre aide.

Les minuscules yeux couleur de brume de Parker rapetissèrent encore.

— Parce que ce n'est pas Wenceslao qui vous envoie ?

Cayetano expliqua la succession des événements depuis le coup de téléphone initial d'Agustín Lecuona. Parker l'écouta sans broncher, le regard méfiant. Enfin, quand l'ancien collaborateur de la WPA eut posé quelques questions gênantes, bien dans la manière retorse d'un enquêteur professionnel, à propos de détails qui lui paraissaient suspects, il commença à s'amadouer.

En face, l'île de Cozumel était une simple bande illuminée posée au milieu de la mer des Caraïbes, et du

Casablanca provenait une chanson du groupe Abba, ce qui ne manqua pas de rappeler à Cayetano les bars de Gamla Stan et la peau douce et parfumée de Kim. Quoi qu'il advienne, songea-t-il, le monde continue à tourner.

— Pourquoi vous mentir ? C'est moi qui ai révélé à Lecuona l'existence de l'opération *Delenda est Australopithecus*, admit soudain Parker en achevant sa troisième bière.

Cayetano ne s'attendait pas à une confession aussi brutale.

— Et, d'après ce que vous me dites, aujourd'hui je suis en quelque sorte un peu responsable de sa mort et des ennuis que vous connaissez.

Que Parker considérât les choses de cet œil-là n'était pas pour déplaire au détective, qui en profita pour poser une question :

— Pourquoi Lecuona est-il remonté jusqu'à vous ?

— Très simple : c'est moi qui l'ai choisi et qui l'ai fait venir car je pensais qu'il était de mon devoir de dénoncer la WPA avant de mourir. Je suis sûr que j'ai contracté ma maladie quand j'ai convoyé dans un petit avion des substances toxiques destinées à des plantations d'Amérique centrale. Nous déversions des preuves à charge et puis quelqu'un s'occupait d'exiger une enquête de terrain… J'ai accompli de nombreux voyages avant d'intégrer le secrétariat de la WPA. Je suis pilote et c'est au cours de mes expéditions clandestines que j'ai inhalé toutes ces saloperies. Il y a peu, quand on a découvert que j'étais condamné, la WPA m'a foutu dehors comme un chien…

— Procédons par étapes, dit Cayetano en essayant de mettre de l'ordre dans ses idées, car il se trouvait face à l'homme dont tout était parti. Pourquoi Agustín était-il le mieux placé pour vous venger ? Car il s'agit bien de cela, n'est-ce pas ?

— La WPA s'est débarrassée de moi alors que je venais de prendre connaissance de certains aspects particuliers de l'opération *Delenda est Australopithecus*. De la dynamite. N'importe quel autre journaliste aurait pris peur ou aurait cherché à transiger avec la WPA en arguant de ce qu'il savait. Lecuona était l'homme indiqué car il ne me trahirait pas ni ne céderait. On ne pouvait l'intimider et il avait besoin d'un coup d'éclat pour devenir célèbre.

— Mais comment le connaissiez-vous ?

Parker expliqua qu'au moment où il avait appris que ses jours étaient comptés, il avait ouvert le dossier de la WPA sur les journalistes. Il y en avait des centaines dans le monde entier, certains régulièrement payés, d'autres susceptibles de l'être. L'organisation disposait d'une fiche privée et professionnelle sur chacun d'eux. Elle s'en faisait des alliés en leur offrant des voyages et de l'argent. Mais Lecuona n'avait pu être recruté. Il tenait trop à son indépendance.

— Il connaissait donc déjà l'existence de la WPA, conclut Cayetano. Qui est celui qui n'avait pas réussi à l'engager ?

— Un de ses proches, je crois.

Le détective effila les pointes de ses moustaches, l'esprit aux aguets.

— Un certain Cisneros, peut-être, Ramón Cisneros ?

— C'est possible. Quoi qu'il en soit, cette personne appartenait à son entourage et avait des liens avec l'organisation.

Le détective crut comprendre pourquoi Lourdes avait soudain abandonné l'enquête. Ramón avait pu l'y obliger, ce qui prouvait son implication dans l'affaire, d'une manière ou d'une autre. Rien d'étonnant, puisqu'il semblait avoir beaucoup investi dans les cultures fruitières de Californie.

— Jusqu'à quel point avez-vous détaillé le plan à Lecuona ?

— Je lui ai fourni des informations générales, confirmant que la WPA développait ces actions afin de protéger les intérêts de ses associés dans le monde. Mais je l'ai aussi prévenu que le plan n'était pas l'essentiel. L'élément clef est le manuel qui décrit de quelle manière concrète et ciblée l'organisation agit au cas par cas.

— Pourquoi Agustín est-il allé au Chili ?

Une grimace de surprise et de déception défigura les traits malades de Parker. Il semblait gêné de parler avec quelqu'un d'aussi mal renseigné.

— Parce que le projet *Delenda est Australopithecus* fait référence à ce pays. Il décrit le processus à suivre pour le détruire, comme il a existé et il existe des plans destinés à perturber l'économie d'autres nations.

Parker était peut-être atteint de *delirium tremens* à cause de sa maladie, ou bien c'était un affabulateur de génie, cependant le détective ne devait pas oublier qu'il ne s'adressait pas à un agent des services secrets cubains en train de fantasmer sur la WPA mais à un de ses anciens employés, un homme du sérail.

— Comment est-il possible de ruiner un pays, Roger ?

— Je m'étonne d'une telle naïveté, de la part d'un détective privé.

— Chaque enquête m'en apprend un peu plus, répondit Cayetano d'un ton modeste.

Il observa ensuite Cindy qui agitait un shaker derrière le comptoir au rythme d'une musique de Django Reinhardt. Ce qu'il jouait bien, le monstre, malgré ses deux doigts manquants !

— Un margarita, ça vous dirait ?

— À cause de ma maladie, je n'ai même pas droit à une bière, bredouilla Parker, perdu dans ses pensées. Mais à quoi bon ne pas profiter des derniers jours de sa vie ? Pour afficher une vertu vide de sens ?

— Allez, un margarita ne vous fera pas de mal.

C'était assez ignoble de tenter de l'enivrer, mais Cayetano avait besoin d'un maximum d'informations. Il se souvint d'avoir lu dans un des textes littéraires de Lourdes qu'il était impossible d'avancer sur le chemin de la connaissance sans se salir les mains. Eh bien, il se les salissait.

— Vous me disiez que la WPA détruisait des pays…

— Parfaitement ! s'exclama Parker d'un ton empreint de gravité, et ses yeux rapetissèrent. C'est vraiment curieux que vous, si malin, ne vous rendiez pas compte de ce qui se passe sous votre nez.

— Je ne comprends toujours pas.

Parker éclata d'un rire méphistophélique et attendit que Cayetano eût commandé les margaritas.

— Ne vous êtes-vous pas étonné que le Liban, après avoir été le centre financier et commercial du Moyen-Orient, se soit transformé en un champ de ruines ? demanda-t-il. N'est-ce pas surprenant que Montevideo ait connu une guerre civile entre Tupamaros et militaires alors qu'elle était devenue le centre financier de l'Amérique latine ? N'est-il pas bizarre que, à partir de l'ère castriste, Cuba, qui était le principal pôle touristique de la région, ait pratiquement disparu des Caraïbes ? Enfin, ne vous êtes-vous jamais demandé pourquoi les différents gouvernements mexicains appuyaient le régime socialiste cubain au moment même où les chaînes hôtelières internationales construisaient des stations balnéaires sur la côte caraïbe du Mexique ?

— J'avoue que ça laisse rêveur…

— Et est-ce vraiment un hasard si la ville de Panamá a été bombardée et envahie par les troupes américaines, sous prétexte d'arrêter Noriega, alors qu'elle était devenue le centre commercial et financier majeur d'Amérique centrale, autant dire l'héritière de Montevideo ?

Cayetano souffla la fumée par le nez et contempla les lumières des barques qui étaient en mer. Les haut-parleurs du *Casablanca* diffusaient maintenant *Who'll Stop the Rain* de Creedence Clearwater Revival.

— Chaque fois qu'on sort du rang, on a des ennuis… murmura-t-il.

— Aujourd'hui, c'est Miami qui a remplacé Montevideo et Panamá. Et Miami est la principale destination touristique de la région, elle tient le rôle de La Havane avant 1959. Oui, Miami est la capitale de l'Amérique latine, ajouta Parker. Elle a même supplanté Buenos Aires. La fortune de Miami s'est bâtie sur les échecs des rivales latino-américaines.

— C'est intéressant.

— Et, si ça ne vous suffit pas, vous n'avez pas l'impression que l'effondrement soudain des économies des pays du Sud-Est asiatique, qualifiées naguère d'exemplaires, est révélateur ?

— Allons, Roger, ne soyez pas aussi manichéen pour expliquer la politique internationale.

— Une chose est sûre : on aide certains pays quand ils vont mal, le Japon et l'Italie, par exemple, mais d'autres, en Amérique du Sud ou en Asie, on attend qu'ils s'écroulent pour ramasser les morceaux. Quand vous marchez sur les pieds d'un mammouth, il ne tarde pas à vous envoyer des coups bas.

— C'est la CIA qui est derrière tout ça ? demanda Cayetano.

Si tel était le cas, il n'avait aucune chance de s'en tirer.

— La *compañía* a d'autres chats à fouetter, assura Parker, désinvolte. Ils connaissent l'existence de la WPA, parfois leurs chemins se croisent, mais la WPA défend les intérêts des multinationales et non pas des gouvernements. Vous ne me croyez pas ? Vous pensez que je délire ?

— Non, ça m'a l'air d'être drôlement au point et de procéder d'une logique certaine, bredouilla Cayetano.

Ils prirent le temps de savourer leurs cocktails.

— La WPA est un comité informel où on retrouve les représentants des entreprises qui dominent les marchés mondiaux, poursuivit Parker. La WPA est l'âme damnée d'un capitalisme qui se méfie de la libre concurrence, ou du moins d'un capitalisme convaincu que seuls les pays riches doivent avoir accès au gâteau de la mondialisation. Ne soyez pas surpris, il en a toujours été ainsi.

— Y compris pendant la guerre froide ?

— Quand le monde était divisé en deux blocs, la WPA était le chevalier qui volait au secours du libre-échange. Mais, si elle s'immisçait dans les zones sous influence soviétique, les troupes du pacte de Varsovie intervenaient, ou l'armée cubaine. Vous ne vous souvenez pas de l'Angola ? La WPA, qui avait soutenu son accès à l'indépendance pour s'emparer de son pétrole et de ses diamants, a échoué à cause du général Arnaldo Ochoa…

— Maintenant, j'ai l'impression que vous voulez me faire croire que cette organisation ne joue pas un rôle si négatif, fit remarquer Cayetano en passant l'index sur le bord salé de son verre avant de le porter à sa bouche.

— Non, mais on ne saurait nier les faits. La WPA assure le maintien d'un équilibre global et évite les ruptures brutales. C'est une entité régulatrice, qui veille sur la stabilité du monde et, bien sûr, elle envoie l'addition aux « jeunes coqs ».

— Dont le Chili ?

— Ce pays s'est mis à marcher sur les plates-bandes de beaucoup de gens importants, mon ami, dit-il, abordant un thème qui semblait le passionner. Il a fait une irruption en force dans des secteurs où les grands producteurs manquent d'humour : fruits, saumon, bois, vin, armes, enfin. Maintenant, il a décidé de devenir un pôle financier en Amérique du Sud. Je ne crois pas qu'il y parvienne, rappelez-vous Montevideo et Panamá. Il sera mis en pièces avant.

À entendre cela, le détective n'arrivait pas à s'expliquer deux choses : la facilité avec laquelle le monde se laissait manipuler et l'incapacité des pays pauvres à détecter les menaces au coin de la rue.

— Ne le prenez pas mal, mais seuls les États puissants abordent ces questions avec le sérieux requis. Ils préparent vraiment des scénarios pour les années 2050 ou 2100. Les autres considèrent que c'est de la politique-fiction, y compris l'affaire qui nous occupe, sous ce ciel tropical. Les politiques latino-américains ignorent que le présent a été dessiné il y a des dizaines d'années par les grands de ce monde.

— Le Chili est donc sur la liste noire de la WPA à cause de ses ambitions de « jeune coq »...

— Cela ne date pas d'hier. C'est la raison du *Delenda est Australopithecus*. Soyez certain que les enlèvements d'hommes d'affaires, les rébellions indigènes, les grèves dans les secteurs qui exportent et les protestations contre le dumping qu'ils pratiquent font partie du plan de déstabilisation. Vous allez voir un peu quand l'Union européenne commencera à brandir le respect des normes écologiques, de la législation du travail, du droit syndical et des populations...

— Ne soyez pas simpliste, Roger. Ces révoltes ont des origines sociales et historiques profondes, protesta Cayetano. Ne réduisez pas les problèmes réels du pays aux conséquences du travail de sape d'une conspiration internationale.

Parker se croisa les mains sur le ventre, l'air ennuyé.

— Je n'ai pas envie d'entrer dans les détails, mon ami. Vous savez qu'on peut toujours jeter de l'huile sur le feu, et à la WPA, croyez-moi, ce n'est pas le bois, le charbon ou l'essence qui manquent. Allons plutôt nous promener sur la plage. La nuit est superbe et, si nous marchons lentement, cela me fera du bien. Vous venez ou vous n'avez plus confiance ?

13

Ils marchèrent pieds nus sur le sable humide et frais tandis que les vagues revenaient sans cesse inonder les roches, faisant naître un fort parfum d'algues. Au loin, les lumières des embarcations se confondaient avec les lucioles et avec celles de Cozumel.

— Vous avez été agent cubain, murmura Cayetano. Pourquoi, alors que vous aviez déjà tout ?

— Cela vous semblera peut-être bizarre, mais j'ai collaboré avec eux pour me mettre en accord avec ma conscience, répondit Parker, le regard tourné vers Cozumel.

— Il aurait mieux valu les dénoncer.

— Je n'ai jamais été un kamikaze.

Ils continuèrent à longer le rivage et Parker expliqua que son travail de secrétaire à la WPA lui avait permis d'assister aux réunions du comité exécutif et, par conséquent, de prendre connaissance des protocoles de déstabilisation et de destruction des secteurs productifs et rentables des pays en voie de développement. Et c'est ainsi qu'il avait peu à peu pris ses distances avec la « philosophie » de la WPA.

Avant de passer à l'action, on organisait toujours une campagne de presse. Si elle ne parvenait pas à faire diminuer les ventes de la concurrence, la WPA, grâce à ses contacts dans les cabinets gouvernementaux et dans les organisations internationales du commerce, intentait des actions en justice destinées à relever les tarifs douaniers appliqués à ces produits. Au cas où cela ne donnait pas le résultat escompté, on passait à l'étape suivante, la déstabilisation des économies rivales à partir d'opérations telles qu'enlèvements, attaques à main armée, attentats terroristes, et pseudo-affrontements entre narcos. Mais il n'y avait rien là-dedans d'artificiel, expliqua Parker au moment où ils s'arrêtèrent pour lui permettre de reprendre son souffle, car la WPA se contentait d'activer, par l'argent ou grâce à des hommes infiltrés, les foyers potentiels de conflit dans les pays choisis.

— Mais vous avez dû comprendre depuis le début où vous mettiez les pieds, remarqua Cayetano. Ne me racontez pas que vous l'avez découvert récemment.

Un paquebot, blanc et illuminé, s'éloigna du môle, à destination de Cozumel.

— Au début, j'étais fasciné à l'idée d'être à ce niveau de décision, avoua Parker, sa voix en partie couverte par le bruit des machines du navire. Tout le monde aurait réagi comme moi, mais j'ai fini par être écœuré, et c'est pour cela que j'ai accepté de travailler avec les Cubains. Sauver le capitalisme était le dernier de leurs soucis, évidemment, mais ils voulaient savoir ce qui se passait, rien de plus.

— Vous souvenez-vous du moment précis où vous avez rompu, émotionnellement parlant ?

— Oui, à l'époque où nous avons orchestré une campagne contre les fleurs importées de Colombie, qui devenait un concurrent sérieux pour la Hollande. Les Colombiens croyaient au libre-échange et ils avaient investi des millions de dollars dans les cultures florales. Ils produisaient des fleurs de grande qualité à des prix imbattables. Les Hollandais étaient menacés…

— Et alors ?

— La WPA a commencé à envoyer des coups bas : nous avons invité des leaders syndicaux colombiens pour leur permettre de découvrir dans quelles conditions travaillaient leurs pairs en Hollande et nous avons dénoncé l'usage des pesticides en Amérique latine ainsi que les bas salaires versés aux cueilleurs.

— Et les consommateurs ont suivi ?

— Chez les fleuristes européens, nous avons mené une campagne d'affichage prévenant que chaque achat d'une fleur colombienne renforçait l'exploitation des paysans pauvres et nous avons lancé le bruit que les investissements dans l'industrie florale provenaient d'argent sale.

— Je comprends.

— Nous sommes parvenus à nos fins. Des membres de la WPA ont pu racheter quelques sociétés colombiennes, d'autres ont fermé, et celles qui survivent ont augmenté leurs tarifs et ne constituent plus une menace pour les Hollandais. Finalement, les gens de ce secteur en Colombie se sont retrouvés sur la paille et même l'argent des narcos a quitté le pays. Vous savez où elles se trouvent, ces fortunes ?

— Aucune idée.

— Dans les banques du Nord, bien sûr, mon ami. Avez-vous déjà entendu parler de la fermeture d'une grande banque sous prétexte qu'elle aurait reçu des fonds d'origine douteuse, ou de l'arrestation d'un gros poisson, d'un très gros poisson, aux États-Unis ou en Europe occidentale ? Ne me racontez pas que vous croyez que les seuls millionnaires concernés étaient des types comme Pablo Escobar, les frères Orejuela ou le « maître des cieux », tous Sud-Américains, évidemment ? Ne pensez-vous pas qu'il existe au moins un très gros poisson américain, allemand ou français ?

Le navire fut englouti dans l'obscurité, ne laissant derrière lui qu'un sillage d'écume.

— Au Chili, un jour, ils ont utilisé du raisin empoisonné, ajouta Parker, songeur.

Le détective s'en souvenait. Cela datait des années quatre-vingt. Beaucoup avaient interprété cette découverte incroyable – quelques grappes empoisonnées dans un chargement à destination des États-Unis – comme une pression de Washington sur Augusto Pinochet afin qu'il rétablisse la démocratie. Mais Parker proposa une autre explication. Le plan n'était pas né derrière les murs de la CIA, à Langley, mais au cours d'une réunion secrète de la WPA à Zurich.

— Que sont-ils prêts à faire, aujourd'hui ? demanda Cayetano.

L'apparition d'une étoile filante lui donna le sentiment, si irrationnel fût-il, que tout finirait bien.

— Bientôt, ils peuvent annoncer que l'alimentation qu'on donne aux saumons chiliens est cancérigène ou contamine les eaux, ou que le bois chilien provient de forêts dont les Mapuches ont été expropriés, et que les saisonniers qui cueillent les fruits manquent de protection sociale. Bref, ils ont le choix des arguments, réels ou imaginaires, s'ils veulent détruire un concurrent.

Brulé alluma une cigarette.

— Mais je ne parviens pas à croire que la WPA ne dispose d'aucun siège.

— La WPA est comme un mail sur Internet. Où se trouve-t-il, matériellement, le message que vous pouvez consulter à Valparaíso, Playa del Carmen ou New York ? Le problème, mon ami, n'est pas de savoir d'où opère cette organisation, mais ce qu'elle fait et quels sont les intermédiaires qu'elle utilise.

— Cela explique qu'elle ne laisse pas de traces.

— Elle agit en coulisse, simplement, répondit Parker. Les ombres de la nuit accentuaient les traits émaciés de son visage long et anguleux.

— Elle se sert de journalistes, de groupes écologistes, d'hommes d'affaires, de syndicalistes ou d'instituts de sciences sociales ou de recherche.

— Comment peut-elle les employer à son profit sans qu'ils s'en doutent ?

— Grâce à ses agents ou à des subventions, elle infiltre des institutions qui regroupent des gens de bonne foi ou des idéalistes, puis oriente leurs activités afin d'exacerber les conflits là où cela lui sera utile.

— Vous êtes en train de me dire que les Mapuches sont instrumentalisés ?

— Avec la WPA, on ne sait jamais, répondit-il, énigmatique. Mais cette histoire a des échos dans la presse étrangère. Ça ne vous paraît pas bizarre que, pendant des siècles, personne en Europe ne se soit jamais soucié des Mapuches et que maintenant, au moment où leurs terres ancestrales sont exploitées par l'industrie forestière, on voie surgir un mouvement de solidarité en leur faveur ? Quelle merveilleuse coïncidence, ne trouvez-vous pas ? Dans ce genre d'affaires, rien n'est laissé au hasard.

— Bon sang, Roger, tout le monde vous dira que les revendications mapuches sont anciennes et justifiées !

— Je ne juge pas de leur bien-fondé, répondit-il en respirant avec difficulté. Je prétends qu'elles sont alimentées et encouragées de l'étranger. L'Europe, cher ami, est plus vieille que l'Église catholique, et elle sait comment s'y prendre. Ne vous semble-t-il pas incroyable que cinq siècles après l'arrivée des Européens en Amérique, qui fut à l'origine du plus grand génocide de tous les temps, ce soit une académie européenne qui décerne un prix Nobel à une indigène guatémaltèque[1] ? C'est pas un peu mesquin, comme réparation ?

Ils dépassèrent le môle et arrivèrent aux rochers, à l'endroit où la plage semblait moins large. Des gens dînaient sur une terrasse, sous le ciel étoilé.

Parker lui demanda une cigarette.

— Ni les membres de ces institutions écologiques ni les leaders syndicaux ne se rendent compte qu'ils font le jeu des autres, ajouta-t-il. On les flatte, on les tient par des invitations à des conférences européennes ou des aides financières obtenues auprès des organisations internationales, mais ils ignorent les conséquences objectives de leurs actions, comme dirait un marxiste.

— Qui coordonne les activités de la WPA au Chili ?

Parker s'inclina pour allumer sa cigarette à l'allumette que lui tendait Cayetano.

— Son nom ne vous aidera guère.

— Cela dépend.

— Il y a un type à Santiago qui s'appelle Frosch. Sa société est une façade.

— Frosch est l'homme de la WPA au Chili ? s'exclama Brulé, interloqué.

1. Rigoberta Menchú, Indienne maya, Prix Nobel de la paix en 1992. *(N.d.T.)*

Soudain, il comprenait mieux pourquoi l'Expedition rôdait autour de l'*Azul profundo*, la nuit du crime.

— C'est lui qui organise la campagne de déstabilisation du pays ?

Parker se contenta de contempler d'un air satisfait le bout rougeoyant de sa cigarette.

— Qui *l'articule*, ce n'est pas pareil. Je suppose qu'il distribue des fonds aux organisations écologiques, syndicales, ou qui défendent les minorités ethniques. Il les fait inviter à l'étranger et puis il les manipule en fonction des intérêts de la WPA. Mais, comprenez-moi bien, souligna-t-il – et il aspira une bouffée, manifestement heureux –, il utilise ces idéalistes sans qu'ils s'en doutent le moins du monde.

Il était évident que Lecuona avait été assassiné parce qu'il s'apprêtait à dénoncer le plan *Delenda est Australopithecus*. Pour avancer dans son enquête, Brulé avait besoin que Parker lui révèle le contenu de ce document.

— Comment pourrais-je obtenir une copie de ce plan ? demanda-t-il.

— Ce n'est pas le plan qu'il faut trouver, mais le manuel qui explique comment il sera mis en pratique. Lecuona possédait une partie du plan, c'était déjà un bon point de départ. Mais c'est grâce aux manuels qu'on apprend quelles sont les mesures concrètes appliquées contre un pays. Cependant, si on peut se procurer un manuel, il n'est pas très utile, parce que tout est rédigé dans un langage hermétique.

— Il est vrai que ce plan a un nom bizarre.

— La WPA adore les noms fantaisistes pour ses opérations et je crois d'ailleurs me souvenir que Frosch est un passionné de littérature et d'histoire. Il ne m'étonnerait pas qu'il utilise son savoir pour coder ses messages. Surprenant, non ? On a du mal à imaginer qu'un être raffiné soit capable de concevoir des actes criminels. Quant à ce qui arrive au Chili, il est évident que cela procède d'une entreprise délibérée. Je doute que vous soyez capable d'obtenir le manuel et de le déchiffrer. À votre place, j'y réfléchirais à deux fois avant de poursuivre l'enquête...

14

Le lendemain, ils se retrouvèrent au *Casablanca* pour le petit déjeuner – café au lait et bagels, plus des œufs frits pour Cayetano. Un cybernaute travaillait sur l'ordinateur mis à la disposition de la clientèle.

— J'ai beaucoup réfléchi à notre conversation d'hier, dit Parker, l'éditorial de l'*International Herald Tribune* sous les yeux. Et, bien que vous soyez en train de vous jeter dans la gueule du loup, je vous aiderai, pour tranquilliser ma conscience, si vous voulez. J'ai appris par un de mes contacts que, il y a quelque temps, la WPA s'était inquiétée du détournement de certains documents.

Parker ferma le journal et observa ses mains comme s'il les voyait pour la première fois. Puis ses yeux gris fixèrent ceux de Cayetano.

— Mais les choses se sont calmées, et le danger est écarté, Cayetano Brulé.

Entendre son nom suffit à déconcerter le détective. La veille, il avait utilisé sa fausse identité, et Parker l'avait cru. D'où sortait-il son vrai nom, maintenant ?

— Je me suis renseigné cette nuit auprès d'une personne qui est toujours à la WPA. Vieilles amitiés, vous comprenez, affirma Parker en lançant un regard fier et malin vers la magnifique mer turquoise. L'organisation n'ignore rien de votre personne. Elle vous a suivi pas à pas, même s'il est probable qu'elle ait perdu votre trace depuis quelques jours, ici, au Mexique. Bon, revenons à l'essentiel : mon ami n'a rien pu me dire sur le manuel. Mais que ce soit un plan destiné à liquider des secteurs entiers de l'économie chilienne, c'est certain…

Cindy servit le café et les bagels et repartit en emportant le journal. Toutes les tables de la rue, à l'abri de parasols, étaient occupées.

— J'aimerais savoir ce que contenaient les documents recueillis par Agustín et comment la WPA a appris qu'il allait lui faire du tort, demanda Cayetano en versant trois cuillerées de sucre dans sa tasse. Est-ce que ça ne serait pas un traquenard qu'elle aurait organisé ?

Parker savoura son café au lait et étendit du fromage sur son bagel, l'air de réfléchir. Il avait meilleure mine à cette heure de la journée, mais sa peau, plutôt cendreuse, portait les stigmates de la maladie.

— Vous m'avez bien dit que Lecuona avait essayé de parler au chef de La Maison au Chili ?

— C'est du moins ce qu'on m'a laissé entendre, confirma Cayetano.

Parker détacha un morceau de bagel et commença à le mastiquer avec plaisir. Après s'être essuyé les lèvres, il déclara :

— Lecuona a commis une erreur fatale.

— Laquelle ?

Cindy revint avec les œufs au plat. Cayetano coupa un bout de bagel et l'enfonça dans le jaune avec délice.

— C'est d'avoir contacté le chef de La Maison qui lui aura coûté la vie. Il a joué le mauvais cheval.

— Le Comte Rouge est un homme de la WPA ? fit Cayetano, incrédule et la bouche pleine.

— Écoutez, c'est une longue histoire que je vais vous raconter, mais ne vous énervez pas. Je suis allemand de naissance et, dans les années quatre-vingt, quand je travaillais pour le *Verfassungsschutz*[1], nous avons appris

1. Service chargé de veiller à l'application de la Constitution. *(N.d.T.)*

que deux terroristes chiliens voyageaient à bord d'un avion de British Airways reliant Amsterdam à Berlin-Ouest.

Cayetano entendit le début d'un récit qui ne lui était pas inconnu, mais raconté sous un autre angle, par Sardiñas, la nuit où ils s'étaient promenés sur les eaux gelées de la Baltique.

— J'ai ordonné leur arrestation dès qu'ils ont quitté l'appareil. C'étaient des opposants armés au régime de Pinochet, mais ils nous intéressaient à cause de leurs contacts avec la Libye et l'Allemagne de l'Est. À cette époque, la CIA nous avait demandé de rechercher les terroristes arabes qui avaient commis un attentat dans une boîte de nuit de Berlin-Ouest.

— L'un d'eux était le Comte Rouge ?

— L'un d'eux était Sardiñas, l'homme que vous avez vu en Suède, corrigea Parker, et il but bruyamment dans sa tasse. Il a avoué la nature de ses activités et a accepté de collaborer et de nous tenir au courant des intentions des Allemands de l'Est, mais, par la suite, il nous a filé entre les doigts et s'est caché en Europe, avec sa femme suédoise. Nous n'avons jamais rien pu faire contre lui, car il n'avait commis aucun délit.

— Et qui était l'autre ?

— Le Comte Rouge, effectivement, assura-t-il avec un sourire condescendant. Lui aussi a accepté de collaborer. Non pas dans le cadre de sa lutte contre la dictature de Pinochet, mais en jouant de ses contacts avec les Libyens et les pays de l'Est.

— Le Comte Rouge a donc été à votre service ?

Cayetano avala un morceau de pain et de jaune d'œuf, ouvrant grande la bouche pour ne pas salir sa moustache.

— À la différence de Sardiñas, il a coopéré et a grimpé les échelons de l'organisation. Il a accepté parce que c'est un homme qui ne vit que pour le pouvoir. C'est sa drogue. Vous imaginez ce genre d'individu éloigné du pouvoir ? On déprime, on ne sait plus quoi faire de ses dix doigts et on finit par se suicider. Avec le temps, je l'ai perdu de vue.

— Comment ?

— J'ai quitté le *Verfassungsschutz*, je suis parti aux États-Unis et j'ai commencé à travailler pour la WPA grâce à ma formation dans les services de renseignements. Meilleur salaire et moins de stress.

— Et vous n'avez pas mis en garde Agustín contre le Comte Rouge ?

— Je vous l'ai dit, je n'ai pas une âme de kamikaze. Un journaliste comme lui l'aurait révélé le lendemain, et j'aurais plongé. L'opération *Delenda est Australopithecus* peut filtrer par divers canaux, pas l'histoire du Comte. En outre, quand Lecuona a voulu m'en parler, j'ai préféré biaiser. Ce ne sont pas des révélations sur une trahison individuelle qui m'intéressent, mais que le pays découvre la menace qui pèse sur lui.

— Un moment, l'interrompit Cayetano. D'où est né l'intérêt d'Agustín pour le Comte Rouge ? Une simple intuition ?

— Souvenez-vous qu'il écrivait un ouvrage historique sur la gauche chilienne...

— Et vous êtes sûr que personne ne lui a suggéré ce sujet ?

— Ma foi, si. Un Chilien qu'il avait rencontré à Paris mais qui vivait à Saint-Pétersbourg. Il lui avait raconté que le passé du Comte n'était pas clair. Mais je n'ai jamais su son nom et je croyais que c'était du baratin...

Cayetano comprit alors pourquoi il était toujours en vie et pourquoi le Scorpion lui avait laissé entendre que le chef de La Maison était un homme en qui il ne fallait avoir aucune confiance. Des rumeurs circulaient sur sa personne et il était probable que le Comte pressentait que, s'il ordonnait l'assassinat du détective, le Scorpion le soupçonnerait immédiatement. Cela expliquait également que ses poursuivants lui aient proposé de régler son problème devant la justice chilienne.

— Cette nuit, j'ai aussi vérifié que le projet *Delenda est Australopithecus* a été décidé il y a deux ans et constitue une action de grande envergure, ajouta Parker. *Delenda* signifie détruire, *Australopithecus* fait référence au Chili, l'homme austral. Jeu de mots idiot pour déguiser l'opération.

— Et le manuel ?

— Aucune nouvelle, mais l'action a commencé. Il s'agit d'une opération « chaos ». En général, le manuel est entièrement codé et même si je l'avais je ne saurais le déchiffrer.

Parker ne lui tendait-il pas un piège ? Peut-être était-il resté fidèle à la WPA et essayait-il de le convaincre de retourner au Chili afin que ses employeurs puissent le localiser et le jeter en prison, sans faire naître de soupçons chez des gens tels que le Scorpion.

Les premières baigneuses apparurent sur la plage : quelques filles en bikinis symboliques suivies d'une troupe de Mexicains.

— Il vaut mieux ne pas rentrer au Chili, finit par conseiller Parker, en buvant son café, un œil sur le groupe de la plage.

— Je dois y aller, répondit Cayetano en respirant la chaleur humide de la matinée. Et, avant, j'ai besoin des informations que possédait Lecuona.

— Il n'a pas laissé de double pour des raisons de sécurité. Il vous sera plus facile d'obtenir un faux passeport. Ici, on les vend pour rien et vous pourrez disparaître avec votre amie dans l'archipel suédois.

— Si vous n'avez pas l'âme d'un kamikaze, je n'ai pas celle d'un Robinson Crusoé.

Parker s'arrêta de mastiquer pour apprécier la comparaison.

— Ne vous inquiétez pas, on vit toujours moins longtemps qu'on ne l'imagine.

Il avait raison. Souvent, quand on projetait de vivre ensemble, on commettait l'erreur de ne pas tenir compte du calendrier, et cela valait pour sa relation avec Kim. Chaque couple devait au moins envisager ce que lui réservait l'avenir, et, dans son cas, c'était de finir en grand-père arthritique près d'une femme dans la splendeur de l'âge mûr. Et encore ! À condition que la maudite tache ne soit pas autre chose qu'un mauvais souvenir. Non, il n'était pas partant pour jouer les gentils cocus, songea-t-il, retrouvant ses bonnes vieilles habitudes de macho latino.

— Il me faut toutes ces informations, insista-t-il. Le plan général et le *modus operandi*. Avec ça, je peux avertir les autorités du pays, élucider le meurtre de Lecuona et être blanchi. Sinon, j'arriverai au pays dans les mêmes conditions qu'Agustín, ignorant l'essentiel.

Parker sourit sans enthousiasme.

— Raison de plus pour ne pas y aller.

— J'irai, rétorqua le détective, résolu. Est-ce que vous voulez me laisser partir comme Agustín ? Sans rien dans les mains ? Deux morts, ça ne serait pas trop pour votre conscience ?

Parker garda le silence, l'air grave. Cayetano se dit que c'était peut-être faire preuve de naïveté que d'espérer fléchir un ancien employé de la WPA avec ce genre d'argument.

— J'essaierai de vous aider, proposa enfin Parker, comme si les paroles du détective l'avaient ébranlé.

Il observa la rue, vide maintenant, dont le tracé s'achevait sur la plage.

— Mais gardez-vous d'approcher le Comte Rouge.

Il demeura pensif et silencieux.

— J'ai encore quelque chose à vous apprendre sur cette affaire.

— Quoi donc ?

— Savez-vous qui a interrogé Sardiñas et le Comte à l'aéroport de Berlin ?

— C'était vous, n'est-ce pas ?

— Non, je travaillais à la centrale, comme analyste du renseignement, corrigea-t-il, les sourcils froncés. Frosch, señor Brulé, Helmut Frosch.

15

Trois jours plus tard, après avoir, par l'intermédiaire de Parker et moyennant trois cents dollars, acquis un faux passeport mexicain flambant neuf, Cayetano grimpa dans l'avion de Lan Chile qui devait se poser à Santiago le lendemain matin. Kim était déjà en route pour Stockholm où elle lui serait plus utile si les choses tournaient mal. Ils avaient décidé de communiquer par e-mail.

Au moment de leurs adieux, dans le bungalow où ils se sentaient en sécurité, Parker assurant que la WPA ne les avait pas encore repérés, le détective eut l'intuition qu'il ne reverrait jamais la Suédoise. Et peut-être était-ce aussi bien, se dit-il en manière de consolation, car, entre deux personnes séparées par une telle différence d'âge, il est difficile d'envisager un avenir prometteur. Leur séparation s'était effectuée dans une atmosphère où se mêlaient la tendresse et le bon sens, sans reproches ni éclats, ce qui lui permit d'apprécier l'équanimité d'âme de la Scandinave.

Maintenant, il traversait le ciel dans ce Boeing qui le conduisait au sud du monde et il possédait enfin une copie du projet *Delenda est Australopithecus*, celui-là même qui avait coûté la vie à Agustín Lecuona dans le restaurant *Azul profundo*. Il avait peine à y croire, mais le document était là, sous ses yeux, glissé dans le filet du siège devant lui, et personne ne le lui enlèverait. Il s'était juré de ne pas boire une seule goutte d'alcool et de garder l'œil ouvert.

Le plan tenait en une cinquantaine de pages que Parker avait reçues par Internet et qu'il avait imprimées avant de les faire relier dans un centre de photocopie de Playa del Carmen. Il recensait avec une exactitude confondante tous les rouages des secteurs exportateurs de l'économie chilienne : compagnies propriétaires, état des placements à l'étranger, projets d'expansion déjà finalisés. Il contenait aussi la liste des principaux investisseurs privés et une fiche détaillée sur leur milieu et leur mode de vie – famille, cercle d'amis, goûts, hobbies, vices et préférences, notamment en matière de sexe.

Un chapitre à part était consacré aux faiblesses structurelles de ces industries et activités tournées vers l'export : production, conflits du travail, distribution, impôts nationaux ou endettement des sociétés, rien n'y échappait. En conclusion, on trouvait quelques propositions pour lancer une offensive médiatique dans la Communauté européenne et aux États-Unis contre ces entreprises. De fait, le document ne faisait pas allusion à la WPA et ressemblait à une analyse économique comme il s'en écrit dans les universités américaines.

— Vous donner ça, c'est me condamner à mort, parce que la WPA le saura, lui avait confié Parker quelques heures plus tôt.

Ils se trouvaient chez lui, une maison construite au-dessus des rochers, face à la mer, dans une pièce dont les murs étaient tapissés d'étagères remplies de livres sur l'art et l'architecture et de romans policiers.

— Mais on m'a dit que, dans ma maladie, le pire, ce seraient les derniers mois.

Son contact à la WPA, un homme qui, sur le conseil de Parker, avait quitté la CIA pour rejoindre l'organisation, lui avait communiqué le document, croyant que le malade voulait le reprendre pour remédier aux insuffisances qu'il comportait.

— Souvenez-vous que la vraie force de la WPA ne dépend pas tellement des gens qui travaillent pour elle, avait souligné Parker en effleurant la couverture du document qu'il venait d'imprimer. Elle tient au fait que ses projets semblent invraisemblables, comme nés de l'imagination d'un romancier.

En ces derniers instants, observant son regard éteint et ses mains nerveuses et agitées de tremblements, Cayetano s'était rendu compte qu'il ignorait tout de cet homme. Avait-il été marié ? Lui restait-il de la famille ? Probablement pas, et sa solitude l'autorisait à trahir sans scrupules ceux pour lesquels il avait travaillé. Il était trop tard pour contacter des tiers et se renseigner sur Parker. Brulé devait quitter le pays le lendemain, avec un faux passeport, et sa route ne croiserait plus jamais celle du mystérieux informateur de la WPA.

Parker avait alors incliné la tête, fourrant ses mains dans les poches de son pantalon, comme pour mettre un terme à leur entrevue. L'atmosphère était agréablement fraîche, grâce à la climatisation, et, quand on regardait par la baie du salon, on avait l'impression que la maison allait s'envoler d'une seconde à l'autre au-dessus de la mer des Caraïbes.

— Pourquoi ne vous enfuyez-vous pas ? demanda Cayetano avec un léger tremblement dans la voix, car l'homme commençait à lui inspirer de la compassion.

— Pour aller où ? répliqua-t-il en levant ses petits yeux vers le plafond bas. L'ami avec lequel j'ai parlé la nuit dernière m'a prévenu que des gens passeraient bientôt me voir.

Cayetano considéra ses sandales – elles le serraient toujours, les misérables.

— Des gens que vous connaissez ?

— Sans doute des hommes de main. Mais ne vous inquiétez pas. C'est comme ça, Cayetano. La WPA finance la trahison et attire les traîtres.

Le détective feuilleta le document. Des pages synonymes de mort si elles demeuraient entre les mains de l'organisation. Parker poursuivit, d'un ton pédagogique :

— Rappelez-vous que vous ne trouverez là-dedans aucun détail sur la façon d'opérer. La clef est dans le manuel. Si je l'obtiens, je vous l'enverrai.

Il nota sur un Post-it jaune l'adresse e-mail de Kim, que Cayetano lui dicta.

— N'oubliez pas.

— Il me faudra d'abord intercepter un message ou pénétrer dans un disque dur, répondit-il après avoir collé le papillon sur l'écran de son ordinateur. Comment disaient-ils, les étudiants français ? Soyons réalistes, demandons l'impossible. Cayetano, vous êtes un anachronisme.

IV

BLEU NUIT

1

Certes, il n'avait pas été facile de convaincre Kim de retourner en Suède. Il y était parvenu à la dernière minute, en lui expliquant qu'elle serait plus utile à son enquête depuis Stockholm. Et maintenant, dans cet avion où il voyageait sous une fausse identité, il se sentait orphelin et solitaire. Non seulement il était mortifié par le désir de la tenir dans ses bras, allongée près de lui, mais sa présence quotidienne lui manquait cruellement. Était-ce de l'amour ou rien d'autre qu'une habitude ? En matière d'amour, il semblait incroyable que l'on restât un éternel apprenti, que l'on demeurât analphabète, incapable de lire dans son cœur, de faire la différence entre attachement et désir, entre désir et curiosité.

Le smog planait déjà sur la capitale chilienne quand l'avion atterrit à l'aéroport de Pudahuel. À l'est, on distinguait des pics enneigés. Une nouvelle journée de chaleur s'annonçait. Il franchit sans encombre le contrôle de la douane, anonyme parmi la foule taciturne qui revenait de Cancún avec l'impression dérangeante que la vie dans les Caraïbes était très différente – plus sensuelle, plus spontanée et joyeuse. On savait y prendre son temps, se disaient ces gens qui s'en retournaient chez eux amers et désenchantés. Avaient-ils découvert qu'il ne valait pas la peine d'essayer de devenir les Suisses ou les Anglais du continent sud-américain et qu'au pied des Andes quelque chose du plaisir de vivre se perdait irrémédiablement ?

Il ne s'attarda pas en considérations anthropologiques et prit un taxi jusque chez Madame Eloise, la maîtresse de Suzuki, où il s'installerait pour peaufiner sa stratégie. Il était urgent de trouver, au sein du gouvernement, la personne de confiance à qui remettre le *Delenda est Australopithecus*. Sinon, il courait le risque de voir le document atterrir sur le bureau du Comte Rouge, et de finir condamné à perpétuité – châtiment peut-être assez bref, songea-t-il, se souvenant qu'il devait consulter le Dr Müller pour connaître son diagnostic. Il ne l'avait pas appelé de Suède, craignant non seulement que sa communication soit interceptée par la police mais aussi d'apprendre une nouvelle trop déprimante.

Kim était sans doute de retour à Södermalm et attendait que Parker lui communique le manuel expliquant la marche à suivre, se dit-il, accablé par un soudain accès de solitude. Il lui enverrait un mail dès que possible. S'il disposait de ce document complémentaire, il pourrait faire bonne figure devant les représentants du gouvernement. Enfin, il fallait espérer que le Comte Rouge n'était pas déjà au courant de son retour !

Parker parviendrait peut-être à obtenir le précieux manuel, mais il n'était pas certain qu'il puisse le déchiffrer. En outre, ses jours étaient comptés. Révéler les plans de la WPA équivalait à une condamnation à mort. Le sort d'Agustín était là pour le rappeler. Quant à Parker, son comportement trahissait sa résignation. « Un type malade comme moi, combien de temps peut-il espérer vivre ? avait-il demandé au détective, le fixant de ses yeux métalliques. Deux, trois, six mois peut-être ? Mieux vaut mourir assassiné que crever dans son lit. »

Cayetano aurait aimé réfléchir à son plan d'action, mais le chauffeur de taxi qui le conduisait à Valparaíso, un type mince portant lunettes de soleil et petite moustache à la Clark Gable, n'arrêtait pas de parler. Tout y passait : les kidnappés, les grèves dans les branches qui exportaient, la rébellion mapuche, les Atacamènes et les Pascuans, qui n'allaient pas tarder à réclamer l'indépendance.

— On file droit dans le mur, pronostiqua-t-il, et personne ne fait rien. Ça, pour être mort, il est bien mort, le jaguar chilien ! Vous êtes en vacances ou vous pensez rester ?

— J'étais en voyage, répondit Cayetano, un œil sur les vignes jaunes qui s'étendaient de part et d'autre de la route.

Les grappes pourrissaient, car personne ne les cueillait, pour le plus grand bonheur des oiseaux. Oui, la grève des saisonniers avait déjà valeur de protestation nationale. Il remarqua aussi que des militaires gardaient l'entrée des tunnels et des ponts, par crainte d'actions terroristes, c'était évident.

— Je vais vous dire, chaque jour c'est pire que la veille. Regardez un peu ce raisin qui sèche sur pied, ajouta le chauffeur quand il remarqua que Cayetano avait tourné la tête vers la vallée. Maintenant, les Américains nous accusent d'employer des pesticides cancérigènes.

À onze heures du matin, il arriva chez Madame Eloise. Le ciel était dégagé et la journée s'annonçait tiède, embaumant l'air marin et la résine de pin. Madame lui ouvrit : physique éléphantesque, lèvres couvertes d'un rouge violacé, énorme grain de beauté près de la bouche, robe de chambre en soie synthétique, elle étendait du linge sur le perron. Comme toutes les maisons de Valparaíso, la sienne surplombait le Pacifique.

— Mais c'est pas Dieu possible ! s'écria-t-elle en lui prenant les mains, tout au bonheur de le revoir.

Elle portait des bigoudis et une serviette tachée lui recouvrait les épaules, car elle venait de se teindre en blond.

— Notre don Cayeta est de retour !

— S'il vous plaît, parlez moins fort, Madame, je suis recherché, lui demanda le détective dès que le taxi se fut éloigné. Il est là, Suzukito ? Il faut que je lui parle.

Peu après, Cayetano et son adjoint se retrouvèrent autour d'une table pour un petit déjeuner. Madame Eloise préparait la chambre du premier, une pièce tranquille et discrète, qui jouissait d'une vue imprenable sur la ville.

— Si vous préférez, vous pouvez dormir dans le salon de massage, proposa Suzuki. On n'y est jamais autant en sécurité que quand on reçoit des flics. On leur propose des prix sur les petites nouvelles et les spécialités de la maison.

Il refusa l'invitation et, grâce à l'ordinateur qui se trouvait dans la chambre de Madame Eloise, ils annoncèrent à Kim qu'ils étaient prêts à recevoir ses messages. Cayetano demanda ensuite à son second d'appeler le Scorpion d'une cabine pour le prier de le contacter d'un téléphone public. Suzuki n'aimait pas l'idée de s'adresser à un fonctionnaire de police.

— J'ai confiance en lui et peut-être pourra-t-il m'aider, répondit Cayetano en perçant le jaune d'œuf avec son pain.

— Et les amis du MRA ?

— Ils ne savent pas que je suis revenu. Ils me croient toujours au Mexique. J'ai décidé de les laisser tomber. J'ai l'impression qu'ils sont tellement infiltrés que ça fuit de partout.

— D'accord, chef, je file appeler le Scorpion, déclara Suzuki après avoir saucé le fond de la poêle. Si vous avez besoin de vérifier mes mails, au cas où il y aurait un message pour vous, demandez à Eloise. Et profitez-en pour vous reposer.

— Je vais relire le document dans ma chambre. J'ai plusieurs choses à vérifier. Avec un peu de chance, nous allons réussir.

— Chef, vous n'avez pas besoin d'une arme ?

— Pour quoi faire ? Le Scorpion ne me dénoncera pas.

— Ce n'est pas à lui que je pensais, chef, mais à ceux de La Maison. Vous êtes sûr que le Comte Rouge ignore que vous êtes revenu ?

2

— Mais tu es devenu cinglé ? s'exclama le Scorpion après avoir écouté Cayetano relater son odyssée. Si tu informes le gouvernement de la prétendue guerre que mènerait contre le pays une organisation secrète, tu te retrouveras illico au cabanon, et je serai le premier à applaudir.

— Tel est le projet qui se cache derrière *Delenda est Australopithecus*, insista le détective, que tu le croies ou non.

Ils discutaient dans le salon de Madame Eloise, devant un très mauvais café servi dans des tasses ébréchées. Par la porte ouverte, ils voyaient la balustrade de la véranda sur laquelle étaient posées des jardinières d'œillets et, en contrebas, la baie en fer à cheval de Valparaíso.

— Cela ne prouve rien. N'importe quel romancier imaginatif aurait pu l'écrire, affirma l'inspecteur de la judiciaire en agitant le document. L'écrit ne suffit pas à transformer l'énoncé en réalité.

— Toi aussi, tu donnes dans la théorie littéraire ?

— Qu'est-ce que tu racontes ?

— Je te demandais si toi aussi tu étudiais Lacan, Lukács, Chklovski et tous ces types compliqués qui me sont complètement incompréhensibles.

— Je ne vois pas de quoi tu parles, ce qui me confirme que tu as perdu les pédales. Mais si tu as l'intention, avec cette maudite paperasse – il jeta le document sur la table, exaspéré –, de convaincre les tribunaux de ton innocence, et le gouvernement qu'une conspiration se trame contre le pays, tu es vraiment cinglé. Ce truc ne prouve rien.

Cayetano but une gorgée de café, mécontent du scepticisme qu'affichait le Scorpion. Il arrivait exactement ce qu'il craignait : rares seraient ceux qui croiraient à l'existence de la WPA. Il se dit qu'il était tombé dans un piège, tel Robert Redford dans le film *Les Trois Jours du Condor*.

— Quant à moi, il me faut maintenant t'arrêter, annonça le Scorpion en le dévisageant d'un air tranquille et résolu.

Avec sa veste couleur café, son pantalon marengo et sa cravate grise sur une chemise bleue, il était impeccable, comme toujours, et ressemblait plus que jamais à un professeur de lycée.

— Déconne pas, tu sais que je dis la vérité et que ce que je t'ai raconté, ce n'est pas de la fiction.

— Oui, je le sais, en tant qu'individu, mais le fonctionnaire de police doit s'en tenir aux faits : on te recherche pour le meurtre du Mexicain, point final. Quant au reste, les juges estimeront que tu as perdu la boule, ce qui, dans ce pays, permet d'éviter la prison. Que comptes-tu faire ? Continuer à vivre en état de démence ?

Cayetano se leva et gagna le balcon pour admirer la ville. Le soleil brillait au-dessus des toits de zinc et de l'océan mais l'ordre qui semblait régner dans le monde était trompeur. Rien ne change quand ça va mal pour soi, se dit-il. La cité continuait à vivre sa journée estivale, imperturbable, balayée par le vent de l'après-midi, tandis que les ombres glissaient dans les rues et les avenues. D'accord, mon gars, et qu'est-ce que tu décides maintenant ?

— Tu peux rester ici le temps que tu voudras, ajouta le Scorpion, compréhensif. Je garderai le silence, mais j'ai l'impression que cette perspective ne t'emballe guère. Pourquoi diable es-tu revenu au Chili avec ces papiers, qui ressemblent à un roman-feuilleton, plutôt que de rester avec ta Suédoise ?

Suzuki entra soudain, plusieurs feuillets à la main. Il semblait déconcerté.

— Chef, regardez ce que nous envoie Kim par Internet, dit-il en tendant les pages à Cayetano. Je viens de les imprimer. Elle affirme que c'est le manuel de la WPA et nous conseille d'être très attentifs, car il est sans cesse remis à jour…

Une lueur brilla dans les yeux du détective. Il saisit les pages et s'assit pour les étudier. Le Scorpion était resté devant sa tasse, secouant la tête d'un air sceptique.

— Voilà ce dont nous avions besoin, affirma Cayetano en s'efforçant de prendre un ton convaincant, car son destin dépendait du Scorpion, de la confiance qu'il lui accorderait. Suzukito, il faut fêter ça. Apporte-nous quelques bières fraîches et des olives noires.

Il s'adressa ensuite à son collègue :

— Ça m'a été expédié par l'homme de la WPA, via Stockholm. Il dit que ce sont sans doute les derniers documents qu'il communiquera, car il sent l'étau se resserrer.

— Fais voir, répondit le Scorpion, sourcils froncés, en mastiquant des noix de macadamia.

Ce qu'ils découvrirent les laissa perplexes :

84-7082-013-3	mai 05
1559633611 Albert Edelfeldt (1883)	juin 06
9519543445	juin 11
0856673439	décembre 15

Peder Severin Krøyer (1898)

9879077091	décembre 16
3893547266	février 16
84857800	février 20

A. Herrhausen – Australopithecus

0517207419

Edward Hopper (1946)

Philip Evergood (1937)

Les numéros et les noms se répétaient au long des pages.

— Mais bon sang, protesta le Scorpion, ce n'est rien que des chiffres, des dates et des noms !

— Tu ne comprends pas que c'est un code ? Si nous arrivons à le déchiffrer, je pourrai le communiquer au gouvernement.

— Alors j'aimerais savoir comment tu vas te débrouiller avec ce tas de papiers, parce que, même dans un cirque de seconde zone, il ne te permettrait pas de présenter un numéro.

— Mais qu'est-ce qui t'arrive ? Tu te dégonfles, maintenant ? Laisse-moi du temps et je me charge de faire parler ce truc. Tu verras.

— Bon, alors préviens-moi quand tu auras réussi, répondit le Scorpion en laissant tomber les feuilles sur la table. Crois-moi, le *Delenda est Australopithecus* et ce prétendu manuel ne te vaudront que des moqueries dans ce pays. Une description détaillée de l'économie chilienne et de la manière de vivre de certains chefs d'entreprise, plus quelques noms et numéros de téléphone, cela n'a aucune utilité.

— Dis-moi une chose, Scorpion.

— Je t'écoute, répondit l'officier de la judiciaire qui se tenait sur le seuil, tournant le dos à la mer.

— Si j'arrive à déchiffrer le code et que cela a un sens, est-ce que tu m'aideras à contacter quelqu'un de confiance au gouvernement ?

— Si tu y parviens, et qu'il ne s'agit pas d'un autre roman comme celui qui se trouve sur cette table, compte sur moi. Sinon, tu peux déjà demander à Suzuki de te chercher une camisole de force.

3

Ils demeurèrent seuls. Madame Eloise était descendue au bas du *cerro*, en capeline et robe rose, pour acheter de quoi grignoter : du pain frais et un *arrollado*[1] du tonnerre proposé par un café-épicerie de la rue Las Heras.

— Et maintenant, chef ? s'inquiéta Suzuki, consterné par le départ inopiné du Scorpion. Qu'est-ce qu'on fait ?

— Voyons si Kim peut demander à Parker ce que signifient tous ces numéros, ces noms et ces dates, répondit Cayetano en toussant. Il est impossible qu'il n'en ait pas une vague idée.

— Chef, vous devriez retourner voir immédiatement le Dr Müller. Cette toux est très inquiétante.

— Pas le temps, Suzuki ! Concentre-toi plutôt sur ces mots qui ressemblent au titre d'un roman ou d'un film : *Jo au Wyoming*, 1946, et *Une tragédie américaine*, 1937. Tu les aurais vus, ces films ?

— Écoutez, moi, question cinéma, je ne m'intéresse qu'aux films taiwanais de kung-fu et aux trucs américains avec Schwarzenegger et Brad Pitt. Ça, c'est du

1. Viande de porc cuite et enroulée dans la peau de l'animal. Se réchauffe à la poêle et peut se manger vers 17 heures, « l'heure du thé » au Chili. *(N.d.T.)*

cinéma, chef ! Rien à voir avec ces machins suédois et français emmerdants comme la pluie !

— Mon pauvre, si Héctor Soto t'entendait, il ne te raterait pas dans sa critique ciné. C'est comme si tu disais du mal d'Hemingway à Javier Ortúzar, le journaliste.

Ils entrèrent dans la chambre de Madame Eloise. Suzuki s'installa devant l'ordinateur et envoya un message à Kim. En Europe, il devait être dix heures du soir, et la Suédoise n'allait sans doute pas tarder à répondre.

Cayetano eut envie de fumer, en dépit des avertissements de Müller, et c'est en maudissant ces numéros dont il n'avait pas encore percé le secret qu'il s'assit au bord du lit, faisant grincer le sommier sous son poids. Il eut beau relire les pages imprimées, il ne parvint pas à résoudre l'énigme.

— Chef, pour moi ce sont des combinaisons de codes bancaires. Peut-être que, dans sa précipitation, votre ami de Playa del Carmen s'est trompé, et au lieu du manuel de la WPA, il nous a transmis les comptes secrets de l'organisation dans les banques suisses, ce qui n'est pas plus mal.

Cayetano demanda à son adjoint d'appeler Exequiel Lira, le conseiller fiscal d'une banque, pour lequel il avait résolu une affaire d'escroquerie, quelques années auparavant, à Vitacura. Lira, après lui avoir recommandé de changer ses pesos en dollars, parce que la devise américaine n'allait pas cesser de monter, expliqua que ces numéros ne ressemblaient pas à ceux de comptes bancaires mais, si tel était le cas, cela ne servirait à rien car il manquait le nom de l'établissement. Ils consultèrent ensuite Hugo Botticelli, l'avocat, et reçurent une réponse identique.

— Si ce ne sont pas des films, ce sont peut-être des romans, remarqua Suzuki.

— Là, on est vraiment mal ! s'exclama Cayetano, découragé. En littérature, je n'y connais rien. Tout juste si j'ai lu quelques polars et ces horribles textes théoriques que m'a offerts Lourdes, et je t'avoue qu'ils sont tellement hermétiques que je ne m'en suis pas encore remis.

— Si on consultait le professeur de l'université de Playa Ancha ? Il paraît que, depuis qu'on lui a esquinté sa belle Mercedes, il reste enfermé chez lui pour écrire une histoire imaginaire sur Valparaíso.

— Imaginaire ?

— Une ville qui n'a jamais été fondée ne peut avoir qu'une histoire imaginaire.

— Alors, c'est un roman. Encore un roman, merde ! Qui n'écrit pas de nos jours ?

C'était incroyable le nombre de romans qui circulaient dans le monde et la multitude de gens qui continuaient à en produire, songea-t-il. Les écrivains étaient certainement plus nombreux que les lecteurs, ce qui n'allait pas leur remonter le moral. Enfin, se réjouit-il, si écrire une histoire imaginaire sur Valparaíso offrait un répit au professeur Inostroza, il pourrait sans doute l'aider.

— Envoie un autre mail à Kim, ordonna-t-il d'un air songeur. Préviens-la que Parker a pu confondre le manuel avec un autre dossier.

Il fut envahi par la nostalgie. Il avait obligé la jeune femme à retrouver le sinistre hiver suédois, il n'avait rien fait pour la retenir, alors qu'elle était peut-être la femme de sa vie. Il sentit une brûlure au creux du ventre et pressentit qu'il ne la reverrait sans doute jamais. Il avait entendu dire que, dans la vie, l'amour ne passait qu'une seule fois, et que toutes les autres rencontres n'en étaient que des reflets. Mais, bon sang, comment distinguer du premier coup le véritable amour de ses reflets ?

L'irruption de Madame Eloise, précédée d'une odeur de pain chaud, le tira de ses supputations et provoqua l'enthousiasme de Suzuki. Transpirante et hors d'haleine, elle posa sa capeline rose sur le lit et leur annonça qu'elle allait préparer la collation, et que ce soir, pour le dîner, elle prévoyait un boudin noir formidable avec des pommes de terre. C'est alors que la réponse de Kim apparut sur l'écran.

— Chef, écoutez ce que dit votre walkyrie, lança Suzuki : « J'ai déjà averti Parker, car à moi aussi il semblait qu'il pouvait s'agir d'une erreur. Il affirme que ce ne sont pas des comptes bancaires mais le vrai manuel codé pour le Chili. Il ajoute qu'il est au *Casablanca* et qu'il vient d'apprendre que des visiteurs l'attendaient chez lui. »

— Bon Dieu ! Tout cela arrive en direct, Suzuki ? s'inquiéta Cayetano.

— À la seconde même, chef. En direct live, comme on dit à la télé. C'est ça qui est fabuleux avec Internet. C'est la nuit en ce moment à Stockholm et votre amie est devant son écran tandis qu'à Playa del Carmen le soleil brille encore et Parker rentre chez lui où il va retrouver des gens.

— C'est foutu, Suzukito. Parker ne reviendra pas de ce rendez-vous.

— Quoi ?

— Parker va vers la mort, pronostiqua le détective, et il baissa la tête. Il le sait. En réalité, il s'en fiche.

Un cri venu de la cuisine leur annonça que Madame Eloise avait préparé le café et les sandwiches.

— Et maintenant, chef ? demanda Suzuki en consultant l'écran à la recherche de nouveaux mails.

— Il ne nous reste qu'à décrypter ces formules du manuel.

— Bref, dès qu'on a mangé l'*arrollado*, on contacte le professeur Inostroza ?

4

La ville avait beau être écrasée de chaleur, le professeur Inostroza lisait un roman de Patricia Highsmith, à l'ombre de sa treille et en savates et short, quand, stupéfait, il découvrit Cayetano Brulé et Suzuki devant la grille de son jardinet.

— Je ne crois pas un mot de ce que la police raconte, Cayetano, affirma-t-il en serrant le détective entre ses bras, très ému. Que puis-je faire pour toi ?

— Merci, mille fois merci. Sers-moi quelque chose et j'aurai deux ou trois questions à te poser.

En contrebas, les toits de zinc reflétaient les derniers rayons du soleil et les rues serpentaient vers le port tels des torrents argentés.

Inostroza posa deux bières et un pot d'olives noires sur la table. Après lui avoir expliqué en termes généraux les raisons de son retour au Chili, le détective lui montra le manuel. L'universitaire le feuilleta en silence, interloqué.

— Ça te dit quelque chose, ces numéros ? s'enquit Cayetano en mastiquant une olive.

— Franchement, rien du tout. Les numéros de droite sont à l'évidence des dates, mais de quelle année… ?

— Et ces titres, à gauche ? Ne seraient-ce pas des romans, et les noms, des acteurs… ?

— Edelfeldt, inconnu au bataillon, idem pour Krøyer, répondit Inostroza en feuilletant le document. On pourrait penser à des acteurs, mais aussi à des politiciens, va savoir. *Une tragédie américaine*, c'est un roman, je ne sais pas, *Jo au Wyoming*, je ne sais pas, mais aujourd'hui il se publie tant de choses…

— Que sais-tu de ce roman ? A-t-il un rapport avec le Chili ?

— Il est de Theodore Dreiser, un Américain. Il s'agit de l'assassinat d'une jeune fille enceinte, à Kansas City, si je me souviens bien.

— Mince, si ça continue comme ça..

— Je me félicite que la littérature joue également un rôle dans des événements importants, remarqua le professeur, pensif. Celui qui a rédigé ce manuel connaît au moins la littérature américaine.

— Je ne me sens pas d'humeur à en discuter, protesta Cayetano après avoir goûté sa bière, froide et acide. Mon temps est compté et je devine que si je traîne on va bientôt me mettre le grappin dessus. Je ne peux passer ma vie dans la clandestinité. Dis-moi, qu'est-ce que ça pourrait signifier, tout ça ?

— Je ne saurais quoi te dire de plus précis au-delà des noms. Ce qui m'étonne beaucoup, ce sont les dates. Le roman de Dreiser a dû sortir en 1925 ou 1927, avant la grande dépression, et pas en 1937. Du coup, il ne peut pas s'agir du roman de Dreiser. C'est peut-être un film.

— Et alors ?

— Je nage. Nous sommes coincés, avoua Inostroza en consultant sa montre.

— Tu as un rendez-vous ?

Le soleil tombait comme une pièce de monnaie chauffée au rouge dans l'océan et les nuages prenaient une teinte sanguine, tel l'enfer de Dante.

— Je dois aller chercher une fiancée, à huit heures. Mais j'ai quelques minutes. Le temps de passer mon frac. Encore heureux que les gens continuent à se marier, parce que, avec mon salaire de l'université, je n'ai même pas de quoi prendre le bus.

— Allez, Inostroza, donne-moi un coup de main, insista Cayetano, et il lâcha un rot qui sentait la bière. Tu ne pourrais pas chercher ces noms sur Internet ? D'après Kim, on y vend des bouquins et des films, et même des tableaux.

Inostroza se leva sans mot dire, l'air résigné, et pénétra dans la maison, abandonnant les deux détectives sous la treille. Quelques moineaux se posèrent sur le carrelage avant de s'envoler bruyamment.

Cayetano se dit qu'il serait impossible de prouver le complot de la WPA contre le pays. Le Chili continuerait à sombrer et lui à se terrer. Que devait-il faire pour qu'on le croie ? Il pensa à Kim, qui, à cette heure, se trouvait certainement au *Doble f*, ou chez elle, à Södermalm, égrenant peut-être les souvenirs qu'elle avait gardés de son escapade caribéenne. D'autres images lui vinrent à l'esprit : la *stuga* de Sardiñas, perdue dans les glaces de l'archipel, les vieillards qui se balançaient dans leurs fauteuils, à Marianao, le père de Kim qui avait choisi de fuir à jamais, le *Casablanca* enfin, avec sa musique et ses livres d'occasion.

Et Parker ? Était-il déjà mort ou devait-il subir un interrogatoire ? Où pouvait se trouver le Comte Rouge ? Le MRA avait-il eu connaissance de son retour au pays ? Le Comte et la WPA savaient-ils désormais qu'il était au courant de tout, comme avant lui Lecuona ? Il eut peur de connaître le même sort. Ni le Comte ni la WPA ne prendraient le risque de le laisser vivre. Les prévisions les plus pessimistes de Margarita allaient se vérifier.

— Cayetano !

Il se tourna et vit Inostroza penché à la fenêtre, sourire aux lèvres.

— Bon sang, qu'est-ce qui t'arrive pour que tu aies l'air si heureux ? C'est toi qui te maries ?

— Je crois avoir trouvé la clef !

Cayetano et Suzuki se précipitèrent dans la maison. Le professeur avait déjà repris place devant l'ordinateur. Un grand livre était ouvert sur la table.

— Ce sont des films ou des livres ? interrogea Suzuki.

— Qu'est-ce qu'ils cachent, ces noms ? insista Cayetano en feuilletant le roman de Highsmith abandonné par Inostroza à côté de l'ordinateur.

— Les noms correspondent à des peintres et les titres à des tableaux célèbres. Vérifiez donc dans l'encyclopédie. Albert Edelfeldt est un peintre finlandais et, en 1883, date qui apparaît à droite dans le manuel, il a peint *En mer*. Regardez.

Ce n'était pas une encyclopédie artistique de bonne qualité, mais elle fournissait l'essentiel de la biographie et un portrait de chaque artiste : Edelfeldt était, ou avait été, un homme apparemment angoissé.

— En 1898, Krøyer a peint son chef-d'œuvre, *La Fête chez l'artiste*, ajouta Inostroza en tournant les pages. Le voici. La photo est minuscule, mais on distingue un groupe réuni autour d'une table. Quant à la *Tragédie américaine*, c'est aussi un tableau, qui date de 1937, dû à Philip Evergood. La date correspond à celle du manuel.

— Et Hopper ? enchaîna le détective.

Il vérifiait l'année de publication du livre de Highsmith, *Les Deux Visages de Janvier*, le premier qu'il avait lu.

— Edward Hopper est un peintre américain. En 1946, il a peint *Jo au Wyoming*. C'est tout ce que je sais.

— Bien, qu'est-ce qu'on fait avec toutes ces œuvres, chef ? demanda Suzuki en affichant une mine de condamné. On se croirait dans une Parinacote.

— Pinacothèque, Suzukito, corrigea Cayetano, et il examina les premières pages de l'encyclopédie. Inostroza, tu dois y aller avant que la fiancée ne change d'avis, mais je te demanderai de réunir toutes les informations possibles sur A. Herrhausen, le nom qu'on trouve dans le manuel.

— D'accord. Les Herrhausen, ça ne doit pas manquer.

— Parfait. Occupe-t'en au retour de ton mariage. Avec Suzuki, nous serons chez Madame Eloise, à chercher sur Internet. Nous trouverons forcément du nouveau. Mais, avant de t'en aller, dis-moi, tous les livres ont ce petit numéro ?

— Depuis pas mal de temps, oui. C'est l'ISBN.

— Absolument tous ?

— Tous les livres publiés dans le monde. Ces numéros ne se répètent jamais. Ils sont comme l'empreinte digitale d'un texte.

— Mes amis, nous avons trouvé la clef !

5

L'aube surprit Cayetano et Suzuki devant l'ordinateur de Madame Eloise. Celle-ci était encore dans son salon du quartier de l'Almendral. À cinq heures, grâce à amazon.com, nos deux limiers avaient déchiffré tous les ISBN et imprimé les titres des livres qui leur correspondaient. Cependant, en dépit de force sandwiches et tasses de café, ils n'arrivaient toujours pas à établir un lien évident entre le *Delenda est Australopithecus* et les peintres.

— Cherche ce qu'a peint Odd Nerdrum en 1978, dit Cayetano. Ça m'intéresse beaucoup à cause de la date qui figure à droite.

Suzuki navigua dans le musée virtuel et un tableau saisissant remplit l'écran : *L'Assassinat d'Andreas Baader*. Un homme jeune, maintenu par plusieurs individus, était exécuté d'un coup de pistolet dans la nuque par l'un d'eux. La scène, particulièrement dépouillée, faisait froid dans le dos. C'était la peinture la plus brutale qu'ils aient jamais vue et ils n'étaient pas près d'en revoir une semblable avant longtemps.

— Regarde la date sur la liste, à droite du titre, ordonna Cayetano.

— Le 12 janvier, pourquoi ? Il est arrivé quelque chose d'important, ce jour-là ?

— On a assassiné Agustín Lecuona.

Ils se regardèrent, perplexes, incrédules. Était-ce un hasard ou étaient-ils sur le point de découvrir le code qui annonçait les actions criminelles de la WPA ? Une seule certitude : ce jour-là, le Cubain avait été liquidé à l'*Azul profundo* d'une manière presque identique à celle du tableau, et Cayetano s'en souvenait comme si c'était hier.

— Ça ressemble vraiment à du roman, chef, murmura Suzuki.

Par la porte ouverte, il jeta un coup d'œil vers la ville endormie et tressaillit.

— Maintenant, fais-moi le plaisir de trouver les autres tableaux.

— Je me demande comment la WPA parvient exactement à accomplir ce qu'elle projette de faire dans le manuel, mais ce qui est sûr, c'est que ces gens sont dangereux. Voici ce que vous cherchez.

Une huile de style hyperréaliste, due au peintre américain Edward Hopper, apparut sur l'écran. *Jo au Wyoming* montrait un paysage du Midwest vu de l'intérieur d'une voiture des années cinquante. On distinguait parfaitement tous les détails du tableau de bord et, au-delà du pare-brise, la route et la plaine désertes. Le siège du conducteur était vide, mais, grâce au jeu des reflets, le volant, les cadrans et les boutons acquéraient une présence hallucinante. Une femme était assise sur l'autre siège, Jo, la femme de Hopper, sans aucun doute.

— La voiture représente le pays, Suzukito, ma main au feu. Un pays sans direction. C'est l'objectif principal du complot. Tout est annoncé dans les dernières pages du manuel.

— Mais pourquoi s'amusent-ils à transmettre leurs ordres d'une façon aussi compliquée, chef ? C'est grotesque.

— Parker me l'a expliqué. Ils ont deux bonnes raisons : d'abord, si le document tombe entre des mains ennemies, il est indéchiffrable. Ensuite, la WPA emploie en douce des agents des services de contre-espionnage, et ces gens peuvent ainsi échapper aux détecteurs de mensonges auxquels ils sont soumis.

— Je ne comprends pas.

— Un détecteur ne connaît qu'une façon de répondre : vrai ou faux. Il est incapable de remarquer si quelqu'un dit une partie de la vérité. Tu saisis ? Cette manière d'opérer permet aux agents de tromper les détecteurs. Bon, occupons-nous du tableau suivant.

Œuvre du XXe siècle, due au peintre américain Philip Evergood, *Une tragédie américaine* s'inspirait du roman de Theodore Dreiser. Elle montrait une scène de violence urbaine mettant aux prises des travailleurs agricoles en grève qui affrontaient la police. On voyait notamment un policier déchargeant son arme à bout portant dans la tête d'une femme, et Cayetano pensa au tableau de Nerdrum, qui exprimait la même sauvagerie.

— Si ce choix de romans et de peintures révèle le plan de la WPA, voyons un peu comment ça marche avec le reste, précisa Suzuki.

Ils s'ouvrirent deux bières et posèrent sur le lit de Madame Eloise les feuilles imprimées. Elles comportaient, dans la partie gauche, les titres obtenus grâce aux numéros ISBN et, à droite, des jours et des mois, sans que l'année soit précisée. Dehors, Valparaíso respirait, paisible, et seuls brillaient les réverbères. D'ici peu, les habitants se lèveraient pour commencer une nouvelle journée dans la ville du pays la plus affectée par le chômage et la délinquance.

— Voyons maintenant la signification des dates qui correspondent aux titres, proposa Cayetano à Suzuki, qui, la veille, n'avait pas ouvert son stand de friture. Le mieux, c'est de chercher dans la presse. Sélectionne l'édition électronique de *La Tercera* pour voir s'il est arrivé quelque chose de particulier les jours qui nous intéressent.

Ils commencèrent par *La Araucana*[1], l'épopée écrite au XVIe siècle par Alonso de Ercilla y Zúñiga, la première œuvre figurant dans le manuel. À l'évidence, elle

1. Œuvre célébrant la guerre de vingt ans menée par les Espagnols contre les Araucans, comme on appelait alors les Mapuches. *(N.d.T.)*

se référait à la région Sud, riche en bois, où vivaient la majorité des Mapuches. Les violents affrontements entre indigènes et entreprises forestières avaient fini par décourager les investisseurs.

— Qu'est-il arrivé le 5 mai ? demanda Cayetano, la bouteille à la main, tandis que Suzuki tapait sur le clavier. C'est du moins la date qui apparaît ici. Commençons par l'année dernière. S'il te plaît, cherche l'édition du 6…

L'écran scintilla et la une du jour choisi s'afficha : la manchette principale le consterna. Les Mapuches se déclaraient en rébellion contre les sociétés forestières et le gouvernement tant qu'on ne leur restituait pas les terres qui leur avaient été volées…

— Nom de Dieu, la WPA est dans le coup là aussi ! s'exclama Cayetano en renversant une partie de sa bière. J'ai besoin d'une cigarette, non, d'un Lanceros plutôt, Suzuki. C'est incroyable.

Il consulta ses notes et ajouta :

— Maintenant, tu dois trouver l'œuvre d'Albert Edelfeldt. Souviens-toi qu'elle va avec *Salmon Without Rivers : a History of the Pacific Salmon Crisis*[1], le livre de Jim Lichatowich…

Dans une section du musée de Göteborg, Suzuki trouva le tableau d'Edelfeldt, *En mer*, peint en 1883, dans le style naturaliste. Un vieux pêcheur et une jeune fille, la sienne peut-être, erraient seuls et angoissés dans une barque vide au milieu d'une mer déchaînée. Cayetano se demanda si la peur qui se lisait sur les visages des passagers était due à l'absence de poissons ou à la menace représentée par la tempête.

— C'est réussi, commenta Suzuki sans quitter l'écran des yeux, on se croirait à la proue du bateau !

— À côté du titre, nous avons la date du 6 juin, précisa le détective. Cherche le 7, maintenant.

1. Littéralement : Saumons sans fleuves : histoire de la crise du saumon du Pacifique – ouvrage non traduit. *(N.d.T.)*

— Regardez, chef ! La veille du 7, les producteurs de saumon des États-Unis ont déposé une réclamation contre les élevages chiliens sous prétexte qu'ils emploient une alimentation cancérigène. Ils les accusent aussi de recevoir des subventions gouvernementales. C'est au cours de cette semaine qu'ont débuté dans le Sud les manifestations des écologistes chiliens contre la pollution des côtes de l'île de Chiloé.

— Bon sang de bon sang de bon sang ! cria Cayetano, incrédule. On est bons, Suzuki ! On sait pourquoi ils ont tué Lecuona et le Mexicain, et tant d'autres. On tient la vérité !

— Chef, que va-t-il arriver si, demain, vous vous rendez au palais de La Moneda avec ces livres et ces tableaux ? Ils vous croiront ?

Cayetano se mit à aller et venir dans la chambre. Il s'accouda brièvement à la balustrade du balcon et jeta un coup d'œil vers la baie. Comme la nuit où il avait fui après avoir découvert le cadavre du Mexicain dans son salon, il entendit une musique que quelqu'un écoutait à plein volume. Il s'agissait cette fois d'une mélodie triste, semblable aux valses péruviennes que chantait Lucho Barrios dans les bars du port, naguère.

— Passons à Krøyer. Il nous faut quelque chose peint en 1898.

Suzuki s'exécuta sans attendre. *La Fête chez l'artiste,* le tableau de Peder Severin Krøyer, appartenait aussi au musée de Göteborg. On y voyait une joyeuse compagnie d'hommes et de femmes qui mangeaient, buvaient et chantaient autour d'une longue table installée dehors par une magnifique journée estivale. Une petite fille, en robe de tulle vaporeux, observait la scène, l'air très étonné. Bien sûr, tout, dans cette peinture, tournait autour du vin qui coulait à flots et échauffait les esprits.

Cayetano lut à voix haute le titre du roman associé au tableau de Krøyer.

— *Le Marchand de vin,* de Georges Simenon, mon ami. Écrit en 1970. J'imagine que, comme pour le tableau, le thème en est le vin. Tu peux parier qu'on en parlera dans le journal du 15 décembre. Vas-y, cherche-le…

Ils ne purent s'empêcher de sourire : ce jour-là, une action juridique contre les producteurs viticoles chiliens avait été lancée par les producteurs européens et américains, qui les accusaient de concurrence déloyale. Un entrefilet précisait que les saisonniers des vignobles de la vallée de Casablanca entamaient une grève d'une durée illimitée pour obtenir une augmentation.

Ils vérifièrent, abasourdis, que chaque œuvre de la liste avait un lien étroit avec des événements politiques qui s'étaient déroulés aux dates notées dans la colonne de droite. La coïncidence était flagrante entre les thèmes retenus et les dates, et il était clair qu'il s'agissait d'un projet longuement mûri et d'un plan machiavélique et bien huilé. Aucun doute, Parker avait obtenu un document aussi surprenant que révélateur.

D'autre part, la date correspondant au livre *Kon-Tiki*, de Thor Heyerdahl, marquait le début des revendications dans l'île de Pâques. Ils conclurent que les dates concernaient l'année précédente et aussi celle en cours, mais ils demeurèrent perplexes devant le programme d'action des jours à venir. Que dissimulait le titre du roman de Marcel Proust, *Albertine disparue* ? Quel était le sens caché de *The Fatal Bullet*, de Rick Geary, qui recréait l'assassinat de James Garfield, vingtième président des États-Unis ? Était-ce le sort qu'on réservait au chef de l'État chilien ?

Cela restait trop hypothétique et effrayant, mais une chose était indéniable : l'opération *Delenda est Australopithecus* était supervisée en coulisse par Frosch, avec la complicité du Comte Rouge. Cayetano éprouva une furieuse envie de flanquer une raclée au chef de La Maison, car c'était lui, dans le fond, le responsable de la mort d'Agustín Lecuona, mais il se calma en se rappelant les paroles de Parker, qui affirmait que l'homme était aussi une victime de la WPA – et de son goût du pouvoir, compléta le détective. Bien. Et lui, Cayetano Brulé, le fugitif, quelle conduite devait-il adopter désormais ? Se contenter d'être un témoin muet des prochains événements et se cacher avec Kim dans l'archipel baltique ? Ou dénoncer ce qu'il avait découvert ? Il transpira à l'idée d'être la risée du gouvernement et de finir en prison.

— Te rends-tu compte qu'une action est prévue pour le 20 février, c'est-à-dire dans trois jours ? demanda-t-il à son bras droit. Regarde, il y a trois clefs : *Le Pont de la rivière Kwaï*, de Pierre Boulle, *Una voz dormida en la tierra*[1], de José Manuel Serrano, et cette note : « A. Herrhausen – Australopithecus ».

— Chef, il est nul, le film, *Le Pont de la rivière Kwaï*, réagit Suzuki. On montre les Japonais comme des débiles…

— Envoie une protestation à Hollywood, si ça ne te plaît pas. Mon problème, c'est que je ne vois pas ce que signifie le reste et, pour ne rien arranger, la date est très proche. Mais, si nous parvenons à décoder le projet, nous pourrions réunir le gouvernement.

— Chef, vous êtes un génie. On tient la WPA et ils ne s'en doutent absolument pas.

— Nous sommes à trois jours du 20 février, remarqua Cayetano, debout près de la porte ouverte.

L'aube effleurait timidement les toits de zinc et les grives chantaient déjà.

— Si nous arrivons à prévoir ce qui se trame, nous attraperons le taureau par les cornes, mon petit Chinois.

1. Une voix endormie dans la terre. Non traduit, à ma connaissance. *(N.d.T.)*

6

Il était au *Cinzano,* dansant tendrement avec Kim, et l'incomparable Manuel Fuentealba chantait *Balada para un loco*, quand il fut réveillé par la maudite sonnerie du téléphone. Un beau gâchis, avec tout ce qu'il avait encore à avouer à Kim... Il entendit Suzuki répondre, au rez-de-chaussée. Ils avaient passé la nuit et une partie de la matinée à essayer de trouver le rapport entre les titres des romans et ceux des tableaux, et il aurait préféré continuer à dormir.

— Pour vous, chef, annonça son adjoint. Le Scorpion.

Suzuki entra dans la petite chambre, somnolent, enveloppé dans une robe de chambre de Madame Eloise, lui tendit le téléphone sans fil et s'éclipsa.

— Je t'écoute, lâcheur, marmonna Cayetano en chaussant ses lunettes.

— Je t'appelle depuis le Centre culturel de la station Mapocho, tu te doutes pourquoi, commença le Scorpion.

— Le chef de la station lui aussi essaie de déchiffrer le manuel ?

— Je te préviens, ce matin, deux Américains suspects sont arrivés à Pudahuel.

— Quel rapport avec moi ?

— Des types entre trente et trente-cinq ans. D'après leurs passeports, ils étaient récemment en Suède, mais ce qui m'a mis la puce à l'oreille et c'est pour cela que je te téléphone, ils arrivaient de Cancún par un vol de Lan Chile. Ça ne te rappelle rien ?

Cayetano caressa sa moustache, un peu inquiet, puis se leva, en caleçon, comprenant que l'étau se resserrait. Il tira le rideau pour laisser entrer le soleil et considéra la baie.

— Ce ne seraient pas deux chefs d'entreprise qui font du tourisme ? demanda-t-il après avoir ouvert en grand la fenêtre.

Il aspira l'air frais et humide, écouta le chant des oiseaux.

— Plutôt l'air de voyous. Tu as vu les films de Humphrey Bogart ?

— Le meilleur, c'est *Le Faucon maltais*. Où sont-ils descendus ?

— Nous les avons perdus. Nous savons seulement qu'ils sont dans le pays. S'il s'agit d'eux, ils sont au courant que tu es revenu. Fais gaffe où tu mets les pieds.

Cayetano regarda de nouveau par la fenêtre, la rue déserte et sinueuse, puis les toits de tôle couvrant la colline, et la mer à l'horizon. Pourquoi n'avait-on pas chargé des hommes du Comte Rouge de lui porter le coup fatal ?

— Je dois te demander une faveur, dit-il après avoir vérifié qu'il était seul. L'affaire est à peu près résolue, il ne me manque que quelques fils à relier. Avec les tableaux et les livres, le plan apparaît très clairement. Il me faut parler à quelqu'un de confiance, du moment qu'il ne s'agit pas du Comte...

— Oublie tes peintures et tes bouquins, tu ressembles à un antiquaire de Bellavista. Après ce qui est arrivé ce matin, on te prendra encore moins au sérieux.

— Qu'est-ce qui s'est passé ?

— On a enlevé la femme du président de l'Association des banquiers étrangers. Elle avait conduit ses enfants au Nido de Águilas et, comme elle revenait vers sa résidence de San Damián, elle a été kidnappée à Estoril. C'est un désastre. Le gouvernement se préparait à adopter d'importantes mesures pour attirer les banques étrangères.

— Donc ça aussi, c'est foutu.

— En outre, cette dame a d'excellentes relations dans la bonne société de la capitale. Tu vois le genre : membre des Amis du théâtre municipal et du club de golf, présente dans toutes les réceptions diplomatiques, cliente assidue des galeries d'art d'Alonso de Córdoba, et, si ça ne suffisait pas, personnage incontournable des rubriques mondaines. On l'y voit en permanence avec Rosemarie Mac-Gill, Julita Astaburuaga et Ismenia Ibáñez, toutes appartenant à de vieilles familles. Ça va faire des vagues. Et puis, elle est française.

Cayetano pensa aussitôt à Marcel Proust. La date qui y correspondait était celle du jour.

— Française, tu dis ?

— Oui.

— Elle ne s'appellerait pas Albertine, par hasard ?

— Exact, Albertine Gombert. Comment le sais-tu, alors que la radio n'a pas encore cité son nom ? s'étonna le Scorpion.

— Elle est sur ma liste, Scorpion, celle dont tu t'es moqué. Tu ne te rappelles pas ? Ne m'en demande pas plus, mais je l'ai ici, avec le titre et la date d'aujourd'hui. Ça ne te suffit pas comme preuves ? Tu devrais lire Proust. Je te recommande *À la recherche du temps perdu.*

— Tout cela est peut-être sur ta fameuse liste, mais personne n'y croira ! cria l'homme de la judiciaire. Est-ce que tu te rends compte ? Ton *Delenda est Australopithecus* se transforme en fiction dès que ses prophéties se vérifient. Pour convaincre le gouvernement, il te faut anticiper sur les événements. Pour t'en tirer, tu devras annoncer quelque chose qui puisse se vérifier.

— Merde, Scorpion, n'essaie pas de te défiler, tu commences à me mettre en boule, prévint Cayetano en arpentant la chambre. D'ici à deux jours, il arrivera un événement très important que je n'arrive pas encore à décoder. Mais je trouverai, même si j'en perds le sommeil. Si tu veux bien me rendre un service…

— Je t'écoute.

— Arrange-moi, pour demain après-midi, un rendez-vous avec une personne fiable, qui ait des responsabilités au gouvernement. Je te jure que j'aurai la solution. On ne nous prendra pas pour des cinglés.

Il n'entendit pas la réponse du Scorpion, mais un haut-parleur qui annonçait l'inauguration d'une foire aux fromages.

— Je peux te trouver quelqu'un de bien placé, qui t'offrira une certaine liberté d'action, à condition que tu apportes du concret, Cayetano. Sinon, je suis fini.

— Demain, à dix-huit heures, je connaîtrai la vérité, c'est comme si c'était fait. Organise cette rencontre, et je viendrai avec la solution, ou je ne m'appelle plus Cayetano Brulé.

7

À dix heures, le lendemain matin, un appel téléphonique réveilla le détective endormi sur le canapé de Madame Eloise. Le professeur Inostroza avait l'information demandée la veille.

— Je ne vois qu'Alfred Herrhausen, président de la Deutsche Bank, né en 1939, assassiné le 30 novembre 1989 dans sa résidence de Bad Homburg par la Fraction armée rouge.

— Attends, attends. Un banquier allemand, assassiné par des extrémistes en 1989 ?

— Exact. Un type clef dans le système bancaire européen.

— Et qu'est-ce que je fais de ça, moi ? s'interrogea Cayetano en attrapant ses lunettes qui traînaient sous le canapé.

— Tu ne voulais pas des renseignements sur lui ?

— Si, ne t'inquiète pas, je te remercie, répondit-il en s'asseyant.

Une odeur de pain grillé et de café provenait de la cuisine.

— Mais je ne pige pas ce que vient fabriquer cet Allemand assassiné dans mon affaire…

Il raccrocha et alla se laver le visage dans la salle de bains. Il perçut les voix de Suzuki et de sa maîtresse qui parlaient de Herrhausen. Après s'être coiffé avec une brosse appartenant à Madame Eloise, à voir les cheveux teints en blond qui y étaient accrochés, il pénétra dans la cuisine.

— Asseyez-vous, don Cayeta, nous allions commencer sans vous, dit son hôtesse.

Sur la table étaient disposés des toasts, l'inimitable *arrollado* de la rue Las Heras, des tasses et une cafetière fumante en aluminium. Il prit place et attaqua son sandwich pendant qu'Eloise servait le café.

— J'ai entendu sans le vouloir, Cayeta, que le banquier allemand avait été assassiné, précisa la femme.

Cayetano lança un regard ennuyé à Suzuki. Il l'avait déjà prévenu de ne pas la laisser s'immiscer dans l'affaire, sinon, tout le Parlement connaîtrait bientôt sa cachette.

— Nous verrons bien où cela nous mènera, parce que, à première vue, il n'y a aucun rapport avec le Chili, répondit-il. En outre, ça s'est passé il y a longtemps.

— Pas la peine de chercher loin, don Cayeta, lança Madame Eloise en versant trois cuillerées à sucre dans la tasse du détective.

— Ah non ?

Suzuki observait sans parler, mastiquant son sandwich. Madame Eloise poursuivit, aussi résolue qu'un rouleau compresseur :

— J'ai l'impression que ce banquier évoque une personne similaire au Chili.

— D'accord, mais qui ?

— Quelqu'un qui développe une activité du même genre dans le pays.

Brulé fut surpris par l'ingéniosité de la femme et la questionna.

— Et quelle banque équivaut à la Deutsche Bank, chez nous ?

— Vous ne voyez pas ? demanda-t-elle en s'assurant que le décolleté de sa robe de chambre ne révélait pas une partie trop profonde du sillon de ses seins. Vous qui connaissez un peu l'allemand…

Il pouvait s'agir du président de la Banque du Chili. Mais quel était son nom ?

— Suzukito, téléphone à Peter Blumen.

Madame Eloise saisit l'appareil avant son amant.

— J'ai un ami à la bibliothèque du Parlement qui va nous le dire, déclara-t-elle en composant le numéro.

Elle obtint le renseignement sur-le-champ. À l'évidence, cette grosse avait vraiment ses entrées dans les hautes sphères, allez savoir comment. Le président, Felipe Berroeta de las Casas, était également un industriel prospère. Depuis des années il s'efforçait de faire du pays le pôle financier de l'Amérique du Sud. Après avoir obtenu un doctorat de l'université de Chicago, il avait travaillé dans la banque à Manhattan et semblait le personnage idéal pour un tel projet.

— Pour moi, le message est clair, intervint Suzuki en débarrassant son assiette, qui contenait une moitié de sandwich. Demain on assassinera Berroeta de las Casas.

Cayetano frémit. Il ne parvenait pas à croire que la WPA dissimulait ses intentions criminelles sous des noms d'artistes, des titres de romans, de tableaux ou de films. Quand il eut fini son petit déjeuner, il demanda d'un geste à son adjoint de le suivre près de la balustrade.

— Je n'ai rien contre les muses, à l'occasion, expliqua-t-il.

Le balcon était suspendu au-dessus des toits et des ravines de Valparaíso.

— Il est cependant préférable que Madame ne sache pas tout. Ce serait injuste qu'elle soit tuée par la WPA ou La Maison...

— Elle nous a pas mal aidés, oui, observa Suzuki, accoudé à la barre d'appui, le regard fixé sur le môle. Elle affirme toujours que les deux plus vieux métiers du monde doivent marcher ensemble. Non, sérieusement, chef, faudrait qu'on la prenne comme associée, ma petite femme. Mais ne vous inquiétez pas, je lui demanderai d'aller acheter des côtes de porc, qu'elle cuisine à merveille, et nous serons seuls un moment.

— Des côtelettes ?

— Au four. Et, en entrée, des *machas*[1] à la parmesane. Ça vous tente ?

Cayetano sourit. Ce n'était pas une journée propice aux agapes, mais, pour cette fois, il accepta de laisser son adjoint décider du menu.

— S'ils projettent de tuer Berroeta de las Casas, nous devons découvrir comment et où. L'affaire Herrhausen est un indice, mais peut-être aussi le film *Le Pont de la rivière Kwaï* et le roman *Una voz dormida en la tierra*.

— Rappelons le professeur Inostroza, bien que j'aie remarqué que, vous aussi, vous vous promenez avec un pavé sur les théories littéraires. Auriez-vous appris quelque chose d'utile, chef ?

— Utile ? s'exclama le détective en soufflant par le nez. Parlons plutôt de réalités. La théorie littéraire, c'est bon pour les millionnaires et les oisifs, mon ami. Écoute : si nous acceptons l'hypothèse que demain on va assassiner Felipe Berroeta de las Casas, nous pouvons envisager qu'on le fera quand il traversera un pont. D'accord ?

1. Mollusques roses, semblables aux couteaux, servis gratinés. *(N.d.T.)*

Suzuki hocha la tête et se mordit les lèvres.

— Ça ne vous semble pas sacrément tiré par les cheveux, tout cela ? tempéra-t-il.

— Mais merde, mon pote, c'est une hypothèse, rien d'autre ! protesta Cayetano, contrarié par la reculade de son adjoint. Le crime aura lieu sur un pont. Donc, demain, un pont sautera, comme dans le film américain. À ton avis ?

— D'accord, chef. Si nous avons bon, c'est la gloire. Sinon, on finit tous deux enfermés. Vous, accusé de folie, moi, de stupidité. Franchement, quelle idée de jouer les romanciers à ce moment de ma vie, quand mon avenir est assuré ! conclut-il en désignant de la main les murs de la chambre.

Une camionnette s'arrêta devant le magasin au coin de la rue. Le chauffeur descendit et prit une cagette de salades, éveillant la méfiance des deux limiers.

— Il faudra demander à Madame un dernier service, proposa Cayetano après avoir effilé les pointes de sa moustache.

— Je ne l'envoie plus acheter des côtelettes et des *machas*, chef ?

— Écoute-moi bien, mon gars : avant qu'elle ne parte, dis-lui d'appeler le bureau des relations publiques de la Banque du Chili et qu'elle se renseigne sur l'emploi du temps, demain, du señor Berroeta de las Casas. Vendredi, c'est ça ?

— Oui.

Cayetano remonta dans la chambre et entra dans la salle de bains pour se doucher. Il avait conscience d'avancer sur le fil du rasoir. Un faux pas, et il risquait de le payer de sa vie. Il ne lui restait que quelques heures avant son entrevue à La Moneda avec l'homme choisi par le Scorpion. Si la WPA était fidèle à la logique qu'il avait mise en lumière, la résolution de l'affaire en serait facilitée. Il devait maintenant de toute urgence connaître le programme du banquier et savoir si oui ou non il franchirait un pont. Et dans la négative ? Fallait-il informer le gouvernement ou, par prudence, laisser les choses advenir ?

De retour en bas, il tomba sur Madame Eloise qui venait de raccrocher.

— J'ai prétendu être une amie journaliste et ils m'ont donné son emploi du temps.

— Oui… ?

— Don Felipe Berroeta de las Casas donnera demain une fête à la campagne, dans sa propriété d'Olmué, en l'honneur de banquiers américains.

— Il y va seul ?

— En bus spécial avec ses invités étrangers. Il bénéficie d'une escorte, c'est évident. Il y aura aussi des banquiers chiliens, des dirigeants de la SOFOFA et du club des exportateurs. Vous ne l'ignorez pas, quand les temps sont durs, tout le monde se tient les coudes. N'y aurait-il pas moyen de leur toucher un mot de mon salon ? Imaginez les tarifs que je pourrais pratiquer…

— Olmué, Olmué ? répéta Cayetano, les mains dans les poches. Oui, c'est dans la Cinquième Région. Si le groupe vient de Santiago, il devra franchir plusieurs ponts par la 68. J'ai du mal à imaginer un attentat sur cette route, surtout avec les nombreux militaires qui surveillent… Mais il y a d'autres routes pour aller à Olmué !

Le détective se donna une grande claque sur le front.

— Qu'est-ce qui se passe, chef ?

— Ça y est ! J'ai pigé ! hurla-t-il.

— Mais parlez, chef, ne restez pas muet comme moi dans les moments décisifs.

— Maintenant, je comprends le rapport avec le titre du roman, annonça Cayetano, euphorique. L'autre route, entre Santiago et Olmué, passe par Tiltil, là où on a assassiné Manuel Rodríguez, puis elle continue à travers une chaîne de montagnes en suivant la Cuesta de la Dormida[1]. Nom de Dieu ! Vous vous rendez compte ?

— Oui, c'est peu fréquenté, remarqua Madame Eloise. Et il y a plusieurs petits ponts, qui ne sont peut-être pas gardés. C'est donc par là que voyageront ces gros poissons.

— Rappelez illico le service des relations publiques de la banque et demandez si Berroeta de las Casas a l'habitude d'emprunter cet itinéraire pour gagner sa propriété. S'il s'agit de sa route préférée, nous filons au palais de La Moneda. On devrait pouvoir les convaincre.

8

Dans son fauteuil en cuir, le sous-secrétaire à l'Intérieur fixa un regard incrédule sur Cayetano Brulé. Il ne parvenait simplement pas à concevoir ce que le détective privé lui annonçait dans ce bureau sombre, haut de plafond, du premier étage de La Moneda. Si le président de la République venait à apprendre que lui, Angel Medina Hirsch, avait reçu dans le palais du gouvernement un homme pourchassé par la justice, sa carrière politique, toute méritoire qu'elle fût, s'achèverait dans l'heure.

— Vous êtes donc persuadé que ces titres de romans, de films et de tableaux dissimulent une conspiration contre le Chili ? demanda-t-il, en joignant les extrémités de ses doigts après avoir nettoyé les verres de ses lunettes Calvin Klein.

— Et aussi que, demain, Berroeta de las Casas et ses amis seront victimes d'un attentat, affirma d'un

1. La Côte de l'Endormie. *(N.d.T.)*

ton grave Cayetano, qui se voulait convaincant mais devinait que le fonctionnaire doutait de sa santé mentale.

L'homme lança un long soupir agacé, irrésolu, puis porta son regard vers le Scorpion, assis près du détective, de l'autre côté du bureau. Les deux enquêteurs avaient pénétré dans La Moneda par le souterrain afin d'échapper aux journalistes qui guettaient les nouvelles au rez-de-chaussée.

— Vous fuyez la justice et je devrais vous faire arrêter sur-le-champ, lâcha Medina Hirsch en repliant un mouchoir qu'il introduisit avec élégance dans la poche de sa veste bleu marine.

Il était élancé, avec une calvitie brillante et une barbe blanchie.

— Ce n'est pas ce dont nous étions convenus par téléphone, monsieur, rappela le Scorpion d'un air guindé.

Il entretenait une relation de confiance avec le fonctionnaire et savait que celui-ci n'obtiendrait jamais l'ambassade en Italie qu'il désirait. Ses liens au sein du gouvernement ne lui permettaient pas d'atteindre Rome et même son poste actuel était menacé.

— Certes, mais il est avant tout de mon devoir de respecter la loi.

— Je vous propose autre chose, intervint Cayetano, enfoncé dans le fauteuil de velours. Allons inspecter les ponts de la Cuesta de la Dormida et, si nous ne découvrons rien, vous me laisserez libre et personne ne saura jamais rien de cet entretien. Dans le cas contraire, vous en retirerez l'entier bénéfice…

Le lendemain à l'aube, un groupe d'agents de la police judiciaire triés sur le volet partit en direction de La Dormida à bord de plusieurs véhicules, et à des horaires différents pour ne pas éveiller les soupçons. Dans le dernier, un 4 x 4 Chevrolet Blazer, outre le chauffeur et un garde du corps, on trouvait Medina

Hirsch, le Scorpion et Cayetano Brulé. Ils devaient être sur place vers neuf heures, avant le passage du bus des chefs d'entreprise.

Après avoir pris un café et un sandwich au fromage fermier à *Mi bodeguita*, un stand installé au début de leur itinéraire, les cinq passagers poursuivirent leur route. Une heure auparavant, une vingtaine d'hommes avaient inspecté le terrain.

Cayetano savait que sa liberté était en jeu. Il pressentait que Medina Hirsch ne le laisserait pas filer si l'opération échouait. En bon politicien, il avait sûrement tout prévu pour l'arrêter et obtenir une récompense. Quoi qu'il advînt, le sous-secrétaire serait gagnant, voilà pourquoi il était là, se convainquit le détective pendant que le véhicule gravissait en cahotant un chemin poussiéreux bordé de boldos, d'aubépines et d'oliviers.

— Voici le premier pont et je ne remarque rien d'anormal, dit le sous-secrétaire en se tournant vers Cayetano, assis à l'arrière entre le Scorpion et le garde. Je vais finir par croire que la littérature n'est rien d'autre que de la littérature, mon ami.

Le Blazer ralentit au moment de franchir l'ouvrage en bois jeté au-dessus d'un filet d'eau. Cayetano se demanda si la construction artisanale résisterait à leur passage.

— Il y en a un autre plus haut, monsieur, déclara le conducteur, qui portait des lunettes de soleil.

Cayetano avait pris sa décision : dès qu'ils s'arrêteraient, à la moindre occasion il s'évanouirait dans la nature. S'il parvenait à rejoindre les ravines, ils ne le rattraperaient pas. Par la suite, il trouverait le moyen de se cacher, mais il était hors de question de se laisser capturer par Medina Hirsch, qui pouvait aussi bien être un agent de La Maison.

Après un virage serré, ils arrivèrent au deuxième pont. Deux policiers armés de mitraillette en surveillaient l'entrée. Le véhicule s'immobilisa. Cayetano transpirait à grosses gouttes, malgré l'air conditionné.

— Vous avez du nouveau ? s'enquit Medina Hirsch en baissant sa vitre.

Un souffle d'air sec et brûlant les gifla.

— Affirmatif, monsieur, répondit l'un des policiers, incapable de dissimuler sa nervosité. Nous avons découvert des explosifs sous le pont. Du T4, d'origine tchèque, et un lance-roquette RPG-7.

— Et leurs propriétaires ?

— Ils se sont échappés sans tirer un seul coup de feu. Nous les traquons, sur l'autre versant de la colline, précisa-t-il en indiquant la direction. J'ai demandé de l'aide par radio. Un hélicoptère va survoler la zone.

Le sous-secrétaire descendit du véhicule et se protégea du soleil avec un Stetson. Dans son costume en lin clair, sa chemise blanche et sa cravate en soie, c'est peu dire qu'il détonnait dans ce paysage aride.

— Il y avait de quoi faire sauter le banquier ? demanda-t-il.

— Le banquier et tous ses amis. Félicitations, monsieur le sous-secrétaire. J'imagine que vous êtes conscient d'avoir évité au pays une tragédie inimaginable…

Cayetano regarda les montagnes, soulagé. Une joie contenue s'empara de lui tandis que le soleil dardait ses rayons contre les baies des aubépines qui empêchaient de voir comment se déroulait la traque dans les collines. Il chercha en vain ses cigarettes. Maintenant, oui, peu importaient les recommandations du Dr Müller, il voulait fumer. Il remarqua que le sous-secrétaire, accompagné de plusieurs hommes, dévalait la pente vers l'arroyo, désireux de s'assurer personnellement de la présence d'explosifs. Finalement, on parviendrait peut-être à coincer les assassins de Lecuona. Il sentit une main amicale sur son épaule. Il se retourna. C'était le Scorpion, plus professeur que jamais, qui lui souriait, satisfait.

9

Cinq jours avaient passé. Après être resté caché dans le salon de massage de Madame Eloise, à attendre que la justice statue sur son cas, Cayetano se rendit chez le sous-secrétaire Medina Hirsch, empruntant une fois encore le passage secret. Un homme en costume gris, aux cheveux luisants et au visage couvert de boutons l'attendait. Il sourit d'un air condescendant.

— Le sous-secrétaire va vous recevoir dans un autre salon, expliqua-t-il en lui serrant la main. Je suis Rigoberto Pérez Méndez, directeur de service, chargé de vous guider.

— Moi, ce qui m'intéresse, c'est qu'on garantisse ma liberté et qu'on reconnaisse que je n'ai rien à voir avec la mort du Mexicain, précisa le détective en accompagnant le fonctionnaire dans un couloir désert où leurs pas résonnaient.

Ils entrèrent dans une grande pièce, éclairée par des lustres de cristal. Le sous-secrétaire et le Scorpion le reçurent avec des tapes sur les épaules. Profitant que Pérez Méndez s'entretenait avec Medina Hirsch, le policier tendit à Cayetano un cornet de macadamias et lui souffla de ne pas s'inquiéter, son affaire étant pratiquement résolue.

— Mais les journaux n'ont pas publié une ligne sur ce que nous avons découvert, remarqua Cayetano.

— Et ils ne publieront rien, intervint le sous-secrétaire en s'approchant.

Il avait retaillé sa barbe avec soin.

— Même les banquiers ne sont pas au courant. Nous considérons que, pour des raisons de sécurité et pour l'image du pays, il est préférable de passer sous silence la tentative d'attentat. Cela nous permettra d'être plus efficaces pour déjouer le plan éventuellement élaboré contre le Chili.

— Comment ça, *le plan éventuellement élaboré* ? se récria Cayetano. Les informations que je vous ai communiquées ne vous suffisent pas ?

Le sous-secrétaire effleura son crâne, comme s'il voulait mettre de l'ordre dans quelques mèches inexistantes.

— Si, bien sûr, señor Brulé, sourit-il, diplomate, tout cela est très clair, mais les choses n'étaient pas aussi simples qu'on l'imaginait. Certes, nous avons retrouvé une moto, en pièces détachées, dans le garage du président de la Compañía de Inversiones, et elle a certainement été utilisée pour l'assassinat d'Agustín Lecuona. Et Frosch a pris la fuite. Mais aucune trace des motards.

— Avez-vous arrêté les hommes qui préparaient l'attentat ?

— Nous y travaillons. Nous sommes sur leurs talons. Ne vous inquiétez pas, nous les retrouverons, un jour ou l'autre, et ils seront sévèrement condamnés…

— Qu'est-il prévu pour le Comte Rouge ?

Le sous-secrétaire sourit, nerveux, et Pérez Méndez perdit aussi de son aplomb. Puis Hirsch croisa les bras et répondit :

— Alcántara n'a pu expliquer certains faits pour lesquels il est sans aucun doute impliqué, peu ou prou. Dans le fond, il a échoué dans sa mission : découvrir ceux qui déstabilisaient le pays. Il a été décidé de lui retirer ses responsabilités, ajouta-t-il en baissant la voix. Il obtiendra une mission diplomatique en Europe, par mesure de sécurité. Vous pensez bien, un homme avec un tel passé, qui a rendu tant de services, ne saurait être jeté à la rue.

La porte du bureau s'ouvrit sur plusieurs hommes aux allures de bureaucrates, suivis d'un serveur en nœud papillon portant un plateau et des verres. Enfin, un type robuste et chevelu, vêtu d'un costume gris et dont les chaussures couleur café détonnaient, apparut, flanqué de deux assistants tenant des mallettes. C'était le ministre. Le sous-secrétaire boutonna sa veste et se hâta vers lui.

— Il est juste à l'heure pour la décoration, commenta Pérez Méndez.

— La décoration ? s'étonna Cayetano, et ses doigts tâtèrent le nœud de sa cravate.

— Le sous-secrétaire doit la recevoir en récompense de son savoir-faire et de la discrétion dont il a fait preuve dans cette affaire, expliqua Pérez Méndez d'un ton solennel.

Il se racla la gorge quand il vit que le ministre s'apprêtait à saluer les personnes présentes.

— Je me suis rendu à de nombreuses reprises dans votre pays, très joli, affirma le ministre en serrant la main de Cayetano après avoir appris qu'il était cubain. Et comment supportez-vous notre climat ?

Le détective n'eut pas le temps de répondre. Le ministre s'était déjà avancé au centre du salon, les mains croisées dans le dos, et on formait un demi-cercle face à lui. Peut-être cela valait-il mieux, se consola Brulé, une gaffe était si vite arrivée, dans ce monde-là.

— Monsieur le sous-secrétaire, cette cérémonie est strictement privée, annonça le ministre d'une voix pompeuse pendant que ses assistants sortaient d'une mallette une petite boîte tapissée de velours et un parchemin, mais revêt une importance capitale pour notre pays. Elle symbolise la reconnaissance que nous vous devons pour le magnifique travail qui vous a permis de démanteler une opération criminelle de grande envergure contre les intérêts de la nation. Oui, vous, monsieur le sous-secrétaire, à l'instar de notre remarquable écrivain et diplomate du XIXe siècle, Alberto Blest Gana, ces derniers mois, dans l'ombre, vous avez joué un rôle essentiel, faisant preuve de noblesse et de courage, au service de la défense de la patrie. En ces temps où les agents de l'*ancien régime** continuent à opérer, vous avez veillé à protéger nos intérêts vitaux. Cette cérémonie intime sera donc l'occasion pour moi d'avoir le grand honneur de vous remettre, au nom de tous, la décoration qui porte le nom de Blest Gana. Monsieur le sous-secrétaire, si vous voulez bien…

Le petit groupe applaudit discrètement tandis que le ministre s'efforçait d'accrocher sur le revers du décoré une médaille et un ruban tricolore. Las, l'épingle tomba sur le parquet où elle disparut comme par magie, déclenchant des rires nerveux dans une partie du public, et le ministre dut glisser la décoration dans la main de Medina Hirsch. Il la regarda, ému, puis, d'un geste maladroit et précipité, la fourra dans sa poche.

— Ce n'est pas plus mal, déclara le ministre en souriant. C'est une médaille vouée à demeurer secrète, comme le fut votre mission. Elle sera bien dans ta poche, crâne d'œuf, ajouta-t-il à voix basse, familier.

— Monsieur le ministre, mes amis : ne doutez pas du plaisir considérable que j'éprouve à recevoir cette distinction, mais mon discours sera bref, répondit Medina Hirsch. J'ai simplement accompli mon devoir. Cet honneur qui m'est fait marque une date importante dans ma carrière vouée au service public, que j'ai menée sans ménager mes efforts, ma volonté de bien faire et mes heures de sommeil. Je vous avoue que jamais, même dans les moments les plus difficiles de cette enquête, quand je n'avais pas le loisir de rentrer chez moi embrasser mon épouse ou mes enfants, jamais, dis-je, je n'ai douté de la mission qui m'était dévolue dans ce bâtiment chargé d'histoire : servir le Chili et les Chiliens. Merci beaucoup, monsieur le ministre. Je dois aussi associer à mon succès ceux qui m'ont secondé dans cette tâche – il décocha un clin d'œil à Cayetano et son crâne resplendit sous les lustres. Privé de leur concours, nous n'aurions ni avancé ni réussi. Permettez-moi enfin de vous recommander le seul bien qui vaille : travailler à l'intérêt commun. Je vous remercie.

Les applaudissements reprirent avec la même intensité que précédemment.

— On ferait mieux de passer aux réjouissances, proposa quelqu'un, le ministre a une autre réunion.

— Señor Brulé, dit une voix, peu après, dans le dos de Cayetano.

Il pivota et découvrit un homme de grande taille, aux yeux clairs, les sourcils fournis.

— Permettez-moi de me présenter, Roldán, le successeur du Comte.

— Enchanté, balbutia le détective, et il faillit renverser la coupe qu'il tenait dans la main gauche. Et d'où venez-vous, si je puis me permettre ?

— Pour ne rien vous cacher, j'ai passé ces dernières années dans les services diplomatiques.

— Intéressant. Où donc ?

— Eh bien, jusque récemment, j'étais en poste dans notre consulat de Saint-Pétersbourg. J'ai longtemps vécu en URSS. Le russe, c'est mon fort. *Vach zdorovié*[1].

— Intéressant, vraiment.

Cayetano avala une longue gorgée de champagne et demeura silencieux. Oui, dans la vie, il valait mieux ne pas parler de certaines choses, qui avaient tendance à demeurer cachées, pour toujours.

— Je voulais vous dire que j'admire ce que vous avez fait et que je suis à votre disposition, si je peux vous aider… ajouta Roldán.

— Merci. J'essaierai de m'en tirer seul. Vous allez donc suivre de près les activités de la WPA ?

Roldán glissa une main dans la poche de sa veste.

— Je tenais à aborder le sujet, déclara-t-il, mal à l'aise, en clignant plusieurs fois des yeux. Au risque de

1. À la vôtre. *(N.d.T.)*

vous surprendre, je parlerai clair : je ne crois guère à l'existence de la WPA.

— Comment ?

Cayetano fut tellement abasourdi qu'il faillit en perdre sa moustache.

— Les troubles dont la WPA serait l'initiatrice trouvent en réalité leur origine dans la situation sociale et économique de notre pays. Il ne s'agit pas d'une conspiration internationale. Disons que la WPA n'est rien d'autre qu'une création issue des rêves d'un romancier réactionnaire, señor Brulé, quelqu'un qui voit un complot là où il n'y a qu'injustice sociale et exploitation. J'imagine qu'un progressiste tel que vous peut le comprendre.

— Et la somme d'informations que j'ai transmise au gouvernement ? demanda-t-il, perplexe. Les documents, le manuel, l'attentat ? Ce ne sont pas des faits ?

— Dans le fond, rien de tout cela ne prouve rien, señor Brulé. On pourrait croire que les choses ne sont pas arrivées par hasard, qu'il existe un point commun entre elles, mais, à vrai dire, les causes étaient chaque fois différentes. Je crois plutôt que vous avez été victime d'un concours de circonstances, en quelque sorte, d'une série ininterrompue de hasards et d'événements fortuits qui vous ont amené à imaginer une conspiration. Cela étant, votre mérite reste entier.

— Vous ne m'avez absolument pas convaincu, señor Roldán. Mais, ici, c'est vous qui représentez l'autorité.

Le nouveau chef de La Maison sourit, magnanime.

— Continuez plutôt à vous occuper de ces enquêtes traditionnelles qui vous ont valu un certain prestige à Valparaíso, conseilla-t-il. Je crois savoir que vous vous êtes magnifiquement intégré. Et n'oubliez pas : si vous tombez sur une nouvelle affaire de ce genre, n'hésitez pas à m'appeler. Nous vous protégerons de ces gens égarés et mal intentionnés. N'oubliez pas, téléphonez-moi, insista-t-il, et il lui tendit sa carte.

Après un sourire qui se voulait affable, il s'éloigna, suivi de trois fonctionnaires peu loquaces.

Une demi-heure plus tard, Cayetano quitta La Moneda, porté par une enivrante sensation de liberté. L'air pollué de la capitale ne l'incommodait pas, il était insensible au vacarme des rues et les arbres de la place de la Constitution, autour de lui, semblaient même en excellente santé.

Suzuki l'attendait à l'ombre de la statue de Salvador Allende, accompagné de Madame Eloise en robe carmin à voiles et volants, sans oublier la capeline au ruban fleuri.

— Ça m'a rendu triste de vous voir ressortir seul de La Moneda, chef, déclara son adjoint en le serrant dans ses bras. Vous ressembliez à un président en fin de mandat. Après le mal que vous vous êtes donné, j'espérais que le ministre vous raccompagnerait au moins jusqu'à la porte.

— Certaines choses ne sont pas importantes, Suzukito, répondit Cayetano. Le protocole, par exemple, souviens-t'en.

— Et maintenant ?

Cayetano enfouit ses mains dans les poches de son pantalon.

— Maintenant, je file à l'*Azul profundo*, dit-il, sérieux. J'ai rendez-vous avec le Dr Müller, pour une petite conversation très importante…

— Bon, on se revoit chez moi, ce soir, pour fêter ça avec du boudin et de la bière ? s'enquit Madame Eloise, euphorique, en faisant tournoyer son sac à main blanc.

Cayetano embrassa ses joues très rouges, tapota l'épaule de Suzuki et, sans un mot, prit la direction du quartier de Bellavista.

Avant de traverser Teatinos, transformée à cette heure en une marée d'automobiles et de taxis, il se retourna pour jeter un dernier coup d'œil vers La Moneda qui brillait sous la lumière de midi. Il aurait juré que, dissimulée derrière les épais rideaux d'une fenêtre du premier étage, une silhouette l'espionnait. Il lissa sa moustache, songeur, secoua plusieurs fois la tête et repartit en sifflotant un vieux boléro de Beny Moré.

ÉPILOGUE

Helmut Frosch ne fut jamais retrouvé par les autorités chiliennes et la rumeur prétend qu'il réside maintenant à Buenos Aires, où il est censé diriger, sous un autre nom, un important cabinet de consultants en investissements.

Lourdes Cisneros et son mari ont abandonné le climat tropical de la Floride pour s'installer à Santiago. On les voit souvent dans des soirées de gala et dans les pages mondaines. Ramón a récemment inauguré, dans le quartier El Golf, un bureau qui sert d'intermédiaire entre le patronat local et le capital étranger, et encourage bon nombre d'activités culturelles, environnementales ou sociales.

Marcia, l'ex-leader du MRA, travaille à mi-temps pour l'entreprise d'import-export que Federico Opazo possède à La Havane. Elle se tient à l'écart de la politique, habite au Vedado et a fondé sur la plage de Varadero une école de plongée sous-marine, spécialité apprise lors de ses années de préparation militaire à Punto Cero.

Peter Blumen tient toujours son stand d'artisanat et de livres d'occasion dans les foires de Valparaíso mais il subit de plein fouet la concurrence de la Chine populaire. Par ailleurs, il édite une feuille hebdomadaire qui critique sévèrement le centralisme et la décadence de la ville.

Cayetano Brulé l'avait quitté depuis quelques jours quand Parker fut poignardé, une nuit, alors qu'il contemplait la mer depuis son jardin de Playa del Carmen. Les assassins jetèrent son corps dans les flots. Chez lui, ils se contentèrent de dérober l'ordinateur et le manuscrit d'un roman qu'il était en train d'écrire.

Kim Ruz s'est mariée peu après son retour en Suède avec un ingénieur commercial de Malmö qui travaille pour la Scania. Elle vit à Stockholm où elle élève sa petite fille, María Cayetana.

Les autorités n'ont pas retrouvé les personnes qui avaient préparé l'attentat contre les chefs d'entreprise, à La Dormida, non plus que les meurtriers du Mexicain. Cependant, les enquêtes se poursuivent dans le pays et à l'étranger.

Le gouvernement décida de ne pas informer l'opinion publique sur les opérations de la WPA, par crainte de nuire à l'image déjà passablement mauvaise du pays, mais trois commissions secrètes sont chargées de définir une stratégie pour contrecarrer les agissements de l'organisation. Nonobstant ces bonnes intentions, les conflits ethniques et sociaux, l'insécurité urbaine et le protectionnisme contre les produits chiliens n'ont pas cessé de prendre de l'ampleur.

Le Comte Rouge joue aujourd'hui les diplomates en Europe. Roldán, lui, consacre tous ses moyens en hommes et en argent à une mission urgente : neutraliser les ex-agents des services secrets de l'*ancien régime**, qui semblent relever la tête dans l'ombre.

Le Scorpion n'a pas quitté le commissariat central de la police judiciaire, où il s'occupe d'affaires modestes et rêve à sa retraite proche. Il compte échapper à l'atmosphère raréfiée de Santiago en s'installant dans la station balnéaire de Cartagena, où il pense ouvrir un restaurant avec sa femme.

Cayetano Brulé n'a pas tardé à réintégrer son bureau mansardé de l'immeuble Turrí, mais il lui est interdit de parler à quiconque des événements dont il a eu connaissance. Il est tenu à un silence absolu et, régulièrement, un fonctionnaire de La Maison lui rappelle par téléphone que ses confidences risqueraient de le priver de la protection officielle dont il jouit au cas où la WPA déciderait de s'en prendre à lui. On agite aussi la menace d'une expulsion immédiate du pays.

Margarita de las Flores partit un jour pour Santiago à la recherche d'une vie meilleure et Cayetano n'en a plus entendu parler. Tout d'abord, le détective se sentit plutôt soulagé, mais bientôt, il fut envahi par la nostalgie et sombra dans une solitude pesante – il n'a jamais voulu prendre le risque de renouer avec Kim Ruz.

En réalité, il n'apprit qu'une seule bonne nouvelle, et cela se passa à l'*Azul profundo*, le jour de la remise de médaille au sous-secrétaire. Alors qu'il se léchait les babines devant une soupe de poisson et que Coleman Hawkins jouait *La Rosita*, le Dr Müller lui apprit que la tache à son poumon n'avait rien d'une tumeur maligne.

— Il te faut au moins admettre que ça ressemble à un roman qui se termine bien, dit le médecin.

— Oui, celui-ci, sans aucun doute, répondit Cayetano en tournant un regard triste vers la petite table située près de la fenêtre protégée par des barreaux.

Stockholm – Iowa City
janvier 2000 – août 2001

TABLE

Cet ouvrage a été imprimé par

FIRMIN DIDOT

GROUPE CPI

Mesnil-sur-l'Estrée

pour le compte des Éditions 10/18
en juin 2005

Imprimé en France
Dépôt légal : juillet 2005
N° d'édition : 3725 - N° d'impression : 74303